KB097780

현대 영미 소설의 이해

마크 트웨인에서 존 파울즈까지

현대 영미 소설의 이해

마크 트웨인에서 존 파울즈까지

초판 1쇄 인쇄 2004년 3월 20일
초판 1쇄 발행 2004년 3월 25일

지은이 | 이상옥 외
펴낸이 | 박성규
펴낸곳 | 도서출판 아침이슬

등록 | 1999년 1월 9일(제10-1699호)
주소 | 서울시 마포구 합정동 364-70(121-884)
전화 | 02)332-6106
팩스 | 02)322-1740
E-mail | webmaster@21cmorning.co.kr
홈페이지 | www.21cmorning.co.kr

ISBN | 89-88996-41-0 03840
값 | 15,000원

현대 영미 소설의 이해

마크 트웨인에서 존 파울즈까지

이 책을 내면서

이견이 있을 수 있겠지만, 소설을 읽는 일처럼 흥미롭고 즐거운 것은 없다. 가상의 세계에서 펼쳐지는 사건을 따라가노라면 어느 사이에 우리는 그 사건의 현장에 서 있는 자신을 발견하게 된다. 또 사건 속에서 선명하게 그 모습을 드러내는 인물들의 행동을 마음속에 그리거나 그들의 내면을 읽다 보면 어느 사이 그 인물들은 자기 자신이 되기도 하고 자기 주변의 사람이 되기도 한다. 바로 이런 흥미와 즐거움을 흠뻑 제공하는 것이 현대 영미의 소설 작품들이리라. 더욱이 그 작품들을 제대로 이해하도록 우리를 도와주는 길잡이가 있을 때 흥미와 즐거움은 배가될 수도 있다. 아니, 경우에 따라서는 흥미와 즐거움이 반감될 수도 있겠다. 하지만 이 경우 우리는 적어도 문제의 작품을 객관적인 안목으로 바라볼 수 있는 기회를 얻게 된다. 사실 영문학을 공부하는 사람들이나 적어도 영문학에 관심을 갖는 사람들에게 현대 영미 소설에 대한 객관적인 이해는 필수적인 것이라고 할 수 있는데, 이를 통해 작품에 대한 넓이와 깊이를 겸한 이해에 이를 수도 있기 때문이다.

그럼에도 불구하고 우리에게 현대 영미 소설을 이해하기 위한 길잡이가 흔한 것은 아니다. 물론 작가의 작품 세계에 대한 개괄적인 이해로 이끄는 안내서가 없는 것도 아니고, 또 학자들의 깊이 있는 비판적 시각을 담고 있는 논문도 결코 적지 않다. 그러나 작품 하나하나에 대한 구체적인 길잡이를 모은 책은 그리 많아 보이지 않는다. 물론 넓디넓은 대양과도 같은 현대 영미 소설의 세계, 바로 그 세계에서 뛰노는 물고기와도 같이 헤아릴 수 없이 많은 작품들에 대한 총체적인 길잡이가 어찌 가능하겠는가. 하지만 이들 물고기 가운데 특히 아름답고 매력적인 놈을 몇 마리 낚아 이리저리 뜯어본 다음 그에 대한 관찰의 결과를 하나의 보고서로 만들 수는 있지 않을까. 이런 취지에서 오랫동안 준비한 끝에 빛을 보게 된 책이 《현대 영미 소설의 이해 — 마크 트웨인에서 존 파울즈까지》이다.

사실 이 책의 발간 작업은 현대 영미 문학 연구에 커다란 족적을 남기신 서울대학교 이상옥 선생님의 정년 퇴임을 앞둔 지 얼마 안 되었을 때 기념이 될 만한 책을 만들어 보자는 의견들이 제자들 사이에 나오면서 시작되었다. 기념이 될 만한 책과 관련하여서는 많은 의견들이 나왔으나, 무엇보다도 아무런 기준 없이 글을 모아 성격 없는 책을 만들지 말고 이상옥 선생님께서 가장 큰 관심을 갖고 공부하셨던 현대 영미 소설 분야의 글을 모아 일종의 안내서를 만들자는 데로 의견이 모아졌다. 현대 영미 소설에 흥미를 갖고 있는 학생들이나 비전공자들에게 작품 이해에 길잡이가 될 만한 논의를 담은 책이라면, 단순한 기념 문집 이상의 의미를 가질 것이기 때문이다. 물론 나름의 논지가 담긴 글을 모으되 지나치게 전문적이고 지엽적인 논의가 담긴 글은 피하자는 데에도 의견이 모아졌다.

구체적 방안으로 먼저 함께 모인 사람들이 서로 의논하여 현대의 영미 소설가들 가운데 문학사적으로 특히 중요한 작가들을 선별하였다. 그리고 각 작가들의 작품 세계에 깊이 천착한 바 있는 영문학자들에게 해당 작가들의 작품 가운데 한 편에서 세 편 정도를 골라 논의와 분석을 해 주도록 부탁하기에 이르렀다. 아울러, 이상옥 선생님께 현대 영미 소설에 대한 선생님의 체험을 전반적으로 담은 글을 부탁하기로 하였다. 현대 영미 소설에 관심이 있는 사람들에게 폭넓은 '길잡이'를 마련해 주자는 의도에서였다. 작품론을 청탁받은 분들은 모두 흔쾌하게 수락을 해 주었으나, 이상옥 선생님께서는 끝까지 사양하시다가 우리의 뜻에 굽힘이 없음을 아시고 마침내 소중한 글을 주셨다. 그동안 선생님께서 하셨던 소설 분야 독서 편력을 생생하게 보여 주고 있는 선생님의 글은 영문학도들뿐만 아니라 문학에 관심을 가진 사람들에게 모두 대단히 값진 길잡이가 되리라고 믿는다.

원래 현재의 원고보다 한결 더 다양한 원고를 모아 문자 그대로 현대 영미 소설에 대한 폭넓은 안내서를 펴낼 계획이었지만, 일단 현재의 모습을 갖춘 책을 펴내기로 한다. 현재의 책에서는 마크 트웨인, 토머스 하디, 조셉 콘라드, E. M. 포스터, 제임스 조이스, 버지니아 울프, D. H. 로렌스, 윌리엄 포크너, 어니스트 헤밍웨이, 존 파울즈의 대표작이나 문제작만을 다루고 있지만, 앞으로 사정이 허락하는 대로 보다 더 알찬 내용의 현대 영미 소설 안내서로 증보할 계획임을 밝힌다.

끝으로 어려운 사정에도 흔쾌하게 출판을 허락해 주신 아침이슬의 박성규 사장님, 영문학자보다도 더 밝고 예리한 눈으로 원고 교정 작업에 진력해 주신 신수진 님께 마음 하나 가득 감사의 뜻을 전한다. 행여 필진들의 글에 허물이 있거나 철자의 오류가 남아 있다면 그것은 전적으로 본인을 비롯한 필진의 것임을 새삼 밝히고자 한다. 필진들의 글에서 허물이 나 오류가 발견되면 덮고 넘어가지 말고 부디 그 허물과 오류를 깨우쳐 주기를 독자 여러분에게 간절한 마음으로 소망한다.

2004년 2월 말

필진을 대표하여 장경렬 씀

차례

일러두기

- 장편 소설로서 단행본으로 출간된 경우, 혹은 작품집의 경우 한글 제목에 《 》를, 영어 제목은 이탤릭으로 표시하였다.
- 단편이나 중편 소설의 경우, 혹은 논문이나 에세이의 경우 한글 제목에 〈 〉를, 영어 제목에 큰따옴표를 붙였다.
- 작가 및 등장인물의 표기는 대부분 외래어표기법을 따랐으나 필자의 표기를 따른 것도 있다.
- 각주의 출전은 대부분 '저자, "장(논문) 제목", 책 제목, 편자나 역자(출간 지역: 출판사, 출판 연도), 쪽수'의 순으로 밝혔다.
- 두 번 이상 인용되는 작품이나 저서의 경우, 두 번째부터는 각주에 따로 출전을 밝히지 않고 본문 속의 인용문구나 문단 다음에 괄호를 하고 쪽수만 밝혔다.
- 본문 속 인용문에 나오는 〔 〕는 독자의 이해를 돕기 위해 필자가 삽입한 것이다.

• 서문을 대신하여 •

영미 소설과 나

한 센티멘털리스트의 회고

이상옥

1 이런 말을 하면 믿지 못하겠다는 사람들이 많겠지만, 내 일생을 통해 정서적으로 가장 큰 영향을 끼친 책은 조지 오웰(G. Orwell)의 《1984년》과 콘스탄틴 게오르규(C. Gheorghiu)의 《25시》이다. 나는 이 두 권의 책을 한국 전쟁이 한창이던 1950년대 초에 읽었다. 우리말로 된 읽을거리라고는 별로 구해 볼 수 없었던 시절에 고등학교 학생이던 나는 구할 수 있는 책이면 무엇이건 닥치는 대로 읽고 있었으므로, 마침 번역되어 나온 이 소설들과 이내 마주쳤으리라 생각된다.

지금 확실히 기억되지는 않으나, "25시"라는 말은 '모든 구원의 가망성이 완전히 상실된 시간'을 의미하지 않았던가 싶다. 강대국 사이에 벌어진 전쟁의 소용돌이에 휘말린 한 약소 민족의 젊은이가 아무 영문도 모르고 당해야 하는 고초와 악운은 한국 전쟁 당시에 청소년기를 보내고 있던 나에게 너무나 큰 충격으로 다가왔다. 아무 죄가 없고 착하기만 한 사람도 《25시》의 주인공처럼 몹쓸 악운에 처해질 수 있다는 이야기가 나에게는 도저히 남의 이야기로 받아들여지지 않았던 것이다. 아직 징병 연령에 미달해 있던 내가 전쟁의 참화를 뼈저리게 느끼고 있었다고 할 수는 없겠지만, 하여간 나는 그 주인공의 운명이 곧 나의 운명으로 될지도 모른다는 예감으로 시달리게 되었다.

오웰과의 첫 만남은《동물 농장》과《1984년》의 번역본을 통해서였다.《동물 농장》은 스탈린주의 같은 포악한 정치적 독재를 풍자하기 위해서 쓰여진 것이지만, 그 당시에 스탈린주의의 정치적 함의에 대해서 별로 관심이 없던 나에게는 이 소설이 그저 재미있는 동물 우화로만 읽혀졌다고 해도 과언이 아니다. 그러나《1984년》의 경우는 달랐다. 이 가공(架空)의 소설에서 "빅 브라더"—"대형(大兄)"이라 번역되어 있었다—가 지배하는 세계의 숨막히는 정치적 환경은 이내 나에게 악몽의 원인으로 되었다. 이 소설의 주인공처럼 늘 빅 브라더의 감시 아래 언동의 억압을 받으면서 산다는 것은 확실히 과장된 상황이었지만 어쩐지 나에게는 그 상황이 곧 나의 상황으로 되고 말 것처럼 느껴졌던 것이다. 그 후 50년대와 60년대에 걸쳐 깡패들과 깡패나 다름없는 정치 집단이 휘두르던 폭력이라든지 60년대 중엽의 동백림 사건 때의 공포 분위기 그리고 "유신"의 이름으로 자행되던 압제 정치 등 일련의 사건 및 사태들을 거쳐오면서, 나는 언제라도 내가 아무 잘못이나 죄도 없이 정보 당국에 불려가서 실컷 얻어맞게 될지도 모른다는 불안감에서 자유로웠던 날이 하루도 없었다.

지금 생각하면, 내가 오늘날에 이르도록 질기게 시달려 온 불안한 예감이나 악몽의 단초도 모두 내가 열댓 살 때 읽었던 위 두 권의 소설에 있었음을 나는 아무 주저 없이 단언할 수 있다. 사실주의풍의 소설이었던《25시》가 우주적 차원의 운명론적 불안감을 자아냈다면, 비현실적 가공소설《1984년》은 오히려 현실 차원의 공포심을 자아냈다고 하는 점에 있어서 구별될 수 있다. 그러나 이 두 권의 소설은 희한하게도 서로 결탁해서 나에게는 일생에 걸치는 질곡을 하나 채워 주었다고 할 수 있다. 훗날 나는 지적 성찰과 정신적 순화를 가능하게 하는 소설 작가들과 더러 마주치기도 했지만, 적어도 정서적인 면에 있어서는, 소년 시절에 읽었던 이 두 소설만큼 나에게 지속적인 충격을 준 작품이 없었다고 해야 옳을 것이다.

2 내가 영어 원전으로 읽은 첫 장편 소설은 오스카 와일드(Oscar Wilde)의 《도리언 그레이의 초상》이다. 영어영문학과에 입학하던 1954년 첫 학기 때 이 소설을 읽었는데, 와일드를 읽게 된 데는 특별한 이유가 없고 그저 그 책이 수중에 들어왔기 때문이었다. 그 당시에는 교재를 구할 수가 없어서 소설이든 시든 교수가 가진 책을 원지에 타자로 쳐서 등사판으로 밀어 낸 것을 나누어 읽던 시절이었으므로 영어 원전을 구하는 일이 쉽지 않았다. 전쟁 중에 고서점으로 흘러나온 책과 미군 부대에서 음식 쓰레기와 함께 버려진 페이퍼백들이 그나마 영문학도들에게는 독서의 갈증을 해소하는 주요 자산이 되고 있었다. 그러므로 어쩌다 와일드의 소설을 한 권 손에 넣자 나는 그 서문을 읽고는 상당한 충격을 받고 읽기 시작했던 모양이다. 그때까지 영어 원전이라고는 한 권도 읽어 보지 못했던 내가 처음 몇 페이지를 읽어 보고 이럭저럭 읽을 수 있을 것 같은 생각이 들어 감히 덤벼들었던 것이 아닌가 싶다.

《도리언 그레이의 초상》을 읽고 내가 심미주의니 와일드의 사상이니 하는 것을 알게 되었다고 한다면 그것은 당치도 않은 수작이 될 테고, 유일한 성과가 있었다면 그것은 나도 영어로 된 책을 읽을 수가 있겠구나 하는 자신감이었다. 마침 전후에 미국에서 원조해 준 자금의 일부를 정부에서 서적 구입비로 배정하자 영국의 펭귄북과 미국의 시그넷북 같은 값싼 원전들이 다량 수입되었고 책을 구하기도 한결 수월해졌다. 그래서 대학 저학년 시절에 나는 그레이엄 그린(Graham Greene)과 서머셋 몸(Somerset Maugham)을 많이 읽었는데, 이는 권중휘 선생께서 《사건의 핵심》 및 《달과 6펜스》 같은 작품을 소설 강독 시간의 교재로 쓰신 덕분에 우리가 이 두 작가를 가장 중요한 현대 영국 작가로 여기게 되었기 때문이다. 이밖에도 우리는 올더스 헉슬리(Aldous Huxley)를 많이 읽었는데, 요즈음 영문과 학생들은 《대위법》 및 《크롬 옐로》 같은 작품을 읽기는커녕 그런 작품이 있다는 것을 알기나 하고 영문과를 졸업하는지 모르겠다.

지금 기억을 더듬어 보건대, 대학 저학년 시절에 읽은 책으로는 올리버 골드스미드(Oliver Goldsmith)의 《웨이크필드의 목사》, 조지 엘리엇의 《사일러스 마너》, 포의 단편들, 하디의 《테스》와 《귀향》, 제임스의 《나사의 회전》 및 《데이지 밀러》, 로렌스의 《아들들과 연인들》, 헤밍웨이의 단편들 및 《노인과 바다》와 《무기여 잘 있거라》 등이 생각난다. 모두 내가 책을 손에 넣을 수 있었기 때문에 어쩌다 읽게 된 것이지 무슨 독서 계획에 따라 골라 읽은 것은 아니다. 이 중에서 골드스미드, 엘리엇 및 로렌스의 작품은 일본 겐큐샤(研究社)판의 주석본으로 읽었는데, 내가 훗날 텍스트에 주석 다는 일을 중요시하게 되었던 것도 그 필요성을 대학 재학 시절부터 절감했기 때문이 아닌가 한다.

1955년경에는 영어영문학과의 대학원생들과 학사 과정 상급생들이 함께 학술 발표 및 토론을 위한 모임을 만들었는데, 그 명칭은 기억나지 않고 '영문학 연구회'쯤 되지 않았던가 싶다. 내가 1956년에 3학년생이 되었을 때 헤밍웨이의 작품을 구해 읽은 것도 바로 이 모임에서 발표하기 위해서였다. 그때는 이미 페이퍼백판 작품들을 더러는 새 책으로도 구해 볼 수 있었기 때문에 나는 헤밍웨이의 작품을 모두 읽어 보려고 작정했다. 일부 산문과 《오후의 죽음》만은 도저히 구할 수 없어 읽지 못했을 뿐 사실상 모든 장 · 단편 소설을 읽고 나서야 나는 문리대 운동장 옆에 있던

2층 붉은 벽돌 건물 아래층에 마련된 발표장으로 나갔다. 이리하여 나는 강의실을 가득 채운 청중 앞에서 난생 처음으로 강단에 오르게 되었다. 너무 오래 전의 일인지라 발표 내용에 대해서는 별로 기억나는 것이 없지만, 대체로 헤밍웨이의 소설 주제가 그의 문체와 어떤 관계에 있는지를 말하려고 했던 것 같고, 지금 생각하건대 진부하기 짝이 없는 논지로 떠들고 있었을 것이다. 발표장에 임석하셨던 이양하 선생께서 내가 "hard-boiled"라는 형용어를 "비정한"이라고 번역해서 쓴 것에 대해 "냉철한"이 더 적절하지 않겠느냐고 논평해 주시던 일이 지금도 기억에 새롭다.

그때의 헤밍웨이 공부는 결국 한 편의 논문으로 결실되었다. 작품은 거의 다 읽었다고 하지만 작품의 이해에 도움을 받을 만한 참고서는 거의 읽지 못했기 때문에, 논문을 쓰는 일이 사실 구름 잡기처럼 막연하기만 했다. 50년대 초에 이미 필립 영(Philip Young)이나 카를로스 베이커(Carlos Baker) 같은 초기의 주요 평자들의 저술이 간행되어 있었지만, 그런 것을 구해 읽는다는 것은 꿈조차 꾸기 어려웠다. 그래서 논문의 아이디어는 엉뚱한 곳에서 얻게 되었다. 나는 마침 입학 동기였던 어느 국어학도로부터 알베레스라는 프랑스 비평가가 쓴 《20세기의 지적 모험》이라는 책의 일어 번역본을 빌려서 읽고 있었는데, 저자가 현대 작가의 지적 성향을 "아폴론"적인 것과 "디오니소스"적인 것으로 크게 양분해서 거론하는 데 대해 내 나름으로 공감하고 있었다. 그 결과 헤밍웨이야말로 디오니소스적인 경향을 대표하는 작가가 아니겠느냐고 단정한 나는 바로 그런 방향에서 헤밍웨이를 다시 생각해 보면서 논문을 썼다. 결국 200자 원고지로 100매 남짓한 글이 완성되었고 1958년 2월에, 그러니까 내가 학사 과정을 졸업하기 한 달 전에 간행된 《文理大學報》(제6권 제1호)에 게재되었다.

요즈음의 캠퍼스 세태와는 달리, 동숭동 시절의 문리대에서는 문학부의 어문계나 철학계 학과들 간에는 장벽이 별로 없었다. 학생들은 학과의 경계를 넘나들면서 강의를 들었고 따라서 영문학과 학생들의 독서 범위도 자연히 넓어질 수밖에 없었다. 마침 서유럽의 실존주의 사상이 대유행 중이었으므로 우리는 사르트르와 카뮈를 탐독했고, 쇼펜하우어, 니체, 키에르케고르 및 프로이트 등을 읽기도 했다. 나 개인적으로는 도스토예프스키 및 숄로호프 같은 러시아 작가들과 플로베르 및 모파상 같은 프랑스 작가들의 영역본 소설도 구해 읽는 데 재미를 붙이고 있었다. 어학 공부를 열심히 하는 풍조 덕분에 나는 고등학교 때 배운 독어를 밑천으로 독문과 강의를 듣는가 하면, 대학 입학 후에 불어 배우기를 시작한 후 불문학과 강의를 듣기까지 했다. 뿐만 아니라 수입된 불어 원전들도 구할 수 있는 시절이었기 때문에 샤토브리앙, 뒤마, 프레보 같은 19세기 작가들과 지드 같은 현대 작가의 작품들을 구해서 '독파'하고는 흐뭇해하기도 했다.

나는 한 권의 책을 시작하면 재미가 있건 없건 기어이 끝까지 읽고야 마는 편이었지만, 물론 예외가 없지는 않았다. 신입생 시절에 조이스가 현대의 고전 작가라는 말을 듣고 《젊은 예술가의 초상》을 구해서 읽다가 너무 어려워서 그만둔 적이 있다. 후에 대학원생이 되어서야 이 소설을 처음으로 읽은 나는 결국 70년대 중엽에 이를 번역하기까지 했다. 또 포크너라는 미국 작가가 높은 인기를 누리고 있다는 소문을 듣고 나는 《소리와 분노》를 읽으려 했지만 역시 너무 어려워서 몇 십 페이지를 넘기지 못하고 던져 버리고 말았다. 그 결과, 대단히 부끄러운 이야기이지만, 이 소설을 비롯한 몇몇 주요 포크너 소설은 거의 15년쯤 뒤에 미국 유학을 하던 시절에 이르러서야 읽었다. 또 한 권의 책은 《트리스트람 샌디》이다. 이 책이 영문학사를 통한 기서(奇書) 중의 하나로 꼽힌다는 말에 넘어간 나는 일찍이 모던 라이브러리판으로 한 권 구해서 덤벼들었지만 미처 몇 페이지를 읽지 못하고 포기했다. 이 책 역시 미국 대학에서 18세기 분야의 논문 제출 자격 시험을 위해서 읽을 때까지 나는 다시 펴지 못했고 늘 책꽂이에 모셔 놓고 쳐다보며 외경(畏敬)만 표했을 뿐이다.

3 나는 학사 학위 졸업 논문으로 로렌스를 썼다. 재학 중에 헤밍웨이에 대한 구두 발표를 했을 뿐만 아니라 학보에 논문을 게재하기도 했기 때문에 오늘날까지도 동급생들은 내가 졸업 논문으로 헤밍웨이를 쓴 줄로 잘못 알고 있다. 그러나 사실 헤밍웨이는 3학년 때 주로 읽었고 4학년으로 올라가기 전에 나는 새 작가에게 도전해 보아야겠다고 마음먹고 있었다. 그래서 택한 것이 로렌스였고 작품 수집은 3학년 때부터 이미 시작되었다. 명동이나 광화문 네거리 인근의 고서점에서는 미군 부대서 버린 페이퍼백으로 주요 장편 소설과 단편집을 여러 권 구할 수 있었고 나머지는 펭귄판 새 책을 샀다. 지금 기억하기로는 《틈입자》라는 작품—이 작품은 아직도 못 읽었다—만 구하지 못했을 뿐 소설 작품은 장·단편을 막론하고 거의 모두 구했다. 《채털리 부인의 연인》의 경우는 그 삭제판을 신간 시그넷북으로 구했는데, 일본 동경에선가 간행된 프리다 로렌스의 서문이 붙은 해적판 원본도 누구에겐가 빌려 읽었다. 산문의 경우는 사실 무엇이 있는지도 잘 모르는 가운데 많은 부분을 외면하고 만 셈이지만, 마침 신간으로 수입되었던 하이네만판의 《문학 비평 선집》 및 《성, 문학, 검열 제도》라는 제목의 로렌스 평론집 등을 구하고는 얼마나 행복해했는지 모른다.

헤밍웨이의 경우와는 달리, 대학의 중앙 도서관에는 로렌스 관련 참고서가 조금은 있었지만 거의 모두 1930년대에 나온 케케묵은 것으로 별로 도움이 되지 않았다. 그러므로 논문 집필을 위해서 주로 참고한 책이라고는 새 책으로 구입한 리처드 올딩턴(Richard Aldington)의 사사로운 전기 《천재의 초상, 하지만……》과 그 당시 막 출간된 해리 T. 무어(Harry T. Moore)의 권위 있는 평전—제목이 《D. H. 로렌스의 생애와 작품》이던가?—이 사실상 거의 전부였다고 해도 과언이 아니다.

그 당시 영문학과에는 모든 중간고사 및 학기말고사는 말할 것도 없고 졸업 논문까지도 영어로 쓰게 하는 불문율이 있었다. 부실한 고등학교 외국어 학습 과정을 거쳐 대학에 들어온 내가 이런 학과의 풍습에 적응하기란 처음부터 쉽지가 않았다. 더욱이 대학 과정에서 영어 작문을 별도로 가르치는 일도 없었다. 그러니 누구나 자기 요량으로 능력껏 시험을 치고 논문을 쓰는 수밖에 없었다. 게다가 그 많은 로렌스의 작품을 읽어 내기도 쉽지 않았다. 나는 4학년 1학기에 학점 이수를 필했고 2학기에는 동화통신사라는 곳에 견습 기자로 출근하고 있었다. 통신사에서는 주로 영어를 다루었기 때문에 영문 타자기 치는 법을 익혔고, 가을철부터는 아예 회사의 남아도는 타자기를 한 대 하숙방에 옮겨 놓고 본격적으로 논문을 쓰기 시작했다. 우리말 초고를 잡지 않고 바로 영어로 써 나갔는데, 이때 생긴 버릇 탓인지 나는 그 후 영문 타자기가 없이는 편지 한 장도 못 쓰는 이상한 병에 걸리게 되었다.

47년 전에 있었던 일이고 그 논문의 원고가 남아 있지 않으므로 무슨 내용을 썼는지 기억이 흐리기만 하다. 다만 남녀 관계와 남자 및 여자의 동성 관계 등 인간 관계를 폭넓게 다루지 않았던가 싶은데, 그 길이는 요즈음 식으로 환산한다면 A4 용지에 더블 스페이스로 쳐서 약 80매쯤 되었을 것이다. 그 하찮은 영어 작문 실력으로 그처럼 길게 썼으니 지금 생각하면 놀랍기는 한데, 한편 그 질적 수준을 생각하면 등에 식은땀이 흐를 지경이다. 물론 논문 지도라는 것은 없었다. 영어의 윤문을 부탁할 곳도 없었을뿐더러 처음부터 그럴 생각조차 하지 않았다. 논문을 제출한 후에 고석구 선생을 만났더니 논문 속에 나오는 한두 개 단어의 뜻을 물어보셨다. 그래서 그분이 논문을 읽고 평가하셨나 보다고 생각했을 뿐이다. 그도 그럴 것이 당시의 영문학과에는 고 선생만이 소설 강의를 전문으로 담당하고 계셨기 때문이다.

1958년에 졸업하자 나는 바로 대학원에 진학했는데 첫 학기에는 통신사에서 틈틈이 시간을 얻어서 강의를 들으러 다녔다. 그러나 그해 여름에 징집되어 육군에 입대하느라 휴학원을 냈다. 그 당시에 대학에 적이 있는 사병들을 "학적 보유자"라고 우대하면서 일찍 학창에 복귀하도록 귀휴(歸休) 조처를 하는 제도가 있었는데 대학원 재학생으로서 나도 그 혜택을 보고 18개월만 복무하고 귀휴했다. 대학원 과정 이수를 마친 나는 5·16 직후에 서울고등학교에 취직했다. 그러므로 석사 학위 논문은 서울고등학교 재직 시절에 썼다고 할 수 있다.

석사 학위 논문의 주제를 조이스로 잡은 것은 대학원 과정에서 조지 레이너(George Rainer) 교수로부터 《율리시스》를 배울 기회를 얻었기 때문이었다. 레이너 교수는 의과대학 구내에 있는 외인 교수 숙소에 머물고 있던 영국인이었다. 그분은 여러 해 동안 전임 대우를 받으며 영문학을 가르치고 있었는데, 그 당시에 《율리시스》에 대한 방대한 주석을 달고 있었던 것으로 알려져 있었다. 오늘날에는 《율리시스》에 대한 전문 주석이나 해설서를 여럿 구해 볼 수가 있지만 60년대 초엽에는 물론 그런 것이 없었다. 그러므로 레이너 선생 같은 분의 지도가 없었다면 우리나라 영문학계에서는 감히 어느 누구도 《율리시스》를 읽을 엄두조차 내지 못했을 것이다.

조이스의 작품은 빤해서 구하기는 쉬웠다. 《율리시스》는 모던 라이브러리 자이언트판이 그 당시 구할 수 있는 유일한 판본이었던 것 같았고, 《젊은 예술가의 초상》과 《더블린 사람들》은 펭귄북을 포함해서 몇몇 판본이 있었다. 학사 과정 때 읽으려다 팽개치고 말았던 《젊은 예술가의 초상》을 독파한 것도 바로 그때였고, 훗날 강의실에서 가르칠 때마다 감탄하며 점점 더 깊이 빠지곤 하던 《더블린 사람들》과 첫 인연을 맺은 것도 그때였다. 그리고 바이킹 포터블판에 수록되어 있던 조이스의 희곡과 시도 읽을 수 있었다. 《피네건의 경야》는 처음부터 읽을 생각을 하지 않았으므로 텍스트도 구하지 않았다. 그러므로 소위 제1차 자료를 구해서 읽는 데는 별 문제가 없었다. 그러나 《율리시스》 읽기에 필수 불가결이라고 할 만한 제2차 자료들은 그 당시에 희귀했을 뿐만 아니라 서울서는 구하기도 쉽지 않았다. 그 유명한 돈 기포드(Don Gifford)의 《율리시스》 주석이 나온 것이 70년대 초반이었으니 그보다 10년 이상 앞서서 논문을 써야 했던 나는 물론 그 혜택을 입지 못했다. 그래서 고작 휴 케너(Hugh Kenner)의 《더블린의 조이스》 및 스튜어트 길버트(Stuart Gilbert)의 《제임스 조이스의 율리시스—하나의 연구》, 그리고 윌리엄 요크 틴돌(William York Tindall)의 《제임스 조이스 독해 지침서》 등을 포함하는 여남은 권의 참고서를 펴놓고 《율리시스》 읽기를 감행했다.

요즈음과는 달리 그 당시에는 지도 교수가 아무개라고 딱히 지정되어 있지 않았다. 그저 막연히 레이너 교수가 아니겠느냐는 생각을 했지만 그 분으로부터 논문 주제를 놓고 일대일의 지도를 받아 본 적은 한 번도 없었다. 그분이 만들고 있다는 그 전설적인 주석을 참고하면 좋겠다고 생각했지만 좀 빌려 달라는 청을 감히 넣어 보지도 못했다. 그러므로 다른 학생들도 마찬가지였겠지만 나는 풍상이 휘몰아치는 황야에 내버림받은 채 혼자 생존하기 위해 끙끙대야 하는 사람의 심경으로 《율리시스》 읽기를 해야 했다.

《율리시스》는 레이너 선생의 강의 시간에 몇몇 장을 읽었고 기말 논문으로 제8장("Lestrygonians")을 한 번 거론해 본 것이 고작이었기 때문에, 내가 이 작품을 통독하기는 물론 어렵기 짝이 없었다. 처음 읽고 나니 무언가 감이 조금 잡히는 듯했을 뿐 작품의 전체적 구도나 이야기의 줄거리조차 파악되지 않았다. 그래서 두 번을 더 읽었고 그래도 미진해서 1962년 여름 방학 때는 매일 문리대의 텅 빈 강의실을 독서실 삼아 네 번째의 통독을 하며 논문 제목을 생각해 보았다. 그렇게 해서 얻은 논제는 《율리시스》에서 몇 가지 작은 주제들이 이원적으로 대립하고 있는 점이었다. 즉, 《율리시스》가 삶과 죽음, 다산성(多産性)과 불모성(不毛性), 그리고 부성과 모성 같은 소주제들의 대립 구조로 구성되어 있다는 것이었다. 그러므로 당대의 동숭동 캠퍼스에서 유행하고 있던 뉴 크리티시즘의 방법과 용어들이 푸짐하게 동원되었고 따라서 틴돌의 《독해 지침서》는 문자 그대로 하나의 지침서, 그것도 유용한 지침서가 되었다.

내용이 부실한 논문이었으나 그 길이만은 상당해서 A4 용지에 더블 스페이스로 쳤다면 100매에 달하는 분량이었을 것이다. 그보다 5년 전에 쓴 학사 학위 논문과 마찬가지로 이 논문도 영어의 윤문을 받지 못한 채 제출했으니, 내용은 그렇다 치고 그 영어를 읽은 사람들이 무어라 평했을지 지금 생각하면 그저 아찔하기만 하다. 1962년 가을 학기가 종강될 무렵에는 석사 학위 논문 발표회라는 것이 있었는데 나를 포함한 세 사람인가가 발표를 했고 교수진 측에서는 이양하 선생만 참석하셨다. 그러나 일단 논문이 제출된 후에는 내가 그 어느 교수에게도 불려 간 일이 없으며 누가 그것을 읽고 뭐라고 평했는지 지금까지도 알려진 바가 없다. 다만 레이너 선생이 읽어 보고 심사평을 썼지 않았을까 싶으나 이 점도 역시 확실치는 않다. 지금 돌이켜 생각하건대, 참으로 모든 것이 느슨하고 허랑하기 짝이 없는 시절이었다.

4 내가 콘라드와 인연을 맺은 것은 영국에서였다. 1964년 여름 나는 영국문화원의 장학금을 얻어 서섹스(Sussex) 대학으로 비학위 과정의 공부를 하러 갔다. 서울고등학교에서 가르치기 시작한 지 3년이 지났을 때였다. 서섹스 대학은 그보다 몇 년 전에 신설된 전혀 새로운 개념의 대학 중의 하나였는데, 떠나기 전에 나는 데이비드 데이쉬스(David Daiches) 교수가 그 대학의 '스쿨 오브 브리티시 앤드 아메리칸 스터디즈(School of English and American Studies)'의 학장으로 있다는 것을 알고 있었다. 그래서 그분의 자서전 《두 세계》를 레이너 선생으로부터 빌려 읽었다. 그리고 출국 때 내 여행 가방 속에는 그의 주저(主著) 가운데 하나라 할 수 있는 《소설과 현대 세계》의 초판본이 들어 있었다.

10월에 가을 학기가 시작되자마자 나는 데이쉬스 학장을 면담했다. 그분은 내가 기왕에 제출한 연구 계획서를 훑어보더니 "너는 현대 소설을 공부하고 싶다고 했는데, 나는 콘라드, 조이스, 로렌스 및 울프가 현대 영국의 주요 소설가라고 생각한다. 너는 이미 로렌스와 조이스를 많이 읽은 듯한데, 이 두 작가를 계속해서 공부하겠느냐 아니면 다른 작가를 해 보겠느냐?"라고 물었다. 그 자리에서 나는 울프와 콘라드 중의 하나를 고르리라 마음먹었다. 그 이유는 무엇보다도 내가 이 두 작가를 거의 읽지 않았기 때문이었다. 울프는 《등대로》를 읽어 보았을 뿐이고 콘라드는 겨우 〈청춘〉이라는 중편을 하나 읽은 것이 고작이었던 것이다. 이 두 작가 중에서도 나는 거의 즉흥적으로 콘라드를 택했는데 그것은 아마도 그 당시의 내 안목이 《등대로》의 그 꿈결 같은 세계를 그리 탐탁하게 여기지 않았기 때문이었을 것이다. 내가 그때까지 콘라드를 소홀히 했던 것은 서울대학에서의 학 · 석사 과정을 통해 아무도 이 현대 작가의 중요성을 강조하지 않았기 때문이었다. 그것도 그럴 만한 것이 영국과 미국에서도 콘라드는 사후에 한 세대쯤 잊혀져 있다가 1950년대에 들어서야 소위 '리바이벌'이라는 것이 있게 되었으니, 우리 나라에서 그를 박대했던 것은 너무나 당연한 귀추였다.

어쨌든 그 날 그 자리에서 데이쉬스 선생은 콘라드라면 자기가 지도해 주겠다고 하면서 첫 과제로 《로드 짐》을 읽고 페이퍼를 써서 제출하라고 했다. 그는 또 자기가 편집하고 있던 아놀드 출판사의 작품론 총서 중의 한 권인 토니 태너(Tony Tanner)의 《콘라드의 로드 짐》을 참고하라고 빌려 주면서 "내 제자가 쓴 책"이라고 했다. 이리하여 나는 콘라드의 작품 세계로 사실상 처음 들어가게 되었고 《로드 짐》에 이어 《비밀 정보원》, 《서구인의 눈으로》, 《노스트로모》 등 개별 작품과 몇 가지 일반 주제에 대해 7, 8편의 페이퍼를 썼다. 데이쉬스 선생은 매번 페이퍼를 정성스럽게 읽은 후에 고치고 논평까지 해 주었으며 언젠가 한번은 "이제 네가 콘라드 속으로 깊이 들어가고 있구나"라고 격려의 말씀까지 해 주었다. 서섹스에 머무는 동안에 나는 콘라드만 읽지는 않았다. 나는 많은 여행을 하는 틈틈이 필딩과 스몰레트 같은 18세기 소설가에서 킹슬리 에이미스(Kingdley Amis)와 아이리스 머독(Iris Murdoch) 같은 당대 작가에 이르는 많은 영국 작가들과 졸라(Émile Zola)및 만(Thomas Mann) 같은 프랑스 및 독일 작가들의 작품도 읽을 수 있었다.

1965년 7월에 영국에서 귀국할 때는 데이쉬스 교수로부터 취직용 추천서도 한 장 얻었다. 그리고 오늘날까지 콘라드 연구의 결정판 텍스트로 꼽히고 있는 덴트(Dent)판 전집을 한 질 사 가지고 왔다. 그러나 나는 귀국 후에 콘라드에 대한 글을 두어 편 썼을 뿐, 훗날 미국 유학 시절에 그에 대한 관심을 다시 일깨우기까지 사실상 몇 년 동안 그를 묻어 두다시피 했다.

5 내가 미국 유학을 마음먹은 것은 영국에 공부하러 갈 때와는 달리 내적 동기가 있었기 때문이 아니고 외적인 충동 때문이었다. 나는 1965년에 영국서 돌아오자마자, 참으로 운이 좋게도 권중휘 선생의 추천으로 서울대학교 농과대학의 전임강사로 쉽게 취직했다. 그때는 교양과정부라는 것이 생기기 전이었고 관악 캠퍼스라는 종합화 계획도 미처 구상되기 전이어서, 서울대학교의 단과대학들은 여러 곳에 흩어진 채 제각기 임의로 교양과목 전담 교수를 전임으로 채용하고 있었다. 게다가 요즈음 같은 공개 채용이니 논문의 심사 · 평가니 하는 제도도 없었다. 그래서 너무나 수월하게 전임강사 발령을 받은 나는 몇 년 동안 수원에서 교양영어를 가르치면서 그것이 내 일생의 직업이 되려니 생각하고 있었다. 아울러 나는 내가 참으로 하고 싶은 일이 무엇인가를 스스로에게 물어보기 시작했다. 교양영어를 일주일에 몇 시간만 가르친다는 것은 별로 부담스럽지 않았기 때문에 남아도는 시간을 어떻게 쓸 것인가 하는 물음이 바로 그것이었다.

그 물음을 두고 내 딴엔 꽤 진지하게 자기 추궁 과정을 거쳤고 그 끝에 얻은 결론은 민속학을 한번 공부해 보아야겠다는 것이었다. 그래서 몇몇 도서관들을 찾아다니며 송석하(宋錫夏)의 《조선민속고(朝鮮民俗考)》를 비롯하여 민습, 민요, 무속(巫俗) 및 세시 풍속과 관련되는 자료를 구해 읽기 시작했다. 이런 자료들을 들여다보면 들여다볼수록 민속학이야말로 일생을 걸 만한 가치가 있다는 생각이 점점 더 굳어지고 있었다. 한편 국내의 민속학이 학술적으로 전혀 체계화되어 있지 않으며 따라서 하나의 학술 분야로 정립되어야 할 여지가 많다는 사실도 알게 되었다. 그래서 혼자서 한문 공부를 하는 한편 서양에서 나온 인류학 관련 개론서를 구해서 읽기도 했고 민속학 및 인류학의 국제적 동향을 알기 위해서 해외의 학술 저널을 몇 가지 구독해야겠다는 생각까지 하게 되었다. 결국 나는 인디애나 대학의 유명한 민속학연구소의 소장 리처드 도슨(Richard Dorson) 교수에게 편지를 내어 구독해야 할 잡지의 추천을 부탁하기에 이르렀는데, 엉뚱하게도 도슨 교수는 자기 연구소에 와서 박사 과정 공부를 해 볼 생각이 없느냐고 하면서 입학 지원서 등의 관계 서류를 보내 왔다.

박사 학위 말이 났으니 말인데, 1960년대 전반기만 해도 참으로 좋은 시절이라 대학에서 영어나 영문학 선생을 하기 위해서는 박사 학위가 필수라는 생각을 아무도 하지 않았다. 그런데 1967년 무렵이 되자 새로운 풍조가 일기 시작하더니 내 주위의 사람들이 하나씩 둘씩 미국과 영국으로 유학 갈 준비를 하고 있었다. 내가 그중의 하나였던 어느 동기생에게 "이미 대학에 취직했는데 왜 박사 학위가 필요하냐?"고 묻자 그는 "학위가 있으면 자유로워질 것"이라고 잘라서 대답했다. 영문학으로 박사 학위 공부를 하겠다고는 꿈조차 꾼 적이 없었던 내가, 이 말을 듣고는 일종의 충격을 받았다. 그리고 도슨 교수의 제의에 귀가 솔깃해 있던 나는 이내 "박사 학위를 꼭 해야 한다면 민속학이 아니라 영문학으로 해야 할 것 아니냐"는 생각을 하게 되었다. 그래서 결국 나는 풀브라이트 위원회의 주선으로 1969년 여름에 미국 유학 길을 떠나게 되었는데, 앞서 말한 대로 나의 미국 유학은 내적 동기가 있었다기보다도 외적 충동에 부화뇌동한 결과라고 해야 옳을 것 같다. 그리고 지금 돌이켜 생각하건대, 민속학 대신에 영문학을 택했던 것이 잘된 결정이었다는 확신도 서지 않는다.

미국에 갈 때는 미국 문학을 하겠다고 마음먹고 있었고 그중에서도 청교도 시대의 문학이나 아니면 남부 문학을 공부해 볼까 싶었다. 그리고 도미 도중에 오리엔테이션을 위해 3주일간 머물고 있던 하와이 대학에서는 매일 도서관에 들러 마크 트웨인의 작품과 전기를 읽으면서 미국 소설 쪽으로 마음을 굳히기도 했다. 그러나 나의 최종 행선지였던 스토니부룩 소재의 뉴욕 주립 대학교에 와 보니 미국 문학을 해야겠다는 생각이 대번에 싹 가시고 말았다. 무엇보다도 교수진의 구성이 영국 문학 쪽으로 편중되어 있었다. 미국 문학 전문가가 두세 분 있었지만 수십 명의 교수가 고대에서 현대에 이르는 영국 문학 전문가들이었다.

미국에서의 학위 과정 이수가 내게 유익했던 것은 세 차례에 걸친 논문 제출 자격 시험을 준비하는 과정에 수많은 작품을 읽을 수 있었기 때문이다. 15년쯤 전에 내가 읽으려다 포기하고 말았던 《소리와 분노》와 《트리스트람 섄디》도 그때 읽었다. 나는 18세기 문학, 19세기 문학, 그리고 한 장르로서의 영미 소설, 이렇게 세 분야의 시험을 거의 1년에 걸쳐 치렀는데 그 과정에 물론 논문 제목도 찾고 있었다. 소설에 대해서 논문을 쓴다는 것은 진작에 정해져 있었지만 어느 작가 혹은 어떤 주제로 쓸 것이냐는 마지막 순간까지도 결정하지 못했다. 한동안 영문학에도 '교양 소설(Bildungsroman)'이라는 것이 있느냐, 있다면 어떤 전통 혹은 어떤 고유의 특색을 가지고 있느냐 하는 문제를 놓고 곰곰이 생각해 본 적도 있었다. 그리고 피카레스크 소설의 전통을 영문학에서 찾아보는 것도 의미가 있을 것이라는 생각도 했다. 한편, 내가 기왕에 통독했다고 자부하던 로렌스, 조이스, 콘라드는 일단 배제하고 다른 작가를 공부해야 할 것 같은 일종의 결벽증이 나를 사로잡고 있었다. 그래서 나는 필딩이니, 오스틴이니, 디킨스니 하는 주요 작가들 중의 하나를 곰곰이 생각해 보기도 했다. 그러나 결국은 콘라드로 정하고 말았는데 거기에는 두 가지 이유가 있었다. 첫째는 그때 내 나이가 이미 35세를 넘었기 때문에 되도록 시간을 아껴야 한다는 것, 그리고 둘째는 비교적 가까운 과거에 콘라드를 통독한 적이 있을뿐더러 20여 권에 달하는 결정판 전집이 이미 내게 갖춰져 있다는 것이었다.

6 나는 그간 소설을 전공한 사람으로 알려져 왔을 뿐만 아니라, 실제로 영미 소설이나 한국 소설에 대해 글이랍시고 써 보기도 했고 또 부끄러움도 없이 단행본을 몇 권 엮기도 했다. 그러나 누가 소설이 무어냐고 물어 온다면 아직도 나는 잘 모른다고 대답할 수밖에 없다. 이는 뭐 내가 겸손해서가 아니라 실제로 소설 문학에 대해 아는 것이 별로 없기 때문이다. 소설 문학의 성격이나 속성을 놓고 딱 부러지게 여사여사하다고 정의하기도 어렵겠지만, 어쨌든 나는 어떤 특정 정의나 이론을 앞세워 놓고 소설을 읽은 적이 없다. 또 그런 식의 소설 읽기에 대해서는 늘 못마땅하게 여겨 온 편이기도 하다.

다만, 언제나 나는 문학이, 특히 소설이, 우리가 사는 데 뭔가 도움을 줄 수 있을 것이라고 은근히 믿어 왔다. 앞서 나는 대학 신입생 시절에 와일드의 《도리언 그레이의 초상》 서문을 읽고 충격을 받은 적이 있다고 했는데, 그것은 와일드가 "예술가는 아름다운 것을 창조하는 사람"이라고 했기 때문이 아니고 "도덕적인 책이니 부도덕한 책이니 하는 구분은 없다. 책은 잘 쓰여지거나 잘못 쓰여질 수 있을 뿐이다"라고 했기 때문이다. 잘 쓴 소설이냐 아니냐를 따지는 것은 어느 시대 어느 지역 사람들에게나 하나의 절대적 평가 기준이 될 수 있겠지만, 그 기준이 어떤 경우든 도덕적 판단을 초월할 수 없고 초월해서도 안 된다는 것이 그때나 지금이나 나에게 일관되는 믿음이다. 내가 소설에서 기대하는 것도 소설에 근원적으로 내재하는 도덕성이며 이 도덕성은 무엇보다도 우리가 어떻게 살아야 하는가와 관련되어 있다고 생각한다.

여기서 "사는 데 도움을 준다"는 말이 뭔가 거창한 것을 의미하는 것은 아니고 그저 "우리 자신이나 주위의 세상에 대해 성찰할 수 있게 해 준다"는 정도의 의미일 뿐이다. 그리고 그 성찰은 도덕적 판단이나 심미적 향유, 종교적 명상 및 철학적 사색 같은 것들까지 곁들일 수 있을 만큼 포괄적인 것이다. 내가 소설과 관련하여 개인과 사회의 문제에 대해 늘 깊은 관심을 가져 온 것도 바로 그것이 문학적 성찰에서 하나의 핵심 문제로 될 수 있으리라 믿었기 때문이다. 나는 뉴 크리티시즘이 유행하던 시절에 대학생이었고 그 후에도 뉴 크리티시즘적 방법의 효용성을 중요시해 온 편이지만 그것이 작가의 전기적 배경이나 작품의 역사성을 배격하는 데 대해서만은 경계했다. 그 이유는 물론 그런 비평의 방법적 한계가 문학에 대한 내 소박한 믿음과는 상치되었기 때문이다.

앞서 언급한 대로, 미국에 체류하고 있을 때 나는 교양 소설이라는 것이 소설 장르 속에서 하나의 하위 장르(sub-genre)를 이룰 수 없을까 하는 문제를 놓고 꽤 오랫동안 고민했으며 논문 제출 자격 시험을 지도해 주신 어느 18세기 분야의 교수와도 그 가능성을 놓고 몇 차례 만난 적이 있다. 내가 교양 소설에 대해 그처럼 집착한 것도 그 전통적 형식이 "자아와 주위 세계에 대한 성찰"을 제고하는 데 하나의 이상적 모델이 될 수 있으리라 생각했기 때문이다. 더욱이 여기서 '교양'이라는 용어의 원어인 'Bildung'의 뜻을 좀 확대해서 넓게는 '교육 소설(Erziehungsroman)' 그리고 좁게는 '예술가 소설(Künstlerroman)'까지 교양 소설에 포함시

킴으로써 가령 '성장 소설'이라는 포용적 용어 속에 총괄될 수 있을 만한 소설의 영역을 상정(想定)하는 경우, '사는 데 도움을 준다'는 소설관을 지탱해 나가는 데 도움이 되고, 나아가 성장 소설의 의의가 더 잘 부각될 수 있지 않을까라는 생각을 하기까지 했다.

영미 문학에서는 물론 독일 문학의 '빌둥스로만'에 정확히 해당하는 작품들을 찾기가 쉽지 않을 수도 있다. 이를테면, 주인공이 어린 시절부터 여러 상황에서 교육을 받고 또 주변 인물과의 만남 그리고 환경과의 부대낌을 겪으면서 성장한 후 필생의 직업이 될 만한 것을 얻어 정착하기까지의 과정을 그리는 것이 전형적 교양 소설의 유형이라고 한다면, 영문학에서는 이런 의미에서의 교양 소설이 그리 흔하지 않다는 말이다. 아마도 고전 작품들 가운데 기껏 디킨스의 《데이비드 코퍼필드》 및 《막대한 유산》, 조이스의 《젊은 예술가의 초상》 정도가 교양 소설에 근접할 수 있을지도 모른다. 그러므로 나는 영국 소설에서 교양 소설을 찾으려면 그 개념을 조금 느슨하게 하여 그 포괄성을 확대해야 할 필요가 있을 것이라고 생각했다. 그렇게 할 수 있다면, 오스틴의 《에마》, 엘리엇의 《아담 비드》 및 《미들마치》, 버틀러(Samuel Butler)의 《모든 육신의 길》, 하디의 《무명의 주드》, 로렌스의 《아들들과 연인들》 그리고 샐린저의 《호밀밭의 파수꾼》 같은 소설들도 어느 정도 교양 소설로 분류될 수 있지 않을까 싶다.

다른 한편으로 생각하면, 한 작품이 교양 소설이냐 아니냐를 가리는 일은 중요하지 않다. 왜냐하면 우리에게 자아와 주위 세계에 대한 성찰을 가능하게 할 소설이 반드시 교양 소설의 형식으로만 쓰여져야 할 필요가 없기 때문이다. 오스틴의 소설들 중에서 재미로만 따진다면 《오만과 편견》이 단연 발군이라 하겠는데, 나는 늘 재미가 좀 떨어지기는 하지만 《에마》에 대해서도 흥미를 느낀다. 이는 엘리자베스 베네트가 지극히 영리하고 발랄한 여주인공이면서도 그 성격적 변모나 인간적 성장의 모습에서는 에마 우드하우스만큼 흥미롭지 않기 때문이다. 다시 말해 주인공이 통과 의식이랄까 이니시에이션이랄까 하는 과정을 거쳐 궁극적 자아 발견에 이른다는 면에서는 엠마가 엘리자베스보다 우리의 주목을 더 끈다고 할 수 있다. 이는 《에마》가 《오만과 편견》에 비해 "교양 소설"적 측면을 더 많이 지니고 있는 데 기인한다. 그러나 한편 조이스의 〈죽은 사람들〉이나 콘라드의 〈암흑의 핵심〉 같은 작품은, 그 형식이 교양 소설과는 별로 관련이 없어 보임에도 불구하고, 가브리엘 콘로이나 말로우 선장 같은 주인공들이 개인적 고뇌와 자기 발견의 과정을 겪으면서 값진 정신적 성장을 이루기 때문에, 그리고 우리가 작품 읽기를 통해 그 모든 성장 과정을 대리 체험할 수 있기 때문에, 우리에게 감동적으로 다가올 수 있다.

나는 늘 영미 소설 속에서 이런 형태의 대리 체험을 통한 감동을 추구하려 했고 또 그런 감동의 유무와 그 깊이를 잣대로 삼고 작품의 값어치를 가늠하려 했다. 한 작품이 나로 하여금 부단히 내 자신과 내 주위를 돌아보게 하고 나의 의식을 늘 깨어 있고 열려 있게 충동한다면 나는 일단 그 작품을 좋은 작품으로 평가하려 했다. 반면에 아무리 흥미 있어 보이는 주제도 그 전개 과정에서 나에게 자기 성찰의 계기를 제공하지 못한다면 나는 그 작품을 업신여기려 했다. 독자로서의 이런 자세는 나의 안목을 좁힘으로써 문학에서 통속적 가치나 정치 · 사회적 이념만을 귀하게 여기는 비평적 견해를 비딱한 눈으로 보게 했다. 뿐만 아니라 자칫 자기 도취에 빠지는 우를 범할 수도 있다는 것을 잘 알면서도 나는 그런 자세에의 집착을 버리려 하지 않았다. 이는 나 자신의 한계를 말하고 있고 나 스스로 그 사실을 잘 알고 있다. 그러나 나는 그 한계를 벗어나려고 노력한 적이 없으며, 이 점에 대해서는 추호의 후회도 없다.

7 나는 1965년부터 대학 전임 교원 노릇을 시작했지만 처음 10년간은 교양영어 전담 교원으로 또는 미국 유학생으로 지냈기 때문에, 영문학을 가르친 것은 1975년부터 2001년까지의 26년 동안이었다고 할 수 있다. 나는 이 기간 동안 학사 과정에서는 소설보다는 '영문학 개관'이나 '영문학 서설' 같은 기초 과목들을 더 많이 가르쳤다. 그러나 대학원에서는 물론 '소설'이라는 제목이 명시된 과목이든 아니면 '특강'이든 거의 언제나 소설만을 가르쳤다. 그것도 영국 소설만 주로 다루었다. 미국 소설도 내게는 흥미 있었지만 학과 내에 그 방면의 전문가들이 두어 분 계시는 한 언감생심 내가 넘볼 일이 못 되었다. 1977년 여름에 일본 쿄토(京都)에서 개최된 어떤 연례 미국학 세미나에서 A. C. 루이스(Lewis) 교수의 강의를 한 열흘 동안 들은 적이 있는데, 그때 19세기 미국 소설 속에 이미 현대 문학의 특성이 드러나고 있었다는 주제의 열강에 감복하고 귀국한 나는 19세기 미국 소설도 한번 가르쳐 보았으면 좋겠다는 생각을 하게 되었다. 그러던 중 딱 한 번의 기회가 왔다. 1983년 봄 학기에 교수의 해외 파견 등으로 인한 빈틈이 생기자 나는 '미국 문학 특강'이라는 과목을 신청해서 받아들여졌고, 한 학기 동안 석 · 박사 과정의 학생들과 함께 호손(N. Hawthorne)의 장 · 단편 소설을 거의 모두 읽을 기회를 가질 수 있었는데 그때 나는 얼마나 흐뭇했는지 모른다.

한 학기에 읽을 교재를 예고할 때는 언제나 학생들에게는 조금 과중하다 싶을 만큼의 양이 되게 작품을 골랐다. 그런 방침을 고수한 데에는 두어 가지 이유가 있었다. 첫째는 누구든 뭐니 뭐니 해도 작품을 많이 읽은 사람을 당해 낼 수는 없을 것이라는 믿음이었고, 둘째는 공부는 수월하게 할 때보다도 약간 과중하다 싶을 정도의 부담을 느낄 때 가장 효과적일 것이라는 소신이었다. 이 두 가지 이유 말고도 제3의 이유가 있었으니, 그것은 내가 학사 과정 시절에 "만약 내가 대학 선생이 된다면 절대로 휴강을 하지 않을 것이고 학생들에게는 많은 양의 교재를 읽게 하겠다"고 내 자신과 맹세했기 때문이다. 그러나 이런 포부를 실제로 강의실에서 실현하기란 쉽지 않았다. 그 이유는 일부 학생들을 제외한 대부분의 학생들이 자율적으로는 작품을 읽지 않을뿐더러, 교과서 이외의 책은 거의 거들떠보지도 않는 풍조가 만연하는 시대에는 학기 중에도 많은 책을 읽도록 유도하기가 쉽지 않았기 때문이다.

나는 또 늘 '자세히 읽기' 또는 '꼼꼼히 읽기'의 미덕을 신봉했고 학생들에게도 그 미덕을 실천할 것을 요구했다. 워낙 세상살이에서 편익만 찾는 풍습이 지배하는 시대인지라 대학생들도 작품을 읽지 않고 읽은 것처럼 행세할 수 있게 해 주는 참고서들을 거리낌없이 활용하는 눈치였으므로, 나는 학생 쪽에서 보기에 거의 악랄하다고 할 정도의 꼼꼼한 교재 읽기를 요구했다. 더욱이 여러 가지 첨단 이론들이 학생들의 관심을 끌고 특히 좌파 이론이 그들로 하여금 변변히 읽지도 않은 작품에다 이론만 무성하게 덧씌우게 하는 경향이 있음을 알고 있던 나는 더욱더 꼼꼼히 읽기를 강조할 수밖에 없었다.

이론 이야기가 났으니 말이지만, 나는 교실에서 이론을 끌어들이는 것을 되도록 삼갔다. 이는 물론 내가 이론을 잘 모르는 탓이기도 했지만, 그것보다는 학생들이 특정 이론에 매혹된 나머지 문학을 보는 안목을 좁히게 되는 것을 경계했기 때문이다. 그래서 나는 학기마다 학생들에게 "너희가 특정 이론을 숭상하는 것은 좋다. 그러나 학창 시절에는 여러 이론을 접해 보되 되도록 중립적 자세를 취하도록 하라. 특정 이론을 위한 캠페인은 후에 여러분이 일가(一家)를 이루고 난 후에 해도 된다. 지금은 작품을 꼼꼼히 읽는 일만큼 중요한 것이 없다"고 타이르곤 했다.

그리고, 학사 과정의 과목을 가르칠 때에도 거의 그랬거니와, 대학원 과목을 맡을 때마다 나는 으레 전에 가르쳐 본 적이 없는 소설들을 골라서 독서 목록에 올리곤 했다. 다시 말해, 나는 거의 언제나 새 작품들을 읽어야 했는데, 이는 물론 가르치는 것이 곧 배우는 것이라는 믿음 아래 학기마다 내 자신이 무언가 새로운 것을 배울 수 있게 하기 위해서였다. 내가 리처드슨의 《클라리사 할로》, 스턴의 《트리스트람 섄디》, 스몰레트의 《험프리 클링커》, 가스켈의 《메어리 바턴》, 엘리엇의 《플로스 강의 물방앗간》, 트롤로프의 《바체스터 타워즈》, 메러디스의 《리차드 페버럴의 시련》, 조이스의 《율리시스》 같은 소설까지 독서 목록에 올린 것도 바로 그런 의도에서였다.

그러므로 대학원을 가르치는 학기가 되면 나는 되도록 '처음' 가르치는 작품들을 '여러' 편 골라서 이론 따위는 애써 배제하며 오직 텍스트만 '꼼꼼히' 읽히려고 한 셈인데, 이런 방침이 나에게는 적지 않게 부담이 되기도 했다. 워낙 영어 문헌의 속독에 능하지 못한데다가 잘 이해가 되지 않는 구절을 만나면 오랫동안 사전과 참고서 뒤지기를 해야 했고 또 교실에서 거론할 핵심 구절들을 표시해서 주제나 토픽별로 분류해 놓는 일이 여간 어려운 일이 아니었기 때문이다. 그래서 나는 나이가 50세 되던 해에 어느 동료 교수 앞에서 55세까지만 대학원을 맡고 그 후는 맡지 않겠다고 했다. 그 결심을 슬그머니 되돌리는 일이 없도록 배수진을 치기 위해서 그렇게 선언적인 장담을 했던 것이다. 그리하여 1991년 봄 학기의 '현대 영소설'을 끝으로 나는 2001년 정년 퇴임할 때까지 10년간 대학원 강의를 사실상 하지 않았다. 속사정을 잘 모르는 분들이 내가 혹시

후배들을 위해서 대학원 강의를 사양한 것이냐고 묻기도 하는데 절대 그런 것은 아니고 다만 내 개인적 취향을 추종한 결과였음을 이 자리에서 밝혀 두고 싶다.

대학원 강의를 그만두는 것과 때를 맞추어서 박사 과정 학생들의 지도도 사양했고 학술 논문을 써서 발표하는 것도 사실상 중단하고 말았다. 이제 돌이켜 생각하건대, 퇴임을 10년 앞두고 이런 결심을 실행한 것에 대해서는 아무 후회도 없다. 그것이 내 자신을 위해서는 좋았을 뿐이고 학과를 위해서도 전혀 누가 되지 않았음이 분명하기 때문이다.

8 나는 1961년부터 교단에 서기 시작하여 2001년에 퇴임했으므로 중간에 해외에서 보낸 몇 년을 제외하고도 참으로 오랫동안 가르치는 일을 해 온 셈이다. 이제 지난날들을 돌이켜보면 흐뭇하거나 보람 있었던 일보다는 아쉬운 일들이 더 많이 생각난다. 그중에서도 가장 아쉬운 것은 내가 더 많은 작가를 읽고 관심의 분야를 좀 확대하지 못했다는 것이다. 이를테면, 나는 영국 소설과 관련하여 고딕 소설가들 및 월터 스코트 같은 작가들, 그리고 미국 소설과 관련하여 멜빌, 트웨인, 제임스 같은 작가들을 좀 더 깊이 있게 읽어 보지 못한 것이 유감스럽다. 나는 40대 중반의 나이 때부터 대학의 보직을 맡기 시작해서 도합 13년간 학과장, 연구소장, 학장, 대학원장 등의 일을 했는데, 이런 보직을 찾아 나선 적은 한 번도 없었지만 내게 부과되어 온 것을 매몰차게 사양하지도 못했다. 그 결과 나는 언젠가는 읽어야지 하면서도 셰익스피어의 희곡 가운데 아직도 여남은 권은 읽지 못했으며, 소위 소설을 전공했다는 사람에게는 부끄러울 정도로 읽지 않은 주요 작품이 많다. 나는 교실에서 학생들에게 학창 시절에 해야 할 독서의 중요성을 들먹이면서 "학생 때

읽지 못한 책은 영영 읽지 못할 가능성이 높다"고 경고하곤 했는데, 이는 내 자신의 경우에게만 해당하는 말이 아닐까 싶다.

다음으로는 한 문학 장르로서의 소설을 생각하는 일을 소홀히 한 것이 아쉽다. 그러기 위해서는 적어도 서양 내러티브 문학의 역사를 망라하는 책 읽기를 해야 했을 것이고, 교실에서도 관심의 범위를 영문학의 울타리 밖으로 확대했어야 했다. 우리 대학의 분위기로는 이런 식의 관심 확대가 허용되기 어렵겠지만 적어도 조심스러운 시도는 할 수 있지 않았을까 싶다. 나는 미국서 공부하던 시절에 영문과에서 영문학 교수가 개설한 대학원의 카프카 세미나를 수강한 적이 있다. 그때 비록 영역본으로나마 카프카 작품을 모두 읽으면서 "이런 식의 비교 문학적 접근도 중요하겠구나"고 생각하며 부러워했고, 귀국해서도 그런 방면의 공부를 해야 할 필요성을 절감했다. 그러나 연구실에서나 교실에서 그 방면의 연구나 교수는 전혀 하지 못하고 말았다. 앞으로 학사 과정의 학부제가 제자리를 잡게 될 때쯤은 적어도 서양 문학과들끼리 협동을 해서라도 장르론적 접근을 시도해야 할 것이다.

나는 그간 단행본이랍시고 몇 권 출간했고, 그중의 두 권은 작가론적 성격을 띤 책이다. 그러나 그 어느 것도 반듯하게 쓰여진 것이 없다. 논설집이라고 할 만한 것도 두어 권 엮었고 그 속에는 소설에 관한 글들이 더러 섞여 있지만, 그 어느 것이든 잡문 수준을 넘어서지 못한다. 나는 또 아주 젊었던 시절부터 장차 어느 날 '소설의 이론'이라는 책을 한 권 쓰리라 마음먹고 있었다. 80년대의 어느 대학원 시간에 한 학기 동안 소설의 이론에 관계되는 문헌을 교재로 읽은 것도 그 책을 집필하는 첫 걸음을 디디기 위함이었다. 그러나 끝내 그 책은 한 줄도 쓰여지지 않았다. 보직으로 인해 빼앗기는 시간이 많았던 탓으로 정규 과목의 교재 읽기에도 급급했기 때문이다. 그러던 중 내 가까운 친구들 중의 한 사람이 어느 재단의 집필 지원금을 받고 《소설의 이론》을 쓴다는 말을 듣고는 내 꿈을 아예 접고 말았다. 그 친구와 경쟁하는 것처럼 비칠까 두려웠기 때문이었다. 그러나 지난 10여 년 동안을 지켜보았지만 그 친구의 책은 아직도 나오지 않고 있다.

1975년 서울대학교가 관악 캠퍼스로 종합화된 직후 나는 영어 선생으로서 최소한 열 권의 영미 소설을 우리말로 번역하는 동시에 주요 작품에 대한 주석 작업을 해야겠다는 결심을 했다. 그 첫 작업으로 조이스의 《젊은 예술가의 초상》을 번역하는 한편, 콘라드의 〈암흑의 핵심〉에는 주석을 달았다. 그러나 번역이나 주석은 모두 어려운 작업이었다. 게다가 들이는 시간이나 노력에 비해서 금전적 보상은 거의 없는 것이나 마찬가지였다. 보상이 적은 데서 오는 결손감은 사명감으로 극복할 수도 있지만, 동료들이나 후배 영문학도들이 "이건 오역이군" 또는 "이 주해는 틀렸잖아" 하고 나무라는 소리가 들리는 듯해서 괴로웠다. 사실 논문 한 편만 써도 1천만 원이나 그 이상의 연구비를 받을 수도 있는 좋은 시절인데 누가 수지 맞지 않고 기껏 핀잔이나 들을 만한 짓을 할 만큼 어리석을까? 그러나 나는 이런 일은 결국 누가 해도 해야 할 일이며 그것도 아주 썩 훌륭하게 해내야 할 일이라고 생각한다. 그렇지 않고야 궁극적으로는 우리 영문학계도 큰 발전을 이룰 수 없을 것이라는 것이 내 생각이다. 이런 의미에서는 내가 보직 타령이나 하면서 게으름을 피울지언정 그 자투리 시간들을 번역이나 주석 같은 유용한 작업을 위해 효과적으로 활용하지 못한 것이 부끄럽기만 하다.

뗏목 해체하기

트웨인에 대한 해체론적 접근

김성곤

1. 마크 트웨인의 이중적 비전

한국인들이 19세기 미국 작가 마크 트웨인(Mark Twain, 1835~1910)을 처음 만나게 되는 것은 대개의 경우 《톰 소여의 모험》(*The Adventures of Tom Sawyer*, 1876. 이하 《톰 소여》)이나 《허클베리 핀의 모험》(*The Adventures of Huckleberry Finn*, 1885. 이하 《허클베리 핀》), 또는 《왕자와 거지》(*The Prince and the Pauper*, 1882) 같은 작품들을 통해서이다. 그런데 그런 소설들은 그동안 아동 문학으로 포장되어 소개되었기 때문에 사람들은 자칫 트웨인을 단순한 아동 문학 작가로 생각하기 쉽다.

물론 트웨인의 소설들이 아이들의 서가에 많이 꽂혀져 있고, 내용 또한 아이들이 즐겨 읽을 만한 것이라는 데에는 의심의 여지가 없다. 그러나 트웨인은 결코 아동 문학 작가가 아니라 19세기 본격 미국 문학을 대표하는 주요 작가였으며, 영국의 디킨스처럼 국민의 사랑을 한 몸에 받았던 미국의 국민 작가였다. 디킨스가 《올리버 트위스트》(*Oliver Twist*,

1837~8) 같은 작품 속에서 소년 주인공을 통해 19세기 영국 사회를 비판했듯이, 트웨인 역시 자신의 소설들에서 아이들의 순진한 시각을 통해 19세기 미국 사회를 유머스럽게 그러나 신랄하게 비판했다. 예컨대 그는 《톰 소여》에서는 학교나 교회, 가정 같은 문명 제도의 위선과 억압을, 그리고 《허클베리 핀》에서는 당시 미국인들의 맹목적 유럽 숭배, 속물적 귀족주의, 종교적 편견, 그리고 도덕적 부패 등을 아이들의 눈을 통해 예리하게 풍자하고 있다. 그러므로 트웨인의 이 작품들은 아동 소설의 형식을 빌린 사회 비판 소설이라고 할 수 있다.

트웨인은 비단 미국 사회만 비판한 것이 아니라, 당시 전통과 교양과 고급 문화를 내세우며 미국을 무시했던 유럽인들의 위선과 속물주의도 비판함으로써, 미국인들에게 자국 문화에 대한 자부심을 심어 주는 데 중요한 역할을 했다. 예컨대 그는 《왕자와 거지》에서는 영국 황실 및 귀족 사회의 독재와 부패를, 그리고 《아서 왕궁의 코네티컷 양키》(*A Connecticut Yankee in King Arthur's Court*, 1889. 이하 《코네티컷 양키》)에서는 영국 기사도와 기독교의 위선을 폭로하고 있다.

트웨인의 초기작들 역시 국내에는 별로 알려져 있지 않지만 예리한 서구 문명 비판서라고 할 수 있다. 처녀작인 《시골뜨기 유람기》(*Innocents Abroad*, 1869)는 미국인의 유럽 견문 및 비판서로, 그리고 《어려운 시절》(*Roughing It*, 1872)은 미국 서부 견문 및 비판서로, 그리고 《미시시피 강의 생활》(*Life on the Mississippi*, 1883)은 미국을 남북으로 관통하는 미시시피 강의 문화적 탐구서로 읽을 수 있다. 결국 트웨인은 평생 '미국이란 무엇인가'라는 문제를 천착하고 탐색했던 가장 미국적인 작가였다고 볼 수 있다.

트웨인의 소설은 사회 비판적이면서도 해학과 풍자로 가득 차 있어 읽는 이들을 즐겁게 하는 것이 특징이다. 그래서 그동안 트웨인은 유머 감각이 뛰어난 낙관주의자로만 알려져 왔다. 그러나 트웨인은 사실 인간과 인류 문명 모두에 대해 암울한 비관적 견해를 갖고 있었다. 예컨대 후기 작인 《바보 윌슨》(*Pudd'nhead Wilson*, 1894), 《정체불명의 나그네》(*The Mysterious Stranger*, 1916), 《인간이란 무엇인가?》(*What Is a Man?*, 1906) 등은 모두 그의 그러한 비관주의를 표출해 주고 있는 저서들이다. 최근 미국의 어느 학자는 새로 발견된 편지의 내용 등을 근거로, 후기 트웨인이 사실은 그렇게 비관적인 것은 아니었다고 주장해 주목을 끌기도 했지만, 아내와 딸의 때 이른 죽음과 인쇄 사업의 실패, 그리고 인간에 대한 실망 등이 말년의 그를 비관주의자로 만들었다고 그의 전기 작가들은 전한다.

국내에는 잘 알려져 있지 않지만, 자신의 비관주의적 인간관을 드러내 주고 있는 대표작 《바보 윌슨》에서 트웨인은 최초로 지문을 이용해 범인을 찾아내는 추리 소설 기법을 문학에 도입하고 있다. 피부색이 비슷해서 어렸을 때 뒤바뀐 백인 농장주의 아들과 흑인 노예의 아들이 어떻게 각각 비겁한 노예와 잔인한 백인 주인으로 성장하는가를 추적하는 이 소설에서 트웨인은 인간과 인간의 제도에 대한 자신의 뿌리 깊은 불신을 드러내 보여 주고 있다. 그래서인지 이 소설에는 "아메리카를 발견한 것은 멋진 일이었다. 그러나 발견하지 않았더라면 훨씬 더 멋졌을 뻔했다"라는 유명한 구절이 나온다.

트웨인은 이렇게 일반에게는 잘 알려지지 않은 또 하나의 면모를 가진 복합적인 작가였다. 예컨대 그는 목가주의를 주창한 문명 비판자였지만, 19세기에 등장한 기계 문명에 대해서는 상당한 희망과 기대를 갖고 있었는데, 증기선이나 활판 인쇄에 대한 그의 비상한 관심은 좋은 예가 된다.

그는 또 웃음과 울음, 그리고 미소와 눈물을 동시에 갖고 있었던 이중 비전의 작가였으며, 모든 위대한 작가들이 다 그렇듯이 양극을 피하고 양쪽을 다 포용했던 '복합성'과 '모호성'의 작가였다.

90년대 초 리처드 브라운(Richard Brown) 부부에 의해 롱아일랜드(Long Island) 소재 리틀턴(Littleton) 저택의 다락방에서 발견된 트웨인의 편지(1908~1910년 사이에 쓰여진)는 트웨인이 말년에도 여전히 유머스럽고 쾌활했음을 잘 보여 주고 있다. 그래서 일부 학자들은 트웨인의 비관주의에 대한 기존의 학설에 의문을 제기하기도 했다. 그럼에도 불구하고, 후기 트웨인이 인간과 사회에 대해 비관적 태도를 갖고 있었다는 사실은 쉽게 부인할 수 없다. 사실 그의 비관주의는 후기 작품들에서뿐만 아니라, 이미 《허클베리 핀》에서부터 암시되고 있다.

트웨인의 특징은 남부와 북부, 목가주의와 기계 문명, 또는 유머와 비탄에 대한 그의 복합적인 태도에서도 잘 드러나듯이, '모호성(ambiguity)'과 '양가성(ambivalence)'이라고 할 수 있다. 그리고 바로 그러한 그의 속성이 그를 미국 낭만주의와 사실주의의 경계선에 위치시키는 한 이유가 된다(트웨인이 낭만주의적 요소와 사실주의적 요소를 동시에 갖고 있었다는 것은 이미 잘 알려진 사실이다). 예컨대 그는 북부 연방주의자였던 형 오라이언(Orion)과는 달리, 북부의 담론(discourse)을 받아들이면서도 남부에 대한 향수를 갖고 있었고, 목가주의를 지지하면서도 기계 문명의 이점에 매료되었으며(예컨대 그는 증기선 파일럿이 되고 싶어 했고, 새로운 인쇄 활자에 투자했을 뿐 아니라, 자신이 발명한 것들의 특허를 출원하기도 했다), 뛰어난 유머 감각과 비극적 비전을 동시에 갖고 있었던 복합적인 인물이었다.

트웨인의 이러한 비극적 비전과, 이분법적 경계선을 넘나드는 속성은 그의 작품 세계를 이해하고 분석하는 데 해체론적 접근을 가능하게 해 준다. 해체론은 물론 여러 가지 관점에서 논의될 수 있겠지만, 이 글에서는 특히 해체론의 가장 핵심이 된다고 볼 수 있는 "decentering/absence of the Truth/transcending the boundaries/deconstructing the hierarchy of the binary oppositions" 등을 중심으로 트웨인의 주요 작품들을 읽어 나감으로써, 트웨인의 문학 세계를 20세기 후반 해체론적 시각으로 이해해 보려고 한다.

2. 뗏목에 대한 해체론적 고찰

《허클베리 핀》을 관통하는 중심 모티프(central motif)는 미국을 동서로 나누는 미시시피 강과 그 강의 흐름을 타고 여행하는 뗏목이다.[1] 뗏목은 레오 마르크스(Leo Marx)의 지적대로, 19세기 미국 사회를 이루는 두 인종인 백인 소년과 흑인 도망 노예가 동반자로서 모험을 겪는 "a mobile extension of America"이며, 항해의 목적은 억압적이고 위협적인 문명과 사회로부터의 '도피'와 '자유', 즉 '아메리칸 드림(The American Dream)'의 추구이다. 그리고 그 과정에서 성취되는 것은 19

---

1) 당시 허크와 짐이 탄 뗏목은 넓이 12피트, 길이 15~16피트였다. 뗏목의 특성은 다음과 같이 정리할 수 있다.
① raft(뗏목)에는 rift(틈. 엉성한 틈)가 있다.
② 물 위에 떠 있다.
③ 확고한 구심점이나 근원이 없다.
④ 지나간 자리에 흔적이 없다.
⑤ 뗏목의 용도는 원래 항해가 아니라, 맞은편 육지까지 건너가는 것이다.
⑥ 뗏목에는 '유희'의 의미가 있다.

세기 미국 사회에 대한 비판적 성찰, 그리고 미국인들의 짐이자 꿈인 "인종 간의 이해와 우정"이다.

그러나 허크와 짐의 뗏목 여행에는 처음부터 실패가 내재되어 있는 것처럼 보인다. 우선 미시시피 강은 미국을 남북으로 나누는 존 도스 패소스(John Dos Passos)의 《42도선》(*The 42nd Parallel*)과는 달리, 아메리카 대륙을 동서로 나누고 있다. 그래서 시작부터 독자들은 트웨인의 아이러니를 발견하게 된다. 왜냐하면 이 소설은 분명 동부와 서부가 아닌 남부와 북부의 문제를 다루고 있기 때문이다.

물론 미시시피 강은 북에서 남으로 흐른다.[2] 그래서 허크와 짐은 남쪽으로 항해한다. 그러나 아이러니컬하게도 그들이 찾아가는 것은 남부의 이데올로기가 아니라 북부의 담론이다. 그렇다면 그들의 뗏목은 북쪽으로 가기 위해 남쪽으로 내려가고 있는 셈이 된다.[3] 미시시피 강은 또 자유 주와 노예 주를 갈라놓는 경계가 된다. 그러나 과연 그 두 지역이 낙원과 지옥처럼 그렇게 확연히 구분되는 것인지에 대해 트웨인은 별 말이 없다. 그리고 그러한 것들을 깨닫는 순간, 독자들은 뗏목 여행의 패러독스와 이미 처음부터 예정된 실패의 그림자를 보게 된다.

뗏목을 탄 두 도망자의 궁극적 목표는 짐이 자유를 얻고 돈을 벌어 가족들을 데려올 수 있는 곳, 즉 카이로(Cairo) 항구이다. 그래서 카이로는 그들이 추구하는 유토피아, 즉 절대적 진리를 상징한다. 그러나 짙은 안

---

2) 강은 다음과 같은 양면성을 갖고 있다.
 ① 역사(History)/지리(Geography)/직선적 시간(Linear Time)
 ② 무시간성(Timelessness)

3) 북부로 가기 위해 실제로는 남부로 가고 있는 이들의 역설적 아이러니는 다음 두 가지 의미를 갖는다.
 ① 북부에서 추구하는 것의 근원적 문제와 대면하기 위해 남부로 간다.
 ② 북부의 담론을 추구하지만, 결국에는 필연적으로 남부로 떠내려가게끔 되어 있다.

개로 인해 그들은 그만 카이로를 지나치고 만다. 진리의 중심에 가까이 가면 갈수록 안개가 심해져 결국 추구하던 절대적 진리는 보이지 않게 되기 때문이다. 하이젠베르크의 불확실성 이론 및 양자 이론과도 상통하는 이러한 설정은 이미 포(Poe)의 《낸터켓의 아서 고든 핌 이야기》(*The Narrative of Arthur Gordon Pym of Nantucket*)이나 멜빌(Melville)의 《모비 딕》(*Moby Dick*)에서도 제시되었으며, 후에 콘라드(Conrad)의 〈암흑의 핵심〉("Heart of Darkness")에서도 다시 반복되는데, 그와 같은 것은 19세기 미국 소설에 대한 해체론적 접근의 타당성을 제공해 주고 있다. 트웨인의 《허클베리 핀》에서도 역시 절대적 진리란 우리가 애타게 찾지만 결국은 부재하는 초월적 기의(Transcendental Signified)가 된다. 그렇다면 허크와 짐이 발견하는 것도 궁극적으로는 부재한 진리의 '흔적(trace)'일 뿐, 아메리카 대륙에 그들이 찾을 수 있는 이상적 진리란 아예 처음부터 존재하지 않는지도 모른다.

세찬 미시시피 강의 물결 위에 떠 있는 뗏목 역시 아이러니의 극치를 이룬다. 떠 있다는 것을 제외하고는, 뗏목은 파도나 폭풍에 너무나 약하고 원하는 방향으로의 조종이 쉽지 않기 때문이다. 연약한 뗏목을 타고 허크와 짐은 도대체 어디로 갈 수 있단 말인가. 그런 의미에서 뗏목은 깨지기 쉽고 이상적이며, 물 위에 떠 있는 미국인들의 목가적인 '꿈'의 상징일 뿐이다.[4] 과연 뗏목은 갑자기 나타난 리얼리티와 테크놀로지의 상징인 증기선에 의해 파선되고, 그에 따라 허크와 짐의 '꿈'도 산산조각이 난

4) 뗏목은 낭만적인 꿈이자 동시에 현실에서는 연약하고 위험한 여행 수단이 된다.
① 꿈과 같은 속성(dreamlike quality): '점잖고, 미끄러지듯, 부드럽고, 조용한 동작'/모든 걱정, 슬픔, 귀찮은 일을 잊게 해 줌.
② 현실에서는(in reality): 급히 흐르고, 믿을 수 없는 물살 위에서의 무력한 뗏목.

다. 그리고 그 결과, 그들은 16장에서 잠시 서로 헤어지게 된다. 이제 그들 앞에 놓여 있는 것은 남부 해변가 마을들에서 목격하고 경험해야만 하는 끔찍한 현실뿐이다.

그러나 16장 이후에 트웨인이 시도하는 것은 결코 단순한 남부 사회 비판이 아니다. 이 소설에서 트웨인이 제시하는 남부 사회의 위선과 편견은 그것을 목격하는 백인 소년 허크의 눈뜸과, 인식의 전환을 위한 도덕적 텍스트로서 제시되고 있기 때문이다. 그리고 그러한 경험을 통해 허크는 비로소 자기 자신의 모습을 돌이켜 보게 되고, 자신의 위선과 편견과 증오를 반성하게 되며, 짐에 대한 진정한 우정과 애정을 발견하게 되기 때문이다. 바로 그런 의미에서 뗏목 위의 '꿈꾸는 자'들이 추구하던 절대적 진리는 카이로 그 자체가 아니라, 카이로를 놓친 다음 경험하는 깨달음(특히 백인 소년 허크의 깨달음)이라고 할 수 있다.

트웨인은 허크로 하여금 19세기 미국인들을 세뇌시키고 있었던 모든 담론—예컨대 이데올로기, 종교, 교육, 관습, 또는 사회적 통념 등—에 대한 통렬한 회의와 반성과 극복을 경험하게 함으로써, 그를 정신적, 도덕적으로 다시 태어나게 한다. 31장에서 도망 노예인 짐을 신고하려던 쪽지를 찢고 지옥에 갈 각오를 하는 허크의 태도는 바로 그와 같은 깨달음과 변화의 소산이다. 허크는 이제 백인과 흑인, 또는 주인과 노예를 가르는 이분법적 가치 판단을 버리고, 지배문화의 횡포에 반발하며, 양극의 경계를 초월하는 새로운 비전을 획득한다. 그리고 바로 그 순간, 허크와 짐은 진정한 정신적 자유를 획득한다.

엄밀히 말해 허크와 짐은 처음부터 여행 목적이나 방향이 달랐다. 짐의 목적은 카이로에 가서 신체적 자유를 찾는 것이었지만, 허크의 목적은 뗏목 위에서의 정신적 자유였다. 즉 허크의 궁극적 목적은 뗏목 그 자체, 또는 뗏목 위에서의 "자유롭고 편한 생활(free and easy life)"이었다는 것이다.[5] 그러나 여행을 통해 두 사람 사이에 진정한 교감과 우정과 이해가 싹트면서, 허크와 짐은 둘 다 고양된 영적, 도덕적 자유를 획득하게 된다. 정신적 깨달음이 있을 때, 신체적 자유는 저절로 얻어지는 법이다. 과연 이 소설의 마지막에 독자들은 미스 왓슨(Miss Watson)의 유언에 의해서 짐의 신체적 자유가 이미 오래 전에 주어졌다는 것을 알게 된다.

그런 의미에서 이 소설의 마지막 펠프스 농장 에피소드는 불필요한 것처럼 보인다. 이제는 뗏목 여행도 끝이 나고, 오직 톰 소여의 짓궂은 장난만 남았기 때문이다.[6] 그러나 만일 펠프스 농장 에피소드가 트웨인의 더욱 더 심화된 비관주의를 드러내 주고 있다면, 그것의 존재 가치를 간단히 평가절하할 수만은 없을 것이다.[7] 왜냐하면 펠프스 농장 에피소드를 통해 트웨인은 미국 사회의 위선과 편견이 남부의 '백인 쓰레기(white

---

5) 그러나 뗏목은 자유(Freedom)이자 동시에 감옥(Prison)이 된다.
① 자유(Freedom) : 즉 Free and Easy Life. Paradise.
② 감옥(Prison) : Confined to it. Nailed to it, Being exposed and humiliated. Prison of language/Prison of American Culture/History/Heritage.
그 결과, 문명과 사회로부터 도피해서 단순히 자유스럽고 싶어 하는 허크는 뗏목 위에서는 장난스럽고 불량한 편이어서 짐에게 핀잔을 받지만, 뗏목으로부터 벗어난 해변가 마을에서는 진지하고 올바른 사람이 되면서 도덕적 깨달음과 눈뜸의 과정을 거친다. 예컨대 안개 장면 직후, 허크가 짐을 놀릴 때, 짐은 그것을 '쓰레기(trash)'라고 부르고, 허크는 겸손해져 짐에게 사과한다. 그리고 허크는 뗏목 위에서는 언제나 잘못된 행위를 하지만, 뭍(shore)에서는 언제나 옳은 일만을 하게 된다.

6) 닐 슈미츠(Neil Schmitz)는 "'도덕주의자(moralist)'들을 기쁘게 하기 위해서는 톰이 등장하기 전에 이 소설이 끝났어야만 한다"고 지적하고 있다. 즉 도덕주의자들을 만족시키기 위해서는 허크가 특권적 위치에 있고 짐을 아직 '검둥이(Nigger)'로 보고 있을 때 이 소설이 끝났어야만 한다는 것이다. 그러나 그럴 의도가 없다면 이 작품에서 굳이 톰을 배제할 이유는 없다. 사실 톰의 장난에도 불구하고, 이 작품은 허크가 옳고 그름(right or wrong)의 경계를 초월해 "영원한 지옥불(everlasting fire)"과 정면으로 대면하며, 또 다른 여행과 방랑을 떠나는 긍정적인 측면으로 끝이 난다. Neil Schmits, *Of Huck and Alice* (Minneapolis: U of Minnesota P, 1982), 27 참조.

trash)'나 가난한 사람들(the poor)이나 나쁜 사람들(the bad)들에게만 있는 것이 아니라, 친절하고 선량한 백인들(샐리 이모나 톰 소여 같은)에게도 뿌리깊게 내재해 있다는 것을 드러내 주고 있기 때문이다(최근 국내에서도 번역된 랜덤 하우스 수정보완판 《허클베리 핀》에 입각해 펠프스 농장 에피소드에 대한 새로운 해석도 시도해 볼 수 있을 것이다). 특히 톰이 단순히 낭만적인 모험과 장난을 위해 짐에게 입히는 상처와 시련은, 바로 선량한 백인들의 무의식적인 태도나 낭만적 사고 방식이 유색인들에게 입힐 수 있는 정신적 상처를 상징한다고 볼 수 있다.

펠프스 농장 에피소드의 보다 심각한 문제는 아마도 뗏목을 잃어버리고, 여행을 하지 못한 채, 농장에 눌러앉은 허크의 무력함일 것이다. 펠프스 농장에서 허크는 자신의 정체성을 잃고 다만 톰 소여로 오인될 뿐이다. 그리고 바로 그 순간 허크는 무기력한 존재로 축소된다. 그래서 그는 농장을 떠나 다시 한 번 구심점이 없는 여행을 계속해야만 한다. 그러나 프론티어가 사라진 1890년이 되면, 그는 과연 어디로 갈 수 있을 것인가? 해체된 그의 뗏목은 과연 무엇으로 바뀔 것인가?

트웨인은 허크와 짐의 뗏목 여행이 실패하리라는 것을 처음부터 알고 있었던 것 같다. 조류를 따라가야만 하고 힘과 기동력이 약한 뗏목은 필연적으로 노예 주 지역인 남부로 흘러가게끔 운명 지워져 있었으며, 북부와 자유의 상징인 카이로를 찾지 못하게끔 예정되어 있었기 때문이다. 사실 북부에서 절대적 진리와 자유를 찾지 못하고 남부로 흘러 들어간다는

---

7) 트웨인은 1876년에 첫 16장(카이로로 가려고 애쓰는 장면)까지 쓰고, 1879~1880년에 중간 부분을 썼으며, 1883년에 마지막 부분을 썼다. 그러므로 그동안 트웨인이 겪었을 인식의 변화가 이 작품의 각 단락에 나타났을 가능성이 많다. 그런 맥락에서 보면 '펠프스 농장 에피소드' 역시 단순한 구성상의 실패가 아니라, 작가의 달라진 풍자 의식의 소산이라고도 볼 수 있을 것이다.

점에서 뗏목 여행은 실패인 것처럼 보인다. 그러나 만일 북부에서 쉽게 자유를 찾아 안주하는 것보다는, 남부로 들어가 문제의 핵심과 대면하는 것이 이 작품의 원래 의도였다면, 허크와 짐의 뗏목 여행은 그 목적을 십분 성취한 셈이 된다. 그런 의미에서 뗏목은 현실의 위협적인 파도 위에서도 침몰하지 않고 부단히 흔들리며 춤추는, 그래서 고정되고 경직된 사회 관습들과 통념들을 조롱하고 해체하는 '언어의 유희'에 비유할 수 있을 것이다.[8)] 그렇다면 뗏목 여행을 통해 허크와 짐은 '인종간의 화해'라는 미국의 꿈을 은유적으로 성취했다고 볼 수 있을 것이다. 노먼 메일러(Norman Mailer)는 《허클베리 핀》 출간 100주년 기념 해에 다음과 같은 글을 썼다.

> 《허클베리 핀의 모험》을 읽으면서 우리는 백인들과 흑인들 사이의 증오에 가득 차고 죽어 가는 지금의 관계가 사실은 아직도 우리 나라의 위대한 사랑의 관계라는 것을 다시 한 번 깨닫게 된다. 그러한 관계가 증오와 상호불행으로 끝난다면 그것은 슬픈 일이 될 것이다. 이 소설의 물결을 타고 가며 우리는 그러한 사랑의 관계가 아직 새롭고 또 가능한 것처럼 보였던 시절로 되돌아가게 된다. 그러한 감정을 회상해 보는 것은 사실 얼마나 풍성한 느낌을 가져다주는가? 희망이 시들어 버리고 정열이 식어 버린 후에 그러한 감정이 회상에 남겨 놓는 불멸의 풍요함 외에 더 위대한 것이 무엇이 있겠는가? 다시 쓸 수 있는 그

---

8) 그런 의미에서 《허클베리 핀》은 이분법적 가치 판단을 해체하고 있다고 볼 수 있는데, 그 몇 가지 예를 들면 다음과 같다.
① 선과 악, 옳고 그름(Good/Bad, Right/Wrong) 사이의 경계선 해체.
② 또한 마지막에 허크는 톰이 되고 톰은 허크가 되는데, 둘의 '자리 바꿈'은 현실과 환상의 경계선을 해체하고 서로의 영역을 넘나들게 한다.

러한 풍요함이 거기에 있다는 것은 언제나 민주주의의 희망이 된다. 《허클베리 핀의 모험》의 지속적인 위대함도 그것이 우리로 하여금 자유롭게 민주주의와 그것의 숭고하고도 무거운 전제를 생각하도록 해준다는 데에 있다. …… 민주적 인간의 화신이었던 트웨인은 펜을 움직일 때마다 그러한 전제를 알고 있었으며, 어떻게 그것을 시험해야 하고, 어떻게 그것을 얽히게 하며, 또 어떻게 안타깝게 해야 우리가 그러한 이상에 대한 사랑으로 다시 마음이 부드러워질 것인가를 잘 알고 있었다.[9)]

3. 안개 속의 뗏목 여행과 보이지 않는 진리

《코네티컷 양키》에서 트웨인은 미국 남부로의 여행이 아니라 미국의 근원인 영국으로의 여행을, 그리고 19세기에서 6세기로의 과거 여행을 시도하고 있다. 이 작품에서 행크(Hank)는 뗏목 여행 대신 6세기 영국 아서 왕 시대로 시공이 전도된 시간 여행을 떠난다. 그리고 아서 왕의 궁전에 체류하면서, 샌디(Sandy)와 더불어 기사 여행을 떠나고 아서 왕과 같이 민정 시찰을 나간다. 그리고 그 과정에서 행크는 아서 왕 시대의 여러 사람들을 만나는데, 그들은 허크가 만났던 미국 남부 사람들과 강렬한 병치를 이룬다.

원래 트웨인은 미국 문화를 저속하다고 비판했던 매튜 아놀드(Matthew Arnold)에 대한 반발로 《코네티컷 양키》를 썼다고 알려져 있

9) Norman Mailer, "Huckleberry Finn, Alive at 100," *Dialogue* 69 (March 1985), 33.

다. 그래서 애초에 그는 영국의 귀족주의와 목가주의에 비해 미국의 민주주의와 테크놀로지의 우월성을 보여 주려고 했다. 그러나 아서 왕 시대에 대한 월터 스코트 식의 낭만화를 비판하려던 트웨인의 원래 의도는 결국 19세기 미국 사회에 대한 신랄한 비판으로 끝을 맺고 만다. 그래서 그런지 이 작품에는 역사의 진보와 문명의 발전에 대한 저자의 비관적 태도가 작품 전체에 짙게 깔려 있다. 그리고 그 결과, 이 작품은 저자의 원래 의도와는 달리, 영국과 미국 그리고 과거와 현재의 경계가 모호해지면서 결국 스스로를 해체하게 된다.

아서 왕 시대로 돌아간 시간 여행이 행크에게 눈뜸과 깨달음의 여행이 되는 것도 바로 그런 이유에서이다. 행크는 낭만적으로만 생각했던 아서 왕 시대가 사실은 미국의 노예제 사회와 크게 다를 바 없었다는 것뿐만 아니라, 아서 왕 시대 귀족들의 횡포와 기사들의 잔인성, 봉건군주제의 해악, 그리고 교회의 횡포가 19세기 미국 사회에서도 다른 형태로 여전히 계속되고 있다는 사실까지 깨닫게 된다. 또 그는 테크놀로지의 우월성을 믿었지만, 그 테크놀로지가 오용될 때 얼마나 많은 폐해를 가져오는지도 깨닫게 된다(현대의 테크놀로지를 6세기로 가져가 야만적인 아서 왕 시대 사람들을 문명화시키려던 행크가 스스로 테크놀로지를 이용해 2만 5천 명의 기사들을 학살하는 장면은 바로 그러한 문제를 잘 드러내 주고 있다).

그래서 《코네티컷 양키》에서 트웨인은 미국 문화에 대한 영국의 편견뿐만 아니라, 기술 문명의 발달에 대한 19세기 미국의 낙관주의에도 강력한 제동을 건다. 그런 의미에서 이 작품은 일견 유토피아 소설 같으면서도 암울한 디스토피아 소설이 된다. 이 작품에서도 이상적이고 절대적인 진리는 발견되지 않는다. 행크는 6세기의 영국에서 19세기 미국 사회의 문제점의 '근원'을 보았으며, 19세기 미국에서 6세기 영국의 '자취'를 보았다. 테크놀로지가 유토피아를 가져다줄 수 없다는 것, 그리고 미국과 유럽, 또는 중세와 현재 사이에 근본적인 차이란 없다는 것을 깨달은 후, 행크의 이분법적 가치 판단과 이분법적 서열 의식은 철저하게 해체된다.

《바보 윌슨》은 트웨인이 페이지 식자기에 투자한 20여 만 달러를 손해 본 우울한 시기에 출간되었다. 남북 전쟁 이전을 배경으로 하고 있는 이 소설은 원래 샴 쌍둥이(Siamese Twins)를 주인공으로 하는 소극(笑劇)으로 쓰려던 것이 록시(Roxy)와 톰과 윌슨이 등장하는 비극으로 바뀐 것이다. 그래서 그런지 이 소설은 희극과 비극의 경계를 뛰어넘는 독특한 분위기를 창출하고 있다.

이 소설에는 허크의 뗏목도, 행크의 시간 여행도 없다. 여기에는 다만 도슨스 랜딩(Dawson's Landing)에 흘러 들어온 떠돌이 윌슨만 있을 뿐이다. 그러나 마을 사람들로부터 바보라고 놀림받는 윌슨은 이 마을에 들어와서, 백인과 흑인, 그리고 주인과 노예의 이분법적 경계를 해체한다. 즉 그는 흑인 노예 록시가 어렸을 때 아이들을 바꿔쳐서, 록시의 아들이 백인 주인 톰으로 성장하고, 주인의 아들은 노예로 성장했다는 것을 지문 조사를 통해 밝혀 냄으로써 마을 사람들을 경악하게 만든다.

그러한 설정의 근저에는 물론 사회 제도와 인간성에 대한 트웨인의 깊은 환멸이 자리 잡고 있었다. 즉 트웨인은 뒤바뀐 두 아이들을 통해 인간은 어떻게 태어나면서부터 돌이킬 수 없는 사악함을 갖고 있는지, 그리고 그런 사악함이 어떻게 제도에 의해 형성되어 가는지를 결정론적인 입장에서 고찰하고 있다. 트웨인의 환멸은 거기에서 그치지 않고 도슨스 랜딩의 사건을 해결한 후 드디어 그 사회의 일원으로 인정받고 부상하는 윌슨에 대한 비관적 태도로까지 확대된다. 그렇다면 자신의 캘린더에 "아메리카를 발견한 것은 멋진 일이었다. 그러나 발견하지 않았더라면 훨씬 더 멋졌을 뻔했다(It was wonderful to find America, but it would have been more wonderful to miss it)"라고 적어 놓은 윌슨은 여행을 마치고 마을로 돌아와 정착한 허크일까, 아니면 재치 있는 장난꾸러기 톰일까?

이분법적 가치 판단을 초월하는 모호성과 양가성을 특징으로 하는 트웨인의 문학 세계에 절대적 진리란 없다. 거기에는 다만 진리를 가리는 짙은 안개와 그 안개 속에서 길을 잃는 연약한 뗏목만 있을 뿐이다. 뗏목은 통나무(log)로 만들어진다. 그런데 "log"에는 동시에 '항해 일지'란 뜻도 있다. 그렇다면 트웨인의 뗏목은 은유적으로 절대적 진리와 이상적인 '미국의 꿈', 그리고 적대적이고 불가해한 리얼리티의 탐색을 위한 미국인들의 항해 일지라고도 말할 수 있을 것이다.[10] 그렇다면 우리는 허크와 짐의 뗏목으로부터, 오늘날 미국인들이 (또는 우리가) 당면한 상황과 문제들에 대한 한 기호학적 해석을 읽어 낼 수도 있을 것이다. 비록 독자의 해석 또한 허크의 뗏목처럼 결코 절대적인 구심점을 찾지 못하고 부단히 부유하다가, 해석학적 순환 속에서 숙명적으로 해체될 운명에 처해 있지만 말이다.

---

10) 피들러(Fiedler)는 "톰 소여와 허크 핀은 같은 꿈을 두 번 꾸는 셈인데, 후자는 악몽이다"라고 말한다. 이 말은 곧 《허클베리 핀의 모험》이 미국 사회의 악몽적 요소들을 묘사하고 있다는 것을 의미한다. Leslie A. Fiedler, *Love and Death in the American Novel* (New York: Stein and Day, 1960), 354 참조.

테스, 《테스》, 텍스트

하디의 《테스》 다시 읽기

유명숙

최근 하디(Thomas Hardy, 1840~1928) 비평에서 종종 눈에 띄는 단어가 성과 계급이다. 해체 비평에 이어 전성기를 구가하는 "정치 비평"[1]이 마르크스주의의 세례를 받았다는 점, 페미니즘이 정치 비평의 주축을 이룬다는 점을 떠올리면 의외의 일은 아니다. 사실 하디뿐만 아니라 다른 19세기 작가에 대한 논의에서도 사정은 비슷하다. 하디 비평의 경우 이전에도 계급과 여성 인물을 쟁점으로 다뤄 왔다는 점이 오히려 특이하다고 할 터이다. 예나 지금이나 흔치 않은 노동계급 출신 작가라는 점에서, 계급이 다른 남녀 관계를 소재로 많이 다뤘다는 점에서, 하우(Irving Howe)의 말을 빌리자면 남성 소설가로는 예외적으로 여성 인물들과의 공감대를 보인다는 점에서,[2] 하디의 소설은 성과 계급에 초점을 맞춘 논의를 촉발해 왔다고 해도 과언이 아니다.

---

1) 성 · 계급 · 인종에 대한 정치적 입장, 요컨대 "정체성의 정치학(politics of identity)"에 입각한 비평적 경향을 통틀어 정치 비평으로 명명하였다. 비평 용어로서는 막연하지만 다원주의에 근거한 현재의 비평적 추세를 통칭할 마땅한 용어가 없는 것도 사실이다.

2) Irving Howe, *Thomas Hardy* (1966; New York: Collier, 1973), 108.

그런데 이렇게 말하면 정치 비평 쪽의 연구자들은 종래의 하디 비평과의 차별성을 강력하게 주장하고 나설 공산이 크다. 하층계급이나 여성 인물에 대한 과거의 관심이 성과 계급에 초점을 맞춘 최근의 논의와 근본적으로 다르다고 주장할 수 있을 만큼 비평의 패러다임이 바뀌었다는 점에서 의외의 반발은 아니다. 새롭게 부상하는 비평이야 기존의 비평 관행과 거리를 두게 마련이지만, 기존의 인식론적 근거를 전복하는 정치 비평은 작품 해석을 놓고 왈가왈부하는 것이 아니라 문학이라는 범주를 포함하여 문제 틀 그 자체에 문제를 제기한다는 점에서 단절을 의식하는 정도가 유별나다. 정치 비평의 영향권에 있는 최근의 하디 비평도 과거와의 차별성을 출발점으로 삼는다. 종래의 하디 비평이 여성 인물과 계급을 쟁점으로 삼는다 해도, 성 · 계급 · 인종의 삼위일체를 들고 나온 정치 비평과 '근본적으로' 다를 수밖에 없다고 역설하는 것이다.

정치 비평이 엄청난 지각 변동을 야기했음은 누구도 부인할 수 없는 사실이다. 문학이라는 범주, 정전이나 전통에 대한 문제 제기가 이뤄졌을뿐더러 정전 밖의 텍스트를 발굴하는 작업이 뒤따랐기 때문에 변화의 실감이 클 수밖에 없었다. 그리고 새로운 패러다임에서 작품을 '다시' 읽는 작업도 활발하게 이뤄졌다. 해체 비평이 낭만기 시를, 신역사주의가 르네상스 드라마를 다시 읽어 냈듯이, 정치 비평의 경우 소설 비평에서 기존의 읽기를 뒤집는 혹은 뛰어넘는 읽기를 선보였다고 할 수 있다. 여성 작가들의 소설을 다시 읽는 데서는 주목할 만한 성과가 있었고,[3] 소설이라는

3) 메리 셸리(Mary Shelley)의 *Frankenstein: the Modern Prometheus*를 재발견한 것이 가장 두드러지지만, 브론테(Charlotte Brontë)의 *Jane Eyre*에서 마르티니크 출신의 혼혈 여인 버르타, 오스틴(Jane Austen)의 *Mansfield Park*에서 버트람 가문의 수입원인 앤티구아의 노예 장원에 주목하면서 익히 알려진 작품을 새로운 각도에서 볼 수 있게 해 준 것도 주목할 만한 정치 비평의 성취다.

장르와 여성성의 구성에 있어서도 새로운 지평을 여는 저작이 여러 권 나왔다.[4] 한마디로 작품(work)을 텍스트(text)로 열어 놓음으로써 형식주의 리얼리즘(formal realism)을 넘어서 소설을 읽는 입지를 만든 것이 이러한 성취의 원동력이 아니었나 싶다. 모든 것이 텍스트라는 명제가 소설 비평에 신천지를 전개했던 것이다.

그런데 이러한 성취를 당연하게 받아들이게 된 지금, 텍스트로 소설 읽기가 또 한편 어떤 문제점을 안고 있는지 짚어 봐야 한다는 생각이 든다. 어떤 비평도 문제점이 전혀 없을 수 없다는 메타비평적 관점에서도 이러한 작업이 필요하거니와, 정치 비평의 '다시' 읽기가 구체적인 사례에서 어느 정도의 설득력이 있는지 따져 봐야 한다는 점에서도 그러하다. 이 글에서는 최근 하디 비평을 예로 들어 정치 비평에 입각한 읽기가 하디의 소설을 단순화 혹은 왜곡하는 방식에 대해서 생각해 보고자 한다.[5] 《더버빌 가의 테스》(*Tess of D'Urbervilles*, 1891. 이하 《테스》)에 한정해서 논의를 전개하겠지만, 정치 비평의 소설 읽기에 대한 문제 의식에서 출발한 글이라는 점을 미리 밝혀 둔다.

성과 계급이 맞물려 있음이 자명하다는 점에서 《테스》는 정치 비평의 역량을 과시하기 적합한 소설이다. 그리고 최근의 《테스》 읽기를 일별하

---

4) 이글턴(Terry Eagleton)의 *The Rape of Clarissa*(1982), 푸비(Mary Poovey)의 *The Proper Lady and the Woman Writer*(1984)나 암스트롱(Nancy Armstrong)의 *Desire and Domestic Fiction*(1987)을 염두에 두고 하는 말이다.

5) 1994년에 급서한 구드(John Goode)의 *Thomas Hardy: The Offensive Truth* (Oxford: Blackwell, 1988)보다는 위도우슨(Peter Widdowson)의 *Hardy in History: A Study in Literary Sociology* (London: Routledge, 1989)를 최근 하디 비평의 간판으로 간주하고 하는 말이다. 그러나 위도우슨에게 국한되는 문제는 아니고, 구드를 포함하여 최근 하디 비평이 실제 비평으로 취약할 수밖에 없는 구조적 문제가 있다고 본다. 이하 각각의 책의 인용은 본문에서 "Goode"와 "Widdowson"으로 밝히기로 한다.

면 그 역량이 충분히 드러났다는 생각이 들기도 한다. 무엇보다도 형식주의 소설 비평에 비해 정치 비평은 스케일이 크다. 《테스》라는 소설은 물론, 테스라는 노동계급 여성과 노동계급 출신으로 중산층 진입에 성공한 하디라는 작가, 그리고 이들이 처해 있는 역사적 상황을 모두 텍스트로 읽는다는 점에서 그러하다. 이렇듯 텍스트의 범위가 넓어졌다고 해서 최근의 하디 비평이 꼼꼼한 읽기를 소홀히 하는 것도 아니다. 그동안 논란이 되어 왔던 부분은 물론 별로 주목하지 않았던 부분까지, 《테스》와 같은 대표작은 물론 그동안 비평적 관심의 대상이 되지 않았던 하디의 '범작' 혹은 '타작'까지, 농촌 공동체의 붕괴같이 그동안 거론되어 온 역사적 배경은 물론 당대의 세세한 역사적 사실까지 텍스트로 꼼꼼하게 읽어 낸다.

이렇게 정리하고 나면 과연 정치 비평의 소설 읽기에 무슨 문제가 있을 수 있느냐는 반문이 나올지 모르겠다. 대답은 간단하다. 테스라는 여성, 《테스》라는 소설, 하디라는 작가, 당대의 역사로 텍스트의 층위가 다양해진 반면, 텍스트에서 읽어 내는 내용은 '정치적으로' 이미 정해져 있다는 것이다. 텍스트의 범위가 엄청나게 넓어졌기 때문에 그런 느낌이 안 든다 뿐이지, 정치 비평의 잣대에 맞춰 예측 가능한 읽기를 반복하면서 정작 소설에서 읽어야 할 것을 읽지 못한다는 생각도 든다. 이러한 문제점은 최근의 하디 비평이 (하디의 재평가에 있어 결정적 역할을 한) 윌리엄즈 (Raymond Williams)와의 단절을 꾀하면서 증폭된다.

1. 윌리엄즈에서 위도우슨으로

리비스(F. R. Leavis)는 하디를 "웬만하지만(decent)" "촌스럽다

(provincial)"라는 평가로 영국 소설의 "위대한 전통"에서 빼 버린다.[6] 윌리엄즈의 공헌은 하디 당대부터 만연한 그런 평가가 하디를 농촌의 노동계급 출신으로 막연하게 규정하고 전원적 삶의 향수를 불러일으키는 데나 적합한 작가로 얕잡아 본 편견임을 설득력 있게 제시한 데 있다. 하디의 계급적 입지와 그의 소설이 놓여 있는 역사적 문맥을 섬세하게 읽어 낸 윌리엄즈의 통찰 역시 중요하다. 농촌의 노동계급 중에서도 사회적 이동성이 컸던 계층(intermediate class) 출신인 하디의 소설에서 한편으로는 19세기 영국 산업 혁명의 역사적 변화를, 다른 한편으로는 교육을 통해 자신의 출신 계급으로부터 멀어지지만 그렇다고 중산층으로 안주하지도 못하는 "실향민"의 소외를 읽어 낸 것은 누가 뭐래도 윌리엄즈의 뚜렷한 성취이다.[7]

윌리엄즈가 하디의 소설을 설득력 있게 '다시' 읽으면서 리비스를 반박한다면, 최근 하디 비평에서는 리비스를 반박하기보다 '통째로' 거부하면서 그렇게 하지 않는 윌리엄즈와의 단절을 선언한다.[8] 사실적 재현의 허구성을 부각하는 현대 비평 이론의 잣대를 들이대면, 리비스처럼 인본주의적 리얼리즘 전통에서 하디를 배제하는 것이나 윌리엄즈처럼 그 잣대에서 봐도 하디가 위대한 작가라고 주장하는 것은 오십보백보라고 할 정도로 크게 다를 바 없다는 주장이다(Widdowson, 19). 이 자리에서 인본

---

6) F. R. Leavis, *The Great Tradition* (1948; Harmondsworth: Penguin, 1962), 146.

7) Raymond Williams, *The English Novel: From Dickens to Lawrence* (London: Chatto & Windus, 1971), 97, 106. 하디의 계급적 정황에 대해서는 Merryn Williams & Raymond Williams, "Hardy and Social Class," *Thomas Hardy: The Writer and His Background*, ed. Norman Page (London: Bell & Hyman, 1980) 참조.

8) 위도우슨이 그 선봉에 서 있다고 하겠지만, 구드도 직접적인 공격을 하지 않을 뿐 단절을 기정 사실화한다. 그의 책에서 윌리엄즈를 지나가면서 단 한 번 언급한다는 사실이 이를 뒷받침한다.

주의적 리얼리즘을 전면적으로 거부하면서 사실적 재현의 허구성을 부각하는 현대 비평 이론과 시시비비를 가릴 수는 없다. 다만 윌리엄즈와의 단절을 출발점으로 삼은 최근 하디 비평이 노동계급 출신이라는 계급적 기원보다는 중산층으로의 진입을 조명하기에 이르고, 이러한 계급적 불확정성을 텍스트에서 '괴리'로 읽어 내는 데 주력하는 것은 문제 삼아 마땅하다. 윌리엄즈가 하디를 재평가하기 이전, 그의 소설적 성취를 깎아내릴 때 거론되곤 하던 결점들, 즉 19세기 리얼리즘 소설의 기본 요건—인물의 현실성, 플롯의 인과성, 주제의 일관성 등—과 어긋나는 면모에 초점을 맞추되, 그것을 노동계급 출신으로 중산층 진입에 성공한 작가로서 드러낼 수밖에 없는 괴리의 준거로 읽어 내면서 하디의 소설을 단순화 혹은 왜곡하고 있기 때문이다.

현대 비평 이론이 텍스트에서 괴리를 읽어 내는 방식이 조야하거나 단선적이라는 뜻은 아니다. 밀러(J. Hillis Miller)가 촉발하고 이글턴이 토대를 만든 최근 하디 비평이 형식적 괴리에 초점을 맞추는 것은 눈여겨볼 대목이기도 하다. 의도와 행동, 욕망과 욕망의 실현 사이에 불가피하게 게재되어 있는 거리에 주목하는 밀러는, 하디가 리얼리즘 소설을 쓰려다 실패한 것이 아니라 반리얼리즘의 일환으로 반복의 패턴을 차용한다고 주장한다.[9] 전혀 다른 맥락에서이지만 이글턴 역시 형식적 "잡종성(impurity)"을 하디 소설의 특징적 면모로 꼽는다.[10] 양쪽 다 인본주의적 리얼리즘과 통일성의 잣대로는 하디를 제대로 가늠해 내지 못한다는

---

9) J. Hillis Miller, *Thomas Hardy: Distance and Desire* (Cambridge: Harvard UP, 1970), 33. 이하 이 책의 인용은 본문에서 "Miller"로 밝히기로 한다.

10) Terry Eagleton, *Criticism and Ideology* (London: Verso, 1976), 131. 이하 이 책의 인용은 본문에서 "Eagleton 1976"으로 밝히기로 한다.

전제에서 출발하여 그의 소설이 드러내는 갈등과 불연속성의 의미를 해명하려는 시도라고 할 수 있다.

그런데 밀러의 경우 끝없는 차연이 오히려 "막다른 골목"처럼 느껴지기에 이르렀고(Goode, 111), 이글턴이 던져 놓은 형식적 "잡종성"이라는 화두도 텍스트의 생산과 수용, 즉 "작가와 구체적 독서 대중" 간의 "사회적 계약"에 초점을 맞추면서 하디와 중산층 독서 대중과의 '관계'로 논의를 좁혀 정작 형식과는 무관한 논의가 되어 버린다.[11] 중산층의 문화적 헤게모니가 지배하는 출판 시장에서 살아남은, "시골의 삶을 다루는 프티 부르주아 소설가"(Eagleton 1976, 131)의 이데올로기적 갈등을 읽어낼 수 있는 '하디' 텍스트를 읽으면서 노동계급 출신이라는 점만 사주고 성공한 문사로 중산층에 진입했음을 간과하는 윌리엄즈의 '한계'를 지적하고는 그만인 것이다(Widdowson, 40-41).

중산층 지향이 하디의 일면임은 부인하기 어렵다. 하디가 교양 있는 중산층 여성들과의 교유를 즐긴 것이 출신 계급에 대한 자의식 때문이라고 볼 여지도 없지 않다. 하지만 중산층 지향을 하디의 정치적 좌표로 정해 놓고 이를 증명하는 데 작품을 동원하는 것은 그다지 생산적이라고 할 수 없는 비평 작업이다. 위도우슨이 하디의 전기와 《에델버르타에게 청혼하기》(*The Hand of Ethelberta,* 1875~76)를 병치하여 소설에서든 삶에서든 하디의 중산층 지향을 읽어 내기로 작정한 것이 그 단적인

---

11) Fredric Jameson, *The Political Unconscious: Narrative as a Socially Symbolic Act* (Ithaca: Cornell UP, 1981), 160. 그 외 Jacques Derrida, "The Law of the Genre," *Acts of Literature*, ed. Derek Attridge (London: Routledge, 1992)와 문학 작품을 "의도에 의해 창조된" 것으로 보기보다는 "정해진 조건하에서 생산된" 것으로 보는 마셔리(Pierre Macherey)의 영향도 컸다고 볼 수 있다. *A Theory of Literary Production*, tr. Geoffrey Wall (London: Routledge & Kegan Paul, 1978), 78 참조.

예다.[12] '하디'를 텍스트로 중산층 지향을 읽어 내는 것이 기계적이라는 점도 문제가 되지만, 하디의 글 쓰기가 중산층의 문화적 헤게모니에 대한 저항일 가능성을 전적으로 배제하는 것이 더 큰 문제다. 개인의 자족성을 허구로 비판하면서 주어진 담론에 의해 '이미 언제나' 결정된 존재로 하디를 규정하는 것이 노동계급 출신이라고 하디를 깔보는—윌리엄즈가 문제 삼는— 시각과 비슷해질 위험이 있다는 점도 간과해서는 안 된다.

노동계급 출신으로 중산층 독자를 소비자로 하는 출판 시장에 뛰어든 하디에게, 작가는 그의 생업이었던 건축사와 마찬가지로 생계를 잇기 위한 수단이었다.[13] 좋든 싫든 중산층 독서 대중의 기호를 의식하지 않을 수 없었다는 것이다.[14] 계급 사회에 대한 비판이 지나치게 공격적이

---

12) 물론 위도우슨은 극단적인 예다. 다른 비평가들은 중산층 지향에 초점을 맞추더라도 그렇게 단순한 느낌은 주지 않는다. 해체 비평에서 신역사주의에 이르기까지 읽기의 방식이 다양할뿐더러, 마르크스주의 비평에서는 계급을, 페미니즘 비평에서는 가부장제 이데올로기를 부각하는 편차가 있기 때문이다. 마르크스주의 비평의 대표적 예로는 George Wotton, *Thomas Hardy: Towards a Materialist Criticism* (Dublin: Gill & Macmillan, 1985); Joe Fisher, *The Hidden Hardy* (London: Macmillan, 1992); Roger Ebbatson, *Hardy: The Margin of the Unexpressed* (Sheffield Academic Press, 1993) 참조. 페미니즘 비평의 대표적 예로는 Patricia Stubbs, *Women and Fiction: Feminism and the Novel, 1880~1920* (1979; London, Methuen, 1981), ch. 4; Penny Boumelha, *Thomas Hardy and Women: Sexual Ideology and Narrative Form* (Brighton, Sussex: Harvester P, 1982); Rosemarie Morgan, *Women and Sexuality in the Novels of Thomas Hardy* (London: Routledge, 1988) 참조.

13) Florence Hardy, *The Life of Thomas Hardy 1840~1928* (London: Macmillan, 1975), 104.

14) 《광란의 무리를 떠나서》를 쓸 때 파스토랄풍의 소설이라 하더라도 노동계급만 나오는 것을 중산층 독자들이 좋아하지 않는다는 점을 고려하여 원래 의도했던 것보다 등장인물들의 신분을 상승시키고 신사 농부(gentleman farmer)인 Boldwood를 추가했다고도 한다.

라는 이유로 첫 번째 소설 《가난한 사내와 귀부인》(*The Poor Man and the Lady,* 1867~68)의 출판을 거절당한 경험이 있는 그로서는 더욱이 중산층 출판인 · 평론가 · 독자의 기대에 응하는 쪽으로 방향 전환을 하지 않을 수 없었다. 그러나 《광란의 무리를 떠나서》(*Far from the Madding Crowd,* 1873~74)가 대성공을 거두고 난 다음 비슷한 종류의 소설을 쓰라는 요구에 부응하지 않고 여러 가지 형식적 실험을 통해 독서 대중의 기대를 배반했다는 점을 염두에 둘 때, 하디가 글 쓰기를 통한 저항의 가능성을 의식했다고 볼 여지는 얼마든지 있다. 특히, 경제적 자립을 이루고 난 이후에 쓴 《테스》나 《무명의 주드》(*Jude the Obscure,* 1895)에서는 중산층 독서 대중에 도전하는 면모가 좀 더 확실하게 드러난다.

물론 정치 비평에서 이 점에 전혀 주목하지 않은 것은 아니다. 구드는 도전의 의도를 명시하기도 한다(Goode, 2-4). 그러나 구드 역시 도전의 의도가 어떤 식으로 구현되는지 (혹은 구현되지 않는지) 따지기보다는, 중산층의 문화적 헤게모니에 의해 '호명'된 '하디'를 텍스트로 읽는 작업에 주력한다. 노동계급 출신인 하디가 당대의 지배 담론에 의해 굴절되는 양상에 초점을 맞추면서(Goode, 121-22), '하디' 텍스트의 괴리를 읽어 내는 비평가의 정치 의식으로 무게 중심이 옮아가는 것이다. '하디'를 텍스트로 중산층 지향을 읽어 내려는 정치적 목표에 맞춰 하디의 '정치적 무의식' 을 이미 언제나 전제하는 것은 한마디로 편파적이 되기 쉬운 비평적 입장이다. 노동계급 출신이라는 그의 입지에서 가능했을 역사적 통찰을 부정하면서까지 중산층 지향을 강조하면서 얻은 것보다는 잃은 것이 더 많은 것은 따라서 놀라운 일이 아니다.

2. 관찰자로서의 서술자—응시의 역사적 맥락

'하디'를 텍스트로 중산층 지향을 읽어 내는 비평적 추세는《테스》읽기에서 하디/서술자의 남성주의적 응시(masculine gaze)에 초점을 맞추는 결과로 이어진다. 종래의 비평이 테스에 대한 하디/서술자의 애정어린 시선을 순진하게(?) 문자 그대로 받아들여 왔다면, 최근의 비평에서는 하디/서술자가 빅토리아 시대의 성적 규범에 의해 희생되는 테스의 처지에 공분을 토로하지만 그 자신 테스의 몸을 텍스트로 읽는 폭력에 연루되어 있다고 본다.[15] 테스 '바라보기'가 젠더에 대한 빅토리아 시대의 담론에서 자유로울 수 없다는 것인데(Goode, 112), 소설의 배경을 이루는 자연 풍경(landscape)도 (빅토리아 시대의 담론에 의해) 구성된 자연이고, 중산층 남성의 시선이 여성/자연을 겹쳐 대상화하기 때문에 하디/서술자가 테스를 자연 풍경의 일부로 묘사한다는 지적이 나오기도 한다.

테스를 젠더와 자연 담론이 겹쳐지는 지점에 놓여 있는 텍스트로 읽음으로써《테스》도 역사로 열려 있는 텍스트로 읽게 된다. 언어의 미로에

---

15) 테스를 텍스트로 읽는 것은 밀러를 출발점으로 한다고 할 수 있을 텐데(Miller, 82), 중산층 남성 서술자에 초점을 맞춰 응시의 폭력성을 변주하는 논문 중 대표적인 것만 꼽으면 다음과 같다. Kaja Silverman, "History, Figuration, and Female Subjectivity in *Tess of D'Urbervilles,*" *Novel 18* (1984): 5-28; Jean Jacques Lecercle, "The Violence of Style in *Tess of D'Urbervilles,*" *Alternative Hardy,* ed. Lance St. John Butler (New York: St. Martin's P, 1989); James Kincaid, "'You did not come': Absence, Death and Eroticism in *Tess of D'Urbervilles,*" *Sex and Death in Victorian Literature,* ed. Regina Barreca (London: Macmillan, 1990); Marjorie Garson, *Hardy's Fables of Integrity: Woman, Body, Text* (Oxford: Clarendon P, 1991); Elisabeth Bronfen, "Pay As You Go: On the Exchange of Bodies and Signs," *The Sense of Sex: Feminist Perspectives on Hardy,* ed. Margaret R. Higonnet (Urbana: U of Illinois P, 1993).

갇힌 해체 비평의 난관을 텍스트의 역사화, 역사의 텍스트화로 돌파하려는 신역사주의나 문화적 유물론이 정치 비평과 접점을 이루면서 나타나는 비평적 전개인데, 앞서 경계한 환원적 읽기의 위험을 완화하는 것처럼 보이기도 한다. 사실 세밀한 역사적 문맥을 제시하는 읽기의 경우, 이미 정해 놓은 정치적 입장을 하디에게 덮어씌우기는커녕 하디의 소설 한편 한편을 '예측불허'의 역사적 문맥에 놓는 참신한 해석이라는 평가를 내리기 쉽다. 《테스》를 19세기 초 관광의 대중화와 연결하는 논의가 새로운 관점인 것은 부정하기 어렵다는 말이다.[16)]

그러나 이러한 접근이 얼마나 '역사적'인지에 대해서는 곰곰이 생각해 볼 필요가 있다. 다양한 분야에서 세세한 디테일을 모아 몇 백 년을 단위로 하는 인식 틀(episteme)을 설정한 푸코(Michel Foucault)의 설득력이야 어느 정도 검증된 바라고 하겠지만, 이를 작가나 작품에 적용할 때에는 주어진 인식 틀에 의해 이미 결정된 텍스트로 처리하기 쉬워지는 것도 사실이다. 미시사 · 일상사에서 차용한 소소한 역사적 사실들이 새로운 것이지, 이를 소설에 적용하는 논리는 기계적이 될 위험이 상존한다는 것이다.[17)] 서술자가 테스가 사는 마을을 소개할 때 중산층 (남성)관광객의 시선을 염두에 두고 당대의 관광 책자풍으로 자연 풍경을 묘사한다는 지적이 신선한 발상이라고 할 부분도 없지 않지만, 워즈워스(William

16) Jeff Nunokawa, "Tess, Tourism, and the Spectacle of the Woman," *Rewriting the Victorians: Theory, History, and the Politics of Gender,* ed. Linda M. Shires (London: Routledge, 1992).

17) 문학과 역사를 접목하는 최근의 비평 작업, 특히, 푸코의 결정론적 경향에 문제를 제기하는 글로는 David Simpson, "Literary Criticism and the Return to History," *Critical Inquiry* 14 (1988): 721-47 참조. 푸코 자신도 *The Order of Things*(1966)가 그런 오해를 불러일으킬 수 있었음을 *The Archaeology of Knowledge*(1969)에서 인정하고 있다.

Wordsworth)의 시, 히치콕(Alfred Hitchcock)의 영화, 광고 사진에서 제국주의 담론에 이르기까지 남성주의적 응시의 편재를 읽어 내는 가운데 《테스》를 또 하나의 예로 덧붙이는 것임을 환기하면 그렇게 새로울 것도 없다. 남성주의적 응시의 편재를 읽어 내느라 정작 소설에서 읽어야 할 것은 빠뜨릴 가능성도 높다.

그렇다고 《테스》에서 남성주의적 응시가 중요하지 않다는 것은 아니다. 테스를 시각적으로 묘사하는 서술자가 중산층 남성의 입지에 서 있다는 지적도 틀렸다고 할 수 없다. 다만 시각을 권력과 결부한 푸코의 통찰을 과거의 텍스트에 적용하면서, 푸코 이전에는 응시(의 억압성)에 대한 사유가 없었다고 가정하는 것이 비역사적임을 지적할 따름이다.[18] 서양 근대는 세습된 신분보다는 지식의 소유를 통해 독자적 개인으로 설 수 있다는 생각이 퍼지면서 시작된다. 그런데 아는 것이 힘이라는 명제가 설득력을 얻는 과정에서 그 힘의 근원으로 부상하는 것이 바로 시각이다. 'I know'와 'I see'가 비슷한 의미로 쓰인다는 점, 'I'와 'eye'가 병치된다는 점으로 알 수 있듯이, 개인이 개인으로 홀로 설 수 있는 힘이 종종 시각으로 표상된다는 것이다. 그렇기 때문에 18세기 내내 무수한 관찰자(spectator)—잡지의 시대를 선도한 《관찰자》(*The Spectator*), 그레이(Thomas Gray)의 《시골 묘지의 묘비명》(*Elegy Written in the Country Churchyard*)에서의 시인 관찰자, 스미스(Adam Smith)의

---

18) 푸코가 벤담(Jeremy Bentham)의 행형 제도 개선안에서 원형 감옥(panopticon)을 예로 들어 시각을 매개로 한 타자의 전유(appropriation)를 서양 근대의 특징적인 권력/지배 구조로 읽어 낸 것을 두고 하는 말이다. *Discipline and Punish: The Birth of the Prison* (London: Allen Lane, 1977), ch. 3. 이에 대해서는 Michel Foucault, "The Eye of Power," *Power/Knowledge: Selected Interviews & Other Writings, 1972~1977,* ed. Colin Gordon (London: Brighton Harvester, 1980) 참조.

《도덕적 감성론》(*The Theory of Moral Sentiments*)에서의 중립적 관찰자(impartial spectator) 등—가 출몰한다.

개인의 성립이 중간계층(middling ranks)의 부상과 무관하지 않다는 점에서 관찰자의 대두를 계급의 역학 관계로 설명할 수도 있다.[19] 절대왕권에서는 의식(ritual)을 중시했고, 화려한 의상은 귀족계급에게만 허용되었다. 그런 의미에서 왕이나 귀족의 권력이 시각의 '대상'이 되는 데서 나온다고 말할 여지도 없지 않다. 이들로부터 문화적 헤게모니를 쟁취하는 과정에서 중간계층은 관찰자의 입지를 취하되, 왕이나 귀족을 외경의 대상으로 바라보는 신민의 입지(subject position)를 거부한다. 그 과정에서 중간계층 관찰자는 전범적 인간(representative man)으로서 보편성을 주장한다. 물론 특정한 입지에서 보편성을 주장한다는 점 자체에 억압이 게재했다고 할 수 있다. 중간계층이 시각의 주체로서 능동성과 자족성을 주장하고 나서면서 남녀의 성적 구분(gendered division)이 자리 잡고, 또 중간계층의 신사 지향이 19세기를 전후로 점차 현실성을 띤다는 점에서, 신사 관찰자의 응시는 점점 더 억압적 양상을 띠게 되는 것이 사실이다.[20] 그러나 남성주의적 응시의 억압성에 초점을 맞추면서 억압성에만 주목하는 편독의 위험도 없지 않다.

---

19) 중간계층(middling ranks)을 중산층(middle class)과 구별해 쓴다. 귀족계급에게 도전하는 입장일 때는 반귀족 연대의 성격을 띠기 때문에 대체로 복수로 표기되다가 지배 계급으로 입지를 굳히면서 단수로 바뀌는 변화를 환기하기 위해서이다. 윌리엄즈는 계급이라는 용어가 단수로 쓰이는 시기를 1840년대로 잡고 있다. *Keywords: A Vocabulary of Culture and Society* (New York: Oxford UP, 1983), 64-65. 이하 이 책의 인용은 본문에서 *"Keywords"*로 밝히기로 한다.

20) 18세기 개관을 신사 관찰자의 부상과 연결하여 전개하는 흥미로운 논의로 John Barrell, *Literature in History, 1730~1780: An Equal, Wide Survey* (London: Hutchinson, 1983), 17-50 참조. 이하 이 책의 인용은 본문에서 "Barrell"로 밝히기로 한다.

사실 중간계층 남성 관찰자를 응시의 억압성과 연결하는 데 있어서는 역사적 변화를 섬세하게 추적하는 분별이 요구된다. 중간계층이 귀족계급의 헤게모니에 도전하는 18세기 중반을 전후하여서는, 자연을 대상으로 하든 사회를 대상으로 하든, 관찰은 주어진 지식 체계를 그대로 받아들이지 않겠다는 진취성과 무관하지 않다. 이러한 진취성에 덧붙여 현실의 모순을 직시하는 객관성, 고통받는 이들에 대한 공감에 근거한 도덕성을 관찰자에게 부여할 수도 있다. 따지고 보면 중간계층이 자연이나 사회현상의 관찰자로서 진취성, 객관성, 도덕성을 고취하였기 때문에 귀족계급과의 대치에서 궁극적인 승자가 될 수 있었던 것이다. 변질의 징후는 중산층의 문화적 헤게모니가 공고해지는 과정에서 나타난다. 특별히 프랑스 혁명 이후의 보수화에 따라 진취성은 체제 수호로, 공평무사한 객관성은 초월성으로, 도덕성은 자기 만족으로 바뀌어 간다. 관찰의 보편성을 성적 · 계급적 이해 관계를 호도하기 위한 방편으로 써먹는 예가 그만큼 많아진다.

정치 비평은 거의 한 세기에 걸쳐 일어나는 이러한 변화에서 남성주의적 응시의 억압으로 읽어 낼 수 있는 것에만 초점을 맞추는 편향성을 드러낸다. 신사 관찰자가 시각적 대상화의 기제를 내화한 소비자와 결합하여 "그림 같음(picturesque)"이라는 심미안이 상품화되는 양상에 주목하는 것이 그 단적인 예다. 18세기 후반에 신사 관찰자의 심미적 소비를 돕기 위해 "그림 같은" 자연 풍경(landscape) 감상하기 혹은 "그림 같은" 정원 조성하기(gardening)에 관한 책자가 다수 출판되었는데,[21] 이

---

21) William Gilpin, *Observations Relative Chiefly to Picturesque Beauty*(1789); Richard Payne Knight, *The Landscape*(1794); Uvedale Price, *Essay on the Picturesque*(1794) 등이 그 예이다.

러한 책자에 등장하는 신사 관찰자가 상정하는 공평무사한 초월성에서 이데올로기적 함의를 읽어 내면서 남성주의적 응시를 축으로 자연 풍경에 대한 담론이 자연 · 농촌 빈민 · 식민지를 여성화하고 여성 · 농촌 빈민 · 식민지를 자연화하는 양상을 강조한다는 것이다. 최근 하디 비평에서 쟁점을 이루는 남성주의적 응시도 그 연장선상에 놓여 있다.

《테스》를 중산층 남성 서술자의 억압적 응시를 드러내는 텍스트라고 작정하고 읽으면 이를 뒷받침할 증거를 찾기는 어렵지 않다. 작중 배경인 블레이크모어 계곡을 "관광객이나 풍경화가의 발길이 닿는 곳은 아니지만"(5)[22] 그들의 관심에 값할 만한 곳으로 소개하고 곧이어 테스를 눈으로 보듯(그것도 작약꽃 입술이나 웃자란 몸매에 초점을 맞춰) 묘사하는 서술자가 자연 · 여성을 대상화하는 중산층 남성의 억압적 시선과 일치한다는 주장을 틀렸다고 하기는 어렵다. 그러나 묘사만 따로 떼서 보지 않고 서술자의 여러 면모를 종합해 보면 역시 단순화다. 이 절을 시작하며 상당한 지면을 할애해 관찰자의 궤적을 추적하면서 진취적 · 도덕적 관찰자가 추상적 · 초월적 응시(자)로 바뀌었음을 지적했는데, 하디 자신이 이러한 변화를 염두에 두고 《테스》의 서술자를 중산층 남성이라는 입지에 대한 자의식이 있는 관찰자로 제시했다고 주장할 근거가 없지 않다.

자신의 입지를 의식하는 중산층 관찰자가 유례가 없는 것도 아니다. 19세기를 전후하여 사회의 급격한 변화에 따라 전체를 포괄적으로 파악할 수 없다는 문제 의식에서 출발하여 관찰자의 입지를 비판적으로 반추하는 경우도 적지 않았다(Barrell, 49). 18세기적 낙관을 견지하는 관찰자가 겪는 당혹감을 극화하는 워즈워스의 〈사이먼 리(Simon Lee)〉 같은 시가

22) 《테스》에서의 인용은 Scott Elledge가 편집한 노턴 3판(1991)에서 했고, 이하 이 작품의 인용은 본문에서 쪽수만 밝힌다. 번역은 필자의 것이다.

그 예라고 하겠거니와, 노동계급 출신인 하디의 경우 자연 풍경 · 여성 · 농촌 빈민을 대상화하는 초월적 입지의 이데올로기적 함의를 의식하는 정도가 더 강할 수밖에 없다. 《테스》의 중산층 남성 서술자는 자연 풍경 · 여성 · 농촌 빈민을 묘사하더라도 관찰의 초월성보다는 특정한 입지에 서 있는 선의의 관찰자로서, 요컨대 선의의 무력함에 대한 자의식이 있고 초월적 관찰의 억압성에 대한 문제 의식도 있는 관찰자다.[23] 억압적 응시로 단순화하기에 그의 시선은 너무도 착잡하다.

서술자의 착잡함 혹은 복잡함은 서술의 여러 층위에서 실감된다. 어느 길로 들어오느냐, 어느 위치에서 보느냐에 따라 블레이크모어 계곡이 완전히 다른 곳이 된다고 말하는 것으로 알 수 있듯이(5), 그는 무엇보다도 관찰자의 입지가 무엇이 보이는가를 결정한다는 사실을 인정한다. 테스를 응시의 대상으로 묘사하지만, 그 대상도 그를 응시한다는 사실을 간과하지 않는다. 또 응시의 입지를 역사화함으로써 중산층의 문화적 헤게모니가 당연하게 받아들여 온 응시의 초월적 절대성을 부정한다. 중산층 남성의 관점에서 바라보지만, 자신의 성적 · 계급적 입지에 대한 자의식 내지는 문제 의식이 있다는 것이다. 그의 이러한 면모는 무엇보다도 테스 '바라보기'에 문제를 제기하면서 테스가 어떤 식으로도 일반화할 수 없는 개인임을 분명히 하는 데서 잘 드러난다.

바로 이 점을 정치 비평에서는 간과한다. 테스=텍스트의 등식이 개인으로서 테스를 애당초 배제하기 때문이다. 개인을 담론에 의해 구성되는 존재로 탈신비화하면서, 서술자의 남성주의적 응시가 당대의 자연과 성

23) 하디가 자신의 시집 《웨섹스 시편》(1898)에 그려 넣은 삽화 중에는 자연 풍경에 거대한 안경을 겹쳐 놓은 것이 있다. 관찰자로서 하디의 자의식이 잘 드러나는 예라고 하겠다.

담론에 의거해 테스를 텍스트화한다는 점만 부각한 결과 노동계급 여성이 대상화될 수밖에 없는 현실을 비판하고자 하는 정치적 의도에 반해 테스의 몸을 희생자로 각인된 텍스트로 물신화하는 것이다. 무엇보다도 개인 개념의 탈신비화를 노동계급 여성에게 적용하는 것이 정치적으로도 문제가 됨을 부연설명할 필요는 없을 것이다. 개인 개념의 탈신비화는 중산층을 겨냥한 비판이다. 노동계급 여성인 테스의 경우 탈신비화 이전에 개인으로 인정받는 것이 급선무다.

3. 테스의 안과 밖

서술자의 서술은 대부분 테스를 '바라보기'의 대상으로 묘사하는 데 할애된다. 미혼모로 시작하여 교수형으로 마감하는 그녀의 삶을 따라가든, 테스의 특징으로 거론되는 수동성을 염두에 두든, 대상화는 테스에게 주어진 조건이다. "한 번 희생자면 영원히 희생자"(261)라는 테스의 토로가 강렬하게 각인되는 까닭은 이 때문이다. 하지만 서술자가 테스를 '바라보기'의 대상으로만 묘사하는 것은 아니다. '바라보기'로 결코 볼 수 없는 테스가 있음을 환기한다. 또 그렇기 때문에 소설을 읽으면서 '알게' 되는 테스는 일반적 의미에서의 희생자와 거리가 멀다. 그녀의 성정을 묘사하는 첫 단어가 "자존심(pride)"이다(7). 서술자가 그렇게 묘사할뿐더러 테스의 말과 행동에서도 이러한 면모가 묻어난다. 알렉과의 관계를 알고 난 에인절이 그녀의 느슨한 성윤리를 소작인(peasant) 근성으로 경멸하자, "(사회적) 지위가 소작인일 따름이지, 소작인으로 태어난 것은 아니다"(183)라고 대꾸하는 기개가 단적인 예다.[24] 여기에 용기와 넉넉함이 덧붙여진다고 볼 때 타고난 품성으로는 비극의 주인공에 값할 만한 인물이라 고 할 수 있다.[25] 물론 그녀가 이러한 품성을 발휘할 기회는 많지 않다. 알렉을 사랑하지 않는다는 확신이 서자 즉각 그의 곁을 떠난 것, 에인절이 그녀를 버리자 매달리지 않는 것, 에인절이 돌아오자 알렉을 죽인 것을 꼽을 수 있을 뿐이다. 그러나 감정과 언어, 언어와 행동이 일치하는 테스의 면모는 충분히 드러난다.

트릴링(Lionel Trilling)은 개인의 부상과 함께 진정성(sincerity)이 핵심적인 자질로 부각된다고 말한다.[26] 각자 고유한 내면 세계를 인정받기를 원하면서 안과 밖이 같아야 할 필요성이 그만큼 커진다는 것이다. 그 연장선상에서 테스의 두드러진 특징이 진정성으로 묘파됨에 주목해야 한다. 알렉의 의도를 너무 늦게 알아차렸다고 한탄하는 테스에게 여자들이란 하나같이 그렇게 말한다고 그가 대꾸하자, "여자들이 하나같이 그렇게 말하는 걸 어떤 여자는 느낄 수도 있다는 생각을 해 본 적도 없나요?"(60)라고 쏘아붙일 때, 알렉과의 과거를 털어놓고 난 다음 에인절이 자신이 사랑한 여자는 테스의 형상을 한 다른 여자라고 거듭 강조하자 자신이 그를 속여넘기려고 한 "사기꾼(imposter)"으로 비쳐질 수 있음을 깨닫고 경악할 때, 테스도 자신의 이러한 면모를 소중하게 여기고 있음이 드러난다.

---

24) "peasant"가 소작인보다 훨씬 광범위한 의미이고 테스 집안이 소작인인 것도 아니지만, 여기서는 이렇게 해석하는 것이 더 적절하다고 본다.

25) 그녀의 이러한 면모에 초점을 맞춰 로렌스(D. H. Lawrence)는 그녀를 individualist 혹은 aristocrat로 지칭하는 인물형으로 분류하고 다음과 같이 정의한다. "not a selfish or greedy person anxious to satisfy appetites, but a man of distinct being, who must act in his own particular way to fulfil his own individual nature." *The Study of Thomas Hardy and Other Essays,* ed. Bruce Steele, *The Cambridge Edition of the Works of D. H. Lawrence* (Cambridge: Cambridge UP, 1985), 49.

26) Lionel Trilling, *Sincerity and Authenticity* (Cambridge: Harvard UP, 1971), 2.

> 계획적으로 그런 거라고 생각하는 건 아니겠죠? 당신이 화를 내는 대상은 당신 마음속에 있어요, 에인절, 내 안에 있는 건 아니에요. 정말이지, 내 안에 있는 건 아니에요. 난 당신이 생각하듯 그런 속임수나 쓸 여자가 아니에요! (182-83)

테스가 진정성을 강조하는 까닭은 자신이 고유한 내면을 가진 개인이라고 주장할 수 있는 유일한 근거가 그것뿐이기 때문이다. 에인절을 붙잡으려는 어떤 시도도 하지 않는 것도 그녀가 수동적이어서가 아니라 달리 진정성을 보여 줄 방도가 없어서이다. 테스의 수동성이 그녀에게 주어진 현실적 조건에 대한 반응이라면 진정성은 그녀를 지탱하는 힘이다. 테스의 비극은 진정성이 두드러진 특징이면서, 이를 구현할 여건이 전혀 주어지지 않음으로써 수동적 희생자가 될 수밖에 없는 역설적 상황에서 비롯된다. 진정성을 삶에서 표현하고 실현할 여건이 주어지지 않았음을 테스 자신이 절감하기 때문에 에인절과의 사랑이 그녀에게 절대절명의 중요성으로 다가오는 것이다.

서술자는 테스의 역설적 상황을 전달하기 위해 다양한 서사 방식을 동원한다. 이런 맥락에서, 하디의 플롯이 세 개의 층위—등장인물들이 만들어 내는 플롯, 서술자가 가정형으로 덧붙이는 해설로서의 플롯, 그리고 그 너머 지질학적 변화를 포함하는 자연 법칙에 따른 플롯—로 이루어진다는 비어(Gillian Beer)의 지적은 주목할 만하다.[27] 등장인물들이 만들어 내는 플롯을 서술하는 경우 일반적인 객관적 · 전지적 서술자와 크게

27) Gillian Beer, *Darwin's Plot: Evolutionary Narrative in Darwin, George Eliot and Nineteenth-Century Fiction* (London: Routledge & Kegan Paul, 1983), 240.

다르지 않다. 이러한 서술의 층위에서 테스는 시각적 대상으로, 희생자로 그려진다. 그러나 지질학적 시간을 단위로 할 때 서술자는 그 스케일에 반비례해 자신의 입지를 축소하는 한편, 테스에게 신화적 후광을 부여한다. 테스가 여신과 같은 존재로 나타나는 것은 바로 이러한 서술의 층위에서이다(스톤헨지에서 테스가 체포되는 순간은 희생자와 여신이 겹쳐지기도 한다). 마지막으로 해설의 층위에서 서술자는 역사적 시간 속에 스스로를 위치시킨다. 역사적 조망을 통해 희생자가 될 수밖에 없는 테스의 절망을 넘어서면서 과거와 현재의 대비를 통해 독자의 '바라보기'를 역사적 문맥에 놓는다.

알렉이 테스를 범하는 장면에 뒤이은 서술자의 해설은 역사적 문맥화의 좋은 예다.

> 세모시만큼이나 섬세한, 아직까지는 문자 그대로 눈처럼 여백이라고 해야 할, 이 아름다운 여자의 몸에 왜 그렇듯 조잡한 무늬가 새겨져야만 했던 것일까. …… 정말이지 현재의 파국에 인과응보가 도사리고 있을 가능성을 인정할 수도 있겠다. 테스 더버빌의 갑옷 입은 선조가 한바탕 전투를 치르고 의기양양 집으로 돌아가는 길에 당대의 시골 처녀들에게 똑같은 짓을 더 무자비하게 자행했음이 틀림없다. 그러나 조상의 죗값을 후손이 치른다는 것은 신들이나 좋다고 할 교훈이지, 보통 사람들은 냉소를 보낸다. 그러므로 인과응보라고 한들 나아질 것이 없다. (57)

테스가 조상의 죗값을 치른다고 인과 관계를 설정해 봐야 별 도움이 안 된다는 말은 맞다. 과거에도 계급적 우위에 근거한 겁탈이 있었으며, 테스의 경우 입장이 바뀌었을 따름이라는 설명이 무슨 소용이랴. 그러나 이 불요불급한 해설을 덧붙이면서 서술자는 처음으로 테스 더비필드를 테스 더버빌로 호명한다. 줄곧 알렉을 더버빌로 부르다가 갑자기 알렉과 테스를 더버빌이라는 성으로 묶어 놓음으로써 하룻밤 일어난 일에 몇 백 년의 시간이 게재하게끔 만든다는 것이다. 그렇게 함으로써 "한 번 희생자면 영원히 희생자"라는 테스의 자조는 테스 개인의 삶에서나 유효한 진술이 된다. 몇 백 년의 시간을 단위로 할 때 "한 번 지배자면 영원히 지배자"인 것은 결코 아니다.

이러한 역사적 문맥화가 중산층 독서 대중을 '겨냥'한 해설임은 말할 나위 없다. 앞서 지적했듯이 중간계층이 중산층으로 단일화하는 변화는 하디의 출생 연도인 1840년을 전후해서 나타난다. 차티스트 운동의 전개로 노동계급의 부상을 견제해야 할 필요성이 제기되는 시점에 중산층이 배타성을 띠면서 노동계급을 하나의 단위로 재현하여 담론으로 고정하려는 시도 또한 본격화된다. 노동계급 출신임을 끊임없이 환기시키는 서평자들에게 둘러싸여 있던 하디로서는 중산층 중심의 노동계급 재현에 민감하게 반응할 수밖에 없었고, 테스라는 인물의 형상화도 이러한 문제 의식을 출발점으로 삼는다. 테스에게 개인으로서의 존엄성을 부여해야 할 당위를 강조하는 것이나 귀족 가문의 영락한 후예로 소개하는 것은 이와 무관하지 않다. 인근의 주민들도 몇 대만 거슬러 올라가면 떵떵거리는 가문 출신임을 거듭 강조함으로써(3, 182), 중산층의 주장과는 달리 계급이 고정 불변의 경계선이 아님을 분명히 하는 것이다.

서술자가 때로는 해설자로, 때로는 관찰자로, 더 나아가서 자연 법칙에 종속된 존재로 스스로를 제시하는 융통성은 '바라보기'에 대한 문제 의식에서 비롯된다. 테스에 대한 묘사 역시 중산층 남성의 시각과 대체로 일치하되, 중산층 남성들이 테스와 같은 노동계급 여성을 어떻게 바라보는지, 또 그렇게 바라보는 것이 어떤 점에서 문제인지 짚어 주는 데까지 나아간다. 한마디로 당대의 중산층 독자들이 테스를 노동계급 여성으로 일반화할 것임을 의식한 묘사라는 것이다.

> 어린 시절의 여러 국면이 그녀의 얼굴에 아직도 숨어 있다. 건강미 넘치는 성적 매력에도 불구하고 지금 걸어가는 그녀의 뺨에서 12살 때의 모습을, 반짝이는 눈에서 9살 때의 모습을 볼 것이다. 간혹 5살 때의 모습까지도 입매를 스쳐 지나간다.
>
> 그러나 이 사실을 알아채는 사람이 거의 없고 곰곰 생각하는 사람은 더더욱 드물다. 극소수의 사람들, 주로 외지인들이 무심히 지나가다가 그녀를 물끄러미 바라보면서 그 신선함에 잠시 매료되어 다시 만날 수 있을까 궁금해할 것이다. 그러나 거의 모든 사람들에게 그녀는 그림같이 잘생긴 시골 처녀일 따름이다. (8)

서술자에 의하면 대다수의 사람들에게 테스는 "건강미 넘치는 성적 매력"으로 요약된다. 신사 관찰자인 알렉이 이 "그림같이 잘생긴 시골 처녀"에게서 손쉽게 얻을 수 있는 성적 만족을 읽어 낸 것은 따라서 놀라운 일이 아니다. 극소수의 사람들 — 예컨대 에인절과 같은 낭만적 관찰자들 — 이 처녀티가 박였지만 천진스러움이 남아 있는 테스의 얼굴에서 신선함을 느끼고 그녀를 본 것을 독특한 경험으로 간직할 것이다(이어지는 장면에서 에인절이 낭만적 관찰자로 등장하여 그녀와 잠깐 조우한다).[28] 이렇게 본

---

28) "낭만적 관찰자"는 하디가 〈도셋셔 농장 일꾼〉에서 쓴 표현이다. *Thomas Hardy's Personal Writings*, ed. Harold Orel (London: Macmillan, 1967), 181.

다면 이 짧은 묘사에서 테스가 앞으로 만날 두 남자가 중산층 관찰자의 전형으로 예시된다고 할 수 있겠다. 그런데 정작 서술자 자신은 그들과 거리를 둔다. 그는 테스의 얼굴에서 과거의 흔적들을 보되, 그렇게 볼 사람이 거의 없으리라는 점을 분명히 한다. 거의 아무도 테스를 시간적 존재, 즉 과거에 의해 형성되고 미래로 열려 있는 개인으로 받아들이지 않을 것임을 전제로 그녀가 개인이어야 할 당위를 주장하는 것이다.

물론 개인으로서의 자기 실현이 테스와 무관한 먼 나라 이야기처럼 들리는 것은 사실이다. 줄줄이 딸린 동생은 물론 철없는 부모까지 돌보아야 하는 상황에 처한 그녀로서는 생존조차도 힘든 싸움이다. 개인주의적 페미니즘(feminist individualism)의 전범적 작품인 《제인 에어》(*Jane Eyre*)와 비교해 보면 그녀가 처한 곤경이 분명하게 드러난다. 처음에는 아무런 선택의 여지가 없어 보이던 제인도 소설의 결말에 이르면 로체스터와 생 존 사이에서 선택을 한다. 물론 중산층 여성에게도 결혼 이외의 선택은 주어지지 않는다는 점에서 제인의 선택은 어떤 결혼을 선택하느냐로 귀결될 따름이다. 하지만 그나마의 선택은 주어진다. 어떤 남자와 결혼하는가가 개인의 자기 실현 여부를 결정하는 가정 소설(domestic fiction)에서는 여주인공이 상반된 세계관 혹은 가치 체계를 대변하는 두 남자 중 하나를 선택하는 것이 관건을 이루기 때문이다. 《테스》에서 두 남자는 어느 한쪽이 옳은 선택으로 제시되는 것은 아니다. 테스는 선택당할 따름이다. 선택을 당하되, 알렉의 선택은 유린으로, 에인절의 선택은 유기로 이어진다. 테스의 두 남자는 극단적으로 다르되 — 한 사람은 테스가 목숨 걸고 사랑하고 다른 한 사람은 혐오한다는 점에서도 — 동전의 양면이다. 테스를 텍스트로 읽어 내는 중산층 남성의 양극단에 서 있다는 점에서 그러하다.

그렇기 때문에 알렉과 에인절은 역사적 음영을 줄 때 그 윤곽이 더 분명하게 드러나는 인물형이다. 알렉은 18세기 중반 이후 급격한 사회적 변화의 산물이다. 통상적으로 귀족계급에게 부여되는 난봉꾼(rake)의 역할을 고리대금업으로 재산을 축적한 졸부의 외아들이 맡는다는 것 자체가 이러한 변화를 드러낸다. 지나치게 연극 조라 인물로서의 실감이 떨어진다고들 하지만, 신사를 연기하는 상황에 놓인 인물이라는 점을 상기하면 그의 연극성에 현실감이 부여된다고 할 수 있다. 난봉꾼에서 복음주의자(evangelical)로의 변신도 정체성의 토대가 그만큼 취약함을 드러낸다고 하겠거니와, 복음주의가 성적 타락을 공격 목표로 삼으면서 관능성에 탐닉하는 역사적 경향을 보였음을 염두에 두면 일관성이 없는 변신이라고 말하기 어렵다.[29] 복음주의가 "타락한 여인(the fallen woman)"을 하나의 인물형으로 구성하는 데 기여한 바 크다는 점에서도 테스를 소위 "타락한 여인"으로 만든 장본인인 알렉이 복음주의자가 되는 것은 아이러니 이상의 의미가 있다.[30]

이렇듯 알렉은 아버지의 돈으로 껍데기 신사가 되어 시골 처녀들을 유린하는 난봉꾼 노릇을 하다가 성적인 타락을 회개하고 복음주의자가 된다. 주어진 조건에서 자기를 찾으려는 시도라고 할 수 있겠고, 그 나름대로 주어진 조건에 저항한다고 볼 여지도 없지 않다. 그러나 알렉은 인습에 저항할 때조차도 인습적이다. 테스와의 관계에서도 마찬가지이다. 내

29) 죄, 특히 여성의 성적 타락에 대한 복음주의의 '병적인' 관심에 대해서는 E. P. Thompson의 *The Making of the English Working Class* (New York: Vintage Books, 1966), 369-74 참조.

30) 테스가 열렬한 복음주의자인 에인절의 부모에게 사정을 털어놓았더라면 "타락한 여인"이라는 이유로 그들의 보살핌을 받았으리라는 서술자의 코멘트(236)는 복음주의가 이데올로기로서 얼마나 강력한 힘을 발휘할 수 있는가를 단적으로 보여 준다.

놓은 난봉꾼일 때 그는 테스를 "시골 처녀(country girl/cottage girl)"로 범주화함으로써 계급적인 우위를 근거로 성적인 욕구를 쉽게 만족시킬 수 있는 대상으로 읽어 낸다. 테스가 그의 키스를 빡빡 문질러 닦아 내자 "너 시골 처녀치고 되게 까다롭게 구는구나"(41)라고 말하면서도 그 범주를 벗어나 테스를 보지 못하는 것이다. 테스가 그를 뿌리치고 떠났을 때에야 비로소 "시골 처녀"로 일반화할 수 없는 그녀의 존재를 실감하게 되고, 그 나름으로 그녀를 사랑한다.[31] 그러나 알렉 나름의 진심이 테스의 진정성과는 질적으로 다른 것임은 말할 나위 없다.

에인절은 인습에 더 의식적으로 저항하는 인물로 그려진다. 신앙심을 잃었다는 이유로 목사가 되는 쉬운 길을 포기하고 자연과 더불어 자신의 생각과 느낌에 합치하는 농부의 삶을 살겠다는 의도가 그렇거니와 그 과정에서 일정한 성취를 보이기도 한다. 탈보디스 농장에서 농부가 되는 '연습'을 하면서 농투성이(hodge)로 비하한 농장 일꾼이 각각 다른 개인임을 깨닫게 되는 것은(92-93), 〈도셋셔 농장 일꾼〉("The Dorsetshire Labourer")에서 하디가 중산층 독자들에게 주문한 바이고, 그만큼 알렉에 비해 하디와 겹쳐지는 부분이 있다. 그러나 그렇다고 하디가 에인절에 대해 덜 비판적인 것은 아니다. 알렉이 인습적인 성 · 계급 담론의 틀에서 테스의 몸을 탐한다면, 에인절은 자연을 이상화하는 계몽주의 · 낭만주의 개혁 담론의 틀에서 그녀의 몸을 지워 버린다.[32] 에인절의 선의와 무관하게 테스에 대한 그의 사랑은 더 음험한 방식으로 폭력적이다.

---

31) 아버지의 갑작스러운 죽음으로 고향을 떠나지 않을 수 없었던 불가피한 상황 때문에, 또 에인절이 돌아오지 않으리라는 절망감에 따른 자포자기에서 테스가 알렉의 정부가 된다고 볼 수도 있지만, 이러한 알렉의 변화를 테스 자신이 느꼈기 때문에 그의 제안을 받아들였다고 주장할 여지도 없지 않다.

알렉과 마찬가지로 에인절도 18세기 중반의 역사적 상황이 만들어 낸 인물형이다. 서술자는 에인절이 어떤 장면을 바라보는 데 있어 "일반적인 인상을 위해 구체적인 디테일을 소홀히 하는 습관"(94)이 있다고 지적하는데, 바로 이러한 일반화 · 추상화 경향이 이상주의 개혁 담론의 맹점이라는 점에서 그러하다.[33] 그렇기 때문에 에인절은 여러 명의 목장 처녀 중 유독 테스를 사랑하게 되면서도 자연=민중=순수의 등식을 기계적으로 적용하면서 테스를 "자연의 신선하고 순결한 딸"(95) 혹은 "환상과 같은 여성성의 정수—하나의 전범으로 농축된 여성 전체"(103)로 추상화한다. 초야에 테스가 알렉과의 과거를 털어놓자, 영락한 귀족의 후손이라는 사실을 알았을 때 '원칙적으로' 그녀를 포기하지 않았기 때문에 이런 일이 벌어졌다고 자책하는 것도 그가 추상적인 원칙주의자임을 드러낸다(204). 그렇다고 그가 테스를 사랑하지 않는 것은 아니다. 다만 자신의 감정이 원칙에 우선할 수 없다는 반생명적 원칙에 사로잡혀 있을 따름이다. 또 이렇듯 추상적 원칙을 출발점으로 삼기 때문에 에인절은 거의 모든 남자들이 육감적인 여자로 받아들이는 테스의 육체에

---

32) 낭만주의를 계몽주의의 대척점에 놓는 것에 반대하면서 하는 이야기이다. 프랑스 혁명이 계몽주의의 맹점을 적나라하게 드러내자 낭만기 작가들이 이를 비판하고 나섰지만 이상주의적 개혁 담론의 연속성은 엄존한다. 19세기 소설에 등장하는 이상주의자들—프랑켄슈타인에서 커츠에 이르는—이 계몽주의와 낭만주의의 특성을 공히 드러내는 까닭이 여기에 있다.

33) 드로라(David J. De Laura)는 에인절이 후기 아놀드의 "불완전한 모더니즘"—이성적으로는 기독교를 과거의 유물로 보지만 감정적으로는 그 틀에서 벗어나지 못하는 한계—에 대한 하디의 비판적 시각을 드러내는 인물이라고 본다. "'The Ache of Modernism' in Hardy's Novels," *ELH* 34 (1967): 381. 아놀드에 대해서도 온당한 평가가 아니고, 에인절에 대해서도 딱 들어맞는 설명은 아니다. 아놀드라는 개인과 결부하여 혼선을 빚기보다는 프랑스 혁명의 좌절 이후 19세기 내내 계속된 이상주의 담론의 맹점에 대한 탐구로 읽는 것이 맞다고 본다.

대해서 결벽증을 드러낸다.

> 이런 본성을 가진 사람들에게 육체적 존재는 육체적 부재보다 덜 호소력이 있다. 후자가 실제의 결점을 편리하게 탈락시키는 이상적 존재를 만들어 내기 때문이다. (192)

서술자가 "영적"(191)이라고 표현하는 에인절의 면모는 혁명 이후 계몽주의의 추상성과 낭만주의의 초월성이 만나는 지점에서 생성된 관념적 지식인과 맞닿아 있다. 현실의 변화를 추구하는 개혁 담론이 현실과 유리될 때 생기는 문제를 에인절이 극명하게 드러내는 것이다.

알렉과 에인절의 테스 '바라보기'가 중산층 관찰자의 양극단—관능적 복음주의와 관념적 개혁주의—으로 대칭을 이룬다고 할 때, 하디/서술자가 관찰을 남성적 응시의 억압성보다는 훨씬 더 복잡한 역사적 현상으로 제시하고 있음이 분명해진다. 무엇보다도 당대의 중산층 독자들이 노동계급 여성인 테스를 '자연스럽게' 대상화하리라는 문제 의식이 있음을 간과해서는 곤란하다. 알렉과 에인절이 각각 다른 방식으로 테스를 대상화함으로써 그녀를 파국으로 몰아넣고 자신들도 파탄에 빠지는 것은 그들 또한 당대의 담론 틀에 의해 구성된 존재이기 때문이다. 오히려 개인으로 홀로 설 수 있는 잠재력은 테스에게서 더 엿보인다.

이 점을 염두에 두고 "토머스 하디가 성실하게 제시한 순정한 여인(A Pure Woman Faithfully Presented by Thomas Hardy)"이라는 부제를 다시 생각해 보기로 하자. 우선 흔히 "순결한 여인"으로 번역하는 관행을 거스르면서 필자가 굳이 "순정한 여인"으로 번역한 것에 대해서 해명해야 할 것이다. "순결"로 번역하는 데 반대하는 이유는, 테스를 성적 대상으로 보고, 혹은 테스의 성적 대상됨에 주목하면서 성적인 함의만 부각한다고 보기 때문이다. 《테스》 출판 이후 소위 "겁탈" 장면을 놓고 공방이 벌어진 것도 "pure"를 그렇게 제한적 의미로 해석한 결과다. 혼전 성관계로 미혼모가 되었다가 살인죄로 교수형을 당하는 여자를 순결하다고 하는 것은 가당치 않다고 보는 쪽이나, 테스는 수동적으로 당한 것이니까 순결하다고 보는 쪽이나 "pure"의 의미를 성적인 테두리에 가두기는 마찬가지이다. 소위 "순결"에 대한 빅토리아 시대의 집착을 비판하면서 페미니즘 비평에서는 여성의 성적 욕구를 부정하는 가부장적 남성작가가 테스를 "순결한 여인"으로 규정한다고 비판하지만,[34] "pure"를 순결로 새긴다는 것 자체가 가부장적 담론의 틀에서 하는 이야기다. 하디는 테스가 육체적 순결을 잃었음에도 불구하고 순결하다고 주장하는 것은 아니다. 그보다는 앞서 테스의 주요한 특징으로 제시한 진정성을 염두에 두고 "pure"라는 형용사를 썼다는 것이 더 앞뒤가 맞는다.

테스가 '순결'을 잃는 체이스 숲의 사건으로 돌아가 보자. 토요일 일과 후 읍내로 놀러 나간 테스는 집에 데려다 주겠다는 알렉의 호의를 거절하지만, 테스가 나타나기 전 알렉의 정부였던 여자와 머리채를 잡고 싸워야 할 순간 알렉이 손을 내밀자 우쭐한 기분에 그와 동행한 것이고, 구경꾼들이 "프라이팬에서 기름으로 뛰어든 격"(53)이라고 수군대듯이, 이러한 충동적 행동의 결과가 소위 "겁탈"로 이어진다. 그러나 테스가 뭘 몰라서 당한 것은 아니다. 알렉에 대한 자신의 감정을 분별하지 못한 상태에서

34) Mary Jacobus, "Tess: The Making of a Pure Woman," *Tearing the Veil: Essays on Femininity* (London: Routledge & Kegan Paul, 1978); Kathleen Blake, "Pure Tess: Hardy on Knowing a Woman" *SEL* 22 (1982): 689-705; Patricia Ingham, *Thomas Hardy: A Feminist Reading* (Hemel Hempstead: Harvester Wheatsheaf, 1989) 참조.

집에 나귀를 사 보냈다는 이야기를 듣고 그를 끝까지 밀쳐 내지 못했을 따름이다. 이 같은 정황에서 중요한 것은 그녀가 자신의 행동에 책임을 진다는 것이다. 나귀의 죽음에서든, 알렉 혹은 에인절과의 관계에서든 테스는 자신의 실수가 예기치 못한 결과를 낳더라도 책임을 진다. 테스가 희생자라는 점을 강조하면서 자신의 티끌만 한 잘못에도 책임을 지는 그녀의 면모를 간과해서는 안 된다. 에인절이 "그녀를 순정하게 사랑했고, 그녀를 순정하다고 믿어 주었기" 때문에 그를 사랑하지 않을 수 없다고 할 때(304), "pure"의 의미는 성적인 함의로 국한하기 힘들다. 그 의미는 "sincere"와 마찬가지로 불순물이 섞여 있지 않다는 뜻이고, 사람의 성정에 적용하면 겉과 속이 같다는 말이 된다. 그런 의미에서 테스를 "순정한 여인"으로 명명한 것이기도 하다.[35)]

서양 근대는 개인이 생각하고 느끼는 바를 있는 그대로 표현할 수 있는 자유, 즉 진정성이 발현될 수 있는 종교적·경제적·정치적 자유에 대한 희구가 점점 더 많은 사람들에게 확산되는 시기이다. 그러나 또 한편 이러한 희구가 실현되고 충족되기보다는 좌절되고 왜곡되는 역사의 간지도 엄연했다. 테스와 같은 처지에 놓인 노동계급 여성은 말할 나위 없다. 이를 익히 알면서도 하디는 테스의 두드러진 특징을 진정성으로 제시한다. 그런 의미에서 "순정한 여인"은 묘사가 아니라 도발이다. 당대 중산층의 가치관과 세계관에 대한 작가의 도전을 독자가 능동적으로 받아들여야 "purity"의 도발을 읽어 낼 수 있다. "purity"뿐만 아니다. "feeling"이나 "experience" 같은 단어도 일반적 의미로 쉽게 받아들여서는 곤란하다.

---

35) 하디는 교정지를 다 읽고 난 후 마지막 순간에 부제를 덧붙였다고 이야기하면서, 여주인공이 드러내 보이는 진솔한(candid) 마음에 대한 평가였고, 그 점에 대해서는 논란의 여지가 없다고 생각했는데 가장 많은 논란을 불러일으켰다고 덧붙인다. (xii)

테스를 소개하는 첫 장면에서 서술자는 이 무렵의 그녀를 "경험으로 채색되지 않은 감정의 소유자일 뿐"(8)으로 규정한다. 듣기에 따라서는 테스를 내려다보는 발언이라고 할 수 있다. 그러나 감정을 부정적 의미로, 경험을 긍정적 의미로 파악할 때 그렇다. 경험이라는 단어가 문제적일 수 있음은 윌리엄즈가 지적하고 있거니와(*Keywords*, 127), 테스의 감정은 관습으로 굳어진 경험에 때묻지 않은, 정직한 그리고 넉넉한 감정이다. 그리고 상황이 허락하는 한 그녀는 이러한 감정에 근거하여 행동한다. 그렇기 때문에 알렉과의 경험이 그녀를 망가뜨릴 수 없는 것이다. 망가뜨리기는커녕 그로 인해 "단숨에 단순한 소녀에서 복잡미묘한 여인"(77)이 된다. 미혼모로 아이의 죽음까지 겪은 테스를 놓고 서술자가 "세상의 입길이 아니라면 이러한 경험은 교양 교육이라고 해야 할 것이다"(77)라고 덧붙이는 것도 비슷한 맥락에서 이해해야 한다. 사실 테스의 비극은 알렉과의 경험보다는 "세상의 입길"에 초연한 듯 보였던 에인절이 감정과 언어, 언어와 행동의 괴리를 드러내면서 테스의 온전함을 내면과 외형으로 분리하는 폭력을 자행하는 데서 나온다.[36)]

"순정한 여인"이 "순결한 여인"으로 오해되어 논란을 불러일으킨 것과는 달리 "토머스 하디가 성실하게 제시한"이라는 수식어구는 거의 주목을 받지 못했다. 먼저 "제시한(presented)"부터 살펴보자. "묘사한(depicted)"이라고 했다가 "제시한"으로 고친 것은 테스에 대한 서술이 묘사에 그치는 것이 아님을 분명히 하기 위해서가 아닐까 싶다. "성실하게"는 말할 나위 없이 "순정한 여인"을 제시하는 작가의 자세이다. 초판

36) 에인절이 테스를 거부하는 초야 장면을 다시 읽는 것이 고통스러운 까닭이 여기 있다. 진정성을 최대의 가치로 삼고 있는 남자가 테스의 진정성을 가식으로 비난하는 셈이니 말이다.

에 부친 서문에서 "진정한 의도"(ix)를 천명하는 것과 무관하지 않다고 하겠다. 이렇게 본다면 자신의 이름 석 자를 집어넣은 것도 의도적이라고 할 터다. 《테스》라는 소설이 소설가 토머스 하디가 꾸며 낸 이야기이지만 자연인 토머스 하디가 진정으로 제시하였음을 암시한다는 것이다. 중산층 지향에 초점을 맞추면 하디의 진정성을 자기 기만으로 의심하기 십상이다. 그러나 하디의 진정성을 부정하면 테스의 진정성도 부정하게 되고, 테스의 진정성을 부정하면 읽히는 대상으로서 테스=텍스트만 남는다.

베일리(John Bayley)는 테스가 "자기 자신과 다른 사람들에게 대상인 동시에 의식으로 구현되는 문학상의 특이한 예"라고 말한다.[37] 적확한 지적이다. 최근 하디 비평에서는 노동계급 여성으로서 테스가 텍스트로 읽히는 정치적 상황에 초점을 맞추면서 별개의 의식을 가진 존재로서의 테스는 지워 버린다는 생각이 든다. 테스가 텍스트로 읽힐 수밖에 없는 정치적 상황에 대한 비판이 정치 비평의 목적이기 때문이다. 물론 소설의 대부분은 텍스트로 읽힐 수밖에 없는 테스의 처지를 서술한다. 알렉의 정부로 살고 있는 그녀를 에인절이 만났을 때 자신의 몸을 시체처럼 떠내려가게 놔둔 듯한 느낌을 받을 정도로 수동성이 부각되기도 한다(299). 그러나 테스가 자신을 대상화하는 이러한 순간에도 별개의 의식을 가진 존재로서 유일한 저항의 수단을 선택한 것임을 간과해서는 안 된다. 이런 자포자기에 빠지기 전 그녀는 자신을 대상화하는 모든 시도에 저항한다. 성적 대상으로 그녀를 쉽게 읽어 내는 알렉을 거부하는 것은 물론이거니와, "순결한 여인"으로 읽어 내는 에인절의 읽기도 거부한다(Goode, 122). "테스라고 불러 달라"(103)는 요청이 그렇거니와, 알렉과

---

37) John Bayley, *An Essay on Hardy* (Cambridge: Cambridge UP, 1978), 189.

의 일을 털어놓는 것도 자신과 합치하지 않는 그의 대상화를 받아들일 수 없어서이다. 에인절의 말 한마디, 몸짓 하나까지 사랑하면서도 그가 원하는 여자가 되기를 끝내 거부하는 것이 그녀의 온전함을 증거한다고 하겠다. 물론 테스의 온전함이 온전함으로 드러나는 것은 아니다. "순정한 여인"은 파편으로밖에 제시할 수 없었던 삶에 대한 작가의 헌정이다.

4. 파멜라에서 테스로

《테스》의 서술자를 남성주의적 응시로 평면화하면서 테스=텍스트의 등식에 집착하는 정치 비평은 "순정한 여인"이라는 부제가 "보상받은 정절(Virtue Rewarded)"이라는 부제가 붙었던 리처드슨(Samuel Richardson)의 《파멜라》(*Pamela*, 1740)를 의도적으로 환기한다는 점 또한 간과한다. 정치 비평이 《파멜라》를 성과 계급의 맞물림을 드러내는 대표적인 텍스트로 재조명하였음을 감안하면,[38] 《테스》와의 연결 고리를 놓친 것이 사실 이해가 가지 않는다. 신사(gentry) 계급의 주인 남자가 성적으로 매력적인 하녀를 호시탐탐 노리는 파멜라 플롯에서 얼마든지 테스 플롯과의 유비 관계를 끌어낼 법하고, '순결을 지킨' 것이 신분 상승 결혼으로 이어지는 《파멜라》와는 달리 소설의 전반부에서 '순결을 잃은' 테스를 "순정한 여인"이라고 부른다는 점에서 하디가 《테스》에서 《파멜라》 '다시' 읽기를 시도한다고 볼 여지도 얼마든지 있는데, 정치 비평에

38) Terry Eagleton, *The Rape of Clarissa: Writing, Sexuality and Class Struggle in Samuel Richardson* (Oxford: Basil Blackwell, 1982). 이하 이 책의 인용은 본문에서 "Eagleton 1982"로 밝히기로 한다.

서는 두 소설을 연결할 생각조차 하지 않은 것이다.[39)]

18세기의 재발견은 정치 비평의 주요한 성취이다. 계급 갈등과 여성성을 함께 엮어 논의할 수 있는 담론의 장으로서 감성의 문화(culture of sensibility)에 주목하면서 르네상스 문학과 낭만기 문학 사이의 사각 지대였던 18세기 연구를 촉발했던 것이 정치 비평이다. 명예 혁명 이후 경제력이 급성장한 중간계층이 귀족계급과의 헤게모니 싸움을 벌여 나가는 과정에서 귀족계급의 남성적 부도덕성의 대척점에 중간계층 '여성'의 도덕성과 이에 기초한 '가정'의 행복을 놓고, 감성을 중간계층의 덕목으로 제시하면서, 감성의 문화는 성과 계급이 접점을 이루는 흥미로운 텍스트가 된다.[40)] 이렇듯 문화적 헤게모니에서 우위를 점하고자 하는 시도의 일환으로 수많은 내훈서(conduct literature)가 나왔고, 그 연장선상에서 이글턴의 《파멜라》 '다시' 읽기가 설득력을 얻는다.

《파멜라》를 당대 권력 구조의 갈등과 괴리를 드러내는 텍스트로 분석하는 이글턴은 계급 갈등과 여성의 글 쓰기를 소설이라는 새로운 장르의 출현과 절묘하게 연결한다. 중간계층의 세계관(ethos)을 대변하는 하녀 파멜라가 글이라는 매체를 통해 성적 대상에서 도덕을 구현하는 텍스트가 되는 변화를 포착한다는 것이다. 난봉꾼까지는 아니더라도 귀족계급의 부도덕지수의 평균을 대변하는 Mr. B가 계급적 우위에 힘입어 파멜라를 성적 대상으로 삼으려는 일련의 시도를 파멜라는 '부모님 전 상서'로

---

39) 예컨대,《파멜라》를 출발점으로 삼는 암스트롱의 *Desire and Domestic Fiction*의 경우 하디의 《테스》에 대해서는 일언반구의 언급도 없다. 물론 《테스》를 가정 소설의 범주에 넣을 수 없기 때문에 언급하지 않았다고 할 수 있지만, 가정 소설의 간판인 《파멜라》를 노동계급의 시각에서 다시 읽은 《테스》에 대한 고려가 없는 것은 암스트롱의 가정 소설이 중산층 중심 시각에 근거하고 있다는 혐의를 두게 한다.

40) G. J. Barker-Benfield, *The Culture of Sensibility: Sex and Society in Eighteenth-Century Britain* (Chicago: U of Chicago P, 1992), 37-103.

써 내려가는데, 편지의 일차적 독자는 거의 처음부터 편지를 '검열'하는 Mr. B이다. 그는 글을 매개로 파멜라의 도덕성을 '알게' 되는 동시에 자신의 부도덕성을 인정하고 그 결과 계급을 넘어선 결혼을 받아들인다. 귀족계급과 중간계층이 성취하는 화해이자 타협이라고 하겠으나, 이 결합의 지향점인 가정성(domesticity)이 귀족계급의 문화적 헤게모니를 내부에서부터 무너뜨리는 중간계층의 승리임은 말할 나위가 없다.

소설이라는 매체를 통해 여성성을 구성하는 과정에서 중산층의 문화적 헤게모니가 구축된다는 이글턴의 논지는 18~19세기 영국 소설에 대한 새로운 논의의 틀을 제공했다. 이에 따라 18세기 후반에 중산층 여성들이 글을 쓰기 시작한 것을 장미 전쟁이나 십자군 전쟁보다 더 중요한 사건으로 간주한 울프(Virginia Woolf)의 진술이 뒤늦게 혜안으로 받아들여지고,[41] 남녀의 사랑과 결혼이라는, 말하자면, 사적 영역을 제재로 하는 소설이 정치적 의의를 갖는다는 주장이 가능해진다. 《파멜라》에 대한 재평가도 이러한 시각에 근거한다. 소설의 전반부에서는 (Mr. B의 표현을 빌리면) "당돌하다(saucy)"고 할 정도로 구어체를 구사하면서 당차게 저항하는 파멜라의 모습이 Mr. B와의 결혼이 가시화되면서 사라진다는 것이 형식주의 리얼리즘의 관점에서 보면 일관성의 결여로 비판받아 마땅하지만, 정치 비평에서는 하층계급 여성이 중산층과의 화해를 성사시킨 여성성으로 추상화되어야 할 당위로 받아들인다(Eagleton 1983, 38-39). 파멜라를 개인(free agent)이 아니라 부르주아가 꾸며 낸 역사적 플롯의 기능(function)으로 보기 때문이다(Eagleton 1982, 35).

이글턴의 《파멜라》 다시 읽기가 설득력을 얻은 까닭은 독자가 파멜라/

41) Virginia Woolf, *A Room of One's Own* (New York: Harcourt, Brace and World, 1975), 69.

《파멜라》를 알게 모르게 텍스트로 읽는 것에 역사적 · 정치적 의의를 부여하는 데 성공했기 때문이다. 테스/《테스》 읽기에도 이러한 틀이 적용되는 셈인데, 이 경우에는 설득력이 떨어진다. 작가의 중산층 지향에 초점을 맞추면서 남성주의적 응시의 억압과 '바라보기'의 대상으로서의 테스로 논의를 몰아가면서 소설의 복잡한 양상을 단순화하기 때문이다. 리처드슨과 하디가 처한 역사적 상황이 다르다는 점을 고려하지 않고 《파멜라》 읽기에서 얻은 통찰을 그대로 《테스》에도 적용하기 때문이 아닐까 싶다.

하디도 리처드슨만큼이나 대중적 인기를 누린 작가이고, 이러한 성공에 힘입어 신분 상승을 했다. 그러나 독서 대중과의 관계는 판이하게 달랐다. 《파멜라》가 출간될 무렵 중간계층은 반귀족계급 연대라고 정의할 수 있을 만큼 광범위한 계층을 망라했다. 중간계층을 대변하는 인물로 하녀를 설정할 수 있었던 것은 바로 그런 역사적 현실이 전제되기 때문이다. 요컨대, 리처드슨은 귀족계급의 문화적 헤게모니에 대한 도전에 박수를 보낼 중간계층 독자들을 대상으로 소설을 썼고, 그러한 지지에 힘입어 《파멜라》가 "귀족계급으로부터 문화적 헤게모니를 쟁탈하려는 영국 부르주아의 시도를 서술할뿐더러 이를 촉발"할 수 있었던 것이다(Eagleton 1982, 4). 하디의 처지는 사뭇 다르다. 인쇄업자요 서적 판매상으로 리처드슨이 당대 문화시장의 주축이라면, 하디는 중산층의 문화적 헤게모니에 대한 도전에 거부 반응을 보일 독자들로 이뤄진 시장에서 소설을 팔아야 할 일개 작가에 불과했다. 그가 소설을 쓴 시기는 귀족계급과 중간계층의 갈등이 후자의 승리로 끝나고 19세기 중반 노동계급의 저항까지 제압하고 난 후 중산층의 문화적 헤게모니가 견고하게 관철되는 즈음이다. 그를 응원할 노동계급 독자는 극소수에 지나지 않았고, 계급 갈등을 본격적으로 다루는 소설이 출판될 가능성도 희박했다.

파멜라와 테스의 형상화를 비교하면 주어진 역사적 상황에 대한 하디의 비관이 실감된다. 둘 다 하층계급 여성의 몸이 텍스트로 읽히는 이야기이지만, 파멜라에게 텍스트화가 힘의 부여(empowerment)라면 테스에게 텍스트화는 읽기의 대상으로 물신화되는 데 지나지 않는다. 파멜라에게 몸의 텍스트화가 중간계층의 도덕성을 증명하는 방편이라면, 테스의 경우 몸이 텍스트로 읽혀도 몸은 몸으로—노동자로서든 성적 노리개로서든— 남아 있다. 한마디로 저항의 장으로서 몸=텍스트가 가능하지 않고, 노동과 글의 분리도 뚜렷이 드러난다. 《파멜라》를 중요한 텍스트로 부각하게 만든 요소들—계급 갈등과 몸/글의 전복적 힘—이 《테스》에서 부정된다는 것이다. 그러나 그렇다고 테스/《테스》를 중산층의 문화적 헤게모니를 재현하는 텍스트로 읽는 것은 옳지 않다. 스스로의 입지를 의식하는 관찰자로서의 서술자, '바라보기'의 대상인 동시에 온전한 개인인 테스의 존재론적 역설도 그렇거니와, 《파멜라》에 대한 인유(引喩)도 중산층의 문화적 헤게모니에 대한 통렬한 비판이다. 이데올로기적 필요에 의해 여성성으로 추상화된 파멜라와 이러한 여성성에 근거한 빅토리아 시대의 성 담론에 따라 읽히는 테스를 대비하면서, 파멜라와는 달리 한 명의 개인으로 남아 있는 테스를 받아들일 것을 독자에게 요구한다는 점에서 그러하다.

하디의 《파멜라》 '다시' 읽기는 테스와 테스의 어머니—서술자가 200년의 시간차가 존재한다고 보는 모녀—에 의해 그 윤곽이 드러난다. 더비필드라는 성이 더버빌에서 나왔음을 알게 되자 테스의 어머니는 부근에 더버빌 성을 쓰는 부유한 가문이 있음을 기억해 내고 테스를 그곳에 보내기로 마음먹는다. 테스가 더버빌 가 안주인의 마음에 들어 결국에는 신사와 결혼하리라는 희망을 직접적으로 피력하기도 한다. 그녀가 파멜라 플롯을 염두에 두고 그렇게 하는지는 확언하기 어렵지만, 《파멜라》를 읽은 독자라면 파멜라 플롯을 떠올리지 않을 수 없는 진술이다.

> 걔가 주인마님의 마음에 들 게 분명해. 테스라면 말야. 그래서 지체 높은 신사 양반과 결혼하게 될걸. 한마디로 난 안다구. (17)

알렉이 테스에게 관심을 보이자 그녀의 희망은 확신으로 변한다. 그런데 테스의 어머니가 상정하는 플롯에서 《파멜라》의 이데올로기적 지향은 빠져 버린다. (도덕성 대신) 미모라는 "카드"를 잘 쓰면 테스가 신분을 넘어선 결혼을 할 수 있다고 주장하는 것이다(38).[42]

테스는 어머니의 백일몽을 일축한다. 그녀의 미모에 혹한 남자와 결혼한다는 것 그 자체가 자존심 상하는 일이기 때문이다. 어머니가 시키는 대로 더버빌 가에 일자리를 알아보러 간 것은 오로지 나귀의 죽음에 책임을 느껴서일 뿐이다. 처음에는 어머니의 바람대로 "지체 높은 신사 양반"이 등장해 파멜라 플롯이 진행된다. 그러나 체이스 숲에서의 사건 이후 테스가 집으로 돌아와 버림으로써 어머니의 바람은 무산된다. 파멜라 플롯대로 하지 않았다고 악다구니를 쓰는 어머니에게 테스는 이렇게 말한다.

> 넉 달 전 이 집을 나섰을 때 난 철부지였어요. 남자들이 위험할 수 있다는 걸 왜 말해 주지 않았어요? 남자들의 속임수를 일러 주는 소설을 읽은 아씨들이야 어떻게 방어를 해야 하는지 알지만, 난 그런 식으로

---

42) 테스 어머니의 바람은 비현실적이다. 그러나 따지고 보면 도덕성이 신분을 넘어선 결혼을 가능하게 한다는 설정이 더 비현실적이다. 중산층의 도덕적 우월성이라는 이데올로기적 당위에 의해 추동된 플롯이라 파멜라와 Mr. B가 결혼할 따름이지, 미모라는 생물적 당위에 기대는 것이 더 현실성이 있을 법하지 않은가.

배울 기회는 없었고, 엄마는 도움이 되지 않았어요. (64)

시간적 여유가 있는 "아씨들(ladies)"이야 소설을 통해서 남자들이 어떻게 유혹하는지 알지만 그렇지 못했던 테스로서는 어머니가 유일한 정보원인데 어머니가 그 역할을 하지 않았음을 원망하는 대목이다. 여기서 흥미로운 점은 소설의 '효용'에 대한 테스의 생각이다. 중산층이 소설이라는 매체를 통해 중산층 여성의 도덕성을 부양하였다면 테스는 소설을 통해 남자들의 속임수를 알 수 있다고 본다. 《파멜라》도 남자들의 속임수를 망라한 책에 다름 아니다.

어머니와 마찬가지로 테스도 《파멜라》의 이데올로기적 지향에는 무관심하다. 정조가 목숨보다 더 중요하다고 생각하지 않을뿐더러 남에게 손가락질 받지 않기 위해서 무슨 수를 써서라도 결혼을 해야 하겠다고 작심하지도 않는다. 알렉을 가짜라고 경멸하는 테스는—오죽하면 임신한 사실을 알렉에게 알리지도 않았겠는가— 아무리 일신의 안락을 보장한다 하더라도 그와 동거할 생각은 추호도 없다. 테스가 파멜라와 갈라서는 지점이 바로 여기이다. 《파멜라》에서는 Mr. B가 파멜라의 미모보다는 도덕성에 승복하여 결혼한다. 그러나 Mr. B의 승복만으로는 충분하지 않다. 파멜라의 '자발적인' 사랑이 있어야 이들의 결혼이 중산층의 도덕적 승리가 된다. 그렇기 때문에 Mr. B가 그녀의 도덕성에 감복하여 부모에게로 돌려보내는 순간 파멜라가 Mr. B를 사랑하고 있음을 깨닫는 마감질이 필요하다. 수단 방법을 가리지 않고 성추행을 자행한 남자를 파멜라가 사랑하게 된다는 것에 심리적 현실성은 없지만, 중산층의 도덕적 우위에 근거한 계급적 화해라는 이데올로기적 당위를 위해 파멜라는 Mr. B를 사랑할 수밖에 없다.[43]

파멜라와는 달리 테스는 '편리하게' 신사와 사랑에 빠지지 않는다. 테스 자신은 체이스 숲의 사건을 "자신의 감정 상태를 잘 모르고 넘어간 결과"(64)라고 생각한다. 그 일 이후 몇 주 동안 알렉의 정부로 지내면서 "자신의 감정 상태"에 대해서 의문의 여지가 없는 상태에 이르고 난 다음에야 그의 유혹에 넘어간 것을 후회하는 것이다. 그의 곁을 떠난 이유는 "알렉을 정말로 좋아한 적이 없었고, 지금에 와서는 조금도 좋아하지 않는다"(64)라는 사실이 분명해졌기 때문이다. 그리고 이 점을 알렉에게도 분명히 한다.

> 당신을 진정으로 사랑한 적이 없고, 결코 그럴 수 없다는 생각이 들어요. …… 무엇보다도 이 점을 거짓말로 덮는 것이 지금 내게 가장 득이 되는 일이겠지요. 하지만 그런 거짓말을 하지 않을 최소한의 자존심은 남아 있어요. 당신을 진짜 사랑한다면 그렇다고 말할 명분은 충분해요. 하지만 사랑하지 않아요. (61)

알렉을 뿌리치고 집으로 돌아온 테스에게 어머니는 그래도 결혼하게끔 만들었어야 한다고 말한다. 그러나 테스는 알렉이 결혼하자고 청하지도 않았지만 그랬다 하더라도 받아들이지 않았을 것이라고 대꾸한다(64). 테스의 어머니가 파멜라 플롯에 관심을 보인다면, 테스는 파멜라 플롯뿐만 아니라 파멜라적 도덕성의 내화 자체를 거부한다. 파멜라적 도덕성의 내화가 중산층의 문화적 헤게모니와 그 허위 의식의 근거를 이룬다는 점

43) 이러한 이데올로기적 당위를 받아들이지 않는 이들이 파멜라를 위선자로 읽어 내는 것은 따라서 놀라운 일이 아니다. 필딩(Henry Fielding)의 *Shamela*(1741)가 그 단적인 예이다.

에서 테스의 거부가 알렉이라는 개인에 그치는 것이 아님은 분명하다.

이렇게 보면 테스가 파멜라보다 더 자유롭다. 도덕성을 인정받고 결혼에 성공함으로써 신분 상승에 존경까지 받게 되는 파멜라보다 결혼 초야에 과거를 털어놓음으로써 소박을 당하고, 자신의 육체를 소유한 남자를 살해함으로써 교수형을 당하는 테스가 더 자유롭다는 주장은 일견 설득력이 없을 수 있다. 그러나 파멜라가 중산층 남성이 규정하는 바 여성성의 결정판이라면, 테스는 그런 박제된 여성성에 근거한 중산층의 문화적 헤게모니로부터 독자성이 있다는 점에서 자유롭다. 물론 '알렉을 사랑하지 않기'와 '에인절을 사랑하기' 외에 그녀가 할 수 있는 일은 거의 없다. 알렉을 사랑하지 않지만 그의 정부로 살아야 하고, 에인절을 사랑하기 때문에 알렉을 죽이고 죽음을 맞을 수밖에 없다. 중산층 여성이 사랑과 결혼을 통해 자기 실현을 한다면, 테스의 유일한 자기 실현 방식은 살인이다.

그녀에게 자유는 곧 죽음이다. 노동계급 여성이 견고한 중산층의 문화적 헤게모니 안에서 개인으로서 자유를 선택하는 것은 죽음을 선택하는 것과 다를 바 없다. 하디가 비관주의를 연상케 하는 것은 바로 그런 역사적 현실에서다. 하지만 하디의 비관주의는 현실을 직시하는 동시에 현실에 매이지 않는다는 점에서 삶의 체념이나 단절로서의 비관과는 다르다. 테스가 주어진 조건에서 개인으로 사는 것이 거의 불가능함을 익히 알고 있으면서, 그 불가능함을 끝내 받아들이지 않는 것이 그 단적인 반증이다. 테스가 텍스트로 읽힐 수밖에 없는 현실의 질곡을 직시하면서도 텍스트로서의 운명에서 테스를 해방시키는 것은, 그러나 독자의 몫이다. 이것이 말처럼 쉬운 일이 아님은 정치 비평의 《테스》 '다시' 읽기에서 극명하게 드러난다. 종래의 비평이 테스가 텍스트로 읽힐 수밖에 없는 현실을 간과했음을 비판하면서 결국 테스를 텍스트로 묶어 두는 데 만족하고 있는 것이다.

5. 결론을 대신하여

소설 비평에서 일정한 성취를 이룩한 정치 비평의 틀을 하디에 적용할 때 어떤 문제점이 생기는지 《테스》를 구체적 예로 들어 살펴보았다. 이 문제는 개인의 탈신비화에 근거한 "작품에서 텍스트로"라는 현대 비평 이론의 구호를 기계적으로 적용하는 데서 비롯된 것이 아닐까 싶다. 개인의 자족성을 손쉽게 주장하는 인본주의적 틀이 억압의 현실을 호도하였음을 지적하고 나서면서 작품과 작가를 해체하여 텍스트로 읽을 것을 제안하고 나선 것이 정치 비평인데, 이에 따라 노동계급 출신 작가인 하디가 가질 수 있었을 역사적 통찰보다는 자수성가한 '하디' 텍스트에서 중산층 지향을 읽어 내는 데 주력하게 된다. 정전에 속한 작가로서 하디의 권위를 부정하고 담론의 그물망에 걸린 존재로서 드러낼 수밖에 없는 괴리를 텍스트로 읽어 내는 작업도 이어진다.

이러한 관점이 결정적으로 놓치는 부분은 하디 자신이 개인의 자족성을 믿는 쪽이라기보다는 역사적 규정성에 대한 자의식이 강한 쪽이었다는 점이다. 평생 노동계급 출신 작가라는 딱지를 달고 다녔던 그로서는 주어진 조건에 대한 실감이 남다를 수밖에 없었겠지만, 프랑스 혁명 이후 세대로서도 역사적 결정을 쉽게 외면할 수 있는 입장이 아니었다. 혁명 이전, 즉 계몽주의 시대에 한껏 고조된 개인의 자족성과 능동성에 대한 믿음이 혁명의 실패 이후 좌절되면서 개인을 넘어선 역사적 필연을 의식하지 않을 수 없었다는 것이다. 하디의 비관주의도 이러한 역사적 상황과 무관하지 않다.

그렇다고 그의 비관적 결정론이 행동의 동인으로서 개인을 부정하는 것은 아니다. 혁명을 지지하기 때문에 그 맹점을 더 집요하게 파헤쳤던 셸리(Percy Bysshe Shelley)도, 주어진 조건을 부각시킴으로써 단자적 개인에 대한 손쉬운 믿음을 비판하는 한편 역사를 만드는 창조자로서 개인에 대한 믿음을 어렵사리 견지한다. 개인의 자족성과 능동성을 진보로 연결한 속류 자유주의를 비판하면서 인간의 창조성, 더 나아가서 역사 만들기의 가능성, 글 쓰기가 저항의 장이 될 가능성을 포기하지 않은 것이다.

낭만기 시인 중 특히 셸리의 영향을 많이 받았던 하디도 마찬가지다. 관찰자의 입지에 대한 역사적 자의식, 수동적인 희생자인 동시에 온전한 개인으로서 테스의 존엄성, 파멜라의 신분 상승 결혼이 테스의 사형으로 바뀌는 아이러니— 이 모든 것이 주어진 담론의 틀에 안주하고 있는 중산층 독자를 일깨우기 위한 하디의 부단한 노력이다. 현대 비평 이론의 대강령인 개인의 탈신비화를 기계적으로 적용하면서 노동계급 출신 작가인 하디와 노동계급 여성인 테스를 텍스트로 읽는 작업은 이러한 노력을 부정한다는 점에서 중산층의 문화적 헤게모니를 알게 모르게 지지하는 쪽에 서는 것은 아닌지 자문할 필요가 있다.

콘라드 소설에 나타난 이념의 문제

〈암흑의 핵심〉을 중심으로

이미애

1. 콘라드 소설의 현대성과 현재성

콘라드(Joseph Conrad, 1873~1936)의 작품 세계는 한마디로 규정하기 어려운 여러 가지 복합적인 성격을 지니고 있다. 폴란드인이면서 영어로 작품을 썼다는 점이나 이십여 년 동안 선원 생활을 했다는 점, 그리고 빅토리아 시대가 끝나는 19세기 말과 20세기 초의 전환기에 작품 활동을 했다는 점과 같은 전기적 사실들뿐만 아니라 그가 추구한 심오하고 다양한 주제로 말미암아 그의 작품은 단일한 비평적 시각이나 문화적 전통으로 논의하기 어렵다. 그 결과 그의 작품에 대한 다양한 비평이 양산되었으며, 그는 지난 세기의 변화하는 여러 비평 사조에 풍부한 소재를 제공하고 문학 논의의 중요한 준거점이 되어 왔다.

근래에 들어 탈식민주의(Postcolonialism)에 대한 논의가 활발해지면서 콘라드의 소설은 또다시 그 논의의 중심적인 텍스트로 자리잡았다. 1977년에 나이지리아 작가 아체베(Chinua Achebe)가 콘라드를 철저한 "인종차별주의자"라고 비판하면서부터 콘라드의 정치적 신조나 작품의 이데올로기성에 대한 논의는 문학 비평의 중요한 이슈가 되었는데, 아체베가 촉발한 이 논쟁은 콘라드의 작품이 현재의 삶과 문학 논의에도 깊은 관련성과 의미를 가지고 있음을 반증한다고 하겠다. 즉 그의 소설은 지금까지도 과거 식민지에 대한 구미 독자들의 인식에 지대한 영향을 미치고 있으며, 아프리카, 중남미, 아시아의 독자들에게 현실적으로 유효한 것으로 여겨지고 있는 것이다. 실제로 나이폴(V. S. Naipaul)이나 응구기(Ngugi wa Thiong'o), 쿳시(J. M. Coetzee) 같은 작가들은 콘라드가 제기한 문제들에 대해 현재의 시점에서 그 답을 모색하고 있다고 말할 수 있을 정도로 콘라드 소설의 영향은 지대하다. 탈식민주의 연구에 〈암흑의 핵심〉의 그림자가 길게 드리워져 있다[1]는 바바(Homi K. Bhabha)의 지적은 이러한 사정을 잘 요약하고 있다.

이처럼 과거 백년 동안 끊임없이 논의되어 왔으며 지금도 현재성을 확보하고 있는 콘라드의 작품에 대해서 무엇보다도 우선적으로 생각할 수 있는 것은 그가 현대적 성격을 구현한 모더니스트 작가라는 점이다. 빅토리아 시대의 소설들이 비교적 안정된 중산층 사회의 인습적 사고와 도덕적 가치 체계를 표방하고 있었다면, 콘라드의 작품은 19세기 말의 정치적, 사회 경제적, 인식론적 변화를 담고 있으며 그 결과 과거의 존재 상황과 다른 리얼리티를 그리고 있다는 점에서 전대의 소설들과 확연히 구분된다. 여기서 새로운 리얼리티는 무엇보다도 도덕적 가치나 의미의 "불확정 상태"[2]를 그 중요한 특징으로 한다. 콘라드는 현대의 삶에서 공유된

---

1) Homi K. Bhabha, *The Location of Culture* (London & New York: Routledge, 1994), 212.

2) 이상옥, 《조셉 콘라드 硏究》(서울대학교 출판부, 1986), 251. 이하 이 책의 인용은 본문에서 "이상옥"으로 밝히기로 한다. 모더니스트로서 콘라드에 대한 논의는 이 저서의 〈《로드 짐》 — 현대소설의 한 원형〉과 〈《노스트로모》에의 접근〉 참조.

가치가 사라졌으며 분자화된 개인은 자기 나름의 세계를 구축할 수밖에 없다는 사실을 누구보다도 첨예하게 인식하고 있었다. 그의 작품들이 대체로 제국의 변방인 식민지 사회를 배경으로 하여 고립된 개인의 행적을 그려 내면서 기존의 도덕적 가치의 유효성을 시험하고 새로운 가치의 가능성을 탐색한 것은 현대의 존재 상황을 극화한 것이라고 볼 수 있다. 이러한 새로운 리얼리티에서 콘라드는 전시대의 전지 전능한 작가들과 달리 불명료하고 모호한 방식으로 자신의 인물을 창조하고 이들의 체험을 전달한다. 짐(Jim)이나 커츠(Kurtz), 노스트로모(Nostromo), 또는 화자인 말로우(Marlow)에 이르기까지 콘라드의 유명한 주인공들의 체험이 과연 어떤 의미를 가지는 것인지 혹은 그들이 종국적으로 어떤 인식을 얻기나 하는 것인지에 대해서조차 단언을 내리기란 불가능하다. 콘라드는 때로는 공감적인, 때로는 비판적인 시선을 보내면서 이들의 체험의 의미를 드러내고 있지만 그들에 대한 최종적인 판단은 유보함으로써 불확실성을 더하고 있다.

이처럼 불확실한 삶의 가치와 의미를 탐구하기 위하여 콘라드는 부단히 새로운 형식을 실험했다. 가령 '성격적 견고함'이나 일관성이 부족하고 정체가 불확실한 인물을 주인공으로 설정한다든가, 이러한 인물의 행적을 전달하는 서술자 역시 자신감이 결여된 어조로 제한된 정보와 인식만을 제공하며, 주(主) 서술자 외에 일차적 서술자를 설정하는 등 여러 겹의 격자식 서술 구조를 통하여 다양한 시각과 관점들을 병존시키고, 시간적 순서를 빈번하게 전도하는 등 콘라드가 채택한 다양한 기법은 자신의 주제에 걸맞은 형식을 찾기 위한 노력의 결실이었다. 이런 서술 기법은 여러 가지 효과를 가능하게 하지만, 무엇보다도 작품이 다루고 있는 이야기에 대한 거리감과 비판적 시각을 유도함으로써 의미의 불확실성을 강화한다는 점을 들 수 있다.

그렇다면 콘라드 작품의 주제 및 내용과 서술 기법에 의해 강화되는 효과는 현대적 삶의 불확정성이라 볼 수 있다. 콘라드 자신도 삶의 의미를 포착하기 어렵다고 여러 차례 호소했으며, 그 의미를 포착하여 영원성을 부여하는 창작 과정의 지난한 고통을 피력하기도 했다. 그러나 돌이켜 생각해 보면 그의 작품 세계의 불확정적 성격이야말로 현대에 이르기까지 다양한 각도의 비평적 접근을 가능하게 해 주었던 바탕이 되었다고 볼 수 있다. 작가 콘라드가 식민주의 이념을 옹호했는가 아니면 배척했는가, 또는 그가 전통적 가치를 지지한 보수주의자였는가 아니면 자유주의자였는가라는 가장 기본적인 물음에 대해서도 합의가 이루어지지 않을 정도로 그의 작품은 단선적이고 도식화된 설명을 거부하는 '열린' 공간을 제공한다. 그러므로 그의 작품은 다양한 해석을 가능하게 하며, 독자들의 독서 행위와 독자들의 의미 부여를 통하여 완성된다고 말할 수 있을 것이다. 즉 콘라드의 작품 세계는 새로운 해석을 가능하게 할 뿐 아니라 새로운 해석을 요구하는 공간인 것이다.

2. 〈암흑의 핵심〉—이념과 행위의 대립

〈암흑의 핵심〉("Heart of Darkness", 1899)[3] 은 콘라드 소설의 모호함과 불확실성을 단적으로 드러내고 있는 작품이다. 이 소설은 영어로 쓰

3) 텍스트로는 *Joseph Conrad, Youth and Heart of Darkness with Essays in Criticism,* annotated with critical introduction by Sangok Lee (Seoul: Shina-sa, 1976)를 사용하고 이하 이 작품의 인용은 본문에서 쪽수만 밝히기로 한다. 인용문의 번역은《암흑의 핵심》(이상옥 옮김, 민음사, 1998)을 참조했다.

여진 최고의 중편 소설이라는 찬사를 받았을 뿐 아니라 주제와 서술 방식의 복잡한 성격으로 말미암아 모더니즘 문학의 선구로 간주되었지만 또한 애매한 진술로 인해서 결함이 많은 소설이라 평가되기도 했다.[4] 또한 이 소설은 이념의 문제를 제기하면서 그에 대한 상충된 메시지를 전달하는 듯이 보이기 때문에 많은 논란을 불러일으켜 왔다. 이처럼 이 소설에 대한 다양한 평가는 이 작품에서 의미를 규명하는 작업이 손쉬운 일이 아님을 드러낸다. 그러나 이 소설의 익명의 화자가 서술하듯이 말로우의 이야기가 결론이 없는 불분명한 것이라면, 그 불확실함과 모호함을 있는 그대로 드러내 보임으로써 어떠한 의미가 밝혀지기를 기대할 수 있을 것이다.

일차적으로 〈암흑의 핵심〉은 작가 콘라드의 선원 경험을 바탕으로 한 자전적 소설이다. 특히 콩고 여행은 그의 삶과 의식에 전환점을 이룬 중요한 사건으로서, 콘라드는 자신이 콩고에 가기 이전에는 순전히 동물에 지나지 않았다고 술회하기도 했다. 이처럼 그에게 중요한 사건이었던 아프리카 여행은 콘라드가 콩고를 다녀온 지 9년 뒤에 쓴 이 소설에서 말로우의 서술을 통하여 형상화되고 있다. 그런데 콩고에서의 체험을 형상화하는 작업은 작가 자신에게도 결코 용이한 일이 아니었으며, 이 소설에서 형상화한 경험의 의미가 불확실하다는 생각은 작가의 대변인이라 볼 수

---

4) 예컨대, 프레드릭 칼은 이 소설을 기점으로 "19세기가 20세기로 넘어갔다"고 긍정적으로 평가했다(Frederick R. Karl, "Introduction to the Danse Macabre: Conrad's 'Heart of Darkness'," *Heart of Darkness: A Case Study in Contemporary Criticism,* ed. Rose C. Murfin [New York: St. Martin's, 1989], 126). 포스터는 콘라드가 "가장자리에서뿐만 아니라 한가운데에서도 모호"하다고 지적하며(E. M. Forster, "Joseph Conrad: A Note," *Arbinger Harvest* [New York: Harvest, 1936], 138), 리비스는 콘라드가 "불가해한", "표현할 수 없는" 등과 같은 형용사들을 남발하면서 의미를 강요하고 "자신이 무엇을 의미하는지 알지 못한다는 사실을 가지고 공치사하는 데 열중"한다고 비판한다(F. R. Leavis, *The Great Tradition* [London: Chatto & Windus, 1948], 180).

있는 말로우의 서술에서 묘사되고 있다.

> "내게 사적으로 일어났던 일을 가지고 자네들을 대단히 귀찮게 하고 싶지는 않다네." 그는 이렇게 시작했다. 이 변명 속에 청중이 가장 듣고 싶어 하는 이야기가 무엇인지 때로 알지 못하는 이야기꾼들의 약점을 드러내면서 말이다. "하지만 그 일이 나에게 미친 영향을 이해하려면 자네들은 내가 어떻게 그곳에 가게 되었는지, 무엇을 보았는지, 어떻게 그 강을 따라 올라가서 그 불쌍한 사람을 처음 만난 곳으로 갔는지를 알아야 하네. 그건 가장 먼 항해 길이었고 내 체험의 정점을 이루는 것이었지. 어찌된 일인지 그것은 내 주위의 모든 사물들과 내 사고에도 일종의 빛을 비춰 주는 것 같았네. 아주 음울한 일이기도 했어. 가련하고, 어떤 점에서도 특별하다고는 할 수 없었지. 그리고 아주 분명하지도 않았네. 그래, 아주 분명하지가 않았어. 그런데도 어떤 빛을 비추는 것 같았다고." (117-18)

이처럼 그 의미는 불확실하지만 "체험의 정점"을 이룬 사건, 즉 콩고 여행담을 동료 선원들에게 들려주면서 말로우는 그 이야기의 의미를 제대로 전달하고 있는지에 대한 의혹을 끊임없이 제기한다. 더 나아가 말로우는 아프리카에서의 체험을 이야기하는 것이 마치 "떨면서 몸부림치고 항거하는 가운데 부조리하고 놀랍고 당혹스러운 느낌들이 뒤섞여 있는 느낌"(168)을 전달하려는 듯하다고 묘사하기도 한다.

이러한 묘사에서 드러나듯이 말로우에게 아프리카에서의 체험은 '악몽'이었으며 아직도 그의 의식을 사로잡고 있는 정신적 충격이었다. 따라서 말로우가 그 악몽을 구술하면서 의미를 반추하는 과정은 혼란스럽고 고통스럽기까지 한 것이었으리라 짐작할 수 있다. 〈청춘〉("Youth", 1898)에서 말로우가 과거의 경험을 회고하면서 젊고 낭만적이었던 시절에 대해 찬사를 보내고 있다면, 〈암흑의 핵심〉에서 그는 "인생과 세상만사에 대해 별로 알지 못하고 있던 자기의 젊은 날을 회고하면서 상당한 정신적 고통을 당하고 있음"(이상옥, 34)이 분명하다. 그러므로 말로우가 "포착할 수 없는"과 같은 형용사를 남발한다든가 경험의 의미를 제대로 전달할 수 있을지에 관한 의혹을 제기하는 것은 말로우 또는 작가 콘라드가 과거의 체험에서 아직도 심정적으로 벗어나지 못하고 있음을 시사하는 것이다.

콩고 여행이 이처럼 콘라드에게 정신적인 충격으로 남게 된 것은 무엇보다도 식민지의 실상과 접함으로써 작가 자신이 이전에 지녔던 식민주의 이념에 대한 믿음이나 모험과 탐험에 대한 낭만적 동경이 깨지게 된 데서 그 원인을 찾을 수 있다. 당시 콩고가 벨기에의 국왕 레오폴드에게 속한 자유 무역 보호령이었다는 사실에서도 그러한 충격의 원인을 일부 찾을 수 있다. 콘라드는 말년에 쓴 에세이 〈지리와 탐험가들〉("Geography and Some Explorers")에서 어린 시절에 당대 지리적 발견으로 유명한 탐험가들을 순수한 열정으로 진리를 추구한 영웅적 인물로 동경했지만 실제로 아프리카에서 벌어진 "인간의 양심사와 지리 탐험의 역사를 더럽힌 가장 비열한 약탈품 쟁탈전"[5]을 알게 되면서 소년의 이상화된 꿈은 종말을 고하게 되었다고 기술하기도 했다. 아프리카의 여행을 통하여 콘라드는 탐험에 대한 낭만적 동경이나 문명과 빛을 전파한다는 식민주의의 대의명분은 순전히 허상이었음을 인식하게 된 것이다.

---

5) Joseph Conrad, *Last Essays* (Garden City: Doubleday, Page & Co., 1926), 17. 이하 이 책의 인용은 본문에서 *"Essays"*로 밝히기로 한다.

그런데 식민지의 현실에 접하여 콘라드가 엄청난 정신적 충격과 환멸을 느끼게 되었다는 사실은 모험이나 탐험에 대한 그의 낭만적이고 이상주의적인 동경 또한 얼마나 강렬한 것이었는지를 반증하는 셈이다. 말로우가 어린 시절에 지도를 좋아했으며 남아메리카와 아프리카 혹은 오스트레일리아를 몇 시간씩이나 바라보며 위대한 탐험의 업적들을 골똘히 생각하곤 했다는 진술은 그대로 작가의 것이다. 콘라드는 어린 시절부터 모험 소설에 관심을 가지고 있었으며, 그가 선원 생활을 택한 것도 부분적으로는 해양 소설에서 그려진 모험과 탐험에 대한 열망에서 비롯되었다고 볼 수 있다. 콘라드는 어린 시절에 당대의 지리적 발견을 다룬 잡지와 역사, 여행기, 소설들을 읽었다고 술회했고,[6] 〈지리와 탐험가들〉에서는 이러한 여행록이 그에게 미친 영향에 대해 서술하면서 이들 탐험가들에게 순수한 동기를 부여한다. 예컨대 제임스 쿡(James Cook) 선장은 19세기 일편단심의 탐험가들, 진리에 대한 추구를 유일한 목적으로 삼은 투쟁적인 지리학의 선조의 일원이며, 극지방의 탐험가들은 지리학의 발전을 위하여 적지 않은 사람들이 목숨을 바친 그 고위도 지방의 공기처럼 순수한 목적을 가지고 있었다고 찬양한다. 그는 극지방뿐 아니라 열대 아프리카에 대해서도 매력을 느꼈으며 아프리카의 호소력으로 인해 파크(Mungo Park)와 리빙스턴(David Livingston)을 지성과 상상력의 세계에서 처음으로 사귄 친구라고 말한다(*Essays*, 1-21).

하지만 실제의 아프리카는 리빙스턴 같은 이상주의적 탐험가들이 인도주의적 모험을 수행하는 곳이 아니라 〈암흑의 핵심〉에서 묘사되듯이 무차별적인 포격이 이루어지고, 금전적 이득에 눈먼 백인들이 무력한 흑인

---

6) Joseph Conrad, *A Personal Record* (Garden City: Doubleday, Page & Co., 1925), 71.

들을 죄수나 짐승처럼 취급하는 등 비인간적 횡포가 자행되는 곳이었다. 콘라드가 선원 생활을 통해서 경험한 식민지의 현실은 대중적 모험담의 이데올로기를 전도하는 것으로서 과거의 이상적 탐험가들의 열망이나 업적과 상반되는 참담한 상황이었다. 이 작품의 중심 인물인 커츠는 이상주의적 이념을 지니고 식민 사업에 뛰어들지만 아프리카의 오지에서 탐욕과 정복욕의 화신으로 변모하여 원주민들을 억압하고 수탈하는 폭군으로 전락하며, 이러한 인물의 이야기를 전달하는 말로우는 식민주의의 실상을 목격하고 그 비인간적인 참상에 대해 서술하며 식민주의에 대한 혐오감을 드러내고 있다. 이 소설이 식민주의의 실상을 비판하고 고발하는 문서로서 상당한 비중을 차지하게 된 데에는 식민주의에 대한 작가의 환멸감이 자리잡고 있는 것이다.

그렇다고 해서 이 소설이 전적으로 반식민주의적 입장을 취하고 있는 것은 아니다. 이 소설의 도처에서 드러나는 도덕적 의미와 판단의 모호함, 가령 커츠가 임종시 부르짖는 외침의 의미라든가, 말로우가 커츠에 대해 혐오감을 느끼면서도 동시에 그에게 매료되는 심리적 동기, 작품 후반부에서 말로우가 커츠의 약혼녀에게 거짓말을 하는 장면, 특히 식민주의에 대한 말로우의 전반적인 입장 등은 한마디로 규정하기 어려우며 때로 여러 가지 상반되는 해석을 가능하게 한다. 이 소설의 악명 높은 모호함은 일차적으로는 말로우 또는 작가 콘라드가 충격적인 아프리카의 체험에서 아직 심정적으로 헤어나지 못한 상태에서 그 의미를 반추하고 그 나름대로 정리하는 과정에서 비롯되었다고 볼 수 있다. 그 혼란스러운 의식의 중심에는 식민주의 및 제국주의의 문제가 자리잡고 있으며, 기존의 도덕이나 규범으로는 설명할 수 없는 커츠의 행적에 직면하여 말로우의 이야기는 식민주의 이념에 대한 사색을 중심으로 성찰을 전개한다. 그렇다면 커츠는 누구이며 어떠한 인물인가, 그리고 커츠가 말로우에게 지닌 호소력은 무엇이며 이들의 관계는 무엇을 기반으로 하고 있는가의 문제는 이 소설의 의미 구조에서 핵심적인 물음이라 볼 수 있다. 그러므로 이 소설을 이해하기 위해서는 식민 사업가 커츠라는 하나의 축과 그 인물에 대한 말로우의 성찰이라는 또 다른 축을 살펴보고 그 둘의 관계를 살펴보는 것이 필요할 것이다.

커츠는 누구인가라는 물음은 단순한 것이지만 그것에 대한 답은 전혀 그렇지 않다. 커츠가 이 소설의 의미 구조에서 차지하는 압도적인 비중에도 불구하고 그에 대한 구체적 언급이나 묘사는 상당히 제한되어 있으며 그것도 다분히 암시적으로 제시되어 있기 때문이다. 가령 그에 대한 정보는 교역소 주재원들의 단편적인 이야기, 커츠가 쓴 보고서 일부와 스케치, 그를 숭배하는 러시아 선원의 언급, 임종 직전에 커츠와 말로우가 나눈 짧은 대화, 작품 결말 부분의 약혼녀의 이야기 등에서만 단편적으로 제시된다. 또한 이 소설에 전지적 서술자가 등장하지 않으며 말로우의 이야기도 그 나름의 선입관이나 감정에 윤색된 개인적 회고의 산물이라는 점을 감안한다면, 커츠의 정체를 알아내기란 더욱 어려워진다.

커츠에 대한 정보가 절대적으로 부족하다는 점 외에도 그를 형상화하는 방식이 기존의 사실주의적 방식과 달리 암시적이고 추상적이기 때문에 그를 구체적으로 파악하는 일이 용이하지 않다. 가령 그의 이름에는 《로드 짐》(*Lord Jim,* 1900)의 주인공 짐과 마찬가지로 성(姓)이 제시되지 않으며, 그의 국적과 출생지도 밝혀지지 않는다. 그의 출생이나 신원에 대해서는 "그의 모친에게는 영국인의 피가 절반 섞여 있었고, 부친에게는 프랑스인의 피가 절반 섞여 있었지. 말하자면 커츠라는 사람을 만들어 내는 데 온 유럽이 기여한 셈이지"(224)라는 말로우의 언급만 제시될 뿐이다. 이러한 묘사를 통해서 알 수 있는 바는 작가가 이 인물을 구체적 개인이 아니라 유럽의 '보통 사람'을 대변하는 인물로 상정하고자 했다는 것이다.

커츠가 식민 사업에 뛰어들게 된 동기에 대해서는 작품의 끝 부분에서 "그[커츠]가 콩고로 가게 된 것은 자신의 상대적 빈곤을 참을 수 없었기 때문이라고 추리하게 하는 몇 가지 근거를 나에게 내비친 적이 있었다" (288)고 간략하게 언급될 뿐이다. 그러나 이 언급과 몇 가지 암시에서 커츠가 콩고의 무역상으로 나선 동기는 여타의 식민주의자들과 그다지 다르지 않았음을 짐작할 수 있다. 즉 그것은 식민 사업을 통하여 빠른 시간 안에 개인적 성취와 재정적인 혜택, 사회적 지위를 획득하려는 것이었다. 이러한 사실은 임종 직전의 그를 묘사하는 다음과 같은 부분에서도 확인할 수 있다.

> 커츠는 담론을 펴고 있었네. 그는 온통 목소리! 목소리였지! 그 목소리는 죽는 날까지도 깊이 울리고 있었어. 그의 기력은 쇠잔했지만 그 목소리만은 살아남아서 그 화려한 달변의 주름 속에다 황량하고 어두운 자기의 심장을 숨기고 있었던 거야. 오, 그는 몸부림치고 있었어! 몸부림치고 있었다고! 이제 쓸모없는 쓰레기처럼 되어 버린 그의 지쳐 빠진 두뇌에는 망령 같은 이미지들이 출몰하고 있었어. 재산과 명예의 이미지들이 그 고귀하고 고매한 표현력이라는 탕진되지 않는 천부의 재능 주위를 비굴하게 맴돌고 있었던 거야. 나의 약혼녀, 나의 주재소, 내 필생의 과업, 나의 이념—이런 것들은 그가 이따금 고양된 감정을 토로할 때마다 등장하곤 한 주제였어. (270)

이와 같이 모든 것을 '나의 것', 즉 획득과 소유의 대상으로 간주하는 커츠는 암흑의 오지에서 위대한 과업을 성취하여 능력을 인정받고 유럽의 본사에서 고위 직책을 얻고 그 이상의 인물이 되려는 야심을 가지고 있었음이 분명하다.

그런데 이처럼 물질적, 사회적 동기를 가지고 교역 사업에 나선 커츠는 암흑의 대륙에 문명과 빛을 전달한다는 식민주의 이념의 화신으로 제시되면서 노골적으로 착취를 일삼는 다른 식민주의자들과는 차별화된다. 그는 "연민과 과학, 진보의 사자"(163)로 불리며, "각 주재소는 더 나은 것들을 향하여 나아가는 노상의 횃불이 되어야 한다. 물론 교역의 중심이기도 하지만 원주민들을 인간화하고 개선하고 교화하는 중심지가 되어야 한다"(181)는 이념을 표방하는 등 식민 사업에 있어서 올바른 동기가 필요함을 역설하기도 한다. 그렇다면 커츠가 식민주의 이념을 표방하게 된 경위가 무엇이며, 과연 그 이념의 실체는 무엇인가, 그리고 그는 그 이념을 진정으로 내면화하고 있는가라는 의문을 제기할 수 있다.

콘라드의 다른 인물들과 달리 커츠의 경우에는 식민주의의 도덕적 이념을 가지게 된 경위가 거의 밝혀지지 않는다. 가령 《로드 짐》에서 짐은 모험담을 읽음으로써 영웅적 행위를 꿈꾸게 되었으며, 《구조》(*The Rescue: A Romance of the Shallows*, 1920)에 등장하는 링가드(Lingard)는 자신이 태어난 영국의 한 어촌에서 주일학교 선교사가 어부들과 선원들을 대상으로 고취시킨 소명감에 영향을 받았고 이것이 그의 온정주의적 식민지 지배의 원천이었다. 그러나 커츠의 과거에 대해서는 그가 음악적 재능을 가지고 있었다든가 신문에 글을 기고하곤 했다는 사실 외에는 거의 알려진 바가 없기 때문에, 이 부분은 독자의 추측으로 채울 수밖에 없다. 한 가지 가능한 추측은, 당시 본국에 불필요한 잉여 인간들의 식민 활동이 당대 제국주의 이데올로기에 의해서 그 물질적, 사회적 동기가 은폐되고 문명을 전파하는 행위로 미화되었다는 점에 비추어 볼 때, 커츠가 도덕적 이념으로 무장한 것도 그와 비슷한 과정을 거치지 않았을까 하는 것이다. 〈암흑의 핵심〉과 비슷한 시기에 쓰여진 단편 소설, 〈진보의 전초기지〉("An Outpost of Progress", 1897)에서 무능한 인물들인 케이어츠(Kayerts)와 칼리에(Carlier)가 문명 세계의 권리와 의무를 역설하며 지상의 오지에 빛과 믿음을 전달해야 한다는 신문의 선전문을 콩고의 주재소에서 읽고 자신들에 대한 이상적 자아관을 가지는 대목도 이러한 추측에 무게를 실어 준다.

그렇다면 "연민과 과학, 진보"를 식민지에 전달한다는 커츠의 도덕적 이념은 당대의 제국주의 이데올로기를 거의 그대로 답습한 것이라 볼 수 있다. 많은 경우 말로우는 이러한 이데올로기에 대해서 상당한 혐오감을 표현한다. 가령 그의 숙모가 식민주의자들은 빛의 사도로서 수백만의 무지한 원주민들을 그들의 끔찍한 풍습에서 떼어 놓아야 한다고 말하자 말로우는 "그 시절 인쇄물이나 이야기에서 많이 나돌던 허섭스레기"(130)라고 치부하며 "진보라는 대의명분"(123)에 대해 시종일관 빈정거리는 어조로 말한다. 그러나 커츠가 내세우는 이념은 그 자체로는 빅토리아 시대의 자유주의적, 진보주의적 전통에 뿌리를 두고 있는 가치이며, 이것을 식민지에 전파하고 수출하는 문제와 관련해서는 이견이 있을 수 있지만, 영국 내에서는 인도주의적 가치로 통용되었고, 이러한 인도주의적 가치를 식민지에서 실현하려는 움직임은 그 근간에 있어서는 사해동포주의에 입각한 교화된 제국주의 이념의 실천이라 볼 수 있다. 이런 점에서 커츠가 표방하는 이념은 적어도 도덕적 바탕을 가지고 있다고 하겠다.

하지만 커츠의 도덕적 이념의 실체가 무엇인지를 가장 잘 보여 주는 것은 그가 국제야만풍습억제협회에 제출하려고 작성한 보고서이다. "우리 백인들은 그간 이루어 놓은 발전을 출발점으로 삼아 그네들 야만인들에게는 마땅히 초자연적인 존재인 것처럼 보여야 하고, 하느님 같은 힘을 과시하면서 그들에게 접근해야 한다"(225)는 주장으로 시작하는 그 보고서는 백인들의 우월한 입장과 전제적 힘의 행사를 긍정하고 있다. 또한 "우리는 단순히 의지를 행사하기만 해도 실제로 무한한 이익을 창출할 수 있는 능력을 발휘할 수 있다"(225)고 기록하면서 백인의 이익을 위한 식민지 수탈의 가능성마저 정당화한다. 이 보고서의 서두에서 확인할 수 있는 점은 그의 도덕적 이념이 실제로는 이타적 감정에 기반을 두고 있지 않다는 사실이다.

> 바로 여기서부터 그의 어조는 고양되었고 나를 사로잡기 시작했네. 지금 기억하기는 어렵지만 그 장광설은 화려했어. 위엄 있는 선의를 가지고 그 거대한 이국적 세계를 통치해야 한다는 생각이 그 속에 담겨 있었어. 그 구절을 읽으니까 나도 열광하지 않을 수 없더군. 그건 무한한 달변의 힘이었고, 말의 힘, 불타오르는 고귀한 말의 힘이었어. 마력에 사로잡힌 듯이 유려하게 흐르는 그 어구들을 방해하는 그 어떤 실제적 방안의 암시도 없었어. 예외가 있었다면 그건 마지막 페이지의 밑 부분에 써둔 일종의 노트였는데, 훗날 떨리는 손으로 갈겨썼음이 분명한 이 노트는 한 가지 방안을 밝힌 것으로 간주될 수도 있었지. 그 내용은 단순했어. 온갖 종류의 이타적 감정을 향해 감동적으로 호소하던 글이 끝나는 대목에서 그 노트는 마치 맑은 하늘에서 번쩍이는 번개처럼 나를 향해 그 휘황하고 무서운 빛을 발하면서 '모든 야만인들을 말살하라!'고 부르짖고 있었어. (225)

문명의 빛을 전달하고 원주민을 교화해야 한다는 이타적 이념을 피력하는 보고서에 원주민을 말살하라는 내용이 그 방법론처럼 제시되는 것은 충격적인 아이러니이다. 실제로 커츠는 "천둥과 번개를 가지고 위협적으로 원주민에게 접근"(239)했으며 원주민 마을을 습격하여 그들의 머리를 장대에 꽂아 세워 두는 일도 서슴지 않았고, 이러한 행동으로 인해서 신적인 전능함을 지닌 대상으로 원주민들의 공포심에서 유발된 절대적 숭배를 받았다. 그가 죽기 얼마 전에 보이지 않는 밀림을 향하여 "네 심장을 쥐어짜겠다"(271)고 소리 지르는 장면도 그의 식민 사업의 실체를 시사한다. 그것은 전제적 힘의 행사에 기반을 둔 것으로서, 그의 도덕적 이념은 실제의 강압적인 약탈을 포장하는 고귀한 말, 장광설에 불과한 것이다. 커츠의 목소리와 달변이 그의 지배적인 이미지로 거듭 제시되는 것은 바로 그것이 그의 본질적 면모이기 때문이다.

커츠가 도덕적 이념의 화신으로 행세할 수 있었던 것이나 아프리카의 밀림에서 철저하게 타락할 수 있었던 것은 동일한 이유로 설명할 수 있다. 그것은 그가 내면이 "비어 있는"(244) 인간이라는 사실이다. 그는 내면이 비어 있었기에 대중 매체가 유포하는 식민주의 이데올로기를 여과없이 받아들여서 자기 것으로 만들 수 있었고, 다른 한편 유럽의 도덕적, 사회적 구속력이 미치지 않는 대륙의 오지에서 광적인 상아 수집가로 변모할 수 있었을 것이다.

> 그러나 밀림은 일찌감치 그의 정체를 알아냈고 그 터무니없는 침략에 대해 그에게 끔찍한 보복을 하고 있었던 거야. 나는 그 밀림이 그가 자신에 대해서 알지 못하고 있던 것들을 속삭여 주었으리라고 생각하네. 그는 이 거대한 고독과 사귀게 될 때까지 그런 것들이 무엇인지 전혀

> 알지 못하고 있었으며 그래서 그 밀림의 속삭임들은 그에게 거역하기 어려울 정도로 매혹적일 수 있었던 거야. 그는 속이 텅 빈 인간이었기 때문에 그 속삭임이 그의 내부에서 요란한 소리로 울릴 수가 있었어.…… (244)

이 소설의 여러 군데에서 제시되는 텅 빈 과자 깡통과 구멍 난 기선, 바닥이 뚫린 물통 등 '텅 비어 있음'을 나타내는 이미지는 식민 사업을 벌이고 있는 백인들, 주재소의 지배인이나 벽돌공, 더 나아가 이 소설의 중심 인물인 커츠의 정신적 특징으로 연결되며, 결국 식민 사업 자체가 공허하고 부질없는 "죽음과 교역의 소극"(135)이자 "애처로운 익살"(134)로서 집단적 광기의 표출임을 암시하고 있다.

그런데 커츠가 조야한 탐욕과 야심에 사로잡힌 지배인이나 벽돌공, 엘도라도 탐험 대원들과 다른 점은 그가 결코 평범한 인물이 아니라는 사실이다. 그는 "만능의 천재"(280)였을 뿐 아니라 천부적 달변의 재능으로 많은 청중을 매혹시킬 수 있는 인물이다. 그는 원주민들의 절대적 추앙과 러시아 선원의 숭배를 받으며 그의 약혼녀에게서 절대적인 신뢰와 존경을 받는다. 사람들을 매료시키고 동화시키는 능력 면에서 그는 대중 선동 정치가로서의 자질을 구비하고 있는데, 실제로 커츠의 동료였다는 한 언론인은 커츠의 본령이 대중 취향의 정치였어야 하며 어떤 과격한 정당의 빛나는 지도자가 될 수 있었을 거라고 언급한다. 그는 커츠가 과격주의자였으므로 "자기 자신으로 하여금 무엇이건 믿게 할 수 있었다"(281)고 말하기도 한다. 즉 커츠는 어떠한 이데올로기라도 자기 것으로 소화할 수 있으며, 그것을 극단적으로 추구하는 강한 성격을 가지고 있고, 또 천부적 능변과 강력한 카리스마로 자신의 이념을 대중에게 설파할 수 있는 포퓰리스트(populist)적 인물인 것이다. 말로우가 커츠를 묘사하며 자주 사용하는 "주목할 만한(remarkable)"이라는 가치중립적인 형용사는 일차적으로는 보통의 한도를 뛰어넘는 그의 강력한 카리스마를 지칭한다.

커츠가 주목할 만한 인물인 또 다른 이유는 그의 타락이 극단적인 형태로 치닫는다는 사실이다. 그는 사회적 구속력이 없는 콩고의 밀림에서 "이 세상을 걷어차서 산산조각으로 만들어 버린"(265) 것이다. 보통의 인간들은 "스캔들과 교수대와 정신병원"(222)을 두려워하며 "푸줏간과 경관"(222) 사이에서 조심스럽게 살아가는 반면, 이런 사회적 보호 장치가 배제된 지역에서 커츠는 관습적인 도덕이나 자제력, 믿음, 두려움을 모두 떨쳐 버리고 야수적 본능과 탐욕에 무한정 몰입한다. 보통의 인간들은 두려움 때문에 때로는 세련된 감정 때문에 관습적 한계를 넘어서지 못하고 따라서 언제나 안전하지만, 끝없는 지식욕을 채우기 위해 악마에게 영혼을 팔아 버린 파우스트처럼 커츠는 탐욕을 충족시키기 위해 악마와 자기 영혼을 바꿔칠 홍정을 마다하지 않은 것이다.

그러나 말로우에게 커츠가 주목할 만한 인물임을 입증하는 가장 중요한 사건은 임종시의 외침이다. 죽음에 직면하여 그는 오만과 공포 그리고 절망의 표정을 떠올리고는 "무서워라! 무서워라!"(273)라고 외친다. 말로우는 커츠가 "이 지상에서 자기 영혼이 겪은 모험에 대해 판결"(274)을 내릴 수 있었기에 주목할 만한 인물이라고 강조한다. 커츠가 마지막 순간에 자신의 과거를 되돌아보고 자기 인식을 얻을 수 있었다는 것이다. 커츠의 마지막 외침이 "하나의 긍정이요, 무수한 패배와 끔찍한 공포 및 끔찍한 욕구 충족을 대가로 치르고 나서 얻은 도덕적 승리"(276)라는 말로우의 평가는 말로우 자신의 "무관심한 경멸"(276)이나 "미지근한 회의"(275), 즉 자신의 회의주의적 성향과 대조되는, 삶과 도덕적 원칙에 대한 믿음과 긍정이라는 의미로 볼 수 있다. 커츠가 내면이 공허한 인간이었더라도 스스로에 대한 도덕적 평가를 내릴 수 있었기에 말로우는 그에게 경외감을 보내고 있는 것이다.

말로우가 커츠의 외침을 도덕적 승리로 미화하는 이 부분은 콘라드의 여러 작품에 나타나는 '더블(double)'의 모티프, 즉 도덕적 상반자와의 정신적 자기 동일시와 그로 인한 자기 인식의 확대를 예시하고 있다고 볼 수 있다. 그러나 커츠가 부르짖는 외침의 의미는 무엇이며 말로우가 커츠를 통해 얻은 인식은 과연 무엇일까? 이 문제는 〈암흑의 핵심〉의 의미 구조에서 핵심적인 부분이지만 상당히 모호하며 여기서 말로우가 논의의 차원을 비약시킨다는 의혹을 지우기 힘들다. 우선, 그 외침이 실제로 무엇을 의미하는지 문맥상 명확하지 않으며 여러 가지 상충된 해석을 이끌어 낼 수도 있다. 또한 독자는 말로우의 평가에 심정적으로 공감한다 하더라도, 말로우가 커츠의 마지막 외침을 도덕적 승리로 규정하면서 의미를 단순화시키며 결론을 이끌어 가고 있는 것이 아닌가 하는 의구심이 남는다. 말로우가 주장하듯이 커츠가 마지막에 자기 인식에 도달했다는 점에서 주목할 만한 인간이라 하더라도, 커츠가 무엇을 실천하고자 했는가의 문제는 여전히 존재하는 것이고, 그의 물질적 동기와 비물질적 이념 간의 대립 또한 양립하기 어려운 모순으로 남게 된다. 커츠 자신은 도덕적 이념과 행위 사이의 대립을 의식하지 않았다 하더라도, 그의 내면과 실상을 관찰할 수 있었던 말로우에게 이 문제는 커츠가 "주목할 만한" 인간이라는 결론을 내림으로써 덮어 버릴 수 있는 문제가 아니었을 것이다. 따라서 도덕적 이념으로 무장한 인간이 탐욕의 화신으로 변모하는 식민주의의 맥락에서 그 이념의 위상이 무엇인가, 식민주의를 구제할 수 있는 이념이 과연 존재하는가라는 문제가 말로우의 의식을 지배하게 되는 것이다. 그러므로 말로우가 작품 초반에서부터 도덕적 이념의 문제를 거론하는 것은 놀라운 일이 아니다. 그렇다면 먼저 살펴보아야 할 것은 말로우가 커츠에게 공감을 느끼는 근거가 무엇이며 그가 한 식민지 교역자의 삶을 도덕적 드라마로 각색하는 심리적 메커니즘은 무엇인가라는 점이다.

말로우가 커츠와 맺는 관계는 대단히 복잡하고 섬세한 심리 과정을 통하여 형성된다. 처음에 말로우는 콩고에 도착하여 여러 사람을 통하여 커츠의 이름을 듣게 되면서 호기심을 느낀다. 그것은 "모종의 도덕적 이념으로 무장하고 그곳에 나왔다는 이 사람이 도대체 최고의 자리까지 올라가게 될 것인지, 그리고 그런 자리에 올라가게 되면 자기의 과업에 어떤 자세로 임할 것인지"(177)에 대한 관심이다. 이처럼 말로우가 커츠에 대한 관심을 느끼는 것은 일차적으로는 커츠가 도덕적 이념을 가지고 식민 사업에 착수했다는 사실 때문이다. 대부분의 아프리카 백인 교역자들은 노략질을 일삼는 인물들로서 도덕적 목표라고는 전혀 찾아볼 수 없는 반면, 커츠는 적어도 식민주의의 도덕적 이념을 표방하며 식민 사업에 나섰고, 말로우는 이러한 인물이 현실적인 맥락에서 어떻게 이념을 실천에 옮길 것인지의 여부에 관심을 가지는 것이다.

작품의 초반부에서 말로우는 거의 이천 년 전에 영국을 침략한 로마인들을 묘사하면서 '정복'과 '식민주의'를 구별하고 있는데, 이러한 구분에 따르면 커츠는 대부분의 백인 교역자들과 달리 '식민주의자'에 해당된다.

> 땅을 정복한다는 것, 그것은 우리와 얼굴색이 다르든가 코가 약간 납작한 사람들로부터 빼앗는 것을 의미하는데, 자세히 들여다보면 그다지 좋아 보이는 일이 아니지. 그것을 구제하는 것은 오로지 이념이야.

> 그 이면에 있는 이념, 감상적인 가장이 아니라 하나의 이념. 그리고 이념에 대한 사심 없는 믿음이지. 세워 놓고 그 앞에서 절을 하고 제물을 바치는 그 무엇 말이야.…… (116-17)

말로우가 식민주의의 비열한 약탈상과 파괴를 구제할 수 있는 고귀한 "이념"의 필요성을 역설하는 이 구절은 숱한 논란을 불러일으켜 왔고, 그 의미를 규정하기란 쉽지 않은 일이다. 우선 식민주의를 구제할 수 있는 이념이 과연 무엇인지 분명하지 않으며 말로우도 이에 대해 구체적으로 언급한 바가 없다. 하지만 말로우가 피력하는 이념이 원주민들에게 빛과 진보, 문명을 전달하여 그들을 교화한다는 커츠의 이념과 다르지 않을 것이며, 더 나아가 "당대의 인쇄물이나 이야기에서 많이 나돌던 허섭스레기"와도 근본적으로 다르지 않을 것이라고 짐작할 수 있다. 그렇다면 말로우는 당대의 식민주의 이데올로기에 대해 신랄할 정도로 비판적이지만 다른 한편으로는 식민주의의 도덕적 이념을 지지하며 그 이념에 대한 불안정한 믿음을 표방하고 있는 것이다. "절을 하고 제물을 바치는" 대상, 즉 우상으로서 이념의 이미지는 이념이 물신화되어 식민주의 현실과 괴리된 허상이자 이데올로기로 변모할 수 있는 가능성을 암시한다. 말로우가 이 말 끝에 이야기를 중단한 것은 이러한 가능성을 의식하며 자신의 발언에 대한 의혹을 내비치는 것으로 볼 수 있겠다.

그렇다면 말로우가 표방한 순수한 이념이 식민주의 사업을 정당화할 수 있는가의 문제가 작품을 통하여 검증되어야 할 텐데, 오히려 이 소설은 이상주의적 개혁가로 시작했지만 무자비한 약탈자이자 정복자로 변신한 커츠의 행적을 통하여 이념의 불모성, 즉 식민주의의 현실에서 도덕적 이념이 변질되고 타락할 수밖에 없는 현실을 그리고 있다. 결국 식민주의 이념의 필요성에 대한 말로우의 발언은 작품의 진행에 의해 반증되는 구조적 아이러니를 낳을 뿐이다. 말로우는 자기의 발언이 자신의 이야기를 통해서 반증된다는 사실을 의식하지 못할지 모르지만, 작가 콘라드는 이러한 사실을 명확히 인식하고 있다. 이런 점에서 흔히 작가의 대변인이라 불리고 작가와 거의 동일시되어 온 말로우를 작가와 다른 인물, 즉 한 명의 작중인물로 간주할 필요가 있다. 식민주의의 이념에 대한 말로우의 소신은 그 자신의 정체성을 드러내는 한 가지 지표인 것이다.[7)]

말로우의 정체성을 구성하는 여러 요소들 가운데 그가 선원이라는 사실 외에 가장 중요한 것은 그가 영국인이라는 점이다. 작품 초반부에 말로우가 브뤼셀의 교역 회사에서 만난 의사는 그에게 두상 측정을 요청하며 그가 영국인이라는 사실에 특히 흥미를 보인다. 말로우는 자신이 전형적인 영국인이 아니라고 반박하지만 그 의사는 말로우의 국적이 실제로 그의 행위와 사고에 지대한 영향력을 미칠 것임을 암시한다. 말로우가 지도에서 광대한 영국의 식민지를 보고 흐뭇하게 느끼며 다른 나라의 식민지와 달리 그곳에서는 "어떤 실질적 사업이 진행되고 있다"(124)고 말하는 것도 그가 영국인이라는 사실과 무관하지 않을 것이다. 또한 콩고 강

---

7) 말로우는 네 편의 작품 〈청춘〉, 〈암흑의 핵심〉, 《로드 짐》, 《기연》에서 화자이자 작중인물로 등장하는데, 콘라드는 서술 기법을 실험하는 데 있어서 말로우를 도입함으로써 작가 자신의 관점을 대부분 투사할 수 있었으며 동시에 그의 서술로부터 거리를 유지할 수 있었다. 네이더(Zdzislaw Najder)의 다음과 같은 언급은 시사하는 바가 크다. "모범적인 영국 신사이자 상선의 고급 선원이었던 말로우는, 콘라드가 완전한 영국인으로 변모할 수 있었다면 갖추고자 했을 모든 속성들을 구현한 인물이었다. 사정이 그렇지 않았고 콘라드가 그의 주인공의 관점을 전적으로 공유하지 않았기 때문에, 말로우와 콘라드를 감정적으로나 지적으로 동일시할 필요가 없다. 말로우의 이중적 기능으로 인해서, 콘라드는 대리인을 통해서 영국에 대한 유대감 및 귀속감을 느낄 수 있었고 동시에 일반적으로 자신의 상상력에 의한 창조물에 대해서 그렇듯이 거리를 유지할 수 있었다"(*Joseph Conrad: A Chronicle* [Cambridge: Cambridge UP, 1986], 231).

을 따라 올라가며 내륙의 오지에서 그는 러시아 선원이 남긴 《몇 가지 선원 수칙 탐구》라는 책을 보고는 그 책의 주인이 영국인일 거라고 생각한다. 후에 그 선원은 실망시켜 미안하다는 듯이 영국인이 아님을 밝히지만, 그는 과거에 영국 상선을 타고 항해했던 경험이 있고 말로우가 제공한 영국제 담배를 찬탄하는 등 친영국적 인물이다. 이처럼 콩고라는 암흑의 오지에서 말로우에게 심리적 안정감을 주는 것은 대체로 영국과 관련이 있다. 말로우는 익숙한 기호나 상징 체계가 부재한 이질적인 세계에 직면하여 자신이 친숙하게 느끼는 것을 발견할 때 소속감을 확인하는 것이다.

말로우 자신은 의식하지 못하고 있지만 커츠와의 관계에서도 말로우가 영국인이라는 사실은 중요한 의미를 가진다. 중앙 주재소의 벽돌공은 커츠와 말로우를 "새로운 무리, 미덕을 실천하는 무리"(163)라고 부르며 커츠를 아프리카로 보낸 인물이 말로우를 또한 추천했음을 밝힌다. 말로우는 커츠를 만나기도 전부터 동질적인 부류, 특히 도덕적 이념을 표방하는 식민주의자로 취급되고 일종의 유대를 강요받는 셈인데, 이 관계에 대해서 말로우는 시종일관 당혹감을 감추지 못한다. "야비하고 탐욕스런 유령 같은 백인들의 침략을 받은 이 암흑의 땅에서 내게 강요된 이 예상치 못한 제휴, 이 악몽들 가운데의 선택을 내가 어떤 경위로 받아들이게 되었는지 참으로 기이하게 느껴진다"(269). 이처럼 그 관계는 적어도 말로우의 입장에서는 자발적인 것으로 형성된 것이 아니라 "강요된" 제휴였으며, 말로우가 동료들에게 들려주는 이 경험담은 자신이 어떻게 그 제휴를 받아들이게 되었는지를 스스로에게 해명하려는 심리적 동기를 가지고 있다. 말로우는 그 관계에 대해서 어리둥절하게 느끼고 있지만, 작가는 그 제휴의 근간에 영국적인 것에 대한 유대가 자리 잡고 있음을 보여 준다.

> 아니, 내가 변명을 하거나 설명을 하려는 것이 아닐세. 그저 나 스스로에게 커츠 씨, 커츠 씨의 망령을 해명하려고 할 뿐이야. 어딘가 알 수 없는 오지에서 비전을 받고 나타난 이 유령은 완전히 사라지기 전에 놀랍게도 나에게 마음을 털어놓고 이야기했다네. 그건 그 유령이 나에게 영어로 말할 수 있기 때문이었어. 원래 커츠는 교육을 일부 영국에서 받았거든. 그래서, 그가 친절하게도 몸소 말해 주었는데, 그의 공감은 올바른 터전을 잡고 있었지. (224)

즉 커츠가 말로우에게 마음을 털어놓은 것은 말로우가 영국인이었기 때문이며, 커츠의 공감이라고 표현된 그의 이념은 적어도 부분적으로는 영국 교육의 산물로서 말로우가 공감할 수 있는 것이다. 커츠에게는 약간이나마 영국인의 피가 흐르고 있으며 커츠가 말로우의 공감과 유대를 기대하는 것도 그들이 같은 도덕적 코드를 공유하고 있다고 확신하기 때문이다. 짐과 달리 커츠는 온전한 영국인이 아니기 때문에 "우리들 중의 하나"라고 불릴 수 없지만, 커츠가 표방하는 이념은 적어도 그 바탕에 있어서는 영국적인 것이다. 그렇다면 이 소설은 커츠의 이념의 실천과 말로우의 성찰을 통하여 영국 제국주의 이념의 실효성 여부를 검토하고 있다고 볼 수 있다.[8)]

이 소설에서 말로우는 이질적인 세계에 접하여 상충하는 문화적 가치를 탐구하는 인물로서 깊은 통찰력을 보여 주기는 하지만 당대의 관습적 인식의 틀에서 크게 벗어나지 못하고 있다. 도덕적 이념에 대한 말로우의 믿음이나 커츠의 이념은 19세기의 진보주의 사상, 더 나아가 계몽주의의 이성과 평등에 대한 믿음에 기초하고 있으며, 이러한 서구의 진보적 사상이 식민주의 및 제국주의의 이익 추구 동기와 결합하는 과정에서 빚어지는 이율배반적 요소를 내포하고 있다. 당대 영국의 토리당이나 자유당원들 대부분이 친제국주의적 정책을 표방하고 있었으며 마르크스나 엥겔스를 비롯한 일부 사회주의자들도 제국주의를 역사 발전의 한 단계라고 믿고 있었다는 사실을 고려하면 이들이 제국주의의 도덕적 이념을 지지한다는 것은 놀라운 일이 아니다.[9] 말로우가 식민주의의 물질적 동기와 인종적 착취를 명확히 인식하고 있으면서도 그 도덕적 이념을 지지하는 것은 그것이 서구의 인도적이고 진보적인 사상, 즉 유럽의 고귀한 '이상'을 대변하고 있기 때문일 것이다. 말로우는 그 이념이 결국 제국주의의 '거짓말' 임을 인식하면서도 그 이념의 도덕적 원칙에는 공감하지 않을 수 없으며, 그가 끝까지 당혹스럽게 생각하는 "강요된" 제휴는 바로 자신이 제국주의 이념에 심정적으로 공감하며 '공모'하게 되었음을 인정하는 것이라 볼 수 있다. 이런 점에서 말로우의 "악몽들 가운데의 선택"은 세기

8) 에드워드 사이드(Edward Said)는 콘라드가 "당대의 제국주의 이데올로기를 비판하면서 동시에 재생산"(*Culture and Imperialism* [New York: Knopf, 1994], xx)하고 있다고 지적하며, 이글턴(Terry Eagleton)은 콘라드가 "노골적으로 비이상적인 제국주의 형태"를 비난하는 반면 "영국식 변형에서 구원적 '이념' 을 발견해야 한다는 관념에 사로잡혀 있다"(*Criticism and Ideology* [London: NLB, 1976], 135)고 비판한다. 이 소설에서 커츠와 말로우가 표방하는 이념이 영국의 식민주의 이데올로기와 그다지 다르지 않다는 점에서 이러한 지적들이 타당하게 보이기는 한다. 하지만 결국 이 소설이 커츠의 타락을 통하여 그려 내고 있는 것은 이념의 '실패' 이고, 말로우가 커츠의 삶을 회고하면서 곤혹스럽게 여기는 것도 바로 이념의 타락, 이념의 불모성이라는 점에서 이 비평가들의 발언을 전적으로 받아들이기는 어렵다. 오히려 헤이(Eloise Knapp Hay)가 지적하듯이, 제국주의의 만행에서 "영국이 어떤 면에서도 면제되지 않는다는 사실, 말로우가 인식하지 못하는 이 사실을 밝히는 것이 이 소설에 지워진 주된 부담"(*The Political Novels of Joseph Conrad: A Critical Study* [Chicago: U of Chicago P, 1963], 154)이라고 보는 편이 더욱 타당할 것이다.

9) 진보주의 사상과 제국주의 이념의 결합에 대해서는 Pericles Lewis, "'His Sympathies Were in the Right Place': "Heart of Darkness" and the Discourse of National Character," *Nineteenth-Century Literature* 53/2 (Sept. 1998).

말의 양심적인 영국 지식인으로서 그가 처한 상황을 드러내고 있으며, 이러한 말로우의 성찰을 통하여 〈암흑의 핵심〉은 식민주의 내부에서의 반성적이고 비판적인 목소리를 대변하고 있는 것이다.

이처럼 말로우의 인식이 불가피하게 당대의 지배적 의식을 반영하고 있다면, 콘라드는 이 소설에서 말로우의 회고담을 보다 큰 서술의 틀 속에 넣음으로써 그것을 조명하는 다른 시각을 제공한다. 우선 이 소설의 초반부와 끝 부분에 등장하는 익명의 화자의 서술은 말로우의 서술과 상호 작용하면서 말로우의 서술을 객관화한다. 작품 초반부에서 익명의 일인칭 서술자는 해질 녘 템즈 강변에 정박한 넬리 호에 말로우를 포함하여 과거에 선원이었던 네 사람이 둘러앉은 풍경을 묘사하며 사뭇 감상적이고 순진한 어조로 템즈 강에 대한 예찬론을 편다. 그것은 영국 식민주의 역사의 위대한 정신을 환기시키는 위대한 강으로서 여러 시대에 걸쳐 영국 국민에게 훌륭하게 봉사해 왔다는 것이다. 이처럼 순진한 영국 식민주의 예찬론에 대해서 말로우는 곧바로 그 역사적 의미를 반추하는 시각을 제공한다. 전세계 문명의 중심지로 보이는 영국 땅도 한때는 지구의 "어두운 곳"이었다는 것이다. 이어서 말로우는 이천 년 전 영국을 침입한 로마군을 상상하면서 그 당시 문명국이었던 로마와 야만국이었던 영국을 비교한다. 이러한 통시대적 시각을 제시함으로써 말로우는 일차적으로 일인칭 화자의 순진한 애국심을 전도하지만 그의 관점도 전적으로 타당한 것은 아니다.

말로우는 로마인들이 단순히 정복자들이고 그들의 통치는 착취 행위에 불과했다고 말하며 영국의 식민지 개척자들과 차별화하고 역사적 발전 과정을 지지한다. 그러나 식민주의 이념의 불모성을 의식하고 있는 독자들에게는 그 또한 의심스러운 발언이 되고 만다. 말로우가 제시한 통시대적 관점을 확대 적용하면 현재 식민주의 사업의 정당성은 의심스러울 수밖에 없다. 약 이천 년 전 영국이 문명화되지 않았던 과거에 아프리카는, 비록 일부 지역에 국한되어 있었을지라도, 로마에 새로운 물건들을 전수할 수 있었던 수준 높은 문명을 구가하고 있었다. 그렇다면 이천 년 전 로마의 영국 침략과 19세기 영국의 아프리카 침략은 상대적 문명의 우위에서 비롯된 동일한 형태의 제국주의적 약탈 행위로서 역사의 순환적 패턴을 보여 준다. 말로우는 로마의 제국주의와 영국의 제국주의를 애써 구별하고 있지만, 작가는 통시대적 관점에서 제국주의의 두 형태를 동일 선상에 놓음으로써 문명의 발달과 역사적 발전의 의미를 의문시하고 있는 것이다.

소설의 앞뒤에서 일인칭 화자가 제시하는 템즈 강의 묘사도 말로우의 서술을 새롭게 조명하는 시각을 제공한다. 콩고 강의 밀림의 묘사를 통하여 식민 세력에 결코 정복되지 않고 그 침략 세력이 물러가기를 말없이 기다리며 때로 우회적인 방법으로 백인들의 교만에 보복을 하기도 하는 아프리카의 주체를 형상화하였던 것처럼, 작가는 템즈 강의 묘사를 통하여 몇 세기에 걸친 영국 식민주의 세력을 형상화하며 그 세력의 역사적 의미와 역할에 대한 통시대적 의문을 제기한다. 이런 점에서 볼 때 이 소설의 마지막 문장, "그리고 이 지구의 끝까지 이르는 그 고요한 물길은 찌푸린 하늘 아래에서 어둠침침하게 흐르며 어떤 엄청난 암흑의 핵심 속으로 통하고 있는 듯했다"(294)는 의미심장한 메시지로 다가온다. 영국의 심장부에서 흘러나오는 식민주의의 물결은 문명을 전달하는 밝은 빛이 아니라 이미 그 자체가 어두운 흐름으로서 이질적인 세계의 오지에서 더욱 변질될 수밖에 없는 어둠의 세력이다. 빛과 암흑, 문명과 야만의 이분법적 구분은 이러한 통시대적 시각에서 그 유효성을 상실하며, 유럽인들의 자기중심적인 개념이었음이 드러나는 것이다.

3. 도덕적 이념의 해체와 가치의 재창조

앞에서 살펴보았듯이 말로우는 〈암흑의 핵심〉에서 이념과 행위의 대립을 도덕적 차원의 드라마로 승화시키며 해소한다. 하지만 말로우의 의식은 이 작품에서 머물지 않고 계속 발전한다. 이 작품의 속편이라고 볼 수 있는《로드 짐》이 흥미로운 것은 이러한 이유에서이다.《로드 짐》에서 말로우는 도덕적 이념의 필요성을 역설하던 전편에서와 달리 빛과 질서, 윤리적 진보의 도덕성 등 식민주의 이데올로기가 식민 사업을 정당화할 수 없는 서구적 이념일 뿐이라는 사실을 인식하고 있다. 더 나아가 말로우는 이러한 서구적 관념이 백인 사회를 보호하는 피난처이자 "사소한 편의를 위한 합의(an arrangement of small conveniences)"[10]에 불과하다고 말한다. 이처럼 서구의 제국주의 이념이 타자의 공간에 적용될 수 없다는 사실을 명확히 인식하면서 말로우는 그 대안을 개인적 규범에서 찾고자 한다. 그 결과 말로우는 〈암흑의 핵심〉에서 피력했던 바와 같이 개인적 윤리 의식, 즉 노동 윤리라든가 절제력, 타고난 정신적 힘 등을 역설한다. 그러나 짐의 행위 규범을 결정적으로 테스트하는 사건이 브라운(Brown)과의 대면인데, 여기서 그의 개인적 명예 규범조차 타자의 세계에 적용될 수 없는 서구적 관념이라는 사실이 입증된다. 짐은 명예라는 이상적 규범을 가지고 타자의 세계와 대면하지만 원주민과의 진정한 유대를 형성하지 못한다. 짐의 식민 사업 실패와 그의 죽음이 시사하는 바는 개인적 규범도 특정한 사회적, 문화적 상황의 소산이며 그 맥락을 벗어나서는 통용될 수 없는 상대적 가치라는 사실이다.

---

10) Joseph Conrad, *Lord Jim: A Tale* (New York: Norton, 1968), 190. 이하 이 작품의 인용은 본문에서 *"Lord"*로 밝히기로 한다.

결국 도덕적 이념에 대한 말로우의 성찰은 〈암흑의 핵심〉을 거쳐 《로드 짐》에 이르면서 서구 문화적 가치의 상대성에 대한 인식으로 귀결된다고 말할 수 있다. 말로우는 식민주의의 도덕적 이념이 공리주의의 거짓말이라는 것을 인식하며 또한 서구 세계가 중세 시대 이래로 존중해 온 명예 개념조차 서구 중심적인 가치임을 인정한다. 이처럼 서구적 가치와 이념의 상대성을 인식하면서 비판하는 말로우의 태도는 《로드 짐》이 출판된 20세기 초반의 지배적 이데올로기를 고려할 때 상당히 파격적이고 선구적인 것으로서 현대의 다문화주의적 인식과도 일맥상통한다고 볼 수 있다. 하지만 이러한 인식은 말로우 또는 작가 콘라드에게 가치의 불확실성과 인식론적 회의주의를 강화하는 고통스러운 결과를 낳았을 것이다. 《로드 짐》 이후 4년 만에 발표된 《노스트로모》에서 거의 무정부 상태에 가까운 가치의 혼란상이 제시된다든가 《기연》(*Chance*, 1913)에서 13년 만에 다시 등장한 말로우가 극단적으로 냉소적인 회의주의자라는 사실도 이와 무관하지 않을 것이다.

도덕적 이념의 문제는 콘라드 작품 전반에 걸쳐서 중심적인 화두이고 그의 주인공들은 대체로 도덕적 이념을 실천에 옮기려는 이상주의적 인물이다. 콘라드가 비인도적 제국주의의 만행을 속죄할 수 있는 이념을 추구한 것은 사실이다. 그러나 그는 순수한 이념이나 이상주의라도 변질될 가능성이 많은 불안정한 것이라는 사실을 인식하고 있었으며, "가장 고귀한 대의명분에도 인간의 어떤 비열한 면이 끼어들게 마련"[11]이라고 생각했다. 이념을 변질시키는 가장 중요한 요인이 물질적 이익의 추구라는 인식은 그의 작품 전반에 걸쳐서 특히 〈암흑의 핵심〉과 《노스트로모》에

11) *Joseph Conrad's Letters to R. B. Cunninghame Graham*, ed. C. T. Watts (Cambridge: Cambridge UP, 1969), 68.

서 단적으로 표현된다. 또한 선의를 지닌 온정주의적 · 가부장적 식민주의라 하더라도 이질적인 세계를 대면하는 데 충분한 도구가 될 수 없다는 사실은 짐, 링가드 같은 이들의 식민 사업을 통하여 드러나는 바와 같다. 콘라드는 이들이 뿌리 깊은 우월감과 지배욕, 자기중심적인 자아관, 서구적 도덕관 등으로 인하여 이질적인 문명을 이해하지 못하고 그들의 식민 사업에서 실패할 수밖에 없음을 그려 낸다. 남다른 명예관을 가진 노스트로모의 타락이나 제국주의 이념에 대한 신념을 가지고 출발한 커츠, 도덕적 이념을 실행하려는 찰스 골드의 물화 과정을 살펴볼 때, 이들의 이상주의적 성향이 물화된 현대 문명에서 드문 자질임에도 불구하고 서구 중심적 가치라는 한계가 분명하게 드러난다.

커츠는 이후 짐, 노스트로모, 찰스 골드, 앤터니(Anthony) 등 이상주의적 인물들의 원형이라고 볼 수 있고, 이들의 행적을 통해서 콘라드는 이들의 이상주의가 "고양된 이기주의"(*Lord,* 253)의 발로이며 내적으로나 외적으로 파괴적인 덕목임을 밝혀 냄으로써 유럽의 고귀한 '이상'을 해체하고 있다. 그럼에도 불구하고 콘라드는 이념을 실천하려는 이상주의적 인물을 지속적으로 창조한다. 이처럼 애초부터 좌절할 수밖에 없는 인물들을 반복적으로 그려 내면서 그들의 탐색 과정을 계속 투사하는 이유는 무엇일까? 이 부분에서 작가의 다른 창조적 충동을 짐작할 수 있다. 그는 현대의 불확정적 가치와 분자화된 삶을 극복할 수 있는 새로운 가치를 탐색하고자 하는 것이다. 콘라드가 동경하는 세계는 공동의 삶을 위해 헌신적 노력을 바치는 평범한 인간들이 영웅이 되는 우애적 세계이며 그런 세계에 필요한 덕목은 공동체에 대한 헌신과 인간 결속에 대한 충실성 등이다. "결코 늙지 않는 종족"(*Lord,* 162)의 힘과 미덕을 상징하는 짐과 민중의 건설적 본능을 대변하는 노스트로모와 같은 인물의 개념에서 엿

볼 수 있듯이, 그의 이상주의적인 인물들은 이러한 덕목들을 잠재적으로나마 대변하고 있다는 점에서 작가의 특별한 관심과 애정을 받는다. 그러나 현대의 삶에서 이러한 가치는 사라졌으며 이상주의적 기획은 가능하지 않기에, 이들은 실패할 수밖에 없는 그들 나름의 탐색을 되풀이하며, 작가는 이들이 실패할 수밖에 없는 내외적 요인이 무엇인가를 지속적으로 탐구하는 것이다. 콘라드 작품의 불확정적 성격은 이처럼 가치를 재창조하려는 그의 특징적인 제스처와 그의 회의주의적 인식 사이의 동요에서 그 원인을 찾아볼 수 있다.

'분리'에서 '연결'로: E. M. 포스터의 소설

《하워즈 엔드》를 중심으로

이인규

1. 포스터의 작가적 성격

포스터(E. M. Forster, 1879~1970)는 20세기 초 모더니즘 시대의 다른 대표적인 영국 소설가들, 즉 울프, 조이스, 로렌스 또는 콘라드 등에 비해 상대적으로 편하고 쉽게 읽히는 작가이다. 우선 그의 작품은 양적으로 그다지 많지 않다. 그는 90세를 넘는 긴 생애를 살았음에도 불구하고 장편 소설로는 단지 여섯 편밖에 남겨 놓지 않았다. 즉 1905년부터 1910년 사이에 비교적 짧은 간격을 두고 세상에 나온 《천사들이 밟기를 두려워하는 곳》(*Where Angels Fear to Tread*, 1905), 《가장 긴 여행》(*The Longest Journey,* 1907), 《전망 좋은 방》(*A Room with A View,* 1908), 《하워즈 엔드》(*Howards End*, 1910)와, 1914년에 완성되었지만 동성애를 다루고 있는 탓에 그의 사후인 1971년에야 출판된 《모리스》(*Maurice*), 그리고 40대 중반에 쓰여진 마지막 작품 《인도로 가는 길》(*A Passage to India,* 1924)이 포스터의 장편 소설 목록 전부인데, 이 많지 않은 작품들조차 대체로 길이가 별로 길지 않은 편이다. 가장 긴 작품인 《인도로 가는 길》조차 펭귄판으로 겨우 300쪽을 조금 넘을 뿐 나머지는 전부 그 미만이다. 따라서 포스터의 작품은 처음부터 일단 집어 들기에 별로 부담이 가지 않는다. 이는 가령, 숫자상으로는 포스터보다 적은 수의 장편 소설을 남겼지만, 《율리시스》 같은 방대한 작품으로 독자를 처음부터 질리게 하는 조이스의 경우와 크게 대조되는 면모라고 할 수 있다.

물론 작품이 짧다고 해서 자동적으로 읽기가 편하고 쉬운 것은 아니다. 가령 울프의 대표작들도 포스터의 작품 못지않게 짧다면 짧은 편인데, 독서의 어려움은 짧은 것에 반비례한다고 해도 지나치지 않을 정도이다. 하지만 포스터의 작품은 길이가 짧은 만큼 또 내용도 대체적으로 쉬운 편이다. 그의 작품 속에서 다뤄지는 삶의 영역이나 주제의 범위는 《인도로 가는 길》을 제외하고는, 그다지 다양하거나 넓지가 않다. 그리고 각 작품의 플롯이나 구조도 복잡하게 꼬이는 법이 없이 비교적 단순하고 선명한 조직과 결로 짜여져 전개되곤 한다. 특히 포스터의 스타일은 동시대의 작가들의 경우와 달리, 제인 오스틴(Jane Austen)을 연상시키는 전통적인 문체에 가까운 것으로서, 친밀하고 평이하면서 명료하고 유연한 어조로 극히 자연스럽게 이야기와 사건을 이끌어 간다. 물론 포스터 특유의 아이러니와 상징이 폭넓게 구사되고 있기도 하지만, 그것들은 작품 속에 유기적으로 스며 있고 또 난해한 것들이 아니어서 독자에게 거부감을 전혀 주지 않는다.

한편 그러한 스타일을 통해 작품 속에서 형상화되는 포스터의 삶에 대한 접근 방식이나 태도 역시 난해하거나 심원한 것과는 거리가 멀다. 포스터는 잘 알려진 대로 자유주의적 휴머니즘(liberal humanism)의 옹호자인데, 포스터의 작품은 바로 그 자유주의적 휴머니즘의 상식적 가치와 덕목에 입각하여, 진정한 자아 발견을 향한 개인의 정신적 각성이나 구원, 참된 인간 관계의 가능성, 또는 삶의 진실된 가치의 발견 등과 같은 보편적인 문제를 주제로 다루고 있어서 웬만한 독자면 쉽게 이해하고 판단하며 따라갈 수가 있다. 즉 포스터의 작품을 읽을 때 독자들은 울프나 조이스, 콘라드 또는 로렌스의 작품을 읽을 때처럼 모더니즘 특유의 내면에 대한 집착이나 엘리트적 고답주의에 가까운 인생관, 복잡하게 얽힌 인간의 문제와 씨름하는 무겁고 심층적인 주제 의식, 문명에 대한 근원적인 비판 의식에서 비롯된 강렬한 통찰과 예언적 비전 등에 의해 고통스러워지거나 심각해지거나 압도되는 경험을 하지 않는다.

물론 포스터의 이러한 편하고 쉬운 작가적 성격은 그의 한계를 말해 주는 것이기도 하다. 왜냐하면 그의 작품이 갖는 편하고 쉬움은 그의 작품이 그만큼 가볍거나 좁거나 깊이가 얕은 데서 비롯되는 것일 수 있기 때문이다. 사실 포스터에게는 분명 그런 면이 없지 않다. 포스터가 다루는 삶의 영역은 대개 중산계급의 유복한 세계로, 작품의 폭이 별로 넓지 못하다. 또한 그의 작품에서는 실험적 도전이나 집요하고 끈질긴 추구 같은 것을 보기 어려워, 삶에 대한 태도나 창작에 대한 고민의 깊이가 다른 모더니즘 작가들에 비해 상대적으로 얕게 보인다. 한편 작가로서 그의 개성은 독자의 관심이나 사유를 강하게 자극할 만큼 어떤 확고한 성향이나 뚜렷한 색깔을 띠고 있지 못한 편이며, 따라서 신념에 찬 자기 주장이나 비판의 날카로움 혹은 영혼을 꿰뚫는 통찰을 통해 독자를 강렬하게 사로잡는 경우도 별로 없어, 그의 작품은 무게가 아무래도 가볍게 느껴지곤 한다. 모더니즘 시대의 작가들이 함께 언급되는 자리에서 포스터가 언제나 뒷자리에 놓이곤 하는 것은 바로 이런 데서 기인하는 바가 크다고 할 수 있다.

그러나 포스터의 이러한 한계는 다분히 상대적인 것이다. 포스터의 작가적 그릇이 작고 좁다는 것은 다른 대표적인 작가들에 대해 비교적 그렇게 보일 수 있다는 것일 뿐이지, 그릇 자체가 절대적으로 작고 좁다는 것을 의미하는 것은 결코 아니다. 사실 포스터만을 따로 두고 볼 때, 그가 결코 만만히 볼 만한 성질의 작가가 아니라는 것은 그의 작품을 통해 금방 인식할 수 있다. 그의 작품은 어느 작가의 작품 못지않게 사회와 삶의 보편적이고 본질적인 제 문제들을 건드릴 만큼 건드리면서 이것들과 진지하고 성실하게 씨름하고 있다. 그리고 이 보편적인 문제들은 그의 작품 속에서 진지하고 성실하게 다뤄지고 있을 뿐만 아니라, 독자에게 충분한 문학적 감동과 창조적 성찰을 가져다줄 만큼 문학적으로 훌륭하게 형상화되어 있다.

가령 그의 작품이 주로 중산계급의 삶을 묘사한다 했지만, 그는 바로 아놀드(Matthew Arnold)적 입장, 즉 현실 세계를 주도하는 세력으로서 중산계급은 사회와 문명 전체를 위해 비판되고 교정되어야 하는 대상이라는 관점에서 중산계급을 다루고 있다. 또 그가 작품에서 자주 추구하는 주제, 즉 참된 자아의 발견이나 진정한 인간 관계의 문제, 또는 삶의 진정한 의미에 대한 모색 등은 포스트(post) 담론이 유행하는 오늘날에도 동서를 막론하고 여전히 고민하는 본질적인 문제들이다. 그리고 그런 것들을 통해 전달되는 포스터의 자유주의적 휴머니즘의 가치와 덕목들은 그 계급적 이데올로기성의 한계를 넘어 보편적인 의미를 계속적으로 지니는 것들이다.

다만 포스터의 이러한 주제와 가치들은, 그것들이 보편적이고 본질적인 만큼 낯이 많이 익은 것들이기 때문에—오늘날 우리가 여전히 씨름해야 하는 난제들임에도 불구하고— 얼핏 손쉬운 것들로 착각되기가 쉽고, 그 결과 포스터의 작품은 쉽고 편하게 느껴지곤 한다. 게다가 포스터는 특유의 편하고 자연스러운 문체로 그 문제들을 형상화하여 전달하고 있어, 이 때문에도 그의 작품은 더욱 쉽고 편하게 읽혀지고 나아가서는 가볍게 여겨지기까지 한다. 그러나 포스터의 이 가볍고 손쉬운 듯한 면모는 바로 그의 작품이 독자에게 보편적으로 쉽게 다가오고 잘 이해될 수 있도록 작품의 문학적인 형상화가 그만큼 잘 되었다는 사실을 의미하는 것이기도 하다.

요컨대 포스터는 어떤 독창적이고 강렬한 개성이나 심오한 정신으로 우리를 자극하지는 않지만 그 대신 보편적 정신과 친밀한 개성으로 우리에게 자연스럽게 다가오는 작가이다. 그런 점에서 포스터에게는 위대하거나 탁월하기보다는 우수하고 좋은 작가라는 절제된 칭호가 훨씬 더 잘 어울린다. 다만 이때 작가로서 그의 이 '우수하고 좋음'은 위대함이나 탁월함에 미치지 못한 결과, 즉 능력의 부족이라는 서열적 의미보다는 작가적 태도와 개성이 질적으로 다른 데서 비롯된 것이라는 차별적 의미를 더 많이 띤다고 해야 할 것이다. 이는 곧 달리 말하면 포스터가 위대함이나 탁월함과는 다른 차원, 즉 우수함과 좋음의 차원에서 나름대로 가능한 최고의 성취를 이루고 있는 작가라는 뜻이기도 한데, 트릴링(Lionel Trilling)이 포스터의 작가적 성격을 논하면서 그가 "위대하기를 거부"했다고 주장[1]하고 있는 것도 바로 이런 차원에 대한 인식에서 나온 것이다.

따라서 포스터의 작가적 지위와 성격을 이렇게 인정하고 그 틀 안에서 그의 작품들을 읽는 한, 우리는 결코 실망하는 경우를 당하지 않는다. 그의 작품은 언제나 일정한 수준과 정도를 충분히 넘는 상당한 양의 감동과 통찰을 우리에게 안겨 준다. 그리고 그 감동과 통찰은 문학의 숨결과 휴

---

1) Lionel Trilling, *E. M. Forster* (New York: Harcourt Brace, 1980), 4. 이하 이 책의 인용은 본문에서 "Trilling"으로 밝히기로 한다.

머니즘의 맥이 살아 있는 한 우리가 포기할 수 없는 귀중한 가치와 진실한 의미를 계속적으로 확고하게 가지는 것이다. 이런 점에서 포스터의 우수함은 어중간한 위대함이나 자의적인 탁월함보다 오히려 더 나은 것일 수 있고 또한 살아남아야 할 가치를 더 많이 지니는 것이라고 할 수 있다.

이 글은 포스터의 위와 같은 작가적 성격이 가장 잘 담겨 있는 작품이라고 할 《하워즈 엔드》를 구체적으로 분석하고 논의하는 글이다. 사실 포스터의 작품들 중 가장 널리 알려지고 또 높게 평가되는 작품은 《인도로 가는 길》이다. 《인도로 가는 길》은 특히 오늘날 비평 담론의 한 주류인 신식민주의 이론에 의해 고전적 텍스트로 각광받음으로써 더욱 그 고전적 무게가 더해진 상태이다. 하지만 필자가 보기에 포스터의 본령은 《인도로 가는 길》보다는 오히려 《하워즈 엔드》에서 더 많이 찾을 수 있다고 생각된다.

물론 《인도로 가는 길》에는 이전의 작품들에 비해 확실히 기법이나 인생관에 있어 성숙되었다고 볼 수 있는 면이 많다. 하지만 기법이 나아졌고 인생관이 깊어진 모습을 보인다고 해도, 다른 한편으로 인도에 대한 포스터의 개인적 관심과 영국의 제국주의적 지배에 대한 비판이라는 특수한 정치적 주제 의식이 이 작품의 정체성과 평가를 아무래도 강하게 좌우하고 있다는 느낌을 버릴 수 없다. 특히 영미의 비평가들이 이 작품을 높이 평가하거나 주목하는 근저에는 제국주의에 대한 죄의식과 오리엔탈리즘이 상당 부분 무의식적으로 작용하고 있다는 혐의를 둘 여지도 크다. 왜냐하면 그동안 영미 비평가들에 의해 두텁게 쌓여진 고전으로서의 무게를 무시한 채, 비서구인 독자의 눈으로 볼 때, 《인도로 가는 길》에서 포스터가 제시하는 두 결말, 즉 영국인과 인도인 사이의 진정한 인간관계의 정치적 한계성을 보여 주는 한편, 힌두교적 신비주의에 의해 기독교적 세계관과 회교도적 세계관 사이의 대립을 통합하는 비전은 사실 보기에 따라서 상식적이거나 피상적인 것으로 읽힐 소지도 충분하기 때문이다. 게다가, 앞에서 오늘날 신식민주의 이론가들이 이 작품을 즐겨 다룬다 했는데, 그들이 행하는 논의는 대부분 이 작품이 지닌 제국주의적 시각의 한계나 허구성을 파헤치는 쪽으로서, 그 결과 이 작품의 문학적 가치를 사실상 오히려 떨어뜨리는 데 열중하는 아이러니가 연출되고 있기도 하다.

이것은 곧, 비서구인의 관점에서 포스터라는 20세기 초 영국 작가의 소설들을 전체적으로 읽고 조감할 때 《인도로 가는 길》은 포스터의 작품세계의 지형에서 중심이나 정점보다는 오히려 종점(dead end)에 해당하는 작품으로 평가할 수 있다는 말이다. 그리고 그 대신 영국 사회 내부의 문제를 본격적으로 다루고 있을 뿐만 아니라 현대의 서구 산업 문명 전체에 대한 비판까지 아울러 주제로 잘 반영하여 구현하고 있는 작품인 《하워즈 엔드》가 보다 주목을 받을 가치가 있고 나아가 더 높은 대접을 받을 만한 작품으로까지 인식될 수 있다는 말이기도 하다. 사실 포스터는 말년에, 비록 자기가 좋아하지는 않는다는 단서를 강하게 달고 있지만, 《하워즈 엔드》를 "나의 최고 소설"이라고 밝히고 있기도 하며,[2] 포스터의 진가를 가장 먼저 제대로 알아본 평자인 트릴링도 일찍이 포스터의 작품 중 《하워즈 엔드》를 그의 가장 뛰어난 걸작으로 선언(Trilling, 85)하고 있기도 하다.

물론 이러한 평가의 문제는 본질적으로 평자의 주관적 성향과 입장에 크게 결정될 수밖에 없는 상대적인 것이다. 하지만 어쨌든 개인과 사회

---

2) E. M. Forster, *Commonplace Book* (London: Solar, 1985), 203.

그리고 문명 전체에 관련하여 진정한 삶의 실현이라는 주제를 다루고 있는《하워즈 엔드》가 포스터의 인생관과 작품 세계의 전개 과정에서 일종의 정점에 위치하는 작품이며, 따라서《하워즈 엔드》를 읽고 분석하는 것은 곧 포스터 문학 세계의 본질을 가장 가깝게 이해하는 작업이 될 수 있다는 것이 필자의 판단이다. 이 글의 다음 부분에서 시도되는 구체적인 작품 분석은 바로 필자의 그러한 판단에서 나온 관심과 애정의 소산이다.

2. 분리에서 연결로

포스터의 소설들은 대개 양분된 대립 구도 위에서 전개된다. 첫 작품《천사들이 밟기를 두려워하는 곳》은 지노(Gino)처럼 자연스러운 야성과 생명력을 대변하는 이탈리아와 헤리튼(Herriton) 집안 사람들처럼 편협한 도덕률과 억압적 인습을 대표하는 영국 사이의 대립 구도로 이루어져 있으며,《가장 긴 여행》에서는 주인공 리키 엘리엇(Rickie Elliot)이 삶의 진정한 창조적 의미와 이상적 가치를 향한 갈망과 속물적인 현실 세계 사이에서 갈등하는 구도로 줄거리가 전개된다. 세 번째 작품《전망 좋은 방》에서는 이탈리아와 에머슨(Emerson) 집안 대(對) 세실 바이스(Cecil Vyse) 같은 영국 중산계급의 대립 구도를 통해 자연스러운 열정과 본성을 지향하는 힘과 그것을 억압하는 힘 사이의 대결의 주제가 변형되어 반복되고 있으며,《하워즈 엔드》이후의 작품으로서, 포스터의 가장 내밀한 관심사였던 동성애의 정체성 문제를 다룬《모리스》에서는 대립 구도가 비교적 모호한 편이지만, 그래도 관습적 성 이념의 세계와 그 바깥에 선 존재들 사이의 대립이 존재한다. 그리고 포스터의 마지막 작품인《인도로 가는 길》에서는 영국과 인도 사이에 일어나는 충돌과 갈등의 형태를 통해 한층 더 확장되고 복합적인 대립의 구도가 새롭게 재현된다.

포스터 소설에서 이렇게 갈라져 대립하고 있는 두 세력들은 각 작품 속에서 구체적으로는 여러 가지 조금씩 다른 성격의 가치관과 태도를 담고 있는데, 거칠게 묶어 요약한다면 자유주의적 휴머니즘에 근거하면서 삶의 창조적 가치를 대변하고 있는 힘과 이에 맞서 그것을 억압하거나 파괴하려는 인습적 가치관이나 태도로 규정될 수 있다. 이것들은 다시, 《하워즈 엔드》에서의 구분을 빌려 말하자면, 삶에 대한 냉정한 이성적 태도 위에서 물질적 현실적 관심을 지향하는 '산문'의 세계와 삶에 대한 감성적 태도를 바탕으로 정신적 가치와 시적 진실을 지향하는 '열정' 즉 '시'의 세계라고 표현될 수 있는데, 산문과 시로 나뉘어진 이들 대립하는 가치관과 태도들의 의미와 관계는 《하워즈 엔드》 이전과 이후가 서로 다르게 나타난다.

《하워즈 엔드》 이전의 작품들에서는 산문과 시로 각기 구분되는 가치와 세력들이 분명한 이분법적 가치 평가 위에서 제시된다. 즉 초기 작품들에서 산문의 세계는 주인공의 진정한 자아의 발견이나 실현을 방해하거나 파괴하는 세력으로서 부정적 가치를 띠고, 반면 시의 세계는 자아 발견이나 실현에 필수적인 가치들로서 긍정적 의미를 띤다. 따라서 이 둘의 관계는 서로 합치될 수 없는 대립적 갈등의 양상을 띨 수밖에 없고 그 결과 주인공이나 독자는 산문과 열정 사이의 확실한 분리와 선택을 요구받는다. 즉 주인공이 진정한 자아의 발견과 실현에 도달하기 위해서는 부정적 가치를 띠는 산문의 세계를 버리거나 그로부터 이탈하여 반대편에서 있는 긍정적 가치의 열정과 시의 세계로 이동하는 것이 필요하다.

물론 주인공들의 이 선택과 분리의 행위가 항상 일어나거나 또 성공적으로 일어나는 것은 아니다. 실제로 포스터의 초기 작품에서 《전망 좋은 방》의 루시 허니처치(Lucy Honeychurch)만이 그러한 선택에 성공하여 행복한 결말을 보일 뿐 나머지 두 작품에서는 선택의 실패와 좌절만이 결말로 주어진다. 즉, 《천사들이 밟기를 두려워하는 곳》에서 릴리아(Lilia)나 필립 헤리튼(Philip Herriton) 또는 캐럴라인 애벗 양(Miss Caroline Abbot)은 선택을 제대로 감당할 능력이나 용기가 없어 비극적인 죽음에 이르거나 산문의 세계에 그대로 머물러 있는 모습을 보이며, 《가장 긴 여행》에서 주인공 리키는 산문의 세계에 사로잡혀 있다가 그 정체를 깨닫고 시적 진실의 세계로 탈출을 시도하지만 너무 늦어 비극적인 죽음을 맞고 만다. 하지만 이렇게 각기 다른 결말을 보여 주고 있을지라도 이 세 작품들은 기본적으로, 삶에 대한 이분법적 가치 구조 위에서 산문의 세계를 부정하고 시의 세계를 지향하는, 분리와 선택의 패턴을 보이고 있다. 그리고 이 패턴을 통해 추구되는 과제는 주인공들의 자기 발견과 정신적 각성이라는 개인적 구원의 가능성이다.

그러나 이 이분법적 분리의 구도와 개인적 구원의 과제는 《하워즈 엔드》에 오면 연결과 통합을 향한 비전과 사회적 구원의 문제로 발전하고 바뀌면서 새로운 국면과 차원을 띠게 된다. 먼저, 《하워즈 엔드》의 기본 구도는 쉴레겔(Schlegel) 집안과 윌콕스(Wilcox) 집안의 대결 구도로 이루어져 있다. 쉴레겔 집안은 문학과 예술을 비롯한 보이지 않는 정신적 가치를 추구하면서 내면의 삶과 개인적 관계를 중시하는, 말하자면 열정과 시적 진실의 세계를 대표하는 인물들이다. 반면 윌콕스 집안은 일과 경험적 가치와 사실을 중시하며 가시적인 현실 세계의 가치를 추구하는, 즉 산문의 세계를 대표하는 인물이다. 물론 이러한 대조적 세력 구도는 그 외양이 초기 소설의 경우와 일견 비슷하게 보인다. 하지만 산문과 열정의 이 대립 구도는 그 설정된 전제가 초기 소설의 경우와 전혀 다르다는 것이 작품에서 금방 나타난다. 즉, 작품의 첫머리에서 우리는 "단지 연결만 하라(Only connect)"라는 제사(題詞)를 바로 만나게 되는데, 이것은 곧 소설 속에서 앞으로 그려질 대립되는 두 가치들이 이전처럼 분리와 배척과 택일을 해야 할 대상으로서가 아니라 서로 연결할 대상으로 존재한다는 것을 미리부터 전제로 암시하고 있는 말이다.

이 전제는 작품의 전반부가 끝나는 12장에서 포스터의 대변인 격인 마거릿(Margaret)이 동생 헬렌(Helen)에게 "우리의 일은 이 둘을 대립시키는 것이 아니라 화합시키는 것이야"[3]라고 말하는 데서 보다 확실하게 선언되고 있기도 하다. 따라서 쉴레겔 집안과 윌콕스 집안으로 각기 대립되는 시와 산문의 두 세계는 이 작품에서, 우리가 어느 한쪽을 취하고 다른 쪽은 버려야 하는 이분법적 가치 평가의 대상이 아니다. 그것들은 이제 긍정적 혹은 부정적 가치를 동시에 가지고 있는 상보적인 삶의 두 요소로서, 진정한 삶을 실현하기 위해서는 서로 연결되고 결합되어야 하는 관계에 있는 것으로 새롭게 의미가 부여되고 관계가 설정되어 있다. 따라서 이 작품은 포스터의 작가적 관심사가 분리와 선택으로부터 연결과 통합을 지향하는 구도로 옮겨 갔음을 처음부터 확연히 선언하고 있는 셈이다.

한편 분리의 구도에서 연결 구도로의 전환은, 곧 그러한 구도를 통해 포스터가 추구하던 참된 삶과 자아의 실현이라는 구원의 주제에 있어서도 그 새로운 변화를 의미한다. 초기 소설에서의 주인공들은, 그들이 참된 자아의 발견이나 실현을 방해하는 억압적인 사회와 인간 관계로부터 고립과 이탈을 지향한다는 점에서, 낭만적 주인공의 성격을 띤다. 따라서

---

3) E. M. Forster, *Howards End* (Boston: Bedford, 1997), 102. 이후 이 작품의 인용은 본문에서 쪽수만 밝히기로 한다.

작품에서 시도되는 구원이나 성장의 노력과 시도는 언제나 주인공의 개인적 차원에서 이루어진다. 그러나 이제 《하워즈 엔드》에 오면 관심의 초점이 주인공의 개인적 차원의 구원이나 성장이 아니라 분리되고 파편화된 삶의 요소들을 연결하고 통합함으로써 사회적 차원의 구원을 모색하는 것에 있다. 그리고 이때 그러한 구원과 성장의 대상이 되는 것은 주인공 자신보다도 바로 주인공에 의해 연결될 필요가 있는 인물들, 다시 말하면 주인공과 맞서는 '적수(antagonist)'들로 옮아간다.

앞에서 이 작품의 대립 구도를 쉴레겔 집안 대 윌콕스 집안으로 단순하게 구분해 진술을 했다. 하지만 사실 작품에서 대립되는 구도의 양 축을 이루고 있는 인물은 쉴레겔 집안의 헬렌과 윌콕스 집안의 헨리(Henry)라고 말해야 좀 더 정확하다. 물론 작품에서 주인공으로서 헨리와 직접적으로 상대하고 대결하는 듯이 보이는 쉴레겔 집안의 인물은 마거릿이다. 그러나 그녀는 사실 헨리와 대립하거나 대결하기보다는 그를 깨우치며 이끌고자 하는 존재이다. 마찬가지로 헬렌에 대해서도 마거릿은, 비록 형제로서 같은 쉴레겔 집안에 속해 있지만 그리고 어느 정도 그녀와 함께 헨리 윌콕스와 맞서는 측면이 없지는 않지만, 전체적으로 볼 때는 헬렌과 하나의 연합 세력을 구성한다기보다 오히려 그녀의 입장과 태도를 비판하고 충고하면서 이를 바로잡아 주려는 쪽이다. 즉 마거릿은 대립된 두 세계의 한쪽과 대립하거나 연합하기보다는 그 두 세계 사이에서 이미 연결과 균형을 어느 정도 이루고 있는 인물로서, 그 분리된 두 세계를 연결시키고자 노력하는 중심적인 존재이다. 그리고 사실은 바로 헨리와 헬렌이 그녀를 사이에 두고 작품의 진짜 '문제적인' 인물들로서 두 대립되는 축을 형성하고 있다. 따라서 비록 작품에서 플롯의 진행이 마거릿을 중심으로 전개되고 있지만, 작품의 주제의 비중은 마거릿을 사이에 두고 대립하면서 변화의 과정을 거쳐 연결되는 헬렌과 헨리의 문제에 오히려 더 무겁게 실려 있다고 말해도 지나치지 않다.

먼저 헬렌을 보면, 그녀는 쉴레겔 집안의 일원으로서, 문학과 예술 등을 통해 지적 · 정신적 가치 체계, 즉 시와 열정의 세계를 대변한다. 그녀가 대변하는 이 정신적 가치와 문화적 소양은, 포스터가 보기에, 윌콕스 집안같이 이성적이고 물질적인 인물들이 지배하는 현실 세계의 파편성과 불구성에 대응하여 내적 조화와 온전성을 가져다줄 수 있는 필수적인 가치이자 덕목이다. 이 점에서 그녀는 일단, 언니 마거릿과 마찬가지로, 포스터가 중요시하는 인문적 교양의 이상적 수준에 어느 정도 도달해 있는 인물이다. 따라서 그녀는 마거릿보다는 못하지만, 포스터의 공감과 애정을 상당히 부여받고 있다. 그녀는 이따금 경박하기도 하지만 발랄한 젊음과 지성을 미모와 함께 겸비한 아가씨로서, 진실한 삶에 대한 순수한 열정과 타인에 대한 인도주의적 박애와 동정심을 상당히 지니고 있는 인물로 그려지고 있으며, 윌콕스 집안 사람들이 감추고 있는 "공포와 공허"(39)의 본질에 대한 통찰이나 베토벤의 교향곡에 대한 해석에서처럼 때로는 포스터의 통찰과 세계관을 상당 부분 직접 반영하고 있기도 하다.

그러나 헬렌은 포스터가 중시하는 시의 세계를 대변하는 인물로서 갖는 매력에도 불구하고, 궁극적으로는 중대한 한계와 위험성을 지닌 세계관의 구현자로서 제시되고 있다. 즉, 그녀는 일견 포스터의 이전 소설 주인공들처럼 낭만적 휴머니즘의 이상주의적 가치를 대변하는 듯이 보이지만 사실 그것이 잘못 빠져 들 부정적 전형을 극단적으로 보여 주는 인물인 것이다. 그녀가 추구하는 시와 열정의 세계에 속한 가치들과 태도, 즉 관용과 공감과 이해력 같은 정신적 가치, 진실된 내면의 삶, 감정에의 충실, 의미 있는 개인적 관계, 문화적 소양 등은 그 자체로서는 인간의 온전한 삶을 이루는 데 없어서는 안 될 중요한 것들이다. 사실 《하워즈 엔드》 이전의 작품들에서 포스터가 일관되게 강조해 전하고자 하는 주제는 바로 산문의 세계가 지닌 비창조성과 불모성에 대항해 시와 열정의 세계가 갖는 이러한 가치들의 중요성이었다. 하지만 포스터에게 있어, 그것들은 어디까지나 온전한 삶을 위한 필요 조건일 뿐, 독자적으로 절대적 가치를 지니는 충분 조건이 될 수는 없다. 이것은 포스터가 〈예술을 위한 예술〉 ("Art for Art's Sake")이라는 글에서 "예술 외에 많은 것들이 중요하다. 예술은 중요한 것들 중의 하나일 뿐이다. 예술에 대해 내가 주장하는 바들이 아무리 높다 할지라도, 나는 그것들을 균형 속에 유지하기를 원한다. …… 예술을 위한 예술은 예술만이 중요하다는 것을 의미하는 것이 아니다"[4]라고 말하고 있는 것을 통해서도 분명히 나타나 있다.

그런데 헬렌은, 예술만을 중요시하는 바로 그 예술 지상주의의 태도처럼, 필요 조건을 충분 조건으로 절대시하는 유아론적 오류에 빠져 있다. 그녀는 '문학과 예술'로 대변되는 정신적 가치의 세계를 삶의 절대적인 가치로 물신화하면서 그것만을 유일한 도덕적 판단 기준으로 삼고 이를 추구하는 독단적인 절대주의의 "돈키호테적"(161) 오류와 착각을 범한다. 그녀는 마거릿과 달리, 헨리 윌콕스와 같은 사람들이 현실 세계의 영역에서 행하는 사회적 역할과 의미를 보거나 인정하려 하지 않는다. 그녀는 오직, 그들에게서 물질적 탐욕과 몰인정함과 위선 등과 같이 배척해야 할 부정적 가치만을 바라보며, 따라서 그들의 "전보와 노여움(telegram and anger)"(40)의 삶에는 오직 정신적 "공포와 공허"만이 존재하는 것으로 단정한다. 그리고 그들의 부당한 희생자로 레너드 배스트(Leonard

4) E. M. Forster, *Two Cheers for Democracy* (San Diego: Harcourt Brace, 1979), 89.

Bast)를 지목하고 그를 구원하겠다는 일념으로 돈키호테처럼 사정없이 말을 몰아간다.

헬렌의 이런 독단적 절대주의의 바탕은 관념적 세계 인식, 특히 이분법의 단순한 절대적 틀에 의한 관념적 세계 인식이다. 헬렌은 세계를 선과 악, 진실과 거짓, 긍정과 부정, 정의와 불의 등과 같이 하나를 거부하고 하나를 선택해야 할 이분법적 절대 관념의 극단적 구조로 단순하게 파악한다. 그리고 그 사이의 중간이나 균형이나 타협은 그녀에게 용납될 수 없다. 이것은 베토벤의 교향곡에 대한 그녀의 반응에서 분명하게 드러나고 있다. 그녀가 베토벤의 교향곡을 해석하는 틀은 오직 "영웅과 도깨비"(44)의 싸움이라는 이분법적 구조이다. 즉 그녀는 베토벤의 음악에서 "장려함이나 영웅적 행위"(45)와 "공포와 공허"라는 두 상반된 가치만으로 규정된 삶의 기준을 볼 뿐이며, 따라서 삶 전체가 이것 아니면 저것으로 귀결되는 모습만을 읽는다. 그리고 "그 음악은 그녀의 생애에서 일어났고 또 일어날 수 있는 모든 것을 요약했다. …… 그 가락은 그녀에게 이것과 저것을 의미했으며, 그밖에는 아무 의미도 거기엔 있을 수 없었다. 그리고 인생에도 그밖에 아무 다른 의미가 있을 수 없었다"(46). 이것은 나중에 그녀가, 균형을 추구하는 언니 마거릿을 뿌리치며, 노골적으로 "나는 철저하기를 작정한다"(174)고 선언하는 장면이나, "헬렌은 절대를 사랑했다"(270)는 진술에서 다시금 확인되고 있기도 하다.

따라서 이런 헬렌에게 헨리나 레너드는 사회 현실 속에서의 살아 있는 복잡한 인격체가 아니라 단순한 절대적 관념의 상징으로만 파악된다. 즉 헨리는 물질적 탐욕과 자본주의적 착취와 불의라는 관념의 상징으로만 보이며, 반면 레너드는 그러한 불의의 지배 계급에 의해 부당하게 피해를 본 빈자와 착취받는 계급으로서 인도주의적 정의와 박애라는 관념의 대상으로만 인식될 뿐이다. 그녀가 처음에 폴(Paul)과 사랑에 빠진 것도 폴의 개인적 매력 때문이 아니라 윌콕스 집안 사람들에게서 그녀가 순간적으로 발견하고 사로잡힌, 현실적 능력과 남성적 힘에 대한 이상화된 이미지를 그에게 투영한 관념적 절대화의 당연한 결과였을 뿐이다. 그녀가 작품 후반에 마거릿에게 "레너드가 폴에게서 나왔을까?"(267) 하고 묻는데, 마거릿의 무응답에도 불구하고 대답이 당연히 '그렇다'일 수 있는 근거는 바로 둘 다 살아 있는 개인이 아니라 그녀 자신이 투영한 절대적 관념의 상징적 존재였다는 점에 있다. 이런 점에서 그녀가 레너드와 성관계를 갖는 것도 많은 비평가들이 그 돌연성과 비현실성을 비판[5]하지만, 사실 그녀의 레너드에 대한 관념적 관계를 생각할 때 바로 그 돌연성과 비현실성은 당연한 것이다. 아니 그 돌연성과 비현실성이야말로 오히려 두 사람의 육체적 관계의 개연성의 바탕이 되는 것이라고 역설적으로 말할 수 있다. 왜냐하면, 헨리로부터 보상을 받아 내리라는 기대가 무너짐으로써 부당한 희생자로 레너드를 보는 그녀의 관념적 이상화는 더욱 극단적으로 강화되는데, 이 상태에서 동정심과 죄의식이 거기에 결합됨으로써 즉시 영웅적 자기 희생의 이상이 생겨나고, 그 결과 그녀는 그 모든 관념의 총체와 사랑에 빠지게 되면서 돌연하게 비현실적으로 그러나 충분히 개연성 있게 "아마 30분 동안, 그를 **절대적으로** 사랑을 했"(270, 강조는 필자)던 것이라고 할 수 있기 때문이다.

관념적 이분법의 세계관 위에서 철저함과 절대를 추구하는 헬렌의 위와 같은 세계관은 말하자면 "극단의 급진주의(radicalism of extremes)"[6]라고 칭할 수 있는 것으로서 그 한 결과는 당연히 행동 패턴

5) 가령 Christopher Gillie, *A Preface to Forster* (New York: Longman, 1983), 126 참조.

에 있어서의 극단성이다. 그녀는 대상을 한 가지 관념적 기준에 의해 즉시 긍정이나 부정의 평가를 내린 뒤 오직 자신의 그 평가를 극단적으로 밀고 나간다. 헨리에 대한 그녀의 극단적 거부가 바로 그러한데, 특히 이 극단성은 바로 극단과 극단을 쉽게 오갈 수 있다는 사실을 뜻하는 것이기도 하다. 작품의 첫 부분에서, 그녀가 처음 자신의 세계와 정반대의 성격을 띤 윌콕스 집안의 남성적이고 실제적이고 현실적 세계관에 매료되어 폴과 맹목적인 사랑에 빠졌다가 다음 날 아침 곧바로 약혼을 파기하면서 그들의 세계를 전면적으로 부정하는 입장으로 돌아서는 행위는 이를 잘 드러내 보여 주고 있다.

그리고 헬렌의 돈키호테적 좌충우돌의 극단적 행위는 결국 자기 중심적이고 나르시즘적인 성격을 띤다. 즉 헬렌은 현실에 대한 이성적 분별이 결여됨으로써 타인에 대한 고려나 기본적인 예절 같은 것을 무시한 채 자기 중심적이고 자기 도취적으로 행동한다. 그녀가 음악회에서 자기가 듣고 싶은 것만 듣고 중간에 혼자 나가 버리는 것이나 그러면서 레너드의 우산을 무심코 집어 가는 행동은 바로 그러한 면모를 미리 잘 암시하고 있는 것인데, 이런 면은 에비의 결혼식 날 레너드 부부를 몰고서 들이닥치는 행위에서 극적으로 부각되어 나타난다. 그녀의 이 행위에 대해 마거릿도 참다못해 "너는 참으로 제멋대로 구는구나(you have been most self-indulgent)" (201) 하고 질타하는데, 이 자기 중심적이고 자기 도취적 행동은 때로는 경솔하고 무책임한 행위로 타인에게 큰 피해를 주기도 한다. 그녀가 레너드와 육체 관계를 가진 다음 날 아침 여관비도 지불하지 않은 채 혼자 떠나가 버림으로써 그녀가 돕고자 했던 레너드와 재키

---

6) Wilfred Stone, *The Cave and the Mountain: A Study of E. M. Forster* (Stanford: Stanford UP, 1966), 246. 이하 이 책의 인용은 본문에서 "Stone"으로 밝히기로 한다.

(Jackey)를 오히려 결정적인 경제적 몰락의 상황으로 떨어뜨리는 결과를 낳는 것은 바로 그 예이다.

그런데 헬렌이 윌콕스 집안 사람들에 대해 갖는 맹목적이고 극단적인 거부감과 혐오와 관련하여 우리가 그냥 지나쳐서는 안 될 사항이 하나 있다. 그것은 바로, 그녀가 그들에게서 발견하는 '공포와 공허'가 한편으로 그녀 자신이 지닌 공포와 공허의 투영이기도 하다는 무의식적 통찰과, 그것에 대한 본능적 거부감이 그녀의 증오감을 구성하는 한 요인으로 자리잡고 있다는 사실이다. 현실을 무시한 헬렌의 낭만적 이상주의의 절대주의적 태도는 삶의 정신적 감성적 요소를 무시한 헨리의 현실주의적 공리주의의 태도나 마찬가지로 그 근저에 "공포와 공허"를 그 한 본질로 지니고 있다. 왜냐하면 절대와 철저는 공포와 공허와 동전의 양면을 이루는 것일 수 있기 때문이다. 가령 베토벤의 교향곡에서 그녀는 삶의 두 측면, 즉 영웅적 행위의 장려함이 아니면 공포와 공허만을 보는데, 이것은 한편 바로 그녀 자신이 안고 있는 극단적 양면의 반영이기도 하다. 말하자면 베토벤의 "음악은 헬렌의 두려움과 야망을 투영하고 있는 것이다."[7] 그리고 그녀는 폴과 레너드와의 관계의 본질을 "외로움, 그리고 밤, 그리고 나중에 공포"(267)라고 요약하고 있는데, 이때 그녀는 바로 그녀 자신이 안고 있는 외로움과 공포를 인정하고 있는 셈이기도 하다. 따라서 그녀가 헨리에게서 공포와 공허의 본질을 통찰해 낼 때, 비록 그녀의 의식에 의해 인정되고 있지는 않으나, 그녀의 본능은 그 공허와 공포가 헨리 자신의 본질의 요약이기도 하지만 동시에 바로 "그녀 자신의 내부에서 느끼고 있는 두려움의 투영"(Stone, 245)이기도 하다는 사실을 무의식적으로

---

7) Richard Martin, *The Love That Failed: Ideal and Reality in the Writings of E. M. Forster* (Hague: Mouton, 1974), 112.

깨달았음에 틀림없다. 그리고 보고 싶지 않은 자신의 한계와 모습에 대한 무의식적 깨달음은 곧 이를 억압하고자 하는 심리적 혐오감과 반발감을 낳고, 이어 그 혐오감과 반발감이 그 계기가 된 헨리에게 곧바로 전가되면서, 그 결과 그녀는 그를 더욱더 강하게 거부하고 혐오할 수밖에 없었던 것이다.

한편 이처럼 헬렌을 통해 대변되는 태도, 즉 시의 세계를 삶의 충분 조건으로 신봉하는 낭만적 이상주의의 관념적 절대주의의 오류와 그 위험성의 반대편에는 헨리 윌콕스가 마주 서서 산문의 세계를 삶의 충분 조건으로 절대시하는 물질주의적 현실주의 인생관의 오류와 그 피폐성을 대변하고 있다. 헨리는 사실 주인공에 대립하는 '적수'로서는 포스터의 이전 작품들에서 보지 못하던 새로운 유형의 인물이다. 헬렌과 같은 성향의 인물은 가령 리키나 루시처럼 이전 작품들에서 가끔 발견되곤 한다. 하지만 헨리와 같은 인물은 리키나 루시의 적수들인 허버트 펨브루크(Herbert Pembroke)나 세실 바이스 등과 존재의 성격이 상당히 다르다. 허버트나 세실의 경우, 그들은 비록 편협한 관습과 속물성으로 적의 역할을 하고 있지만 지성이나 교양의 수준이나 성향에 있어서 주인공과—그리고 작가인 포스터 자신과도— 어느 정도 동일한 문화적 영역 내에서 움직이는, 즉 현실적 능력의 측면에서 '왜소한' 지식인층 중산계급이다. 반면에 헨리는 같은 중산계급이지만 교양이나 지성과는 거의 거리가 먼 물질적 가치와 현실적 관심을 추구하는 자본가적 성격을 띤 존재이다.

그는 "제국 서아프리카 고무 회사(the Imperial and West African Rubber Company)"(175)를 운영하는 성공한 자본가로서, 자신감 있고 자기 만족적이며, 적자 생존에 의거한 현재 체제의 질서의 보편 타당성을 믿고, 자유방임주의에 기초한 낙관주의와 공리주의적 세계관을 지니고 있는 인물이다. 즉 그는 20세기 초 자본주의 상업 문명과 기계 문명 그리고 제국주의 세계 질서의 중심과 전면에 서서 현실 세계를 실질적으로 주도하는, 말 그대로 '유능한' 지배 계급이다. 따라서 그는 칼라일이 표현한 '산업의 선봉'에 해당되는 인물로서, 이전 포스터 작품들의 적수 주인공들과는 달리 사회적인 차원의 전형성을 극명하게 띠고 있는 존재이다. 《하워즈 엔드》의 인물들이 덕워스(Alistair M. Duckworth)가 말한 대로 살아 있는 구체적 개인이면서 시대적 상황을 대표하는 루카치(Lukacs)적 전형성을 지닌 인물들[8]이라고 한다면, 그 지적에 가장 들어맞는 인물은 바로 헨리라고 할 수 있을 것이다.

현실 세계의 실세로서 헨리와 같은 존재가 대변하는 삶과 삶에 대한 태도는 따라서, 허버트나 세실의 경우와는 달리, 쉽게 부정되거나 버려질 수 없는 의미와 가치를 갖는다. "삶을 견실하게 바라보"는(63) 헨리의 구체적이고 현실적인 세계 인식, 그리고 일을 추진하고 문제를 해결해 나가는 실천적 능력 등은 바로 마거릿과 헬렌 같은 지식인 계층의 시의 세계가 존재할 경제적 · 물질적 기초, 즉 산문의 세계를 운영하고 지탱하는 힘이다. 그러한 능력과 태도는 비록 삶의 궁극적 가치는 아니지만, 마거릿이 말하듯이 삶을 구성하는 "문명의 날실"로서 "세상에서 두 번째로 중요한 것"이다(121). 즉 헨리의 산문의 세계 역시 그 자체로는 헬렌의 시의 세계와 마찬가지로—비록 동등하게는 아니나— 엄연히 삶에 있어서 없어서는 안 될 필요 조건에 해당되는 요소이며, 그것을 무시한 지적 문화

8) Alistair M. Duckworth, *Howards End: E. M. Forster's House of Fiction* (New York: Twayne, 1992), 78 참조. 이하 이 책의 인용은 본문에서 "Duckworth"로 밝히기로 한다.

적 가치의 추구는 헬렌의 경우처럼 실체 없는 관념적 환상이나 허위 의식으로 빠질 수밖에 없다. 따라서 "언젠가—천 년이 지난 뒤에는— 혹 그와 같은 유형의 인간은 필요가 없을지도 모른다. 하지만 현재로서는 우월하다고 생각하고 실제로 아마 그러한 사람들로부터 존경이 그들에게 주어져 마땅하다"(148).

하지만 헨리 역시 자신의 산문 세계가 갖는 필요 조건으로서의 불완전한 지위와 한계를 인식하지 못하고 헬렌과 비슷하게 자신의 세계관을 삶의 절대적인 가치와 기준으로 믿으면서 이를 극단적으로 주장하고 추구한다. 현실에 대한 냉철한 판단력과 식견으로 사업에 성공하고 번창해 나가는 중년의 자본가로서 그는 "자신감과 낙관"(148)에 가득 차고 자기 만족감에 젖어 있다. 그런 그에게 헬렌이나 마거릿이 대변하는 시의 세계, 즉 문학과 예술을 통한 정신적 함양, 진실과 정의의 이상, 상상력의 가치 등은 흥미롭지만 유치한 장난 같은 짓 정도로밖에 보이지 않는다. 따라서 그는 헬렌과 마거릿에 대해 "총명하지만 …… 실용적이지 못한"(138) 존재들로 간단히 치부하면서, 결국 자신 같은 사람이 가르치고 돌봐 줘야 할 순진하고 철없는 아가씨들로 규정짓는다. 그는 레너드와 관련하여 그녀들에게 자신의 판단을 확실하고 절대적인 것으로 말하는 한편, 그녀들의 행위를 무모한 감상주의적 동정심이나 비현실적 박애주의의 어리석음으로 단정하며 충고하려 든다.

그러나 시와 상상력과 감성을 무시하고 경멸하는 헨리의 삶은 사실, 경험적 사실에의 집착과 공리적 이해 타산 그리고 상품적 효용 가치에 의해 지배되어 있는, 삭막한 회색의 비인간적 삶에 불과하다. 그의 세계는 요컨대 "돈은 최고로 유용하고, 지적 능력은 다소 유용하며, 상상력은 전혀 소용이 없는"(42) 것으로 생각하는 세계이다. 그리고 "단단한 사실들로 그에게는 충분했다"(161)고 진술되듯이, 그는 가장 내밀한 사랑의 관계에서조차 모호한 감정적 함의나 개인적 애정 또는 정열이 개입하거나 표현되는 것을 싫어하고 거부한다. 또한 그의 친구 관계는 이용 가치에 기초한 기계적이고 타산적이며 비인간적인 관계로만 이루어져 있는데, 그 결과 그의 "'엄청 좋은 종류의 친구라던 사람'은 어느 순간이든지 '나에게 별 소용이 결코 없었고 지금은 더욱더 소용이 없는 작자'가 될 수 있"다(184).

특히 이렇게 개인적 감정이나 의미가 배제된 채 순전히 공리적인 타산과 상품 가치에 근거해서 대상을 바라보는 것은 결국 사물이나 대상을 특수한 의미를 가질 수 있는 독립된 실체가 아니라, 랜드(Stephen K. Land)가 지적하듯이,[9] 사회적 경제적 고정 관념에 의해 상투적으로 객관화하고 정형화하는 태도를 낳는다. 가령 그는 레너드를 자기와 같은 한 사람의 인간이 아니라 오직 자유방임주의와 적자 생존의 현실 법칙에 내맡겨 둬야 할 하층계급으로만 인식한다. 또 재키와의 관계도 그는 이를 개인적으로 책임져야 할 과오로서보다는 협박을 받을 가능성의 계기로서만 인식한다. 헬렌에 대해서도 그는 문제 해결의 공리적 목적을 위해 그녀를 거짓으로 유인하는 수단의 윤리적 비열함을 외면하는 한편, 그녀의 임신을 부정한 스캔들이라는 인습적 통념과 타산적 고려를 통해서만 파악해 마거릿의 간절한 개인적 호소를 받아들이지 못한다. 따라서 이런 그에게, 정신적 유산을 구현하고 있는 집 '하워즈 엔드'는 그저 불편하고 낡은 가옥이라는 형편없는 상품적 가치로만 인식될 수밖에 없다(공리적 가치에 의거한 헨리의 이러한 대상의 고정 관념화는 어느 면에서 앞에서 지

9) Stephen K. Land, *Challenge and Conventionality in the Fiction of E. M. Forster* (New York: AMS, 1990), 143 참조.

적한 헬렌의 이분법에 의거한 관념적 세계 인식과 상통하는 바가 있다).

한편 헨리의 산문 세계가 지닌 이런 문제성은 열정, 즉 본능과 욕망의 억압을 통해서도 나타난다. 윌콕스 집안 사람들이 지닌 강인한 실천력과 추진력은 곧 그들에게 강한 성적 에너지와 욕망이 존재한다는 것을 암시하고 있는데, 이것은 헨리의 큰아들 찰스(Charles)가 부부의 애정 관계야 어떻든 계속 자식을 낳고 번식하는 모습을 통해서 어느 정도 확인되는 사실이다. 하지만 인간 욕구의 가장 근본적인 요소인 이 성적 본능은 제대로 발육되지 못하고 억압된 채 그저 "강하지만 은밀한 열정"(213)으로만 도사려 있거나 어색하게 표현될 뿐이다. 이것은 포스터가 자주 지적하는 중산계급의 제대로 "발육되지 못한 가슴(undeveloped heart)"[10]의 한 양상인데, 헨리의 경우도 어렸을 때부터 "육체적 욕망은 나쁜 것이라는 내밀한 믿음"(167)을 갖도록 편협한 빅토리아적 가치 체계에 의해 길러진 탓이라는 명시적 설명이 덧붙여지고 있다. 따라서 헨리는 본능과 열정을 솔직하게 인정하거나 자연스럽게 표현하지 못한다. 이 점은 마거릿에의 구애 과정, 특히 첫 키스 장면에서 단적으로 잘 나타나며, 재키와의 관계에 대한 그의 위선적인 과민 반응에서도 다시금 증명되고 있다.

이처럼 시와 열정과 상상력을 결여하거나 무시 또는 억압한 채 삭막한 회색의 산문 세계만을 추구하고 또 그것에 포박되어 있는 헨리의 삶은 궁극적으로 내면적 혼돈과 엉망의 삶이며 그것은 나아가 결국 공포와 공허로 귀결된다. 헨리는 겉으로는 세계를 '견실하게' 바라보며, 문제를 구체적인 "항목별로 하나씩, 날카롭게(item by item, sharply)"(97) 조직적으로 분류하고 명료하게 이해하여 해결해 나가는 듯이 보인다. 하지만 내

10) E. M. Forster, *Arbinger Harvest* (San Diego: Harcourt Brace, 1964), 5.

면적으로는 "그의 지적 혼란, 개인적 영향에 대한 무감함, 강하지만 은밀한 열정"(213)의 뒤범벅만이 그에게 있을 뿐이다. 따라서 그는 견고한 "요새"(92)나 "성채"(165)의 외양에도 불구하고 때때로 꽉 막힌 "막다른 벽(blank wall)"(92)의 느낌을 주며, 결국에는 "뒤죽박죽인, 죄악스럽게 뒤죽박죽인(muddled, criminally muddled)"(264) 내면의 모습을 드러내고 만다. 이런 점에서 헨리를 비롯한 윌콕스 집안 사람들은 작품 속에서, 그들 자신의 생각과는 정반대로, 점점 "스스로를 엉망으로 만들어 가는 과정 속에"[11] 있는 아이러니를 연출하고 있는 셈이다.

물론 윌콕스 집안 사람들의 이 내적 엉망과 혼란은 곧 그들의 모든 악덕, 즉 위선, 비정한 이기성, 속물성 그리고 물질적 탐욕 등을 낳는 원천으로서, 말하자면 "핵심이 썩은"(282) 그들의 존재에 대한 다른 요약이다. 그런데 이 엉망이고 썩은 내면은 결국, 헬렌이 폴과의 관계를 통해 바로 꿰뚫어 보았듯이, 궁극적으로 영혼의 '텅 빈 상태'를 의미한다. 그리고 이 영혼의 텅 빔으로 인해, 헨리와 윌콕스 집안 사람들은 삶의 궁극적인 진실과 위기 앞에서 섰을 때 필연적으로 '공포'에 사로잡혀 무기력한 상태로 떨어지고 만다. "당신이 그〔헨리〕의 몸을 꿰뚫고 들어갈 수 있다면, 그 속 가운데에서 공포와 공허를 발견하게 될 것이다"(206)라는 헬렌의 말은 이런 점에서 헨리와 윌콕스 집안 사람들의 내면적 본질을 가장 적확하게 요약하고 있는 말이다. 공리주의와 자유방임주의로 무장한 위선적인 자본가로서 헨리는 찰스 디킨즈의 《어려운 시절》(*Hard Times*)에 나오는 악덕 자본가 바운더비(Bounderby)의 좀 세련된 변형을 먼저 연상시키지만, 견고한 껍데기 안의 핵심이 썩고 영혼이 텅 빈 현대인으로

---

11) J. B. Beer, *The Achievement of E. M. Forster* (London: Chatto & Windus, 1962), 103.

서 그는, 비평가들이 자주 지적하듯이(가령 Duckworth, 132 참조), 콘라드의 〈암흑의 핵심〉에서 묘사되고 T. S. 엘리엇(Eliot)에 의해 현대인의 본질적 전형으로 표현된 "텅 빈 인간들(hollow men)"의 전형에 더 가깝다.

이상으로 작품의 대립 구도를 구성하고 있는 주인공들인 헬렌과 헨리를 살펴보았다. 이제까지 본 것처럼, 헬렌과 헨리는 시와 산문이라는 서로 상반된 세계관을 대변하는데, 이 둘은 각각 삶에 없어서는 안 될 필요조건들이지만, 이것을 각각 따로 절대시하고 극단적으로 추구함으로써 유아론적 독단과 정신적 불구성에 빠지는 오류를 범한다. 따라서 이 두 세계는 서로 연결되고 균형을 이룸으로써 상보적인 기능을 할 때만 그 본래의 제 가치와 의미를 찾는데, 주인공 마거릿에게 부여된 역할은 바로 이 연결과 균형을 시도하는 일이다.

연결과 균형의 중심에 있는 주인공으로서 마거릿의 성숙한 자질은 작품의 첫 부분에서 "어떤 심원한 활기, 즉 인생을 지나는 그녀의 길목에서 그녀가 마주치는 모든 것들에 대해 계속적이고 진지하게 반응하는 태도"(26)를 지닌 존재로 묘사될 때부터 어느 정도 분명하게 나타나 있다. 그녀는 헨리나 헬렌처럼 자신의 결함에 눈이 멀지 않은, 즉 "진실을 보기 위해 절대 필요한 시각의 명료함"(164)을 갖추고 있으며, 또한 "보통 사람들이 불가능하다고 믿을 만큼 철저하게 자신의 마음을 파악하고 있"(224)다. 따라서 마거릿은 처음부터 누구보다 객관적이고 균형 잡힌 사유와 행동을 어느 정도 보이고 있으며, 혹 그렇지 못한 경우라 하더라도 적어도 누구보다 최선을 다해 그렇고자 노력하는 인물로 제시되고 있다. 물론 이것은 바로 그녀가 작가인 포스터의 입장과 태도를 주로 대변하고 있는 인물이라는 것을 의미하는 셈이기도 하다.

하지만 마거릿은 단순히 포스터의 생각을 그대로 전달하기 위해 이상화된 대변인적 도구나 작가의 분신과 같은 '평면적(flat)' 인물이 아니다. 그녀는 나름의 고유한 개인적 특징과 결함 등 구체적 성격이 부여되어 있으며, 작품 속에서 변화와 성장을 하기도 하는 인물로서 결코 이상화되어 있지 않다. 아름답지 않고 "충동적"(28)이기도 한 그녀는 스스로도 인정하듯이 "지껄여대는 원숭이들"(82) 같은 수다스러움이나 경솔한 구석이 없지 않으며, 때로는 지적인 우월감과 탁상공론가적인 면을 보이기도 한다. 그녀는 또 윌콕스 부인(Mrs. Wilcox)을 비롯하여 레너드나 헬렌 그리고 헨리 등과의 관계에서 판단과 시행의 이런 저런 착오를 범한다. 다만 그녀는 자신의 그런 결함과 한계를 잘 인식하고 있고, 따라서 경험을 통해 그것들을 극복하며 성장해 나가고자 하는 열린 자세와 준비가 되어 있다. 특히 그녀는, 이미 갖춘 그녀의 자유주의적 휴머니즘과 교양적 덕목에 더하여, 윌콕스 부인이 구현하고 있는 초월적 섭리에 대한 이해와 직관적 세계 인식까지 경험을 통해 갖추어 가는 성장의 모습을 보인다. 어쨌든 그녀의 구체적 개성과 인간적 성장의 과정은 그녀에게 소설 속의 등장인물로서 살아 있는 성격과 실감을 충분히 부여하고 있고, 이런 점에서 "그녀는 포스터의 견해를 단순히 진술하는 것 대신에 그것들을 구현하고 있다"[12]고 할 수 있다.

마거릿은 일단 동생 헬렌과 함께 시의 세계, 즉 내면의 삶의 중요성과 정신적 가치를 지향하는 쪽에 서 있는 것으로 출발한다. 하지만 헬렌과는 달리 그녀는 그것을 절대시하지 않고 그것의 제한적인 지위와 가치를 인식한다. 따라서 철저하겠다고 선언하면서 정신적인 가치의 절대성을 주

12) Frederick P. W. McDowell, *E. M. Forster* (Boston: Twayne, 1982), 80.

장하는 헬렌에 대해, 그녀는 "모든 조망은 보이지 않는 것으로 귀결되어 닫힌다—누구도 그건 의심하지 않는다— 하지만 헬렌은 그녀가 보기에 다소 너무 빨리 그것을 닫아 버렸다"고 생각하면서, "보이는 현상 세계를 그렇게 즉시 찢어 내버리는 정신에는 뭔가 조금 균형을 잃은 것이 있다"고 느낀다(174). 마찬가지로 그녀는 헨리의 산문 세계가 가진 불모성과 불구성을 꿰뚫어보고 있지만, 동시에 그것이 가진 현실의 "실제적 힘(a real force)"(102)으로서의 가치를 진작부터 인정한다. 물론 그 가치는 시의 세계가 갖는 것만큼 높은 것은 아니다. 하지만 그것의 토대 없이는 정신적 가치의 추구 자체가 불가능할 만큼 필수적인 것이다. 즉 그녀가 보기에 "그것은 정연함, 결정 그리고 순종 같은 덕목들을 길러 주었다. 물론 의심할 여지없이 이등급의 덕목들이었다. 하지만 그것들은 우리의 문명을 형성해 온 것이었다. 그것들은 또한 기골을 형성하는 것이기도 하다. 마거릿은 그것을 의심할 수 없었다. 그것들은 영혼이 물크러진 죽처럼 되는 것을 막아 준다. 어떻게 감히 쉴레겔 집안 사람들이 윌콕스 집안 사람들을 경멸한단 말인가? 세상을 만드는 데는 모든 종류가 다 필요한 것인데 말이다"(102).

요컨대, 마거릿은 헬렌과 헨리로 대변되는 시와 산문의 각 세계가, 그것 자체만을 절대시하고 추구하는 위험에 빠지지 않는 한, 온전한 삶을 이루기 위해 똑같이 필수적으로 있어야 할 필요 조건들이라는 인식을 하고 있다. 그런데 이러한 인식은 곧, 그 두 세계가 서로 연결되고 균형을 이룸으로써 온전한 삶을 위한 충분 조건을 형성해야 한다는 인식으로 이어질 수밖에 없다. 그리고 그 결과 이 연결과 균형의 실현은 당연히 마거릿의 삶의 목표이자 과제가 된다. 그것은 "우리 속에 있는 산문을 열정과 연결하는 무지개 다리의 건설"로서, "그것 없이 우리는 의미 없는 파편들, 즉 반은 수도승이고 반은 야수로서, 합쳐져서 하나의 인간을 결코 이루지 못한, 연결이 안 된 아치들일 뿐이다. 반면 그것이 있을 때는, 사랑이 태어나서, 휘어진 가장 높은 곳에 내려앉아, 회색에 대항해서는 환한 빛을 발하며, 불길에 대항해서는 차분함을 드리운다"(167). 따라서 "오직 연결만 하라!"고 외치면서, 그녀는 "산문과 열정을 연결만 하라. 그러면 둘 다 고양될 것이며, 인간적인 사랑이 그 최고의 상태로 나타나 보일 것이다. 더 이상 파편들로 살지 말라. 오직 연결만 하라. 그러면 야수와 수도승은 각각의 생명줄인 고립을 박탈당하고 죽어 버리고 말 것이다"(168)라고 역설한다.

물론 "삶을 견실하게 바라보는 동시에 전체적으로 바라보는 경지"(63)를 지향하는 연결과 균형은 마거릿 그녀 자신에게 있어서는 사실 별로 심각하게 요구되는 과제가 아니다. 연결과 균형의 당위성을 인식하고 있는 그녀는 비록 완전하게는 아니지만 그것을 이미 어느 정도 실천해 나가고 있기 때문이다. 따라서 연결과 균형을 향한 마거릿의 노력은 연결이 정말로 필요한 대상, 즉 고립되고 분리된 파편들로서 자신들만의 세계에 갇혀 있는 헬렌과 헨리를 향해 기울어져 있다. 말하자면 작품에서 주인공은 마거릿이지만 그녀가 직면하는 문제는 주인공인 그녀 자신에 관한 것이기보다는 사실 헬렌과 헨리에 관한 것인 셈이다.

그런데 마거릿의 연결 노력이 보다 적극적으로 기울여지는 대상은 헬렌보다는 헨리이다. 이것은 두 가지 측면에서 설명될 수 있다. 먼저, 헨리를 연결시키는 일은 헬렌의 경우보다 훨씬 어려운 과제이고 따라서 적극적인 도움과 개입이 그만큼 더 많이 필요하다. 헬렌이 추구하는 시와 열정의 세계나 정신적 가치는, 비록 산문의 세계와 함께 온전한 삶의 필요조건이긴 하지만, 사실 산문의 세계보다 더 중요하고 한 차원 높은 곳에 위치하는 것이다. 즉 그것은 산문의 세계를 토대로 하고 있는 일종의 상부 구조인 셈이다. 따라서 산문의 세계와 연결되어야 하는 헬렌의 문제는 말하자면 그녀로 하여금 그녀가 망각하고 있는, 자기 세계의 토대인 산문의 세계를 인식시키는 것, 즉 그녀의 지나치게 높이 들어 올려져 관념적 이상주의로 뻗어 나간 시선을 아래로 당기고 끌어내리는 것이다. 그 반면, 시의 세계와 연결되어야 하는 헨리의 문제는, 그가 갇혀 있는 산문의 세계 위로, 즉 그가 사실상 아직 도달하거나 갖추고 있지 못한 시의 세계로 그를 한 차원 높이 끌어올리는 일이다. 내려오는 일은 쉽게 마련이고 흔히 스스로 실행하는 것이 가능할 수 있지만, 올라가는 일은 힘들고 따라서 도움을 받지 않고 혼자 해내기가 어렵게 마련이다. 여기에 바로 마거릿의 노력이 헨리에게 한층 더 적극적으로 기울어질 수밖에 없는 한 이유가 있다. 실제로 헬렌의 경우, 마거릿은 그녀에게 충고와 질책을 하는 경우가 없진 않지만, 대체로 대화와 기다림과 포용이라는 소극적인 방식으로만 그녀를 도와준다. 따라서 작품의 말미에 산문의 세계로 내려와 헨리와 화해를 이루는 헬렌의 각성은 마거릿의 노력보다는, 레너드와의 관계와 임신 그리고 그의 죽음 등과 같은 일련의 사건과 상황을 통해 경험이 축적되면서 그녀 스스로 자연스럽게 도달한 측면이 크다.

그러나 마거릿의 노력이 헨리에게로 기우는 더 큰 이유는 바로 인물로서 헨리가 갖는 계급적 성격과 사회적 비중에 있다. 헨리의 세계가 지닌 불구성과 독단성은 그가 사회와 문명을 주도하고 좌우하는 지배 계급임으로 인해 현실적으로 헬렌에 비해 훨씬 심각한 중요성과 문제성을 지니는 것이다. 헬렌의 독단과 자기 도취는 상대에 대한 도덕적 비난이나 부정 등과 같이 소극적 저항을 하거나, 무책임으로 인해 개인적 차원의 실수를 범하는 데 그칠 뿐, 사회적인 영향력은 거의 없다. 하지만 헨리의 경우, 그의 독단과 이기성과 위선과 혼란은 바로 자본주의적 "상업의 시대와 함께 발생하는, 높은 지위〔의 사람들, 즉 지배 계급의 인간들〕에 있어서의 내적 암흑"(282)을 대표하는 것으로서, 결국 그와 같은 계급의 사람들이 주도하는 현실 문명 전체의 불모성과 비인간성을 의미하는 것이 된다. 게다가 여기에 편협한 억압적 가부장 이데올로기에 사로잡힌 남성 지배자로서의 성격이 덧붙여지면서, 지배자로서 헨리의 문제는 더욱 복합적으로 가중된 의미를 갖는다. 따라서 이러한 헨리에 대해 산문과 시의 세계를 연결시켜 주는 일은 엇나간 문명과 사회 전체에 대한 구원의 방도를 상징적으로 제시하는 것인 바, 그것은 당연히 긴급성과 절박성을 갖는 지난한 과제이고, 그 결과 그만큼 마거릿의 적극적 개입과 도움을 필요로 하는 것이다. 물론 그렇게 무거운 상징적 역할에 부합할 만한 비중과 성격이 마거릿에게 어느 정도 부여되어 있다는 점은 가령 현대의 도시 문명과 기계 문명의 비인간성과 파괴성 그리고 남성 지배 이데올로기에 대한 비판적 통찰이 작품 곳곳에서 그녀를 통해 제시되거나 구현되고 있다는 사실에서 충분히 확인할 수 있다. 이런 측면에서 마거릿의 헨리에 대한 연결의 시도와 구원의 노력은 이 작품을 '영국의 운명'은 물론이고 '서구 문명 전체의 운명'에 관한 포스터의 시대적 발언으로 읽힐 수 있게 하는 바탕이 되고 있다.

헨리를 향한 마거릿의 연결 노력은 그녀가 예상했던 것보다 어렵고 순탄하지 않다. 아니 거의 실패한다. '오직 연결만' 하면 되리라고 그것도 "조용한 가리킴"(168)으로 인도만 해 주면 되리라고 쉽게 생각하지만, 그 연결만 한다는 것 자체가 본래 쉬운 일이 아니거니와, 헨리의 예상치 못하게 강한 완고함과 무딤이 버틴다. 게다가 우연찮게 밝혀지는 재키와의 과거사로 인해 그의 내적 공허와 혼란까지 새롭게 그 정체를 드러내면서 그녀의 시도는 더욱 어려움에 직면한다. 하지만 마거릿은 순종과 인내와 이해심으로 계속 기다리는 한편 용서와 사랑으로 헨리를 포용하며 위기를 넘긴다. 그러나 하워즈 엔드에서 하룻밤 묵게 해달라는 헬렌의 부탁을 끝내 거절함으로써 헨리는 마거릿의 인내의 한계를 결정적으로 넘어서고, 마침내 마거릿은 헨리에 대한 연결의 희망을 포기하기에 이른다. 그런데 바로 이 포기의 순간, 아들 찰스가 레너드에 대한 살인죄로 잡혀 구속되는 상황에 직면하여 '공포와 공허'에 사로잡힌 헨리가 "난 끝장났다"(284, 바로 다음 장면인 286쪽에서 헬렌도 똑같이 이 표현을 쓰면서 마거릿에게 자신의 세계관의 실패를 고백한다)고 고백하며 마거릿에게 구원의 손길을 요청한다. 그리고 마거릿은 이를 거절하지 않는다.

그런데 헨리에 대한 마거릿의 이 연결의 노력은 자주 평자들의 비판 또는 논쟁의 대상이 되어 왔다. 이 비판과 논쟁의 초점은 크게 두 가지 사항에 집중되어 있는데, 하나는 그녀와 헨리의 결혼과 관련한 개연성의 결여 문제이고 다른 하나는 작품의 결말에서 헨리가 과연 마거릿에 의해 '연결'에 이름으로써 구원이 된 것이냐 하는 문제이다. 먼저 전자에 대해 언급하자면, 두 사람의 결혼은 거의 언제나 헬렌과 레너드의 관계와 함께 실감이 없이 어색하고 작위적인 결합이라고 많은 평자들의 거센 비판을 받곤 한다. 가령 리비스(F. R. Leavis)는 "마거릿이나 헨리 윌콕스의 성격으로 제시된 그 어떤 것에도 그들의 결혼을 믿을 만하거나 받아들일 만하게 만드는 구석이 전혀 없다"[13]고 단정하고 있으며, J. S. 마틴(Martin)은 이들의 결혼이 "이 소설의 여러 면모들 중 작품에 가장 해를

13) F. R. Leavis, "E. M. Forster," *Forster: A Collection of Critical Essays,* ed. Malcolm Bradbury (Englewood Cliffs: Prentice-Hall, 1966), 40. 이하 이 책의 인용은 본문에서 "Leavis"로 밝히기로 한다.

많이 끼치게끔 처리된 것"[14]이라고 말한다. 그런데 이러한 개연성의 결여에 대한 비판은 사실, 헬렌과 레너드의 육체 관계의 문제에서도 그렇듯이, 포스터가 두 사람의 감정적 또는 육체적 관계를 구체적으로 묘사하지 않고 있는 것에 대한 빗나간 불만에서 비약된 오판이다. 작품의 주제와 플롯의 성격상 마거릿이나 헬렌이 헨리나 레너드와 맺는 육체적 또는 감정적 관계의 구체적 과정과 내용은 생략되어도 무방하다. 그것은 주제의 효과를 떨어뜨리거나 플롯의 흐름을 어색하게 하지 않는다. 즉 헬렌과 레너드의 관계는 물론이고 마거릿과 헨리의 경우에서, 그들의 애정 관계는 구체적 묘사가 없지만 상상으로 충분히 그 개연성을 용납할 수 있는 것으로 전제가 되어 있는 것이다. 사실 독자들은 포스터의 그런 의도를 일부러 외면한 평가들의 빗나간 주장에 접하기 전까지 그것에 대해 문제성을 전혀 의식하지 못한다.

한편 두 번째 문제인 헨리와 마거릿의 결말에서의 관계는 비판보다는 논쟁적 해석의 대상이 되는 사항이다. 하지만 결말에서 헨리가 마거릿에 의해 '연결'됨으로써 인간적 성장을 얻는다기보다는 오히려 부러지고 망가져서 상징적 거세를 당한 존재라는 것이 대체로 다수 비평가들의 입장이다. 가령 트릴링은 작품의 결말에 "영원한 여성성이 영국을 완전히 장악한다"고 하면서 헨리가 "너무 철저하게 거세되었다"(Trilling, 100)고 말하며, 스톤은 더 나아가 결말에 제시되는 것은 헬렌과 마거릿이 지배하는 여성만의 배타적인 "불모의 격리처(a place of sterile quarantine)"일 뿐이라고 주장하면서 마거릿의 연결을 헨리를 사실상 죽이는 파괴적이고 반생명적인 연결로 본다(Stone, 265, 274-75 참조). 이밖에 피터 위도우슨

---

14) John Sayre Martin, *E. M. Forster: The Endless Journey* (Cambridge: Cambridge UP, 1976), 122.

(Peter Widdowson)은 "헨리의 영혼은 마거릿이 일찍이 희망했던 것처럼 확장된 것이 아니라 …… 단순히 부러졌을 뿐이다"[15]라고 하면서, 그런데 그 부러짐조차 마거릿의 노력과 상관없이 상황에 의한 것이라고 지적한다. 그러나 이러한 해석들 역시 첫 번째 문제의 경우와 비슷하게, 작품에서 포스터가 묘사하지 않고 있는 부분을 제대로 파악하지 못한 데서 기인하는 자의적 주장들에 불과하다.

결말에서 우리에게 남는 헨리의 인상이 연결되고 확장된 모습보다는 부러지고 무너진 모습의 성격이 훨씬 강한 것은 사실이다. 실제로, 부러지고 무너진 헨리를 연결해 주는 마거릿의 구체적 행위는 결말에서 나타나 있지 않다. 따라서 얼핏 보기에 헨리는 그저 남성성이 거세된 채 무기력한 존재로 전락한 반면 마거릿과 헬렌은 마침내 하워즈 엔드를 차지하고 승리한 존재들처럼 보인다. 하지만 작품의 마지막 장(章)에는 포스터가 직접 묘사하지 않고 독자의 상상력에 맡기고 있는 중요한 내용이 전제로 또는 사후 과제로 함축되어 있다. 마지막 장의 바로 앞 장면은, 부러지고 끝장난 헨리가 마거릿에게 구원의 손길을 청하고 마거릿이 이에 응하는 것으로 끝난다. 여기서 마거릿은 연결의 노력을 포기하려는 순간 마지막으로 헨리를 다시 포용한 셈이다. 따라서 헨리에 대한 그녀의 연결의 시도가 다시금 시작될 것은 당연한 순서이다. 그런데 부러지고 끝장난 헨리는 요새처럼 견고했던, 그래서 연결을 끝내 거부했던 과거의 헨리와 이제 전혀 다르다. 독단과 아집이 부러지고 끝장난 이상 헨리를 연결하는 것은 이제 더 이상 어려운 일이 아니다. 즉 그는 이제 헬렌과 마찬가지로 스스로 연결될 수 있는 존재이다. 그를 포용하고 함께 있어 주는 것만으

15) Peter Widdowson, "Howards End: Fiction as History," *Critical Essays on E. M. Forster,* ed. Alan Wilde (Boston: G. K. Hall, 1985), 125.

로 이미 그가 '연결'될 조건은 거의 다 갖춰진 셈이다. 이런 점에서 헬렌이 종국에 선언하는 마거릿의 "영웅적"(288) 성격의 의미는 마지막 '연결' 행위보다는 마지막 순간까지 헬렌과 헨리를 모두 포용하고 받아들인 그 이전의 행위에서 찾아야 할 것이다. 어쨌든 마거릿이 헨리를 포용한 이상 그의 연결은 자연스럽게 일어날 필연으로서 더 이상 구체적으로 다뤄야 할 문젯거리가 되지 않는다. 따라서 헬렌과 헨리가 서로 좋아하게 되었다는 마거릿과 헬렌의 대화 속에서의 진술이나 하워즈 엔드를 마거릿에게 물려주는 장면을 통해, 그가 이미 어느 정도 연결의 과정 속에 있다는 사실은 간단히 또는 간접적으로만 암시되고 있을 뿐이다.

한편 이와 더불어 간과하기 쉬운 또 한 가지 사항은 포스터가 마지막 장에서 헨리를, 마거릿을 통해 추구된 연결의 완성에 도달한 존재로 제시하고 있지 않다는 점이다. 마지막 장에서 헨리는 마거릿이 말하듯이 무너지고 피곤한 상태에 있는 것으로 묘사된다. 하지만 이것을 성급하게 헨리의 최종적인 존재 형태로 받아들이면 안 된다. 그가 피곤하고 약해진 모습인 것은, 그래서 '거세된' 존재로 오해받기 쉬운 것은, 아직 그가 자신의 세계가 지닌 불구성과 불모성 앞에서 공포와 공허를 느끼면서 무너진 위기에서 회복하는 과정에 있기 때문이다. 물론 그는 이와 동시에 마거릿을 통해 연결의 과정 속에 있는 존재이기도 하다. 즉 그는 앞으로 회복과 연결의 과정, 비록 무너지고 난 뒤라 회복에 시간이 걸리겠지만 그러면서 자연스럽게 진행될 연결의 과정을 좀 더 거쳐, 궁극적으로는 마거릿과 함께 "동지적 관계"(183)에 이르러야 할 '미완성된' 존재이다.

이 "동지적 관계"는 마거릿이 추구하는 인간 관계의 이상으로서 하워즈 엔드, 즉 집과 느릅나무(wych-elm)의 관계를 통해서 상징적으로 제시되기도 하는데, 성적 지배와 종속을 넘어선 남녀 관계의 평등한 경지뿐만 아니라 "인간적 사랑의 최고이자 가장 보편적인 형태"[16]를 의미하는 것이다. 그런데 이것은 '연결'과 동시에 저절로 이루어질 수 있는 경지가 아니라 연결을 바탕으로 계속 추구해 나가야 할 이상이다. 따라서 헨리는 회복과 연결의 과정은 물론 마거릿과 이러한 궁극적인 "보다 진정한 관계들"(283)을 향해 나아가야 할 과정이 아직도 한참 남아 있는 인물인 셈이다. 물론 그의 변화는 그러한 진정한 관계들에 도달하기에 너무 늦게 일어났다고 볼 수도 있다. 따라서 그것은 헬렌의 아들에게서나 진정으로 실현 가능성이 있는지도 모른다. 하워즈 엔드가 결국 헬렌의 아들에게로 상속된다는 사실은 그런 추측을 강하게 뒷받침해 준다. 하지만 도달의 가능성이 적다고 할지라도 헨리에게 그 가능성 자체가 부정되어 있는 것은 아니다. 비록 피곤하고 지쳐 있는 상태지만 마거릿에게 "평온하게(tranquilly)"(291) 대답하는 그의 마지막 모습은 그러한 과정과 가능성을 앞에 열어 두고 있는 모습이지 그런 과정과 가능성을 부정하거나 닫아 버리는 무기력의 막다른 모습이 아니다. 이런 점에서 이 작품의 결말은, "완성(completion)"이나 "깨끗한 마무리(rounding off)"가 아니라 "확장(expansion)"이자 "열어 놓기(opening out)"로 소설의 결말을 정의한 포스터의 생각을 잘 증명해 주는 한 단적인 예라고 할 수 있다.[17] 어쨌든 요컨대, 헨리가 단지 부러지고 끝장나 거세된 존재로 전락할 뿐이라고 보는 것은 바로 이처럼 생략된 전제와 함축된 미래의 의미를 간과하거나

---

16) George H. Thomson, *The Fiction of E. M. Forster* (Detroit: Wayne State UP, 1967), 191.

17) E. M. Forster, *Aspects of the Novel* (Harmondsworth: Penguin, 1979), 149 참조. 한편 필자와 다른 방식으로《하워즈 엔드》의 결말이 갖는 이런 '열린' 성격을 살펴보는 예로는 Malcolm Page, *Howards End* (London: Macmillan, 1993), 52-60 참조.

제대로 파악하지 못한 채, 피상적으로 또는 주관적으로 작품을 읽고 손쉽게 또는 난해하게 도달한 오독이라고 해야 할 것이다.

한편 작품의 마지막 장에는 '확장'이자 '열어 놓기'라는 포스터적 결말에 해당되는 또 다른 부분이 있다. 사실 건초 베기에 대한 묘사와 언급으로 서두와 결말이 장식된《하워즈 엔드》의 결말은 상징과 비전이 시적으로 종합되고 어우러진 것으로서, 포스터 소설 중 가장 아름다운 결말이라고 할 수 있는데, 그 전반부는 전원적인 분위기 속에서 회상과 위로가 평온하게 섞인 마거릿과 헬렌의 대화로 이루어져 있다. 그리고 그 대화 가운데 헬렌이 언니 마거릿과 달리 자신에게는 뭔가가 결여된 것 같다고 말하는 부분이 있는데, 이에 대해 마거릿은 "네가 가진 것을 계발하라"고 충고한 뒤 이렇게 덧붙인다. "모든 것은 똑같음에 대항하는 싸움의 일부분이야. 차이들—한 가족 안에서조차 신에 의해 영원한 차이들이 심어져 있지. 그래서 언제나 색깔이 있을 수 있도록 말야. 아마 슬픔일 수도 있겠지만, 그것은 회색의 일상 속에 존재하는 색깔이지." 그리고 조금 뒤에 헬렌은 한 다발의 베어진 풀을 집어 든다. 거기에는 "괭이밥과, 빨갛고 하얗고 노란 토끼풀과, 꼭두서니 풀과, 데이지 꽃들과, 겨이삭 풀 등"이 뒤섞여 있다. 냄새를 맡는 헬렌에게 마거릿이 벌써 건초로 삭아서 향내가 나는지 묻자, 헬렌은 아직 시들어 있을 뿐이라고 대답하는데, 마거릿은 곧바로 "내일이면 향기로운 냄새가 날 거야" 하고 응답한다(286-7).

대화는 곧바로 마거릿에 대한 헬렌의 고마움 섞인 찬사로 자연스럽게 전환된다. 하지만 포스터는 여기에서 그동안 작품 속에서 주제로 추구해 온 연결과는 성격이 다른 연결의 문제를 살며시 제시해 놓고 있다. 위에서 마거릿은 차이와 색깔을 언급하고 있다. 그런데 마거릿이 언급하는 이 차이와 색깔은 그녀가 이제껏 연결하고자 노력해 왔던 삶의 두 대립된 세계 사이의 차이와 색깔을 뜻하는 것이 아니다. 그보다는 좀 다른 차원에서 존재하는 차이들, 즉 현실 속에서 함께 살아가는 개별 존재들이 지닌 서로 다른 차이들과 다양성을 뜻하고 있다. 그리고 이 언급은 곧 그 차이들과 다양성을 우리가 인식하고 수용해야 한다는 주장까지 강하게 암시하고 있다. 이 강한 암시는 바로 이어 헬렌이 집어 든 풀 다발에 대한 묘사와 그것에 대한 짧은 대화를 통해 선명한 상징으로 더욱 확실하게 전달되고 있다. 풀들의 여러 가지 종류와 다른 이름은 의심할 여지없이 마거릿이 언급한 삶 속의 다양한 차이들과 색깔들을 상징하는데, 아직 시들어만 있지만 내일이면 삭아서 건초의 향기로운 냄새를 풍기게 될 거라는 마거릿의 말은 곧 그 다양한 차이들이 삶 속에서 서로 연결되고 조화를 이룰 가능성까지 상당히 강한 비전으로 제시하는 예언이다.

요컨대, 간단히 지나가는 듯한 대화와 장면이지만 연결의 주제가 여기에서 문득 다른 차원으로 열려지고 있는 것이다. 작품 속에서 그동안 다뤄진 연결은 삶의 본질적 이중성을 구성하는 두 대립적 세계 사이의 연결과 조화였다. 그런데 이를 마감하는 자리에서 포스터는 삶 속에서 살아가는 개별 존재들의 다양한 차이들 간의 연결과 조화의 문제로 차원을 바꿔 새롭게 추구될 연결의 문제를 또 다른 과제와 가능성으로 살며시 끼워 놓고 있는 것이다. 다시 말해《하워즈 엔드》의 결말은 마거릿을 통해 그동안 추구되어 왔던 연결의 주제를 아직 과정 속에 있고 미완성된 과제로서 열어 놓고 있을 뿐만 아니라, 그 한편으로, 또 다른 차원에서 수행되어야 할 연결의 과제와 그 가능성을 강한 시적 암시와 비전으로 확장하여 열어 놓고 있는 것이다.

끝으로 덧붙이자면,《하워즈 엔드》이후 포스터가 쓴 두 편의 소설, 즉《모리스》와《인도로 가는 길》은《하워즈 엔드》의 결말에서 이와 같이 열어 놓은 확장된 연결의 비전, 즉 개별 존재들에게 존재하는 차이들의 인정과 연결 그리고 조화의 가능성에 대한 비전을 좀 더 구체적으로 탐색하는 포스터의 시도로서 볼 수 있다. 《모리스》에서 포스터는 사회는 물론 사회의 양성 이데올로기에 갇혀 있는 주인공 자신 스스로도 인정하지 못하고 있는 차이, 즉 동성애성이 주인공에 의해 마침내 인식되는 과정을 그리고 있다. 그리고 《인도로 가는 길》에서는 영국인과 인도인의 차이, 서구와 동양의 차이 등이 연결되고 통합될 가능성의 문제를 추적하고 있다. 동성애와 인종이라는 차이는 각각, 어느 의미에서, 가장 인정하거나 연결하기가 어려운 차이들에 속한다고 할 수 있는데, 포스터의 마지막 두 작품에서 이 두 차이가 다뤄지는 것은 사실 우연이 아니다. 왜냐하면 죽을 때까지 공개적으로 밝히지 못했던 동성애자였으며 또 시에드 로스 마수드(Syed Ross Masood)라는 인도인 친구에 대해 열렬한 동성애적 사랑을 품었던 포스터에게, 이 두 차이는 개인적으로 가장 절실하고 중요하게 느껴진 차이였을 게 틀림없기 때문이다. 어쨌든 《모리스》와 《인도로 가는 길》은, 가장 인정하거나 연결하기가 어려운 차이들이라고 할 수 있는 동성애의 문제와 제국주의 하의 인종 문제를 다루고 있음으로써 《하워즈 엔드》에서 암시된 확장된 차원의 연결 문제를 구체화하고 있는 셈이며, 그런 점에서 두 작품은 결국 《하워즈 엔드》의 비전을 보충하는 포스터의 추가적 창작에 해당된다고 할 수 있다.

3. 맺음말

《하워즈 엔드》는 여러 가지 점에서 제인 오스틴의 《분별과 감성》

(*Sense and Sensibility*)을 연상시킨다. 물론 그의 어느 소설에서나 포스터는 아이러니와 위트를 특징으로 하는 평범하면서도 매력적인 문체를 통해 "제인 오스틴의 가장 두드러진 상속자"(Duckworth, 134)라는 명칭에 손색이 없을 면모를 쉽게 보여 주고 있다. 하지만 오스틴 계승자로서의 포스터의 성격은 《분별과 감성》과 강한 유사성을 지닌 이 작품에서 특히 잘 나타난다고 할 수 있다. 잘 '연결'된 플롯은 오스틴 소설의 잘 짜여진 플롯 못지않고, 그 플롯의 중심에는 자매 관계의 구도가 자리 잡고 있으며, 소설의 어조나 분위기도 오스틴처럼 차분하고 여성적이고 섬세하면서 그 안에 정교한 아이러니를 담고 있다. 물론 자매 간인 헬렌과 마거릿의 각 성격도 《분별과 감성》의 주인공들인 매리앤(Marianne)과 엘리너(Elinor)의 성격과 상당히 비슷하다. 헬렌의 낭만적 성향과 좌절의 경험은 매리앤의 경험과 비슷하며, 마거릿의 분별력 있는 삶에 대한 태도는 엘리너의 그것과 많이 통한다. 게다가 헬렌과 마거릿의 어머니 격인 먼트 부인(Mrs. Munt)의 주책스러운 성격까지 매리앤과 엘리너의 어머니가 가진 성격과 흡사하여, 이 작품은 여러 모로 《분별과 감성》과 흥미로운 유사성을 보인다.

하지만 《하워즈 엔드》는 다른 한편으로 로렌스의 《연애하는 여인들》(*Women in Love*)을 연상시키기도 한다. 왜냐하면 이 작품에서 우리는 두 자매의 개인적 취향의 문제나 사랑의 문제보다는 로렌스의 작품에서와 같이 두 자매의 삶에 대한 태도의 뚜렷한 차이를 통해 사회와 문명의 문제가 다뤄지고 있는 것을 발견하게 되기 때문이다. 헬렌과 마거릿의 세계는, 비록 문제를 대변하거나 비전을 제시하는 주체 등 그 내용과 성격이 좀 달라도, 《연애하는 여인들》에서 구드런(Gudrun)을 통해 문명의 자기 파괴적 성격을 나타내고 어슐러(Ursula)를 통해 구원적 비전을 모색하는 자매 중심 구도와 적지 않은 유사성을 지닌다. 또 작품에 역사적 상황과 지적 분위기가 분명하게 배어 있으며 계급적 갈등이나 경제적 문제 등 도시와 산업 문명에 대한 비판 의식과 통찰 등이 강하게 담겨 있다는 것도 로렌스의 작품과 상당히 통하는 사항이다. 사실 《하워즈 엔드》는 시대에 대한 포스터의 진단과 문명 전체에 대한 비전을 담은 작품이라고 할 수 있는데, 이런 점에서 《연애하는 여인들》이 로렌스의 작품으로서 의미하는 것과 그 성격이 비슷하다고 할 수 있다. 포스터에게서 "특징적인 노처녀적 필치"를 지적하면서도 동시에 "문명에 대한 근원적 불만"을 발견하며 그를 로렌스와 연결짓는 리비스의 지적(Leavis, 35)은 따라서 이 작품에서 가장 강력한 근거를 찾을 수 있다.

그런데 《하워즈 엔드》가 오스틴과 로렌스의 작품들과 갖는 이러한 흥미로운 유사성은 그것이 포스터의 작가적 성격을 어느 정도 요약하고 있다는 점에서 의미가 있다. 《하워즈 엔드》가 《분별과 감성》이나 《연애하는 여인들》과 갖는 유사성은 말하자면 포스터가 한편으로 오스틴과 통하는 동시에 로렌스와도 강하게 통한다는 사실을 의미하는 것이다. 그런데 이것은 결국 포스터가 바로 오스틴과 같은 작가의 성격과 로렌스와 같은 작가의 성격을 둘 다 보유하고 있다는 뜻이다. 물론 오스틴과 로렌스는 서로 거의 상반되는 성격의 작가들이다. 오스틴은 소설의 내용이 갖는 사회적 의미보다는 치밀한 플롯과 문체 같은 형식적 조탁에 열중한, 소위 순수파 작가이고, 반면 로렌스는 소설을 통해 사회와 문명에 대한 고민과 비전을 형상화하고자 한 이른바 참여적 작가라고 할 수 있다. 따라서 포스터가 이 두 작가들의 성격을 약간씩 비슷하게 다 가지고 있다는 사실은 바로 그가 소설의 형식적 문제에도 관심이 있으면서 동시에 소설의 사회적 의미도 함께 구현하고자 노력한 작가라는 것을 의미하는 셈이다. 그리고 이것은 곧 포스터가 소설에 있어서의 두 상반된 세계, 즉 소설의 시학과 정치학을 연결하고 결합하고자 한 작가라는 것을 말하는 것인데, 이런 점에서 포스터는 그의 주인공 마거릿처럼 그 자신도 작가로서 소설 문학의 분리된 두 세계를 서로 '연결'시키고 그것을 통해 소설의 온전한 전체를 이루고자 모색했던 셈이라고 할 수 있다.

사실 포스터의 이런 작가적 성격은, 당대 지식인 모임인 블룸즈베리 그룹(Bloomsbury group)의 일원으로서 포스터와 교류가 상당히 있었고 또 마거릿과 헬렌의 실제 모델이 어느 정도 되기도 한, 버지니어 울프에 의해 일찍이 어느 정도 간파되었던 것이기도 하다. 울프는 포스터 소설 세계를 개괄하는 한 글에서 이렇게 말하고 있다. "거칠게 말해서, 우리는 그들[소설가들의 두 진영]을 톨스토이와 디킨즈에 의해 한편에서 이끌어지는 설교자들과 교사들의 진영과, 다른 한편에서 제인 오스틴과 투르게네프에 의해 이끌어지는 순수 예술가들의 진영으로 나눌 수 있다. 그런데 포스터 씨에게는 이 두 진영에 동시에 다 속하고 싶은 강한 충동이 있는 것 같다. 그는 순수 예술가의 본능과 성향—정교한 산문 스타일, 날카로운 희극적 감각, 몇 번의 붓놀림으로 그들 자신만의 분위기 속에서 사는 인물들을 창조하는 능력—을 많이 지니고 있다. 하지만 그와 동시에 그는 전하고자 하는 내용에 대해 아주 강하게 의식하고 있다. 위트와 감수성의 무지개 뒤에는 그가 우리로 하여금 보게 할 작정을 하고 있는 비전이 존재한다."[18] 울프는 그러면서—그녀의 작가적 성향으로부터 우리가 짐작할 수 있는 바— 포스터가 오스틴 같은 순수파 작가가 완전히 되지 못하고 현실에 대한 미련에 사로잡힌 채 애매한 비전을 제시하곤 한다고

---

18) Virginia Woolf, "The Novels of E. M. Forster," *Critical Essays on E. M. Forster*, ed. Alan Wilde (Boston: G. K. Hall, 1985), 45-46.

불만과 아쉬움 섞인 비판을 개진한다. 하지만, 이런 개인적 선호를 접어 놓고 본다면, 울프의 이러한 진술은 포스터의 작가적 성격을 가장 명료하고 적절하게 요약하고 있는 것이라고 할 수 있다.

물론 소설가들의 두 진영에 다 속할 수 있다는 것은 그 어느 쪽도 아닌 채 어중간한 성격의 작가라는 부정적 해석을 낳을 수 있다. 하지만 포스터의 이중성은 그런 부정적 해석보다는, 양쪽을 결합시키고 아울러 성취해 보고자 하는 작가적 노력의 증거로서 긍정적 해석이 주어져야 더 타당하다. 포스터의 이중성은 소설 문학의 두 대립된 진영 사이에서 어느 한 쪽으로 기울지 않고 균형을 유지하면서 그 두 진영 사이에 연결과 조화를 이루어 보고자 하는 포스터의 창조적 모색의 결과라고 할 수 있고, 이런 점에서 그것은 오히려 작가적 장점이자 덕목으로 충분히 볼 수 있기 때문이다. 게다가 연결과 조화를 위한 그의 그러한 모색은 곧 소설가로서 온전한 경지에 최대한 이르고자 하는 포스터의 작가적 성실성과 진지성을 증거하는 것이기도 하다. 요컨대 포스터는 소설의 시학과 정치학, 예술과 현실, 순수와 참여, 모더니즘과 리얼리즘 등의 사이에서 어느 한쪽으로 치우치지 않고 둘 사이의 가능한 결합과 조화의 성취를 추구한 작가이다. 비록 그것이 '위대하게' 성취되었다고는 할 수 없지만, 《하워즈 엔드》 같은 작품을 통해 포스터의 그 모색은 풍부한 시적 감동과 창조적인 성취로 거의 훌륭함에 가까울 만큼 '우수하게' 구현되었다고 할 수 있다.

조이스의 역사적 상상력
파넬 주제를 중심으로

김길중

1. 조이스와 역사

"역사는 악몽, 나는 그 악몽에서 깨어나려 애쓰고 있다(History is a nightmare from which I am trying to awake)." 제임스 조이스(James Joyce, 1882~1941)의 소설 《율리시스》(*Ulysses*, 1922)의 초반 제2장, 이른바 '네스터(Nestor)' 장에서 역사 수업을 막 마친 스티븐 데덜러스(Stephen Dedalus)가 학교장 디지(Deasy) 씨와 대담하는 중에 던진 말이다.[1] 소설은 아직 새 주인공 블룸(Leopold Bloom)이 등장하기 전으로 오로지 스티븐이 끌고 가는 무대이다. 그의 이 큰소리는 앞선 작품 《젊은 예술가의 초상》(*A Portrait of the Artist as a Young Man,* 1916)의 결구에서 "민족의 양심" 운운하던 절창의 메아리와 같다. 다만, 날아오를 듯하던 열망과 예감이 여기서는 실의에 가득 찬 암울함으로 바

---

1) 지금까지 '율리시즈'로 표기하는 것이 학계의 관례였지만, 그 관례의 근거였던 '외래어 표기법'이 1994년에 '율리시스'로 바뀌었다. 이 글에서는 새 지침을 따라 '율리시스'를 채택한다.

꿰어 있다. 모두 매우 극적인 토로인데, 어느 쪽이나 오래 묵어 곰삭은 현실에 관한 잠재 의식이 폭발적으로 발로한 것으로 보인다. 영민하고 우울한 스티븐의 내면에는 재치와 경구가 무시로 들끓긴 하지만, 그의 "역사의 악몽"은 아무래도 예사롭지가 않다.

스티븐의 이 고백적 선언은 조이스 작품에서 가장 많이 인용되는 구절 중 하나이다. 이 말은 발설자의 일과성 기분이 아니라, 스티븐의 입을 빌려 작가 자신의 세계 인식을 깊이 반영하는 것으로 보아야 한다. 독자가 이 말의 울림에 감화됨이 있다면, 그것은 말본새의 경구적 재치와 신랄함에서 오는 것만이 아니다. 이 선언이 은밀히 함축하고 현시하는 조이스 에피퍼니(epiphany)의 역사적 상상력이 관건이다. 여기에 독자는 각자 나름으로 내면화된 역사에 관한 인식을 바탕으로 그 상상력에 동정적으로 교감할 것이다. 그 곡절을 밝히는 제반 노력은 크게 보아 조이스를 언어의 영역에서 역사의 영역으로 환원시키는 작업에 필적할 터인데, 이것은 오랫동안 조이스와 그의 시대에 관한 연구의 숙제였다.

편의상 조이스의 독법을 두 가지로 나눌 수 있다. 하나는 아일랜드의 작가로서 조이스요, 다른 하나는 국제주의 모더니스트 아방가르드로서 조이스이다. 오랫동안 전자에 대한 후자의 확연한 비교 우위가 일반적인 경향이었는데, 그것은 왕성한 다국적 '조이스 산업(Joyce industry)'의 영향이었다. 근래에는 그 수정의 추세가 눈에 뜨인다. 예컨대 1990년 가을 예일 대학에서 '조이스와 역사'라는 주제로 개최된 학술 모임이 있었고, 그 결실이 이듬해 《계간 제임스 조이스》(*James Joyce Quarterly*) 여름호의 특집으로 기획 전재되었다. 이 글도 조이스를 역사 속에서 읽으려는 노력의 일환으로 쓰인 것이다.

그런데 역사란 무엇인가. 편의상 인간사에 관한 일체의 통시적인 접근을 역사라는 개념으로 일단 포섭할 수 있다. 여기에는 특정한 사회의 통사뿐만 아니라 역사적 현실에 관한 개인적, 집단적 기억의 온갖 스펙트럼을 포함할 수 있다. 일견 언어 실험의 과잉으로 표면이 불투명하여 보이는 조이스는 과거와 현재의 경험 내용과 의미에 관해 어떤 인식과 감각을 가졌을까. 그것을 작품 어디에서 찾아볼 수 있을까. 물론, 조이스의 역사적 상상력이 그의 텍스트의 특정한 곳에서는 구현되고 그 밖의 다른 곳에서는 배제되는 구도를 원칙적으로는 상정할 수 없다. 또 역사의 다면적인 의미를 특정한 관심으로 환원하는 것은 부당하고 위험할 수 있다. 모든 의미는 텍스트의 총체적 작용으로 실현되기 때문이다. 그렇더라도 시작을 위한 상식적인 단초가 필요할 터인데, 이를 어디에서 찾을까.

본 논문은 조이스 텍스트에서 현저한 위상을 가지는 파넬(Parnell)의 문제에 주목한다. 파넬 문제의 외연(外延)은 아일랜드의 자치 문제처럼 작품에서 정치적인 핫이슈에 초점이 맞추어진 장면과 소재를 비롯하여 작가의 평론과 서간 등 자술(自述)한 민족 테마에 관한 논평을 포함한다. 《더블린 사람들》(*Dubliners,* 1914)이 "아일랜드 역사의 도덕의 장(a moral chapter of Irish history)"을 쓰는 것이라는 잘 알려진 주장과 같은 것이다.[2] 작품 속에서는 예를 들어 《젊은 예술가의 초상》 초반부 성탄절 만찬의 정치 논쟁과 앞서 언급한 바 '인생'과 '민족'에 대한 결구의 웅변 등이 주목된다. 《율리시스》에서는 '이얼러스(Aeolus)' 장에서 스티븐이 설파하는 이른바 '자두의 우화(Parable of the Plums)', '서씨(Circe)' 장에 나타나는 블룸의 시장 추대 장면, '프로테우스(Proteus)' 장에 나오는 파리의 망명객 이건(Egan)의 기억, '헤이디스(Hades)' 장의 파넬 회상 등

2) Grant Richards에게 보낸 1906년 5월 5일자 편지. Richard Ellmann(ed.), *Selected Letters of James Joyce* (New York: Viking, 1975), 83.

등, 여러 곳에서 역사 안에서 글을 쓰는 작가의 실루엣이 확연하다. 다시 앞으로 돌아가, 《더블린 사람들》의 상당 부분은 파넬 추념일 이야기나 〈죽은 사람들〉("The Dead")처럼 현실 역사에 대한 신랄한 코멘트를 포함하는데, 이와 같은 현실 관심은 《피네건의 경야》(*Finnegans Wake,* 1939)에 이르기까지 양상을 달리하여 줄곧 이어진다 하겠다.

그럼에도 불구하고 많은 독자들과 연구가들의 눈에 비친 조이스의 특징적 면모는 화려한 언어의 장(場)을 역사의 방책(pale) 밖에 구축한, 탁월하되 비사회적인 장인(匠人)의 이미지이다. 앞서 이야기한 조이스 독법의 한쪽 갈래가 과도하게 압도한 결과이다. 작가의 언어 집착이 유별났던 만큼 이것은 물론 상당 부분 불가피하였을 것이다. 조이스를 읽는 어려움이 여기에 있다. 당대의 으뜸가는 조이스 비평가 가운데 하나인 휴 케너(Hugh Kenner)를 원용하여 그 명암을 가늠하여 보기로 하자.

《율리시스》의 맨 첫 장면에서 멀리건(Buck Mulligan)은 잠옷 자락을 사제의 법복처럼 나부끼며 마텔로(Martello) 탑 위로 오른다. 그는 거울과 면도기를 십자 모양으로 종지 위에 엇놓아 받쳐들고, "내 하느님의 지성소에 오르노라(Introibo ad altare dei)" 하고 구성지게 독송한다.[3] 그런데 케너에 따르면 멀리건이 인용한 이 라틴어 독송 텍스트는 인용부호 하나로는 매우 불충분하다. 첫째, 멀리건은 자신의 생각을 펴는 것이 아니라 악령 미사(Black Mass)의 집전 사제(celebrant)를 흉내 내는 것이고, 둘째, 게다가 이 사제는 아일랜드 신부의 몸짓을 모방하는 것이고, 셋째, 게다가 그 사제가 독송하는 구절의 출전은 미사 전례집(Ordo)이고,

3) James Joyce, *Ulysses, The Corrected Text,* eds. Hands Walter Gabler et al. (Harmondsworth: Penguin Books, 1986), 3. 이하 어구에 관한 사소한 인용은 별도의 출전 표시를 생략한다.

넷째, 게다가 그 미사 전례집은 성 제롬의 라틴어 번역을 차용한 것이고, 다섯째, 게다가 이 라틴어 구절은 어느 이름 모를 유대 송찬(頌讚) 시인이 유랑 중에 썼다고 알려진 "Va-a-vo-ah el mizbah elohim"의 번역인 것이다. 그렇다면 멀리건이 독송하는 이 미사 제례어구는 단일 인용이 아니라 실제로는 여섯 겹의 중첩 인용의 결과라는 것이다. 이것을 부호로 나타낸다면, 따옴표 속에 따옴표, 다시 그 속에 따옴표, 다시 그 속에 또 그 속에 또 그 속에 따옴표, 하는 식으로 표시된다는 것이다.[4)]

엄정하게 말하면 히브리 말로 된 이른바 원전으로부터 멀리건의 독송에 이르기까지의 인용이나 차용의 계기가 다섯이나 열이 아니라 굳이 여섯이라는 주장은 사실은 자의적인 판단이다. 또 히브리 원전이라는 것 자체가 그 이후의 중첩과 변용에 상응하는 장구한 기간 동안의 우여곡절의 산물일 수 있다. 또, 원론적으로 인용, 변용, 중첩은 근래의 포스트 계열 비평과 이론이 애호하는 메타포인 서양 중세의 '기록판(palimpsest)'처럼 언어 전반의 모든 계제에 보편적으로 적용되는 것이지 특정한 문화 코드에 국한하는 것이 아니요, 특정 작가에 제한적으로 적용되는 것도 아니다. 《율리시스》의 서두 어구에 관한 케너의 진단은 조이스 텍스트에 특별히 적확한 빛나는 통찰이면서도 아울러 모든 텍스트의 일반 원리에 관한 시의적절한 환기이기도 하다. 그러나 이와 동시에, 그의 의도는 아니었지만 오욕칠정을 가지고 분별하고 재량하고 선택하는 작가의 인간적 주제가 얼마나 쉽게 망각되기 쉬운가를 암시하는 힘도 있다. 재기 발랄한 조이스의 다의적 텍스트는 이에 필적하는 재치와 통찰을 동원하는 케너식 어법

---

4) Hugh Kenner, *Ulysses* (London: George Allen & Unwin, 1980), 34-35. 이 구절의 출전은 '지성소에 임하는 기도문(Prayers at the Foot of the Altar)'으로서 전에는 미사 전례에 빠지지 않고 들어갔었는데, 제2차 바티칸 공회 이후 폐기되었다.

으로 열리기도 하지만 어느 순간 닫히기도 하는 것이다. 케너가 《율리시스》를 해명하기 위하여 명명한 텍스트의 '기술 공학적 장(technological field)'이라는 개념은 정곡을 찌르는 바 있지만, 이에 맹목적으로 집착하면 예이츠 이후의 아일랜드의 큰 시인 중의 하나인 패트릭 캐버너(Patrick Kavanagh)가 〈누가 제임스 조이스를 죽였는가〉(Who Killed James Joyce?)라는 풍자시에서 신랄히 질타한 바대로, 오로지 "학업 혹은 생업을 위하여" "조이스를 죽이는 일"로 변질될 수도 있다.[5)]

언어의 관문을 통하지 않고서는 조이스의 세계가 열리지 않는다. 많은 학자 논객들이 조이스 텍스트에서는 언어가 바로 세계라는 입장에 섰고 이것은 궁극적으로는 조이스가 아니라도 정당한 구석이 있다. 그러나 그럴수록 캐버너의 직관적인 경고에 끊임없이 귀를 기울이지 않으면, 조이스의 놀라운 텍스트는 역사와 인생에 관하여 미노스 왕의 죽임의 미로와 같이 전망 없이 퇴행할 수도 있을 것이다. 이 글의 목적은 조이스 작품에 나타나는 현저한 현실 화두였던 파넬의 의미를 추적하여 작가의 역사 내지 현실 의식을 가늠하여 보는 것이다. 예이츠 시에서도 파넬은 매우 중요하지만, 조이스에게는 더욱 그러하여서 거의 유일한 정치적 열정의 대상이었고 작품 도처에 그 모티브가 빈발함은 주지하는 바와 같다.

2. 찰스 스튜어트 파넬

찰스 스튜어트 파넬(Charles Stewart Parnell, 1846~91)은 누구였는

---

5) Patrick Kavanagh, *Collected Poems* (New York: Norton, 1973), 117-123.

가? 조이스 읽기에 참고가 될 만한 그의 생애와 시대의 중요 사항을 에이벨스(Jules Abels)를 위시한 몇몇 전기 작가의 자료를 중심으로 살펴보면 대략 다음과 같다. 그는 1846년 6월 27일 북쪽으로 더블린 카운티와 경계를 이루고 있는 위클로 카운티(Wicklow County)의 에이본데일(Avondale)이란 마을에서 영국계 프로테스탄트인 존 헨리 파넬과 미국 출신 여성 딜리아 스튜어트를 양친으로 하여 태어나, 일찍 부친을 여의고 모친의 계도와 영국의 교육을 받으며 성장한다. 그는 제임스 조이스처럼 형제 자매가 많아 열한 명이나 되었는데, 마치 조이스가 벗할 만한 형제로 동생 스태니(Stanislaus)를 유독 가까이 하였듯이, 찰스 파넬은 3년 아래 동생 패니(Fanny)를 특히 좋아하였다 한다. 패니 파넬은 어렸을 때부터 열렬한 반영(反英)주의의 성향을 보였고 피니언 운동(Fenianism)에 동조하여 존 오리어리(John O'Leary)가 편집하던 잡지 《아일랜드 민족》(*The Irish People*)지에 애국 시를 기고하면서 이름이 알려진 시인이 된다. 그녀의 시 〈나는 아일랜드〉(I am Ireland)는 지금도 아일랜드 시화집에 자주 실린다. 이것은 파넬의 반영주의의 배경의 일단을 보여 주는 것인데, 이러한 집안의 정치적 정서의 근원은 1812년의 영미 전쟁 중에 나타난 반영 분위기를 어머니를 통하여 물려받은 것이라는 설이 유력하다. 그러나 어머니 자신은 영국을 열렬히 증오하면서도, 영국의 교육을 높게 생각하고 영국제 물건을 매우 좋아하였다 한다. 케임브리지 대학 모들린 컬리지 시절 파넬은 인근의 농촌 처녀와 사귀다가 참담히 실패하기도 하고, 동료 학생들과 심하게 싸워 학사 처벌을 감수하기도 한다. 그는 끝내 학위 없이 중도 탈락한다. 어쨌든 영국 학생들이 모든 아일랜드에서 온 동료들에 대해 영국계인가 아닌가 하는 계보를 불문하고 일률적으로 가졌던 오만한 우월감은 학창 시절의 반영적인 아일랜드 민족주의 의식

형성에 암암리에 일조하였던 듯하다. "영국인들이 우리를 아일랜드에서 왔다고 멸시하는데, 우리는 맞서야 해! 당당히 맞서야 해!"라고 되풀이하여 말하였다고 전해진다.[6)]

예이츠와 조이스 등의 파넬 편향의 요체는 이데올로기가 아니라 일종의 개인 숭배인 까닭에, 그의 사람됨을 아는 것이 중요하다. 그의 성품은 자부심이 강하되 정서적으로 불안정하고 어눌하면서 냉정하고 고집이 세고 고고하였다고 되어 있다. 이와 같은 성품은 대체로 어머니 쪽 체질의 유산으로 알려져 있다. 그는 또 내향적 성격에 우울 증세가 심하였으며 평생 동안 몽유병 증후를 경계하고 살았다 한다. 앞서 이야기한 바대로 예이츠와 조이스를 포함한 세기말 세기 초의 아일랜드의 문학적 정서 속에 파고 든 파넬의 매력은 그가 가졌다고 믿어지는 신비로운 품격이었는데, 그 품격 혹은 성격 안에는 흔히들 '정치적 자질'이라 부를 만한 것이 의외로 매우 모자랐던 것 같다. 에이벨스의 전기는 정치 초년생으로서의 파넬을 가리켜 "수줍고, 풋되고, 정치적으로 무지한 청년(shy callow politically naive youth)"으로 기술하면서 그의 첫 정치 입문의 일화 한 토막을 이렇게 전한다. 1874년 초 더블린 보궐 선거에 출마하여 합동 정견 발표 도중 자신의 차례가 되어 등단한 28세의 청년 파넬은 "신사 여러분, 저는 더블린 카운티를 대변하고자 출마한 후보입니다"라고 자기 소개만을 두 번 거듭하고 말문이 막혀 퇴장하였다. 결과는 테일러 대령(Colonel Taylor)이 2,112표를 얻어 당선하고, 낙선한 파넬의 득표수는 그 절반인 1,141표이었다 한다(Abels, 67). 이와 같은 성격적 장애가 오히려 차후 그의 신화 창조에 일조하게 되니 역설이라 아니할 수 없다.

---

6) Jules Abels, *The Parnell Tragedy* (New York: Macmillan 1966), 38. 이하 사소한 Abels의 인용은 쪽수 확인을 생략한다.

그러나 몇 달 후 파넬은 자치 연맹(Home Rule League) 상임위원회의 위원으로 발탁되고 이어서 이듬해 1875년 4월 미드(Meath) 지역의 보궐 선거에서 당선된다. 별다른 난관 없이 이렇게 정계에 입문한 그는 발 빠르게 성장하여 영국 웨스트민스터의 의회에서 다수당의 획책에 맞선 소수파의 저지 책략을 적극적으로 개발하고 주도한다. 네다섯 시간씩 그저 '잠시 한마디(speak awhile)' 하여 의사를 방해하는 그의 술책은 당시는 흔히 '저지 놀이(game of obstruction)'라고 불렸고 대서양을 건너 미국의 의회에서는 '필리버스터(filibustering)'라는 신조어로 통하였는데, 원래 북아일랜드 출신 의원인 비거(Biggar)와 협력하여 창안 활용한 새로운 의회 전술이었다 한다.

1876년 11월에는 아일랜드 대표의 자격으로 두 번째로 미국을 방문하여 아메리카 독립 백주년 기념 행사에 참석하고 조국을 위한 모금 활동도 벌인다. 이때 어머니와 여동생 패니가 동행한다. 1877년 8월에 파넬은 '자치를 위한 전영 연합(Home Rule Confederation of Great Britain)'의 회장으로 피선된다. 그 이듬해에는 아일랜드 공화 동맹(Fenians)의 좌파 계열로 분류되는 디보이(John Devoy)로부터 조건부 지원을 약속 받고, 다시 일 년이 지나서는 디보이와 당시 토지 연맹의 결성을 획책하며 농민 운동을 주도하고 있던 마이클 대빗(Michael Davitt, 1846~1906)과의 첫 삼자 회동이 이루어진다. 대빗 역시 피니언 좌파 출신으로서, 영국계 지주 계층으로 이른바 '프로테스탄트 실세(Protestant Ascendancy)' 출신인 파넬과는 내면적으로 질시와 불신이 없지는 않았으나 정치적 목적으로 연합한 것이다. 곧 파넬이 이 토지 연맹의 회장직을 맡게 되는데, 이는 당시의 두 가지 중대한 당면 이슈였던 토지 개혁과 자치 투쟁을 정치적으로 통합한 성과에 해당한다.

1879년에서 1882년에 이르는 기간은 아일랜드의 서부와 남부를 중심으로 소작 쟁의 등 농민 소요가 유독 우심(尤甚)하여 아일랜드 근대사에서 이른바 '토지 전쟁(Land War)'으로 불리는 시기이다. 파넬은 서부 메이요(Mayo) 지방 등을 순회하며 계몽 연설을 하고, 자신의 당파 사람을 선거에서 성공적으로 후원하며, 동년 10월에 이르러 '아일랜드 전국 토지 연맹(Irish National Land League)'이 결성되자, 그 회장직을 수락한다. 민족 자치를 표방하는 파넬이 토지 연맹운동에 발을 들여놓은 것을 후대의 어느 논평자는 "호랑이 등에 올라탄" 것과 흡사한 모험[7]이었다 하였으나, 그의 명성을 그만큼 극적으로 끌어올리는 데 결정적 역할을 한다. 이는 파넬이 정치에 입문하는 과정에서 아일랜드 공화 동맹 피니언들과 관계하며 취한 "수사적 극단주의"(Foster, 401)를 환기시키는 바가 크다. 그의 소작료 인하 운동에 부응하여 1881년 메이요에서 일어난 소위 '보이콧 운동'은 후년에 전 세계적인 보통 명사로 쓰이게 될 역사적 일화이다. 영국의 부재지주 한 사람(Earl of Erne)이 이 심(深)서부의 고장에 많은 농토를 가졌고, 그 현지 관리인이 보이콧(Captain Charles Boycott)이었는데, 이 관리인이 소작료 인하 운동에 너무 지나치게 비타협적이었던 나머지, 분노한 인근의 농민들이 똘똘 뭉쳐서 보이콧과의 일체의 경제적, 사회적, 인간적 거래를 차단하여 그를 사회적으로 매장한 것이다. 파넬 바람의 위력적인 여파로 볼 수 있는 한 가지 유명한 에피소드이다. 이 방법은 예컨대 축출된 소작인(evicted tenants)의 경작지를 접수하여 부쳐먹는 농민을 배척하는 데에도 응용되어 쓰이는 등 파급 효과가 컸다. 1880년대 초 격동의 시기에 서남부 아일랜드를 중심으로 번

---

7) R. F. Foster, *Modern Ireland: 1600~1972* (New York: Viking, 1988), 405. 이하 이 책의 인용은 본문에서 "Foster"로 밝히기로 한다.

졌던 토지 소요와 관련된 농민 저항 운동 가운데에는 '사냥 저지 운동'이라는 특이한 것도 있었다. 영국인 지주들의 여우 사냥을 위협적으로 집단으로 방해하는 소요가 요란하게 빈발하였는데, 농민저항의 전면성과 심각성을 짐작게 하는 현상이었다.

당시 파넬의 정치 활동 명세를 조금 더 살펴볼 필요가 있다. 그는 1880년 초에 기금 모금 운동차 세 번째 떠난 미국 여행에서 화려한 정치적 각광을 받으며 돌아온 다음, 여러 지방에서 선거 후원 활동을 하게 되는데, 자신은 아일랜드의 서남부 도시 코크(Cork)를 선거구로 삼는다. 그해는 훗날 파넬의 영광의 계기와 비운의 계기가 말하자면 한꺼번에 찾아온 해이다. 그해 5월에 파넬은 대영제국 하원의 아일랜드당 수장으로 선임되었는데, 이어서 7월에는 차후 추문의 상대역이 되는 오셰이 부인(Mrs. Katherine O'Shea)을 처음 만나게 된 것이다. 1881년에 소작 쟁의에 관한 약간의 개혁 조치와 아울러 여러 가지 억압적인 법규(Coercion Acts)가 도입된다. 토지 연맹의 불법화는 그중 하나이다. 토지 개혁 운동의 이와 같은 좌절과 함께 아일랜드당이 웨스트민스터로부터 철수하여야 한다는 논의가 한때 분분하게 된다. 파넬은 당시의 글래드스톤 정부의 정책을 격렬하게 비판하다가 잠시 투옥되었고,[8] 조이스의 탄생 연도인 그 이듬해 1882년 5월에는 피닉스 공원에서 아일랜드성 장관 케이븐디시(Lord Frederick Cavendish)와 부장관 버크의 암살 사건이 일어나면서 이를 빌미로 경찰의 파넬 내사가 시작되고, 오셰이 부인과의 교제가 내각 안에 뒷공론으로 도는 일도 생긴다.

1883년 10월에는 그때까지 명색으로 회장 직을 가지고 있던 민족 연

---

8) 파넬 신봉자들은 그가 옥중에서도 정치적 협상력을 발휘하여 속칭 '킬메인햄 감옥 협약(Kilmainham Pact)'을 성사시켰다고 믿었다.

맹을 '전영(All England) 아일랜드 민족 연맹'으로 개편하고 오코너(T. P. O'Connor)를 회장으로 하여금 자신의 뒤를 잇도록 한다. 12월에는 공개된 집회에서 3만 7천 파운드에 이르는 감사 기부금을 수령하는데, 엘먼에 따르면 파넬은 이 거액의 기부금을(그는 그 액수를 3만 8천 파운드로 적고 있다) 단 한마디의 감사의 표시도 없이 담담히 받았다 하며, 그 고고함과 냉정함을 후년의 조이스가 두고두고 찬탄하여 마지않았다 한다.[9] 1885년 10월에 막 실각한 글래드스톤에게 오셰이 부인이 파넬이 작성한 아일랜드의 자치에 관한 법률 시안을 보내는 일이 있었고, 동년 11월부터 12월에 걸쳐 실시된 총선거에서 파넬의 민족당 쪽에서 85석의 큰 수확을 거두게 되며, 오코너도 스코틀랜드에서 큰 성과를 거둔다. 1886년에는 글래드스톤이 자치 지지로 돌아서고 사임한 솔리스베리를 이어 다시 수상에 취임한 일, 그의 첫 '자치 법안(Home Rule Bill)'이 북아일랜드의 벨파스트에 때마침 일어난 격렬한 자치안 반대 궐기를 구실로 부결된 일, 골웨이(Galway)의 보궐 선거에서 파넬의 후원하에 오셰이가 상대를 압도하며 당선한 일, 영국 보수당이 자유당 내의 영란(英蘭) 합병론자들과 연합하여 총선에서 다수파가 된 일 등이 있었다.

파넬의 불운 혹은 이른바 '배반'은 그 이듬해부터 시작된다. 1887년 4월 런던의 《타임즈》지가 5년 전에 떠들썩하였던 더블린 교외 피닉스 공원 정치 암살의 정당함을 은연중 설파하는 편지를 게재하면서 그 편지를 쓴 이가 필적으로 보아 파넬일 것으로 지목한 것이다. 이것이 파넬을 매우 곤혹스러운 지경에 빠뜨렸는데, 1889년 2월에 이르러서야 파

9) Richard Ellmann, *James Joyce: New and Revised Edition* (New York: Oxford UP, 1982), 73-74.

넬이 기민하게 제시한 반대 증거(문제의 편지에 나오는 단어 'hesitancy'의 철자 오류 등)로 혐의를 벗게 되고, 밝혀진 편지의 위조자인 피곳(Richard Pigott)은 수모 속에 자결하게 된 것이다. 이것은 파넬에 관한 조이스의 강렬한 기억 중의 하나일 것이다. 왜냐하면 피곳의 아들이 조이스와 함께 클롱고스 학교에 다닐 때 이 일이 벌어졌고 아비의 자살을 아이에게 숨기라는 학교 당국의 함구령에도 불구하고 입바른 아이 하나가 그 아들에게 이 사실을 말하여 엄청난 소란이 일어났기 때문이다.[10] 이로 인하여 파넬의 명성은 마치 돌런(Dolan) 신부에게 부당한 벌을 받고 교장에게 호소하여 억울함을 벗은 다음 동료들에게 둘러싸여 신나는 헹가래를 받는 《젊은 예술가의 초상》의 스티븐처럼 잠시 천정부지로 치솟는다.

그러나 이로부터 불과 10개월 정도 지난 연말에 이르러 파넬의 장엄한 몰락의 전조가 시작된다. 오셰이가 돌연 부인과의 이혼 청원을 제소하는 일이 생기는데, 그가 그때에 이르기까지 10년 동안 별거 생활을 하면서 아내와의 교제를 묵인하던 파넬을 간통 행위의 상대방으로 거명하여 명망이 절정에 이른 이 정치 지도자에게 일대 도덕적 타격을 가한 것이다.[11] 엄청난 사회적 파문을 불러일으킨 이 이혼 청원은 이듬해 11월이 되어서야 청원인 오셰이에게 이혼 성립 가결정(decree nisi)을 허가하는 것으로 이어진다. 이 과정을 거치는 사이 파넬의 몰락은 서서히 그러나 돌이킬 수 없이 진행된다. 그동안 공식적으로 아일랜드의 자치를 표방하던 글래드스톤은 부도덕한 파넬이 아일랜드당의 의장직을 포기하지 않으

10) Richard Ellmann, ed. *Selected Letters of James Joyce* (New York: Viking, 1966), 32.

11) 3년 전 그가 골웨이에 오셰이를 출마케 하여 당선을 도운 것도 사실은 이 묵인의 대가라는 설이 있다.

면 사임하겠노라고 윽박질렀고, 1890년 11월 20일에는 전국 자유 연합(National Liberal Federation) 또한 강경한 어조로 파넬의 부도덕을 비판한다. 닷새 지난 25일에는 파넬이 다시 아일랜드당의 의장으로 재선출되어 그의 역량을 과시하고, 이어서 28일에는 '아일랜드 국민에게 고함(To the People of Ireland)'이라는 제목의 성명을 발표하지만, 반전의 전망은 매우 험난하였다.

아일랜드당은 12월로 접어들어 한 주 내내 논의를 거듭한 끝에 토요일인 6일 런던 웨스트민스터의 하원 제15호 위원회실에서 오래도록 열렬한 파넬파였으며 사건의 초기까지도 파넬에 대한 충성을 공언하다가 끝내 돌아선 힐리(Timothy Healy)와 매카시(Justin McCarthy) 등이 중심이 된 반파넬 다수파 45인이 26표를 지킨 파넬의 민족당을 떠나 이른바 '대분열(the Split)'을 시작한 것이다. 이 위원회실 15호의 반란과 거의 동시에 아일랜드 가톨릭 주교 상임위원회도 오랜 망설임 끝에 파넬을 공식적으로 매도하고 나선다. 나라는 이로써 친파넬파와 반파넬파로 양분되어 좌절과 분노로 가득 찬 대중적 정치 감정을 분출하기 시작한다. 12월 10일 파넬이 더블린에 입항하였을 때에는 엄청난 군중이 몰려들어 영웅의 귀환을 환영하였으나, 같은 달 22일 아일랜드의 중남부 선거구 킬케니(Kilkenny)의 보궐 선거에서는 반파넬 후보가 당선된다. 약간의 거중 조정 노력이 실패하고, 서부 슬라이고(Sligo) 등지의 선거에서도 파넬당이 패배를 거듭하는 가운데, 파넬은 1891년 6월 25일 오셰이 부인과 정식으로 결혼을 한다. 대체로 도시의 중산층 중심으로 파넬 신봉자의 저항이 컸고, 기타 농촌 지역에서 이반이 빨랐다. 그의 사후에는 예이츠와 같은 앵글로계 아일랜드 문예 부흥 운동의 작가들, 계층적으로는 '프로테스탄트 실세'와 연관된 작가들이 파넬을 추앙하는 경향을 보였다.

파넬은 약해지는 건강 상태를 돌보지 않고 필사의 처절한 노력으로 대세를 만회하고자 전국을 돌며 대중 연설을 하게 되는데, 9월 27일 로스코먼(Roscommon)에서 그 마지막 연설을 하고 10월 6일 영국의 브라이턴에서 숨을 거둔다. 더블린으로 귀환한 그의 시신은 일요일인 10월 11일 시청에 안치되어 시민의 조문을 받은 후, 더블린의 서북에 위치한 글레스네빈(Glasnevin)의 공동묘지에 안장된다. 《율리시스》에서 블룸이 디그넘(Paddy Dignam)의 장례를 치르면서, 영웅 장례의 하관시에 큰 별이 떨어졌다는 이야기나, 그가 사실은 죽은 것이 아니고 남아프리카쯤에서 잠시 때를 기다리며 몸을 숨기고 있다는 소문[12] 등을 되뇌는 바로 그 공동묘지이다. 큰 별이 때를 맞추어 떨어졌다는 보고는 여기저기 빈발하므로, 이것은 우연히 실제로 일어났던 사실인 듯하다. 어쨌든 아일랜드의 현실 정치로부터 파넬의 비극적 퇴장은 집단적 정치 열정의 패퇴를 맛본 많은 아일랜드 사람들에게, 이를테면 역사의 추락과 같은 상징적 현상으로 비쳤다. 예이츠는 그의 자서전에서 파넬이 죽은 이후 한동안 동료들과 회동하는 밤이면 새벽녘에 이르도록 문학과 예술의 소재로 이야기하지 않는 한 파넬의 이야기에 골몰하였다고 토로하고 있다.[13] 그런데, 조이스의 문학에 나타난 역사적 상상력은 이런 예이츠보다 훨씬 강박적인 것으로 보인다.

---

12) 때늦게 1917년 공연된 앵글로계 작가 레녹스 로빈슨의 《실종된 지도자》(*The Lost Leader*)는 이에 토대한 작품이다.

13) William Butler Yeats, *The Autobiography of William Butler Yeats* (New York: Collier, 1965), 156.

3. 작품에 나타난 파넬 주제

조이스가 파넬을 어떻게 수용하였는가를 규명할 수 있는 경로는 두 가지인데, 하나는 작가 자신이 파넬에 대하여 직접 판단을 피력한 바를 살피는 것이고, 다른 하나는 조이스의 작품에 나타난 파넬 주제를 분석하여 그의 역사에 관한 상상력을 가늠하여 보는 것이다. 전자에 관한 주요 문건은 조이스가 유럽으로 가기 전 더블린의 신문 등에 발표한 평론이나 트리에스테 시절의 〈파넬의 그늘〉("The Shade of Parnell")과 같이 직접 파넬을 주제로 이야기한 강연의 기록으로부터 아일랜드의 정치와 역사에 관한 이런저런 발표문에 이르기까지 다양한 사회 비판적 에세이들이다.[14] 그중 트리에스테 시절의 문건들은 주로 1907년과 1912년 어간에 요즈음의 개념으로 말하자면 성인을 대상으로 평생교육을 하는 일종의 개방 대학이었던 '트리에스테 민간 대학(Universita Popolare Triestina)'에서 행한 강연과, 주로 1907년 당시 현지의 중요 독립당 신문이었던 《피콜로》(Il Piccolo della Sera)지에 기고한 글로 이루어져 있다. 두 기관이 모두 오스트리아 제국의 통치에서 벗어나 이탈리아로 복귀하고자 열망하는 고토 복원 운동(Irredentism)의 성향이 강하였고, 아일랜드 민족주의 처지와 흡사함에 고무되어 암암리에 이에 동조한 조이스의 일관된 주제는 아일랜드의 이런저런 상황에 관하여 이탈리아 말로 쓴 시평이었다. 강연을 주선한 신문사 주필 프레지오소(Roberto Prezioso)는 베를리츠(Berlitz) 학원에서 작가로부터 영어를 배운 적이 있는 사람으로 이탈리아 민족주의 입장에 서서 오스트리아 헝가리 제국의 트리에

14) James Joyce, *The Critical Writings*, eds. Ellsworth Mason & Richard Ellmann (New York: Routledge, 1990).

스테 통치에 저항하는 지식인이었다.

이와 같은 정황하에서 쓴 제1차 세계대전 전 트리에스테 시절의 조이스 시평들은 자연스럽게 아일랜드의 역사와 민족성에 관한 진단에 집중되었다. 이탈리아의 미회복 고토(Irredenta) 트리에스테의 역사와 정치에 관한 민족주의적 열망이 아일랜드의 민족주의와 동병상린의 관계라는 인식이 저편의 기대였고 조이스는 이에 흔쾌히 부응하였다 할 수 있는데, 민족 문제에 관한 내용의 풍요로움으로 보나 군데군데 번뜩이는 도덕적 해학, 비판적 반어, 어세의 열정으로 보아, 단순히 초연한 입장에서 서술된 향토사 소개가 아니었다. 일반적으로 알려진 작가의 비정치적 성향 혹은 탈민족적 세계주의 취향과는 달리, 조이스에게 본래 내화되어 있던 민족 의식이 강렬하게 반영되었다고 아니 볼 수 없다. 1959년에 단행본으로 출간된 조이스의 평론집에 수록된 57편의 글을 일람하면, 초기의 〈외양을 믿지 말라〉("Trust Not Appearances")처럼 일부 현학적이면서도 사춘기적 치기가 가득한 글은 눈에 뜨이지만 맹목적 심미주의라 이를 만한 것은 전혀 없다. 오히려 작가 나름으로 민족과 세계에 관한 문제를 진단하고 감상과 희망을 피력하는 내용이 의외로 다수 편수임을 알 수 있다. 아일랜드의 편협한 지역주의를 항시 경계하고 퇴영적 복고주의와 토속 환상주의 따위를 질타하고 입센의 드라마 등으로 대표되는 유럽 문학을 선양하는 것도 민족 문화에 관한 깊은 관심을 전제로 한 부정의 정신으로 볼 수 있는 것이고, 민족주의 계통의 시인인 제임스 맹건(James Mangan), 파넬, 자치 법안, 피니언 운동(아일랜드 공화주의), 아일랜드의 성자들, 아일랜드 역사 등과 같은 주제의 시평은 보다 직접적으로 또 적극적으로 민족 테마를 다루고 있으며 그 상대적 편수가 단연 많다.

이는 《더블린 사람들》의 출간 문제로 그랜트 리처즈(Grant Richards)

에게 보낸 편지에서 화려하게 선언한 이른바 "아일랜드의 도덕적 역사"에 작가가 실제로 얼마나 집착하고 있는지를 반증하는 것이다. 그 내용을 대중하기가 어렵다는 사실이 작가의 민족 테마 자체의 존재를 부정할 수 없다. 아일랜드 민족의 문제는 그 내용이야 어떻든 적어도 초기에는 (조이스 시평이 대체로 1910년대에서 끝나고 있으므로) 작가의 확실한 문학적 과제였다. 다만 현실 정치의 특정 경향과 이데올로기에 내응하지 않았을 뿐이지, 민족주의 과제를 중심으로 한 당대 아일랜드의 정치 문화적 과제의식 자체는 조이스에게도 관건적 관심사였다 할 수 있다. 《젊은 예술가의 초상》의 끝에서 대학생 스티븐이 은밀하게 출국을 획책하며 민족주의자 친구인 대빈(Davin)과 회동에서 '민족과 언어와 종교(nationality, language, and religion)'라는 이름의 옥죄는 그물(net)을 비켜 가겠다고 선언하면서 친구가 권하는 민족 노선에의 동참을 거부한다. 그러나 스티븐이 포기한 것은 다수가 선택한 특정한 노선이지 그의 과장된 제스처에도 불구하고 민족 의식 자체가 아님은 분명하다. 스티븐이 반대 명제를 세우는 데 동원된 민족 개념들과 그에 수반하는 격정과 무엇보다도 책의 맨 끝에 "나의 영혼의 용광로 안에 아직 창조되지 않은 나의 민족의 양심을 벼리겠노라"는 열정적인 민족 신화의 전망이 이 주인공과 주인공을 만든 작가가 함께 공유한 민족 이미지 집착의 강도를 보여 준다. "나의 민족"이 "나의 영혼"과 "용광로"의 형국으로 혼연 합일함을 선포하는 스티븐의 바이런적인 비장감을 그 내용이 투명하지 않다는 이유로 없는 것으로 치부할 수 없는 것이다.[15] 작가 조이스의 의식은 최

15) James Joyce, *A Portrait of the Artist as a Young Man,* ed. Chester G. Anderson (Harmondsworth: Penguin Books, 1977), 203, 252, 253. 이 작품의 인용은 필자의 번역이며, 이하 인용은 본문에서 쪽수만 밝히기로한다.

소한 《젊은 예술가의 초상》의 단계에서 아직 역사 밖으로 걸어 나가지 않은 것이다.

조이스의 작품 속에서 파넬을 독자적인 주제로 다룬 것은 《더블린 사람들》의 단편인 〈위원회실의 추념일〉("Ivy Day in the Committee Room")과 《젊은 예술가의 초상》의 제1부의 셋째 장인 스티븐 가의 성탄절 만찬 장면이다. 조이스의 모든 텍스트가 시종 허구와 사실, 언어와 역사 사이의 중첩과 왜곡과 긴장으로 엮어졌다 할 수 있지만, 그래도 위의 두 설화는 작가가 비교적 뚜렷한 현실 역사의 주제를 가지고 어떤 역사 읽기를 하고 있는지 보여 주는 순간이라 할 수 있다. 글이 쓰여진 순서로 보면 〈위원회실의 추념일〉이 성탄절 만찬 장면에 앞서지만, 객관적 개인사의 연대기에 따르면 선후가 뒤집혀 각각 1902년 10월 6일과 1891년 12월 25일에 각각의 일화가 일어난 것으로 된다. 전자의 날짜는 파넬 추념일로 시간이 설정된 작품 안에서 등장인물들이 에드워드 7세의 더블린 방문이 임박한 것으로 이야기하는데 그 방문이 역사적으로 1903년이었기 때문에 확실하고, 후자의 날짜는 파넬의 서거 당년에 맞는 성탄절이므로 확실한 것이다. 이것은 아일랜드의 공적인 역사 서술의 입장에서 보면 파넬의 시대와 그 이후의 시대의 대비이고, 조이스 개인사의 입장에서 보면 유년과 성년 혹은 조국의 품 안과 유랑 중의 트리에스테의 대비이며, 심미적으로는 현장과 기억, 체험과 해석의 대비이다. 그러나 쓰여진 시점은 모두 파넬 서거 이후라는 점에서 같다.

《젊은 예술가의 초상》의 첫 클롱고스 장면의 말미는 스티븐이 병이 나서 양호실에 기거하며 집을 그리워하는 배경하에 파넬의 죽음과 그 시신의 더블린 입항 소식으로 학교의 어른들이 수런거리다가 끝내 애통해하는 모습을 스티븐의 의식과 상상에 각인된 바대로 보여 주고 있다. 물론 뒤이은 성탄절 만찬 드라마의 전조이다. 아픈 몸을 웅크리고 눈귀만 열어 들고나는 이미지들을 예민하게 거두고 있는 스티븐에게 어른들 세계의 혼돈과 격동의 조짐이 내면의 환영과 뒤엉키며 어둠 속의 섬광처럼 번뜩이는 것이다.

> 그의 눈에 그가 손을 들어 군중을 가리키는 모습이 들어왔고, 그의 귀에 그가 슬픔에 가득 찬 큰 목소리로 하는 말이 바다를 넘어 들려왔다.
>
> "그분이 돌아가셨어요. 안치소에 누운 시신을 우리가 보았어요."
>
> 슬픔의 통곡소리가 사람들에게서 터져 나왔다.
>
> "파넬! 파넬! 그 어른이 돌아가셨어요!" (27)

이 파넬 죽음의 의미가 소설 서술의 심미 공간 안에 가두어지지 않음은 당연하다. 19세기 후반 아일랜드의 파란만장한 실제 역사의 한 토막에 연결되기 때문이다. 각자의 이해와 입장에 따라 그 뜻과 의미가 굴절하는 역사의 현장에 작품이 연결되어 있는데, 그 역사적 삶의 현장이 작품 밖에 위치하면서 작품보다 훨씬 복잡다단하게 짜여져 있기 때문이다. 이런 까닭으로 책의 모두(冒頭)에 어린 스티븐의 눈에 비친 댄티(Dante) 아주머니가 가진 민족주의 상징물 한 쌍, 곧 마이클 대빗을 상징하여 등걸에 다갈색 벨벳 천을 댄 옷솔과, 찰스 파넬을 상징하여 녹색 벨벳 천을 댄 옷솔도 소설적 서술의 논리라는 잣대로 보면 일견 무심하고 우연하게 비치된 자잘한 소도구로 보일 수 있지만 사실은 시대의 거대한 배경 장막과 같은 역할을 한다 하겠다. 작은 모티브 속에 큰 뜻을 숨겨 담는 기법이 잘 알려진 조이스 스타일이다. 그 기법의 효력은 색다른 심미적 장치의 창안 자체에 있는 것이 아니라 숙명적으로 역사적인 존재일 수밖에 없는 독자로 하여금 작품의 심미 공간과 현실 세계 사이를 끊임없이 넘나들며 각자 나름의 역사 읽기와 역사 쓰기에 참여토록 한다는 점에 있다. 왜냐하면 조이스의 특징적인 모티브는 사실의 세계로 통하는 환유의 창과 같기 때문이다. 《젊은 예술가의 초상》 초반부의 파넬 모티브의 경제적 운용은 이에 덧붙여 어린 스티븐의 초보적인 세계 인식 수준에 걸맞은 사실주의적 접근이라고도 할 수 있다. 실제로 독자가 아이의 눈에 비친 파넬 드라마의 역사적 파노라마를 독서의 과정에서 내면화하여 추적하고 재현하게 만드는 힘이 이 부분이 주는 감동의 원천이다.

댄티 아주머니의 옷장에 사이좋게 함께 놓인 마이클 대빗과 파넬의 옷솔은 당시의 양대 정치 문제였던 토지 문제와 민족 문제 및 그 각각의 지도자와 그들 간의 협력 국면과 나아가 그들이 활동하던 시대, 특히 1880년대 시대 자체를 환기한다. 클롱고스 학교의 양호실 장면 끝 부분은 파넬이 죽은 충격을 보여 주며 성탄절 만찬 장면은 파넬 사후의 민족 분열상을 대변한다. 이렇게 《젊은 예술가의 초상》의 파넬 스토리는 실제로 일어난 역사적 드라마의 세 국면인 그의 활동과 죽음과 죽음 이후를 담고 있다. 조이스가 이 3단계 역사 국면에서 소설적 탐구를 위하여 간택한 장면은 그중 세 번째 국면이며 이 선택 자체가 작가의 역사적 상상력의 일각을 귀띔하여 준다. 곧 작가의 관심은 파넬 자신의 정치적 프로그램이 아니라, 파넬의 비극적 이미지임을 보여 주는 것이다. 성탄절 만찬의 정치 토론은 작가가 마음먹기 나름으로 인상 깊은 사실주의 드라마를 엮어낼 수 있음을 보여 주는데, 파넬파와 반파넬파 그리고 교회의 입장 등 당시의 정치 현안과 그 대변자들이 데덜러스 가의 식탁 규모로 축소된 상징적 무대 위에서 웅변적으로 재연하는 바와 같다.

케이시(Casey)와 사이먼 데덜러스는 열성적인 파넬당으로 반파넬 교회의 입장을 대변하는 댄티와 한 치의 양보도 없이 격돌한다. 케이시 등은 정치적 좌절감 속에서 비아냥과 이죽거림으로 시작하여 언성을 높이고 고함지르고 욕설과 신성모독을 서슴지 않다가 끝내는 눈물을 펑펑 쏟는다. 이에 맞서는 댄티 아주머니는 처음에는 상대의 도발을 냉랭한 침묵으로 무시하다가 이내 맞고함으로 교회의 도덕적 판단을 옹호하고 파넬의 행실을 저주하는데, 그 기세의 맹렬함 뒤에는 지난날에 억울하게 결혼을 파기 혹은 사기당한 적이 있는 여인의 한이 있다(이것은 작품 내 사실이 아닌 작가의 전기에서 추적한 인물 원형의 내력이지만, 작품의 자서전적인 의도와 형식을 감안하면, 또 조이스 텍스트에서 어떻게 허구와 사실, 공적 역사와 사적 역사가 교차하는가를 감안하면, 댄티 원형의 숨은 내력은 작품 밖으로부터라도 환기할 만한 가치가 있다). 데덜러스 부인과 엉클 찰스는 매우 무력한 중재인으로서 상서롭지 못한 소동을 잠재우려고 헛되이 노력하는데, 역사적으로도 파넬당의 대분열 이후에 이런 식의 화해를 획책하는 헛된 중재 노력이 미미하게 있었고 또 실패하였다. 싸움은 친파넬과 반파넬의 양대 진영을 대리하는 한 지붕 아래의 식구들이 아일랜드 혹은 하느님의 명분을 질펀하게 동원하여 격돌에 격돌을 거듭한 후 반파넬의 승리 선언으로 종결된다.

> 댄티 아주머니는 문간에 서서 격렬하게 몸을 돌리고 방 안으로 고함쳤다. 그녀의 뺨은 노여움으로 붉게 물들며 전율하였다.
>
> "지옥에서 나온 악마야! 우리가 이겼다! 우리가 그 자를 바수어 죽였어! 악마 같은 것!" (39)

댄티 아주머니의 열화 같은 승리 선언의 위력은 그 적개심의 강도에서 유래하는 것이 아니다. 현실 역사에서 파넬이 비극적으로 패퇴하였기 때문에, 댄티 아주머니의 선언은 그녀의 적개심과 무관하게 역사의 무게를 지니는 것이다. 충직한 파넬주의자의 정치적 열정은 그 좌절감으로 인하여 한동안 그토록 격렬하였으나 이제는 패배가 돌이킬 수 없음을 자인하지 않을 수 없다. 이것이 댄티 아주머니의 승리 선언에 이어 어린 스티븐의 눈이 마지막으로 목도한 성탄 잔치의 참담한 종국으로서, 케이시의 깊이 모를 좌절이 문장의 종지부처럼 전쟁에 방불했던 파넬 스토리의 대단원을 마감한다.

> 케이시 씨는 잡힌 팔을 뿌리치면서 갑자기 머리를 양손 위에 묻고 고통에 사무쳐 흐느꼈다.
>
> "불쌍하신 파넬 어른! 돌아가신 우리의 나라님!" 하고 그가 외쳤다.
>
> 그의 흐느낌이 비통하게 울려 퍼졌다.
>
> 스티븐은 공포에 질린 얼굴을 들어 아버지의 눈에 눈물이 가득히 고인 것을 보았다. (39)

《젊은 예술가의 초상》의 성탄절 만찬 장면의 파넬 논쟁은 엄청난 민족주의적 에너지를 배출한 다음, 마치 기왕의 역사를 추인하듯 이렇게 파넬당의 패배로 종결된다. 《더블린 사람들》에 실린 이야기들은 그 종결부에 핵심적인 에피퍼니가 일어나는 수가 많다. 마찬가지로 성탄절 만찬의 드라마도 그 종결부에 은근하게 심미적 초점이 놓여 있다. 파넬은 한때 아일랜드 민족의 정신적 왕, 이른바 '왕관 없는 왕(uncrowned king)'이었으나, 그는 지금 '죽은' 것이고, 이 죽음이라는 사실에 대해 집안의 파넬 대변인이 도리 없이 승복한 것이다. 그리고 조이스의 역사적 상상력의 큰

줄기는, 마치 파넬의 죽음이 뜻하는 온갖 좌절감의 화신인 케이시처럼, 또 그를 목도하는 차세대인 어린 스티븐의 "공포에 질린 얼굴"의 굳은 표정처럼, 그리고 케이시나 댄티 아주머니와 같은 격정의 주인공들이 퇴장한 이후의 무대의 정적처럼, 파넬을 최후의 지표로 삼아 일거에 멎어 버린 듯 보인다. 조이스의 작품에 나타나는 파넬은 아일랜드 역사 최후의 국면으로, 작가가 역사 내의 존재로서 현실에 참여하는 유일한 공간이 파넬 비극의 테마이다. 파넬 이후의 아일랜드 현실은 반란과 독립과 내전의 파란만장한 드라마를 펼쳤으나, 조이스의 참여적 열정을 전혀 자아내지 못하였다. 그것은 파넬의 먼 이후요 아일랜드의 탈식민 시기에 해당하는 《율리시스》와 《피네건의 경야》가 그 범람하는 아일랜드 모티브에도 불구하고 성탄절 만찬 장면의 격정에 필적하는 열정과 참여의 국면이 없음으로 방증된다.

《더블린 사람들》의 〈위원회실의 추념일〉은 파넬 이후의 아일랜드의 정치 상황에 대한 풍자적인 코멘트이다. 엘먼의 전기에 의하면 조이스는 《더블린 사람들》의 단편 가운데 이 작품에 대한 애착이 가장 컸다고 되어 있는데, 그 까닭은 필경 자신의 파넬 숭앙과 민족 주제에 관한 의견을 가장 포괄적으로 담고 있기 때문일 것이다. 앞서 파넬이 서거하던 해 성탄절 만찬 정치 토론의 결론은 파넬의 죽음, 혹은 파넬 시대의 대책 없는 종언 선언이라 하였다. 이 〈위원회실의 추념일〉은 파넬 이후 시기에 "파넬의 없음"의 확인에 해당하는 주제를 다룬 것이라 할 수 있다. 물론 작품이 쓰여진 연대로 보면 《젊은 예술가의 초상》이 《더블린 사람들》보다 나중에 쓰여진 것이다. 그러나 이 두 작품의 쓰여진 연대가 앞서 말한 바대로 모두 역사적 파넬 드라마의 국면 이후임을 상기하여야 한다. 파넬 이후에 좋은 세월 없음의 확인, 이것이 〈위원회실의 추념일〉의 내용이고, 이는 보는 시각에 따라 매우 비역사적인 역사 읽기라고 할 수도 있다. 파넬 이후에 역사가 없기 때문이다.

1902년 10월 6일, 더블린의 선거 구역 로열 엑스체인지(Royal Exchange)의 시의원 선거에 민족당(Nationalist) 후보로 출마한 티어니의 어두컴컴한 선거 사무실에 많은 그의 선거 운동원들이 들락거리면서 웅숭그리고 불을 쬐고 있다. 그들은 자신들이 일말의 호감이나 존경심이 없이 후원하는 "얌체 딕 티어니(Tricky Dicky Tierney)"에 대한 불평과 남의 뒷얘기를 곁들여서 세상 돌아가는 얘기, 특히 정치 한담을 나눈다.[16] 티어니에 대한 가장 큰 불만은 목이 이토록 마른데 술을 보내지 않는다는 점이다. 흑맥주 한 다스로 족하다고 직접 부탁도 했었다. 그들은 티어니의 과거를 들추고, 미운 말투를 흉내 내고, "구두닦이 같은 작자"라고도 불렀다. 여러 사람들이 나라의 정치 뒷얘기에 관심이 많았다. 그들의 얘기 중에는, 영국 왕 에드워드가 더블린을 방문하면 아일랜드의 경제 부흥을 위하여 환영할 필요가 있다, 그렇지 않다, 영국 국체의 상징적 인사에 대하여 냉담주의로 가는 것이 파넬의 원칙이었지 않은가, 그러나 그것은 모두 철 지난 이야기다, 파넬은 지금 이 세상 사람이 아니다, 운운하며 설왕설래하는 대화 장면도 끼어들어 있다.

몹시 기다리던 티어니의 술이 드디어 배달되자, 모두들 반색이 완연하다. 그런데 술은 왔으나 마개 따개와 잔이 없다. 새로이 작은 불만과 작은 곤혹이 잠시 일어난다. 잔은 괜찮다. 병째로 마시면 되니까. 이건 예전부터 어엿한 신사들도 써 오던 편법이다. 그런데 마개 따개(corkscrew)

---

16) James Joyce, *Dubliners,* eds. Robert Scholes & A. Walton Litz (Harmondsworth: Penguin Books, 1997), 124. 위 선거 날짜는 작품 내의 증거로 추정된 것이다. 이하 이 작품의 소소한 인용에서 원전 쪽수 표기는 생략한다.

는? 금세 아일랜드인다운 기지를 발휘하여 술병을 하나씩 난로 시렁에 올려놓고 열을 가하며 기다리자, "폭!" 하는 작은 폭음과 함께 코르크 마개가 빠져나가고, 좌중은 차례대로 입맛을 다시며 흔연히 해갈하고, 실내에는 화기가 돈다. 졸던 하객들이 예포 소리를 듣고서 정신이 돌아오는 꼭 그런 양으로, 그제야 사람들은 오늘이 예사로운 날이 아니라 마침 파넬 서거 9주년이 되는 날임을 상기하는 듯하다. 아이비 잎새를 옷깃에 단 것으로 보아 파넬주의자임이 분명한 하인스(Joe Hynes) 씨가 좌중의 권유에 못 이겨 미리 써 두었던 파넬 추모시를 낭송한다. 낭송이 끝나자 박수와 칭송이 뒤따르는데, 아무래도 민족 지도자에 대한 진솔한 추념의 정과 이념에 대한 충정에서 우러러 나온 감화가 아니다. 육신의 저급한 욕구를 충족시킨 다음 여흥 한 토막을 갈망하던 심심한 청중이 파넬이 빙자된 하인스의 서비스에 부담 없는 박수와 찬사로 의례적인 사의를 표시한 것으로 보여진다. 보수당원이지만 마침 이곳에 와서 속의 거만을 짐짓 숨기고 점잖게 남의 이야기나 들어주고 있던 고고한 크로프턴(Crofton) 씨도 한마디 할 차례이다. 기회주의 성향이 농후한 수다쟁이 헨치(Henchy)가 품평하라고 거듭 채근하자 그는 "참 잘 쓴 글(a very fine piece of writing)"이라고 한 말씀 보탠다. 작품은 이 대목에서 마치 시치미를 뚝 떼듯 문득 끝난다.

이 작품의 파넬 주제의 중요한 대목은 다음과 같다. 우선, 이야기의 배경이 되는 사무실의 이름이 우연찮게도 '위원회실'임은 제목으로 미루어 알 수 있다. 이것은 물론 9년 전 파넬을 아일랜드 민족당의 영도자의 지위에서 표결에 의거 축출하여 유명하여진 런던 웨스트민스터의 의사당 '위원회실 15호'를 역설적으로 상기시키고 있다. 티어니의 선거구는 로열 엑스체인지 구로 되어 있다. 이곳은 리피(Liffey) 강 남안에 위치한 더블린의 중심으로, 영국 왕을 대리하는 총독이 기거하는 이른바 '더블린 성(城)'을 에워싸고 있는, 규모는 작지만 식민지 종주국의 존재를 상징하는 선거구이다. 선거 구역 명칭의 '로열'은 이렇게 유래한 것인데, 여기서 명목상 파넬 사업을 계승하는 '민족당'이 고작 티어니 정도의 인물을 후보로 내세웠고 헨치와 같은 부류의 운동원들이 동원되어 선거를 지원하고 있는 것이다.

다른 무대 장치도 눈여겨볼 만하다. 선거 사무실의 음습한 분위기와 박명과 시원치 못한 난로의 불기운이 그 하나요, 《율리시스》의 '이얼러스' 장에서처럼, 허황된 언사의 과잉을 반영하기라도 하듯 노상 문이 열리고 닫히고 하면서 고만고만한 사람들이 들락거리는 것이 다른 하나이다. 다음은 물론 등장인물들의 언동과 수준이다. 첫 장면에서 노인 잭이 비뚤어진 자식 걱정으로 낙심천만하는데, 이는 오늘 아일랜드당의 선거 지원 명분으로 모인 파넬의 후속 세대에 대한 코멘트로 보인다. 이 더블린 시민들이 키언 신부처럼 부정직하고, 헨치처럼 원칙 없고, 라이언스(Lyons)처럼 답답하고, 크로프턴처럼 가식과 오만에 가득 차고, 오코너나 하인스처럼 무력한 모습으로, 마치 조이스가 대학 시절 스케핑턴(Skeffington)과 함께 자비(自費)로 발간 배포한 글의 제목처럼 '우중(愚衆)의 잔칫날(The Day of the Rabblement)' 판을 벌이는 것이다. 아이러니의 핵심은 물론 오늘이 예사로운 날이 아닌 파넬 추모일이라는 점이다. 헨치는 한편으로는 에드워드 왕의 내방에 찬동하고, 다른 한편으로는 파넬이 이미 이 세상 사람이 아님임을 환기시킨다. 오코너가 볼멘소리로 파넬 추모일이라고 상기시킨다. 그때, 난로 위의 술병에서 "폭!" 하고 코르크 마개가 예포처럼 터지는 소리가 나고, 기회주의자 헨치와 친영적인 크로프턴은 이렇게 수작한다. 말의 거죽에 파넬의 출신과 개성에 관한 진실이 없는 것은 아니로되, 의도에서부터 원천적으로 왜곡이라 할 만한 그런 허튼 수작이다.

> "우리네 쪽 사람들은 그분이 신사라서 존경심을 가진다오."
>
> "맞는 말이요, 크로프턴 씨! 그분이야말로 그 괭이 새끼 같은 것들을 제압할 수 있는 유일한 분이었어요. '어이, 강아지들, 가만히! 못난 강아지들아, 가만히들 있으라구!' 그 어른은 이런 식이었어요." 헨치 씨가 맹렬한 어세로 말하였다. (133)

물론 이 경망스러운 입놀림의 기막힌 아이러니는, 헨치가 말한 다스림이 필요한 "못난 강아지들"이 다름 아닌 자기 자신과 같은 부류라는 점이다.

끝으로 정작 하인스가 낭송하는 추모의 시는 어떠한가? 이 시가 일단 파넬 추모의 충정으로 가득 차 있는 점은 분명해 보인다. 그러나 이 시를 구성하는 11개의 연 가운데 절반 가량이 그의 죽음을 강조하고 있고, 몇몇은 그의 배반을 말하며, 한두 연만이 그의 부활을 노래할 뿐이다. 장차 조국 '에린'[17]에 자유가 풍미하게 되는 날이 오면, 나라 사람들이 기억하게 될 내용은 "오직 한 가지 슬픔, 곧 파넬의 기억"이다. 이 어구가 시의 맨 끝에 놓인 마지막 말이다. 상실과 죽음의 강조는 "파넬의 죽음"이라 명명된 시의 제목에서도 확인된다. 이 부재(不在)의 메시지가 조이스의 파넬 담론의 핵심으로 보인다. 시 낭송에 뒤따라 몇 줄의 격려와 찬사가 이어진 다음 이야기는 끝난다. 《젊은 예술가의 초상》의 성탄절 만찬 장면에서와 마찬가지로, 〈위원회실의 추념일〉도 이 종결부를 주목할 필요가

---

17) Erin은 아일랜드를 미화한 명칭이다.

있다. 앞서 말한 바대로, 점잖은 크로프턴의 최종 코멘트는 "그것 참 잘 쓴 글"이라는 수상하기 짝이 없는 칭찬인데, 파넬이 환생하여 심판을 내린다면 그에게 어떤 벌을 내릴까? 아마, 아무런 벌을 내릴 수 없을 것이다. 왜냐하면, 시민들의 행동거지가 이 반(半)이방인의 무심한 냉소에 제값을 하고 있는 한 괘씸함을 두루 나누어 가진 셈이어서, 따지고 보면 유독 괘씸한 특정한 누구를 지목할 수 없을 것이기 때문이다. 마지막으로, 작가가 이렇게 춥고, 어둡고, 우습고, 허망한 아일랜드식 토크쇼 한 마당을 끝내는 "그것 참 잘 쓴 글"이란 이 여섯 단어로 된 인용 어구에는 말하는 이의 무례한 우월감만이 쟁여져 있는 것이 아니다. 이 방관적이면서 고고한 어세 뒤에는 작가와 독자는 알되 크로프턴과 그의 청중은 모를 언외의 뜻이 소리 없는 메아리처럼 울리고 있는데, 그 메시지는 거듭 "파넬의 부재"이다. 소리가 없어서 오히려 파장이 긴 반어적 웅변이 아닐 수 없다.

이상에서 살펴본 조이스의 파넬 스토리는 역설적으로 파넬이 이미 죽어 자리에는 임하지 못하되 그렇다고 자리의 주인공이 파넬 아닌 다른 인물일 수는 없는 그런 이야기였다. 파넬은 없으면서 있는 것이다. 작가가 파넬을 기리기 때문에 그가 주인공으로 있는 것이며, 그의 역사 인식이 파넬 이후를 인정하지 않기 때문에 그는 없는 것이다. 파넬은 조이스의 의식 속에서 아일랜드의 나라 됨을 상징하였기 때문에, 예컨대, 《더블린 사람들》의 소위 "마비" 테마의 역사적 의의는 "파넬 없음"의 세계 모습이다. 이것은 《율리시스》의 스티븐의 "하인의 금 간 거울"과 같으며, 궁극적으로 모든 자연주의가 그러하듯 현실에 대한 도덕적 접근이다. 《더블린 사람들》과 《젊은 예술가의 초상》에서 파넬의 존재는 이와 같이 작가의 현실 의식의 척도인 면모가 있다. 그러나 《율리시스》는 파넬이 부재의 형식으로도 존재하지 않는 국면이다. 거리에서 장기(chess)를 두는 생존한

형님 존 하워드 파넬이 언뜻 비치는 식인데, '헤이디스' 장의 파넬 묘 장면이 인상적이다.

> 그들은 생각에 젖은 채 오른편으로 향하여 갔다. 파워 씨의 빈 목소리가 외경감에 가득 차서 이렇게 말하였다.
>
> "어떤 사람들 얘기로는 저 무덤 속에 그분은 아예 없다는구먼. 관 속에는 돌멩이만 가득 들어 있고, 그분은 장차 다시 돌아온다는 거야."
>
> 하인스가 머리를 흔들었다.
>
> "파넬은 결코 다시 돌아오지 않네. 그 어른은 저 안에 있어. 그의 인간 육신 일체가 말일세. 그 유해에 안식이 깃들기를!" 하고 그가 말하였다. (93)

《더블린 사람들》에서 파넬의 추모시를 낭송한 바로 그 하인스가 여기 파넬의 묘역에 서서 그의 "실효"를 선포하고 있는 셈이다.

앞서 말한 바대로 조이스의 현실 참여적인 시평은 1912년 무렵에 대체로 멎는데, 그 연대의 전기상의 의의가 의외로 크다. 조이스는 모든 작품을 유럽에서 쓴 셈이지만, 《율리시스》 이전까지는 현실 의식이 강한 아일랜드의 작가 조이스의 작품이고, 《율리시스》 이후는 모더니스트 조이스가 더블린을 제재로 하여 쓴 작품이라 할 수 있다. 전자의 시기에 조이스는 현실 참여적인 시평을 썼고, 《더블린 사람들》과 《젊은 예술가의 초상》을 썼으며 그 속에 파넬 스토리를 넣어 하이라이트를 주었다. 후자의 시기에 작가는 자신의 분신인 스티븐 데덜러스를 축소 내지 소원시키면서 파넬은 철저히 실효하는 것으로 보인다. 물론 1904년 6월 16일의 더블린의 기억 안에 역사 현실의 세계가 굴절 변용되어 들어오고 있음을 부인할 수는 없다. 또 《율리시스》 이후에 현실에 대한 참여적 열정이 실종한다 하여(엄밀히 말하자면 '실종'이란 있을 수 없겠지만), 그 작품의 가치가 훼손되거나 심지어 아일랜드 작가로서의 자격에 손상이 오는 것도 아니다. 생각 나름으로는 《율리시스》마저 전범적인 모더니스트 텍스트이기에 앞서 아일랜드 민족 주제에 흠뻑 탐닉하고 있는 일종의 찬송 서사와 같은 점이 있으니까.

실제로 티모츠코(Maria Tymoczko) 교수는 근년에 펴낸 책에서 조이스가 아일랜드 문예 부흥 운동의 낭만적 민족주의 국면과 영향하에 있었고 《율리시스》는 작가의 민족주의의 산물로서 아일랜드의 신화에 바탕을 둔 민족적 대서사시를 쓴 것이라는 드물게 신선한 주장을 편 적이 있다.[18] 그녀의 새로운 신화적 접근이 작가를 다시 역사 내로 거두어들이는 길이 될 수도 있을 것이다. 그러나 소박한 독자의 입장에서 말하자면, 작가의 의식이 현실에 밀착된 어떤 전망(아무리 추상적이고 이상적이라 하더라도)을 열정적으로 추구하고 그래서 박진감이 창출되는 그런 국면은 《젊은 예술가의 초상》 이전의 국면인 듯하다. 그렇다면, 《율리시스》는 낮의 책, 《피네건의 경야》는 밤의 책 운운한 작가의 자평을 자의로 이렇게 수정할 수도 있다. 곧, 《젊은 예술가의 초상》에 이르는 낮의 국면에 대해, 《율리시스》 이후를 밤이 혹시 아니더라도 조이스식 "켈트의 먼동"[19]에 해당하는 국면으로 보는 것이다. 아일랜드 주제는 더욱 왕성히 쇄도하고 있지만 현장감보다 신화화된 느낌을 주고 있는 것이다. 낮은 물론 역사요 현장이요 참여이다. 이 낮의 국면에서 찰스 스튜어트 파넬은 이미 살펴본

---

18) Maria Tymoczko, *The Irish Ulysses* (Berkeley: U of California P, 1994).

19) Celtic Twilight. 예이츠에게서 유래한 명명으로 아일랜드의 복고적 낭만적 문예 부흥 운동을 가리키는데, 조이스 자신은 《피네건의 경야》에서 이를 비꼬아 '끼리끼리의 화장간' 정도로 번역될 법한 'cultic twalette'라 하였다.

바와 같이 작가의 현실 의식, 민족 의식을 가늠하는 상징적 지표 내지 척도와 같았다.

4. 예이츠, 조이스, 심미적 민족주의

그러나 조이스의 파넬 주제는 그의 사회 의식의 반영인 것만큼 신화적 상상력의 소산인 점이 있다. 파넬의 신화는 대체로, 그가 민족 운동의 중심에 서서 십분 수행하여 낸 정치적 역량과 그에 상응하는 대중적인 존경심과, 일반적으로 파넬에 대한 "배반"으로 알려졌고 그의 몰락으로 마감되는 배척 운동과, 파넬 자신의 잘 드러나지 않은 신상에 고고하고 과묵한 성품이 합하여 상승 작용을 한 신비적 분위기와, 되풀이되는 정치적 좌절 속에서 민족적 메시아의 출현을 기다려 온 민중의 심리 등이 복합적으로 작용한 결과이었다. 파넬의 명망은 그의 생존시부터 몇몇 경모(敬慕)의 칭호를 만들어 내었는데, 《더블린 사람들》의 하인스가 그의 추모시에서 쓴 '왕관 없는 왕'이 그 하나요, '그 어른(the Chief)'이 다른 하나이다. 근년에 파넬 서거 100주년을 기념하여 출간된 《파넬의 조명》(*Parnell in Perspective*)의 서문은 한 세기를 상거한 시점에서 객관적인 계제에 확연히 객관적인 서술을 하고 있음에도 불구하고, 이 '어른'이란 표현을 아무런 거리낌 없이 거듭하여 쓰고 있음을 볼 수 있다.[20] 민족 운동의 영웅으로서 그의 명성은 정치의 권역에만 국한된 것이 아니었다. 켈리(John Kelly)는 아일랜드의 역사상 무수한 민족의 영웅이 명멸하였

---

20) Boyce & O'Day, eds., *Parnell in Perspective* (London & New York: Routledge, 1991), 1-6. 이하 이 책의 인용은 본문에서 "Boyce & O'Day"로 부기한다.

으나 파넬만큼 문학에 무관심하였던 사람도 없고, 또 파넬처럼 문학인의 존경과 애정을 독차지한 위인도 없다 하였다(Boyce & O'Day, 242). 예이츠와 조이스는 그중 두드러진 경우이다.

조이스의 경우, 스티븐이 정신과 예술의 아버지를 옛 그리스 신화 속의 장인 다이달로스(Daedalos)에게서 찾았듯이, 파넬을 오랫동안 민족 정신의 상징적인 대부로 삼았다. 《더블린 사람들》과 《젊은 예술가의 초상》의 한복판에 파넬의 음영이 무대의 뒷 장막처럼 드리워져 왜소하게 영락한 현실의 상황을 되비추어 주고 있음은 이미 지적한 바와 같다. 작가의 파넬 이후의 국면인 《율리시스》나 《피네건의 경야》에도 파넬의 편린이 산재하여 있음은 물론이다. 그런데 우리는 작가의 출신 배경도 돌아볼 필요가 있다. 엘먼은 조이스 전기에서 작가가 처음으로 출간 발표한 작품이 의미심장하게도 그가 9세에 파넬의 실각에 즈음하여 쓴 〈힐리, 너마저도!〉라고 굳이 밝히고 있다. 전해지기로는, 파넬의 실각을 시저의 비운에 빗댄 이 시를 읽은 아버지 존 조이스가 감격한 나머지 자비로 인쇄하여 친구들에게 배포하였다는 것인데, 이 대를 물리는 파넬 열정의 뒤에 혹시 중산층의, 그것도 영락하는 중산층의 계층적 환상이 작용하는 점은 없었는가? 예이츠의 경우가 최소한의 참고를 가능케 할 것이다.

예이츠(William Butler Yeats, 1865~1939)는 그의 시와 자서전적인 여러 기록에서 아일랜드의 지도자로서 파넬의 이미지에 심취하고 있는 모습을 보이고 있다. 그러나 그는 조이스와는 달리 파넬이 죽기 전까지는 그에게 별다른 관심이 없었다. 파넬의 우상은 그가 비극적 드라마를 연출하며 아일랜드의 정치 무대에서 사라진 이후에 그의 부재 속에 자리를 잡아 가는데, 그가 취한 역사 파악의 대강은 조이스와 흡사하게 기본적으로 파넬 이후의 아일랜드의 정치상황을 절정 이후의 퇴영적인 반(反)드라마로 보는 것이다. 〈파넬의 장례〉(Parnell's Funeral)에서 예이츠는 매우 특이한(필경 독단적인) 역사 읽기를 하고 있다. 19세기 전반에 아일랜드를 위하여 반(反)가톨릭 법제의 해제(emancipation)를 성공적으로 주도한 공로로 '해방자'로 널리 칭송되어 온 다니엘 오코넬(Daniel O'Connell, 1775~1847)은 사실 그 품성의 한계가 뚜렷한 한 시대의 희극적 인물이고, 아일랜드의 민족적 이상을 꿈꾸고 그 좌절을 맛본 19세기 후반의 파넬은 이에 대비되는 후속 세대의 숭엄한 비극의 인물이라는 것이다.[21] 파넬은 오코넬을 계승하였으나 소명과 품격이 다르다. 그의 비극은 희생의 제례와 같은 신비롭고 신화적인 의의를 가지는 것이다.

> 한 시대는 또 다른 시대의 전복(顚覆)이다.
> 이방인들이 에멧과 피츠제럴드와 토운을 살육할 때,
> 우리들은 색칠한 무대를 바라보는 사람들처럼 살았다.
> 이제는 사라진 장면, 그 장면이 무슨 문제인가.
> 그것이 우리들의 삶을 건드린 적 없다. 그러나 민중의 노여움이,
> 그 광기 어린 분노가 이 먹이를 끌어갔다.
> 우리의 죄의식은 아무도 나누지 않았다. 색칠한 무대에 서서
> 저들이 그의 심장 삼킬 때 우리는 물론 한몫을 하지 않았다.[22]

이 희생의 제례에는 민중의 광기가 곁따른다. 그들의 광기 어린 분노가 영웅을 '먹이'로 잡는데, '우리'는 '그들'에게서 떨어져 죄의식을 가질 뿐,

---

21) 우연찮게도 오코넬은 예이츠의 대부분의 역사적 영웅들과 달리 아일랜드계 가톨릭이었다.

22) William Butler Yeats, "Parnell's Funeral," *The Collected Poems of W. B. Yeats* (New York: Macmillan, 1979), 275. 번역은 필자의 것이다.

이 희생 의식에 역할이 없다. 소외된 선민의식이 완연한데, 사냥과 희생에 대한 이미지와 대중의 반성 없는 몽매함과 초연하고 고고한 엘리트 의식은 〈파넬의 그늘〉의 종결부에서 조이스가 동원한 언사와 흡사하다. 물론, 예이츠의 관망자의 노여움은 조이스의 뜨거운 풍자와 어조를 달리하고 있지만.

> 그는 마지막으로 동포들에게 필사적으로 호소하며 애원하기를, 그들을 에워싸고 울부짖는 영국의 늑대들에게 부디 자신을 먹이로 던져 주지 말라 하였다. 그들이 이 호소를 헛되이 하지 않았으니, 분명 그만큼 명예로운 처신이 아닐 수 없다. 그들은 그를 영국의 늑대들에게 던져 주지 않았다. 그를 갈기갈기 찢은 것은 그들 자신이었던 것이다.[23]

예이츠의 파넬 숭앙의 얼마만큼이 그들이 공통으로 가진 사회적, 혈통적 유산, 곧, 영국계 프로테스탄트 지주 계층 뿌리와 연관되는지 정확하게 말하기는 힘들 것이다. 그러나 앞서 언급한 켈리 등에 의하면, 예이츠를 위시한 많은 소위 '프로테스탄트 실세' 문필가들이 파넬의 뒷자락인 1890년대에 민족 문학 부흥 운동을 벌이면서, 정체성의 위기감이 날로 깊어지는 앵글로계에게 희망을 주는 리더십 모델로 파넬을 추켜세우는 경향을 보였다 한다. 파넬의 전성기에는 그의 정치 노선에 대해 의구심이 지나쳐 적개심을 가졌던 그레고리 부인(Lady Gregory)이 그의 몰락 후에 그가 오히려 위기에 처한 앵글로 지주 계층에 밝은 전망을 주는 지도자였다고 서서히 설득되는 과정을 겪는데, 앵글로계 작가들 사이에 퍼진

23) James Joyce, "The Shade of Parnell," *The Critical Writings,* eds. Mason & Ellmann (New York: Viking, 1966), 228. 번역은 필자의 것이다.

파넬의 사후 명성의 상당한 몫이 그들의 계층적 욕망의 투사임을 보여 주는 좋은 사례이다.

아일랜드의 문예 부흥 운동과 같은 앵글로 아이리시 계열의 문화 민족주의에 동조하지 않았을뿐더러 가계 내력으로 토착 아이리시 가톨릭이었던 조이스가 파넬에 관하여서는 예이츠 등과 매우 비슷한 견해를 가졌다는 점은 어떻게 설명할 수 있는가? 여기에도 계층적 욕망의 투사와 같은 사회적 배경을 말할 수 있는가? 필자는 어느 정도까지 그럴 것이라고 생각한다. 파넬 담론의 어느 토막도 문학적, 심미적 편의에 따라 절대화한다면, 이 역시 역사의 배제일 것이니까. 조이스의 가문이 비록 종족과 종교의 계통은 아이리시 가톨릭으로서 앵글로 아이리시 프로테스탄트계인 예이츠와 완연히 달랐으나, 그들은 모두 사회적으로 지주 계층 가문인 점에서 같다. 조이스의 집안은 성장 중에 소설 속 데덜러스 집안처럼 경제적으로 몰락의 길을 걷고 있었으나, 이 현실의 질곡이 과거의 영광에 대한 작가 나름의 꿈을 끊임없이 만들어 내고 있었고, 이 점에서 예이츠의 경우와 사회적 욕망의 근본적인 구조는 비슷하다 하겠다. 말하자면 중산층의 잠재적 욕망이 서로 다른 사회적 배경에도 불구하고 비슷한 정치적 심미안을 가지게 한 것이다. 한편은 귀족적, 낭만적으로 표현된 시적 동기가 다른 편에서는 사실적, 중산층적, 풍자적으로 표현되고, 사회 내의 기득권과 계층의 위상이 한편에서는 유지되고 다른 편에서는 영락하여 내려가고, 한편에서는 아일랜드의 독립 전망에 불안을 느끼고 다른 편에서는 소원하여져 있는, 이 양자의 차이에도 불구하고, 그들은 다 같이 파넬의 비전에서 역사의 위기와 소외에 대한 위안을 찾았다.

예이츠는 세기말 이후 가중되는 민족적 정체성의 불안을 파넬 리더십의 추인과 재발견에서 보상하려 하였다. 이에 비해, 조이스는 계층적 소외와 불안을 해결하기 위하여 파넬을 붙들었으나, 그의 파넬은 언제나 부재의 존재였다. 이것이 조이스의 완강한 부정의 민족주의를 설명한다. 작가의 원숙기인《율리시스》이후가 되면, 민족 모티브는 더욱 왕성하나, 뜨거운 파넬은 없다. 이 시기에도 페어홀이 무심코 정곡을 찔러 던진 말처럼, 조이스 특유의 '헷갈리는 민족주의(bedeviled nationalism)'[24]가 존속하되, 뜨거운 부정은 파넬과 함께 떠나가고, 소외는 더욱 깊어지고, 그래서 적나라한 사실이 오히려 신화처럼 편안한 경지, 모더니스트 국제주의이기도 하지만 심미적 민족주의이기도 한 경지가 새로이 열리는 것이다.

24) James Fairhall, *James Joyce and the Question of History* (Cambridge: Cambridge UP, 1993), 49.

버지니아 울프: 여성적 정체성과 제국

《댈러웨이 부인》과 《등대로》를 중심으로

조애리

1. 들어가는 말

울프(Virginia Woolf, 1882~1941)는 20세기의 대표적인 여성 작가이자 모더니스트로 꼽혀 왔다. 그러나 여성적 정체성에 대한 관심이 울프 비평의 중심 과제가 된 것은 80년대 들어서이다. 여성과 정체성 문제는 쇼월터(Showalter)가 울프의 《자신만의 방》(*A Room of One's Own,* 1929)을 연상시키는 《그들만의 문학》(*A Literature of Their Own*)이라는 페미니즘 연구서에서 울프가 양성성으로 도피한다고 문제를 제기하면서 논쟁이 시작되었고, 이를 모이(Moi)가 반박함으로써 울프 비평의 핵심 논쟁이 되었다. 쇼월터는 울프가 여성적 정체성과 여성적 경험을 회피하여 양성성으로 도피했으며 그 결과 "점차 원할 때조차도 일상적으로 경험하는 사실과 위기들을 다룰 수 없게 되었다"[1]라고 지적했다. 이에 대해 모이는 울프가 부인하는 것은 여성적 자아가 아니라 통합된 획일적인

1) Elaine Showalter, *A Literature of Their Own* (Princeton: Princeton UP, 1977), 263-4.

정체성일 뿐이며, 통합된 정체성이야말로 비판의 대상이 되어야 하는 자아라고 반박했다.[2] 모이에 따르면, 울프는 크리스테바가 말하는 여성적 자아가 지닌 "무의식적인 힘의 간헐적 폭발"을 보여 줌으로써 상징적 질서를 파괴할 뿐 아니라, 고정된 여성적 정체성을 파괴한다는 것이다(Moi, 11-13). 이처럼 모이는 여성적 정체성을 새롭게 정의함으로써 쇼월터에 의해 폄하되었던 울프의 페미니스트적인 면모를 부각시켰다.

이러한 논쟁을 거치면서 울프의 페미니스트적인 면모가 더욱 섬세하게 밝혀졌고, 90년대 들어 후기 식민주의 관점과 울프를 연관시킴으로써 여성적 정체성의 새로운 면모가 드러나고 있다. 윈스턴(Winston)[3]은 《등대로》(*To the Lighthouse,* 1927)[4]를 분석할 때 모더니스트에게도 역사적 인식과 정치적 불안이 존재하지만 이러한 두려움은 표현되지 않고 가장된 형태로 숨겨져 있다가 어느 순간 돌출된다고 파악한다. 그렇다고 해서 울프가 제국주의에 대해 비판적인 것만은 아니고 제국주의 이데올로기 담론을 반복하는 면과 제국주의 이데올로기의 합법성에 의문을 제기하는 저항적인 목소리 양자가 모두 담겨 있다고 본다. 최근 들어 필립스(Phillips)[5]는 울프의 모든 작품을 제국주의와 연관하여 연구하고 있는데, 울프가 병렬과 은유를 통하여 배경에 있는 제국의 문제를 드러내고

---

2) Toril Moi, *Sexual/Textual Politics: Feminist Literary Theory* (London & New York: Routledge, 1985), 7-8. 이하 이 책의 인용은 본문에서 "Moi"로 밝히기로 한다.

3) Janet Winston, "'Something Out of Harmony': *To the Lighthouse* and the Subject(s) of Empire," *Woolf Annual Studies* 2 (1996): 39-70. 이하 이 책의 인용은 본문에서 "Winston"으로 밝히기로 한다.

4) Virginia Woolf, *To the Lighthouse* (London: Harcourt Brace, 1981). 이하 이 작품의 인용은 본문에서 "*Lighthouse*"로 밝히기로 한다.

5) Kathy J. Phillips, *Virginia Woolf against Empire* (Knoxville: U of Tennessee P, 1994). 이하 이 책의 인용은 본문에서 "Phillips"로 밝히기로 한다.

있다고 지적한다. 그녀는 울프에게 있어 제국은 핵심적인 주제이기는 하지만 식민지 지배 사회에 초점이 맞추어져 있으며, 식민주의에 대한 비판에도 불구하고 식민지 원주민에 대해 시혜적임을 지적하고 있다.

본 글은 울프의 대표작인 《댈러웨이 부인》(*Mrs. Dalloway*, 1925)[6]과 《등대로》에 나타난 여성적 정체성에 초점을 맞추고자 한다. 그러나 여성적 정체성은 시대를 초월한 고정된 개념이 아니고 여성이 위치한 구체적인 사회적 · 역사적 맥락과 불가분의 관계에 있다. 울프의 여성적 정체성에 대한 고민은 제국주의의 팽창이 일단락되었으나 아직도 1차 세계대전 이전의 제국주의 이데올로기에 집착하고 있는 모순된 요구에 사로잡혀 있는 사회를 반영하고, 또 역으로 울프의 담론이 제국주의를 둘러싼 사회적 담론에 영향을 미치기도 한다. 울프의 대표작인 이 두 작품은 여주인공인 클라리사(Clarissa)와 램지 부인(Mrs. Ramsay)의 하루를 시간적 배경으로 하여 정체성을 둘러싼 그들의 개인적인 고민에 초점이 맞추어져 있지만, 여성적 정체성은 남성이 지배하는 질서에 대한 의문으로, 나아가 그러한 질서의 핵심인 제국주의에 대한 의문으로 확대된다. 본 논문은 이러한 의문이 어떠한 형태를 띠고 있으며, 또 제국주의와 관련하여 어떠한 위상을 갖는지 분석하고자 한다.

2. 《댈러웨이 부인》

《댈러웨이 부인》의 구조는 산만하고 단절적이다. 주요 구성은 셉티머

6) Virginia Woolf, *Mrs. Dalloway* (London: Harcourt Brace, 1981). 이하 이 작품의 인용은 본문에서 "*Dalloway*"로 밝히기로 한다.

스(Septimus)와 댈러웨이 부인 즉 클라리사의 이야기로 양분되어 있으며, 이 양분된 이야기는 클라리사의 의식 속에서 통합된다. 클라리사의 이야기는 제임스 조이스의 《율리시스》의 여성판이라고 할 만큼 여주인공의 하루를 다루고 있다. 52살 된 클라리사가 30년 전의 결혼 선택이 옳았나에 대해 고민하는 것이 표면적인 구성의 축을 이룬다. 이를 위해 울프는 클라리사의 어린 시절을 의도적으로 삭제하고 30년 전의 하루에 기억을 집중시킨다.[7] 그러나 실제로 이것은 표면적인 구성에 그치고 더 심층적인 수준에서는 클라리사의 여성적 정체성이 핵심적인 문제로 자리잡고 있다. 결혼 외의 선택이 없는 여성으로서 그녀는 피터(Peter)나 리처드(Richard) 중 한 사람을 선택해야 했다. 그녀가 피터를 거절한 것의 의미를 탐구하는 가운데 피터가 대표하는 남성성에 대한 비판이 이루어진다. 또한 리처드와의 결혼이 안정과 보호를 제공했지만 그렇다고 클라리사에게 만족스러운 것은 아니다. 그녀는 자아의 분열과 해체를 경험하는데, 그것은 셉티머스의 광기와 교차되면서 그 의미가 더 확대된다.

클라리사의 현재의 삶은 페미니스트적 관점에서 볼 때 양가적이다. 그녀는 자신의 삶에 대한 불안에도 불구하고 리처드의 아내로서 계급적인 위치에 알맞은 역할, "완벽한 여주인"의 역할을 해내고 있다. 도운(Doan)은 클라리사가 하루 동안 걸었던 곳을 그대로 따라가 보았을 때 그녀의 삶의 계급적인 지형이 뚜렷이 드러난다고 한다.[8] 클라리사는 웨

---

7) Elizabeth Abel, *Virginia Woolf and the Fictions of Psychoanalysis* (Chicago: U of Chicago P, 1989), 30-31.

8) Laura Doan & Terry Brown, "British Culture," *Re:Reading Re:Writing Re:Teaching Virginia Woolf: Selected Papers from the Fourth Annual Conference on Virginia Woolf,* eds. Eileen Barrett & Patricia (New York: Pace UP, 1995).

스터민스터(Westminster)를 지나 버드케이지 워크(Birdcage Walk)로 성 제임즈 공원(St. James Park)을 지나 본드 거리(Bond Street)에 도착한다. 그녀가 들르는 꽃 가게나 그녀가 늘 가는 다방은 그녀의 계급적 지형을 보여 준다. 그녀의 지나친 파티 준비에 대해 남편인 리처드까지 유치하고 어리석다고 하고 피터는 "속물"이라고 하지만 클라리사 본인은 파티에서 구원을 발견한다. 그녀는 "두 사람 다 아주 틀렸다"고 하면서 의무감이나 강요 때문이 아니라 우연히 생각난 사람들을 불러모으는 것이라고 설명하면서, 인간 상호간의 연속성을 환유적으로 표현한다.[9]

> 아, 정말 이상하다. 여기 사우스 켄징턴(South Kensington)에 누군가가 있었지, 그리고 윗동네인 베이즈워터(Bayswater)에도. 또 그러니까 메이페어(Mayfair)에도 누군가가 있었지. 그리고 그녀는 계속 그들의 존재를 느꼈다. 그리고 얼마나 쓸쓸한가, 이 얼마나 유감스러운가 하는 느낌이 들었다. 그리고 그녀는 그들이 같이 모일 수 있다면 얼마나 좋을까 하는 생각을 했고, 그래서 그렇게 했다. 그것은 봉헌이었다. 연결하고 창조하기 위한 봉헌이었다. 그러나 누구를 위한 것이었을까? (*Dalloway,* 122).

그러나 "완벽한 여주인"(*Dalloway,* 62)만으로는 클라리사의 정체성이 완전히 규정되지 않는다. 그녀의 분열은 파티의 "완벽한 여주인"으로서의 클라리사와 다락방 침실의 클라리사로 양분된다. 그녀의 다락방 침실은 《제인 에어》의 버르타(Bertha)의 열정과 광기와는 달리 모든 것이

9) 비키 마하피, '버지니아 울프,' 윤화지 옮김, 《영국소설사》, 근대영미소설학회 편 (서울: 신아사, 2000), 774.

얼어붙는 장소이다. 그녀는 남성 지배적인 질서에 적절하게 편입되기 위해서 자아의 일면을 억압한다. "이 몸은 모든 기능을 갖추고 있지만 아무것도 아닌 것처럼 보였다—아무것도 아닌 것처럼. 그녀는 자신이 안 보인다는 이상한 느낌에 사로잡혔다. 아무도 자신을 보지 못하고 알지 못한다는 느낌. 이제 결혼을 할 수도 아이를 가질 수도 없다. 단지 다른 사람들과 함께 본드 거리를 올라가는 이 놀라운 아니 차라리 엄숙한 행진을 하는 수밖에 없다. 이게 바로 댈러웨이 부인이다. 더 이상 클라리사가 아니다. 리처드 댈러웨이 부인일 뿐이다" (*Dalloway,* 11). 클라리사는 이로써 상징적 질서에 편입되는 것이다.[10)]

클라리사는 남성 지배적인 사회가 요구하는 역할을 수행하며 그에 순응하고 통합되려고 하지만 그녀의 다른 일면은 아직도 완전히 사회에 통합되지 않은 접경에 있다. 그녀의 분열은 해체로 이어져 자신이 소리, 색채, 형태가 되어 버리는 느낌에 사로잡힌다. 그녀는 가끔 자신이 보이지 않는다고 느낀다. 그녀는 자신의 흩어진 부분을 일부러 모아야만 클라리사 댈러웨이라는 사회적 정체성을 구성할 수 있다. "자신의 전체를 한 곳에 모으면 (거울을 바라보면서) …… 그것이 그녀 자신이었다. 날카롭고 창과 같고, 명확한 자신. 그것은 애써서 자신이 되려고 흩어진 부분을 끌어 모았을 때 나타나는 자신이었다" (*Dalloway,* 37). 이러한 해체가 극도에 이르면 셉티머스의 상태와 통하게 된다. 클라리사가 셉티머스에게 공감했을 때 중요한 것은 클라리사가 셉티머스의 자살을 어떻게 해석해 냈느냐가 아니라 해석해 냈다는 사실 자체, 즉 두 인물 사이의 관계가 형성

---

10) Makiko Minow-Pinkney, *Virginia Woolf and the Problem of the Subject* (New Brunswick: Rutgers UP, 1987), 71. 이하 이 책의 인용은 본문에서 "Minow-Pinkney"로 밝히기로 한다.

되었다는 사실 자체이다(Minow-Pinkey, 79). 처음 셉티머스의 죽음에 대한 소식을 들었을 때, 클라리사는 순간적으로 파티를 망친다고 생각했으나 이러한 짜증은 곧 자신이 "흉해지고 부패와 거짓말과 지껄임 속에서 흐려졌다"(*Dalloway*, 184)는 자각으로 변한다. 이어 셉티머스의 죽음이 곧 "그녀의 재난—그녀의 불명예"(*Dalloway*, 185)가 되어 버린다. 이러한 공감은 사회에 통합되지 않는 클라리사의 분열되고 해체된 자아의 의미를 더욱 확대된 맥락에서 해석할 수 있는 실마리를 제공한다.

셉티머스는 당대 영국 사회의 요구에 적응하지 못한 사례이다. 그러나 이 실패는 역설적으로 사회의 요구를 극단적으로 수행한 데서 비롯된 것이다. 그는 군인으로 1차 세계대전에 참전했는데, 이것은 제국주의 질서가 요구하는 공격적인 남성성을 목숨을 내놓고 실천으로 옮긴 것이다. 폭탄을 맞은 후 셉티머스는 완전히 의사 소통 능력을 상실한다. 그는 혼자 이야기하고 존재하지 않는 목소리에 대해 말하며 새들이 그리스어를 말한다고 한다. 그는 완전히 미친 상태가 되어 기표와 기의, 단어와 사물을 혼동한다.

> 셉티머스 워렌 스미스는 거실의 소파 위에 누워 있었다. 금물결이 살아 있는 생물처럼 놀라울 정도로 섬세하게 장미 위에, 벽지 위에 빛나다 사라지는 것을 지켜보았다. 바깥에는 나뭇잎이 심해에 드리운 그물처럼 공기 중에 늘어뜨려져 있었다. 방 안에서 물소리가 났다. 물결을 뚫고 새들이 노래하는 소리가 들렸다. 그의 머리 위로 온갖 힘이 쏟아졌다. 그는 목욕을 할 때 손을 보듯이 자신의 손을 소파 뒤에 걸쳤다. 물결 위에 실려서 그는 저 멀리 해변까지 떠내려갔고 개들이 멀리서 짖는 소리를 들었다. 더 이상 두려워 마. 그의 몸 속의 심장이 말했

다. 더 이상 두려워 마. (*Dalloway,* 139).

이 반복되는 바다 이미지는 자연의 호흡, 리듬, 흐름으로 이루어진 남성 중심의 상징적 질 이전의 상태이다(Minow-Pinkey, 79). 이러한 바다 이미지는 클라리사가 옷을 수선할 때의 느낌과 유사하며, 클라리사가 셉티머스와 동일시한 것은 자신의 분열되고 해체된 자아를 순간적으로 깨닫고 받아들인 것이다.

공격성이 핵심인 대영 제국은 셉티머스를 전쟁터로 내몰았을 뿐 아니라 그를 치료하는 과정에서 그 공격성을 반복한다. 윌리엄 브래드쇼(William Bradshaw)는 그를 미치게 한 제국주의 정신의 화신이다. 그는 완벽한 균형 감각과 지배 의지를 갖춘 사람으로 제국의 질서가 중추를 이루는 사회의 승리자이다. "윌리엄 경은 단지 자신뿐 아니라 영국을 번성하게 만들었다. 영국의 광인들을 가두고, 그들에게 불임을 강요하고, 절망을 처벌하고, 부적응자들이 자신과 같은 균형 감각을 공유할 때까지는 그들의 견해를 유포하지 못하게 했다"(*Dalloway,* 100). 영국 사회의 번영과 제국주의적 식민지화 사이의 연관은 그가 숭배하는 또 하나의 여신, 균형의 자매 여신인 '개종'의 경우 더욱 명확하게 드러난다. 이제 그녀는 "인도의 열기와 사막에서 아프리카의 늪지에서 …… 간단히 말해 어디서건 …… 사원을 부수고, 우상을 깨뜨려 버리고 그 자리에 그녀의 엄숙한 얼굴을 들어서게 하는 일에 종사하고 있다"(*Dalloway,* 100). 브래드쇼가 대표하는 제국주의적인 공격 논리는 식민지뿐 아니라 사회 전반에 스며 있다. 비행기 광고 장면이나 래디 버튼의 이민 추진은 모두 제국주의 이데올로기의 표면적 현상이다. 모든 사람들이 바라보는 비행기의 광고 장면은 무의미하지만 지배적인 제국주의 정신을 표현한다. "마치 동쪽에서 서

쪽으로 아주 중요한 의무를 수행하는 것처럼"(*Dalloway,* 21) 이것은 "글랙소(Glaxo)"라는 광고 문구였다. "서쪽에서 동쪽까지," "아주 중요한 임무"를 말도 안 되는 단어인 "글랙소"로 축소시키고 있는 것이다.

브래드쇼가 대표하는 억압적인 질서는, 여성의 의지를 억누르는 남성적 이기주의의 또 다른 이름임은 직접적으로는 브래드쇼의 부인인 래디 브래드쇼에게서 드러난다. "15년 전에 그녀는 …… 천천히 그의 의지 속에 그녀의 의지를 가라앉혀 버렸다"(*Dalloway,* 100). 하지만 이것은 또한 클라리사를 억압하는 남성 지배 질서의 핵심이기도 하다. 셉티머스가 받는 억압, 광기, 해체는 클라리사의 공감을 매개로 곧 클라리사 자신의 것이 되어 버린다. 그녀는 표면적으로 수상까지 초대한 성공적인 파티를 열고 영국 사회에 완벽하게 통합된 것으로 보이지만, 영국 사회의 가치에 완전히 순응적이지 않다. 클라리사의 회상은 피터를 거절한 날에 집중되어 있는데, 피터를 거절한 것 자체가 그가 대표하는 질서에 대한 거부이다. 처음에 피터는 관습적인 리처드와는 반대로 낭만적인 인물로 등장한다. 그녀는 그와 결혼했다면 "즐거웠을 것"(*Dalloway,* 47)이라고까지 생각한다. 그러나 피터에 대해 더욱 깊이 들여다볼수록 그 역시 자신에게 대안이 될 수 없음을 깨닫는다. 피터 역시 그녀를 완벽하게 소유하려고 한다. 그와는 "모든 것을 공유해야 했다. 모든 것이 그의 것이 되어야 했다"(*Dalloway,* 8).

피터를 재검토하는 과정은 클라리사에게 더 직접적으로 당대 영국 사회의 남성성에 대해 이해하는 과정이다. 소유욕이라는 면에서 볼 때 그와 여성의 관계는 그와 식민지의 관계와 유사하다. 클라리사가 그의 소유욕과 제국주의 질서의 연관에 대해 직접적으로 숙고하고 그를 거부한 것은 아니지만, 그를 거부한 것 자체가 제국주의에 대한 간접적인 비판이 될 수 있다. 의식적인 수준에서 피터는 영국 사회에 대해 비판적이지만 더 깊은 수준에서는 제국주의 질서의 화신이다. 그는 "의무, 감사, 영국에 대한 사랑을 상징하는" 소년들의 군사 행진을 보면서 "이상하게 증오하는 인도와 제국과 군대에 대해 감사하다니"(*Dalloway,* 51-52)라고 자문한다. 그의 분열은 인도인에 대한 태도에 반복된다. 그는 제국을 증오한다고 하지만 인도인을 인간으로 간주하지는 않는다.

> 그리고 그가 있었다. 이 행운의 사나이, 그 자신이 있었다. 빅토리아가의 평면 거울 유리에 비친 모습이 있었다. 그 뒤에 인도가 모두 펼쳐졌다. 평야, 산, 콜레라, 아일랜드의 두 배는 되는 그의 구역, 그가 단독으로 내린 결정들—그, 피터 월쉬가 있었다. (*Dalloway,* 48)

이때 "그", "그 자신", "피터"의 반복은 그의 유아론을 강조한다. 그는 "기계를 다루는 데 소질이 있었고, 쟁기를 발명하고, 영국에서 경운기를 주문했다. 그러나 쿨리들은 그것을 사용하지 않았다"(*Dalloway,* 49). 이때 식민지 지배자인 자신은 기술로 대표되는 이성과 합리성을, 인도인은 무지와 비합리성을 뜻하게 된다. 그러나 그는 인도인들이 그의 기계를 사용하지 않는 구체적인 이유를 밝히지 못한다. 따라서 인도인의 어리석음이 드러나는 것이 아니라 오히려 식민지 지배자의 '문명화의 책무'가 허구임이 드러난다. 그럼에도 불구하고 피터는 인도를 문명화했다고 자만한다. 그가 인도인에게 전수하려는 문명의 특징은 다음과 같다. "칭찬할 만한 집사들, 황갈색 차우 개들 …… 이런 종류의 문명이라도 그에게 개인적인 소유물로 소중해 보이는 순간들이 있었다. 영국이 자랑스러운 순간들. 집사들이, 황갈색 차우 개들이, 안전하게 보호받는 소녀들이 자랑스러운 순간들"(*Dalloway,* 55). 피터가 반복하는 목록—"칭찬할 만한 집사들," "황갈색 차우 개," "안전한 소녀들"— 역시 냉소의 대상이다. 이 세 가지를 피터는 영국 사회의 찬양할 만한 양상들로 선전하지만 책 전체적으로 볼 때는 비판적이다(Phillips, 18). "칭찬할 만한 집사들"이 영국의 계급 제도의 일면을 보여 준다면, "황갈색 차우 개들"은 원래 투견이었으나 마치 주인이 고결한 도덕을 내세우지만 위선적으로 강압을 감추고 있듯이 솜같이 부드러운 털 속에 물어뜯는 능력을 감추고 있으며, "소녀들"을 안전하게 보호한다고 하지만 실제로 그는 길거리에서 낯선 여자를 뒤쫓아 간다. 특히 1919년 반란을 영국의 입장에서 조명할 때 여성의 강간에 초점을 맞추었던 것을 생각하면 식민지 지배의 논리 중 하나가 여성을 보호한다는 것이다. 하지만 이 작은 에피소드에서 그런 논리가 허구임이 드러난다. 문명화의 책무라는 논리는 허구일 뿐 아니라 불안정한 것이기도 했다. 당대 영국은 1차 세계대전 이후 한편으로는 제국주의적 확장을 중단하면서도 다른 한편 제국주의 이데올로기를 보전하려는 모순된 입장으로 인하여 불안의 장이 되어 버렸다. 이러한 불안은 개인적인 수준에서 피터가 신경증적으로 펜나이프를 만지작거리는 것으로 나타나며, 더 큰 맥락에서는 1919년 영국이 인도에서 보인 공격적인 행동으로 나타난다. 이 작품의 시간을 재구성할 때 피터는 1919년 당시 영국에 있었던 것이다. 이때 다이어(Dyer) 장군은 비무장 군중에게 발사했으며, 셔우드(Marcia Sherwood) 양의 굴욕에 대한 보복으로 그녀가 공격당한 길을 지나는 인도인은 누구든 네 발로 기어가라고 명령했다.

《댈러웨이 부인》에서 제국에 대한 비판은 여성을 소유하고 자신의 의지를 강요하려는 남성성에 대한 비판을 통하여 간접적으로 이루어진다. 클라리사가 보여 주는 여성적 정체성은 접경적인 성격을 지닌다. 그것은 한편으로는 제국주의에 대한 비판이지만 한편으로 그 질서의 용인이기도 하다. 우선, 클라리사는 직접적으로 제국의 문제에 대해 전혀 관심을 보이지 않는다. 셉티머스에 대한 공감으로 전쟁을 강요하는 사회에 대한 비판으로까지 클라리사의 상상력은 확대되지만, 아르메니아(Armenia)에 대한 태도를 보면 주변 세계에 대해서는 관심이 없는 유아적인 상태에 머물러 있음을 알 수 있다. 소설의 시점은 영국이 로잔 조약(Lausanne Treaty)에 서명하기 한 달 전으로 되어 있다. 이 서명은 영국의 배신이기도 하다. 아르메니아는 더 이상 조국을 갖지 못하고 아르메니아인은 터키로 이주해야 했다. 인권을 둘러싼 당시 아르메니아에 대한 관심은 이 장면에서 '부재하는 현존'[11]이기도 하다. 리처드는 로잔 협약을 협상하는 위원회에 참여하기 위해서 하원에 가는 길이다.

> 〔리처드는〕 소파 위에 그녀를 앉히고 그의 장미를 바라보고 있었지만 반쯤은 이미 하원, 그의 아르메니아인, 그의 알바니아인에게로 가 있었다. 그리고 사람들은 '클라리사 댈러웨이는 버릇이 없어'라고 할 것이다. 그녀는 아르메니아인보다는 그녀의 장미에 더 신경을 썼다. 살던 곳에서 쫓겨나고, 불구가 되고, 얼어죽는 아르메니아인들. 잔학과 부당함의 희생자들 (그녀는 리처드가 이렇게 말하는 것을 여러 번 들었다)— 아니, 그녀는 알바니아인들에 대해 아무런 느낌도 들지 않았다. 또는 그게 아르메니아인이었던가? 하지만 그녀는 자신의 장미들을 사랑했다. (*Dalloway,* 120)

11) Linden Peach, *Virginia Woolf* (New York: St Martin's, 2000), 104.

남성적 질서에 대한 비판에도 불구하고 클라리사는 그의 장미에서 그녀의 장미로 넘어가 버린다. 그녀는 알바니아와 아르메니아의 차이조차 구분하지 못한다. 사회적 이슈에 대한 클라리사의 반응은 미미하게 시작되어 사그라들어 버린다(Phillips, 6).

클라리사의 문제는 다음 세대인 딸 엘리자베스(Elizabeth)에게도 반복된다. 엘리자베스에게 결혼은 유일한 선택이 아니다. 그녀는 버스를 타고 런던의 낯선 지역을 지나면서 전율을 느끼고 무엇이든 될 수 있을 것 같은 기분에 사로잡힌다.

> 사나운 것—해적—은 앞으로 출발하자 튕겨져 나갔다. 그녀는 균형을 잡기 위해서 난간을 꼭 붙들어야 했다. 그것은 해적으로 무모하고 뻔뻔하고 가차 없이 짓눌렀다. …… 그리고 그녀는 사람들이 일하고 있는 느낌이 좋았다. …… 그녀는 챈서리 래인에서 내리면서 웨스트민스터와는 아주 다르구나 하고 생각했다. 아주 진지하고, 아주 분주했다. 간단히 말해 그녀는 직업을 갖고 싶어졌다. 그녀는 의사가 되거나 농부가 될 것이다. 그리고 필요하다면 국회의원이 될 수도 있을 것이다. 이 모든 게 스트랜드 때문이었다. (*Dalloway*, 135-36)

그녀에게 런던은 광경일 뿐이며 기회는 환상의 산물일 뿐이다. 그녀는 아버지처럼 국회의원이 될 수도 있으리라고 꿈꾸지만 현실 속에서 그녀는 아버지의 '사랑스러운 딸'로 남을 뿐이다.

《댈러웨이 부인》에서 여성적 정체성은 남성 지배적인 질서와 그것에 수용되지 않는 일면을 지님으로써 제국주의에 대해 비판하지만 동시에 그 비판은 제한적인 것이다. 클라리사의 갈등은 제국주의 사회에 대한 근본적인 물음으로 나가는 대신 그 사회 질서 내부에서 여성 개인이 순간적으로 포착한 여성적 정체성을 이상화하는 것으로 끝난다. 그리고 이러한 정체성은 세대를 너머 여성에게 점차 기회가 확대되는 사회 변화와 무관하게 초시간적인 의미를 지닌 것으로 제시된다. 엘리자베스는 어머니인 클라리사의 문제를 공유하는 것으로 끝나는 데 비해 《등대로》에서는 비유적인 딸인 릴리(Lily)를 통해서 램지 부인이 대표하는 여성적 정체성에 대한 의문이 좀 더 철저하게 제기된다.

3. 《등대로》

《등대로》에서 공간은 고정된 장소이며 시간—소설 중간부의 10년간—은 자유롭게 흐른다. 소설의 배경은 헤브리디스(Hebrides)에 있는 램지(Ramsay) 일가의 집이며—콘월(Cornwall)에 있는 울프 부모의 해변가 집을 근거로 했다고 한다— 서술의 초점은 소설의 3부를 통틀어 램지 일가에 맞추어져 있다. 제1부는 9월의 어느 하루 저녁에 일어나는 일들을 다루며 제3부는 10년 후 9월의 어느 아침의 일이다. 제2부 '시간이 흐르다'는 제1차 세계대전 중, 거의 폐허로 변해 버린 10년간을 간략하게 묘사한다. 제3부에서는 릴리를 통하여 램지 부인의 궁극적인 의미가 탐색된다.

램지 부인은 상류층의 전형적인 주부이다. 램지 부인은 모성을 대표하는데, 그녀는 단지 어머니일 뿐 아니라 성모, 여왕으로 확대된다. 찰스 탄즐리(Charles Tansley)와 산책 중에 램지 부인이 카마이클(Carmichael)이 결혼만 제대로 했으면 훌륭한 철학자가 되었을 것이라고 하자, 탄즐리는 "남성의 지성"(*Lighthouse*, 11)을 인정받은 것에 으쓱해진다. 산책이 끝날 무렵 그에게는 그녀가 성모, 여왕, 어머니가 통합된 모습으로 보인다.

> 그녀가 들어와서 잠시 동안 조용히 서 있었다. …… 잠시 동안 푸른 리본을 두른 빅토리아 여왕의 그림에 기대어 꼼짝도 않고 서 있었다. 그리고 갑자기 그는 바로 이것임을 깨달았다. 바로 이것이었다—그녀는 그가 본 중 가장 아름다운 사람이었다.
>
> 눈에는 별빛이 서려 있고 머리에는 시클라멘과 야생 오랑캐꽃이 드리워져 있었다—내가 지금 무슨 말도 안 되는 생각을 하고 있는 거지? 그녀는 쉰이 넘은데다 아이가 여덟 명이나 되는데. (*Lighthouse*, 14)

뱅크스(Bankes)가 바라보는 램지 부인의 모습에서는 이러한 제국의 의미가 더욱 강조된다. 그는 그녀를 바라보면 "야만이 길들여지고, 혼란의 지배가 가라앉는다"(*Lighthouse*, 47)라고 하는데 이는 제국의 "문명화의 책무"를 연상시킨다. 19세기에 집안의 천사로서 여성은 사회에 도덕적 영향을 미치는 존재로 여겨졌는데, 이제 사회는 영국을 넘어서서 제국 전체를 포괄하게 된다.

그녀의 영향력이 실현되는 구체적인 장은 가족 나아가 이웃이다. 그녀의 삶의 핵심에는 가족이 있고, 그녀의 영향력은 파티와 자선을 통해 동심원적으로 이웃으로 확산된다. 그녀는 파티를 통해 이상적인 공동체를 만들려고 하는데 그녀의 궁극적인 승리는 뱅크스를 끌어들인 것이다. 남성적인 근면 윤리에 의해 파티는 시간 낭비로만 여기는 뱅크스를 파티에 끌어들이고 "오늘밤에는 내가 이겼어요"(*Lighthouse*, 73)라고 한다. 그는 식탁에서 일을 생각하며 끊임없이 손가락으로 식탁보를 두드린다. 그러나 막상 식사를 하게 되자 음식을 즐기며 램지 부인에 대한 존경심으로 가득 찬다. 그녀의 모성적 원리가 확산된 또 하나의 형태는 자선이다. 그녀는 모델이 될 만한 목장과 병원을 짓겠다는 계획을 세우다가 무산되지만 등대지기에게 물건을 모아다 주고, 등대지기 아들에게 줄 양말을 짜고 가난하고 병든 사람을 돌본다. 파티와 자선 외에 그녀의 삶의 또 한 축을 이루는 것은 모든 사람은 결혼해야 한다며 끊임없이 중매를 하는 것이다. 그녀는 폴(Paul)과 민타(Minta)의 결혼을 주선하고 릴리에게 뱅크스와 결혼할 것을 강권한다. 램지 부인은 가부장적인 사회가 요구하는 어머니로서, 여주인으로서의 역할을 완벽하게 해내는 것이다. 클라리사가 남편이나 애인에게 유치하게 군다고 비판받는 반면 램지 부인은 릴리를 제외한 모든 사람의 흠모와 존경의 대상이다. 램지 부인은 이름조차 밝혀져 있지 않으며 그저 램지 부인이다. 이것은 그녀가 남성 중심적인 질서에 그만큼 철저하게 통합되어 있음을 뜻한다.

그러나 램지 부인 역시 클라리사와 마찬가지로 남성 중심의 질서로는 설명되지 않는 자아의 일면을 지니고 있다. 파티에서 돌아와 방으로 돌아왔을 때 "그녀의 마음 한쪽 구석에서 리듬을 맞추어 밀려드는 것 …… 그녀는 이것은 하얗고, 이것은 빨갛다는 것만 알았다. 처음에 그녀는 자신의 말이 무슨 뜻인지 전혀 알지 못했다"(*Lighthouse,* 119). 이것은 완벽하게 리듬과 억양과 소리와 색채로만 이루어진 상태이다. 그녀가 자유롭게 느끼는 것은 언어가 사라지고 자신의 자아가 사라질 때이다.[12] 그녀는 자신을 "어둠의 쐐기"로 생각한다. 그녀는 고독의 경험을 움츠림의 느낌

12) Chakravatory Gayatri Spivak, *In Other World* (New York: Methuen, 1987), 33. 이하 이 책의 인용은 본문에서 "Spivak"으로 밝히기로 한다.

으로, "엄숙한 느낌으로, 남들에게는 보이지 않는 어떤 것, 쐐기 모양의 어둠의 핵심, 다시 말해 진정한 자신이 되는 것"(*Lighthouse,* 63)으로 묘사한다. 램지 부인은 빛을 바라보면서 자신을 등대의 한 줄기 광선으로, 세 번째의 빛과 동일시한다.

> 항상 이 시간에 이런 기분으로 사람은 누구나 하나의 사물, 특히 그가 본 사물에 애착을 느끼지 않을 수 없다. 그런데 이것, 길고도 한결같은 빛줄기는 그녀의 빛이었다. …… 그녀는 그녀가 바라본 것—예를 들어, 바로 그 빛—이 되었다. …… 그녀는 뜨개질 감 너머로 올려다보고 세 번째 빛줄기를 맞이하였는데, 그녀에게 그것은 마치 자신의 눈과 눈이 서로 눈을 맞추는 듯한 느낌을 주었다. 그 빛줄기는 그녀만이 탐색할 수 있는 방식으로 그녀의 지성과 감정을 탐색하고 있었고 그 거짓, 어떤 거짓이라도 정화시켜 사라지게 하고 있었다. 그녀는 그 빛줄기를 찬미하면서 전혀 자만심에 빠지지 않은 채 자신을 찬미했다. 왜냐하면 그녀는 그 빛처럼 엄격했고, 탐색하고 있었으며 아름다웠기 때문이다. (*Lighthouse,* 63-64)

연인을 맞으러 가는 신부의 이미저리(imagery)를 사용하여 그녀는 자연의 세계와 일체가 된다. 그녀는 램지 씨가 아니라 사물과 결합된 이미지를 보여 준다.

램지 부인 자신의 결혼의 실제 모습은 의사 소통의 단절로 이루어져 있다. 조화로운 가족을, 나아가 파티를 통해 이웃과 조화를 이루려는 램지 부인의 시도와 늘 R의 세계에 도달하려는 램지의 세계는 넘을 수 없는 경계선으로 단절되어 있다. 그녀는 등대로 갈 수 없는 것에 대해 "당신이 옳아요"(*Lighthouse,* 124)라고 하지만 그것은 그가 듣고 싶은 대답이지 그녀의 욕망이 제대로 전달된 것은 아니다. 이들에게 진정한 의미의 결합은 있을 수 없다. 이들 사이에 가장 성공적인 의사 소통은 스피박의 지적대로 카마이클이 수프를 한 번 더 달라고 했을 때 분노를 공유하는 정도에 그친다(Spivak, 31). 부인 자신도 결혼이 축복이라는 것이 환상이며 "결혼은 즐거움인 만큼이나 의무이고 그 안에 죽음의 씨를 지니고 있다" (*Lighthouse,* 100)는 점을 순간적으로 인정하기도 하며, 남편의 끊임없는 요구에 "몸 전체가 지쳐 버린다"(*Lighthouse,* 39). 그녀에게 결혼은 죽음이나 삶처럼 주어진 운명이다.

램지 부인이 무생물과 일치를 느끼는 가운데 자아가 해체되는 느낌을 갖는다면 제2부 '시간은 흐른다'는 인간의 모든 노력 특히 램지 부인이 대표하는 공감과 모성을 무로 만드는 시간, 즉 자연의 힘을 그리고 있다. 그러나 시간은 단지 자연을 대표하는 것만은 아니다. 자연 속에는 이미 사회적인 의미가 각인되어 있다. 스피박은 2부의 자연이 추상적으로 광기와 전쟁을 뜻한다고 보는 반면(Spivak, 35), 윈스턴은 2부가 제임슨이 말하는 억압된 정치적인 내용, 즉 제국주의에 대한 불안이 분출된 것으로 분석한다(Winston, 42). 산문집인 《3기니》에서 울프는 직접적으로 제국주의를 비판하기도 했다. 그녀는 영국 가부장제 사회가 외국에서 벌인 제국주의적 착취에 대해 비난하면서 이것을 독일의 파시즘이나 국내의 여성의 종속에 비유하였다. 그러나 작품에서는 정치적인 함의가 간접적인 형태로 나타난다. 《등대로》에서는 풍경이 알레고리적으로 억압된 정치적 불안을 드러낸다.

해변으로 내려가서 바다와 하늘에게 어떤 메시지를 줄지 혹은 어떤 비전을 제시할지 물으려는 사람들은 여느 때처럼 신의 선물의 징표가 있지만 그 가운데 …… 무언가 조화되지 않는 것이 있음을 …… 생각해야만 했다. 잠시 잿빛 배의 유령이 조용히 나타났다가 사라졌다. 평온한 바다 표면에는 자줏빛 오점이 있었다. 마치 보이지 않지만 무언가가 바다 밑에서 격노하며 피를 흘리는 것 같았다. (*Lighthouse*, 133-34)

앤드류 램지(Andrew)의 전사에 대한 언급에 이어지는 이 구절은 1차 세계대전에 대한 정치적 불안을 담고 있다. 윈스턴에 따르면 독자는 텍스트라는 풍경 속에서 아름답고 흠 없는 표면 아래 숨어 있는 "오점"을 찾도록 권유받는다는 것이다. "배", "오점"은 울프의 텍스트에 숨겨져 있는 것, 1차 세계대전이라는 사건 자체가 아니라 1차 세계대전을 불가피하게 만든 제국주의라는 체제 자체를 지시한다고 한다(Winston, 46-47). "오고, 가는 …… 배"는 가라앉고 그 자리에는 표면에 "오점"이 남는다. 가라앉는 것은 배만이 아니고 램지 부인도 사라지고, 그들의 여름 별장도 자연의 힘 앞에 쇠락하며, 등대로 여행을 떠나는 캠의 눈에는 "섬이 너무 작아져서 나뭇잎보다도 작게"(*Lighthouse*, 204) 되며 소설의 끝에 이르면 섬은 완전히 사라진다. 배, 여름, 별장과 섬이 가라앉는 다양한 이미지를 대영제국의 몰락에 대해 만연된 불안으로 읽을 수 있다. 1880년대에서 1차 세계대전에 이르는 시기 동안에 주요 자본주의 국가 사이의 세계 영토 분할이 거의 끝났으며, 영국의 우월성은 공격을 받고 있었다. 제국 전반의 쇠퇴가 이 텍스트를 괴롭히는 유령 같은 배에 의미를 더해 준다. 가라앉는 배는 1차 세계대전 동안에 일어났던 엄청난 생명의 손실뿐 아니라 대영제국의 몰락을 뜻하기도 한다. 제2부를 제국주의의 몰락에 대한 알레고리로 읽을 때, 여왕이자 양육자인 어머니로 부각되던 램지 부인의 의미 역시 약화된다.

제3부는 전적으로 릴리의 입장에서 다시 쓰는 램지 부인의 이야기이다. 릴리는 이미 1부에서도 램지 부인을 비판적으로 조명한다. 모이는 릴리가 램지 부인과 램지 씨로 양분된 고정된 젠더 정체성을 뛰어넘는 대안적인 여성적 정체성을 창조해 낸 것으로 파악한다(Moi, 13). 그러나 1부와 3부를 비교해 보면 1부가 좀 더 분명하게 램지 부인이 대표하는 여성적 정체성을 비판하는 반면, 3부는 릴리가 예술가이며 신세대의 여성으로 자신의 정체성을 지키면서 동시에 램지 부인을 수용하는 것에 맞추어져 있다. 1부에서 릴리는 램지 부인을 비판하는데, 이러한 릴리가 긍정적으로 묘사되어 있다. 이것은 페미니스트적 관점에서 볼 때 《댈러웨이 부인》에 비해 《등대로》가 진전된 것임을 말해 준다. 릴리가 볼 때 램지 부인은 남성의 요구에 끝없이 시달리는 희생자이다. "저 남자는 자신이 얻는 것을 돌려주는 법이 없어. 그녀는 생각했다. 그녀의 마음속에서는 분노가 솟아오르고 있었다. 반면 부인이 주어야만 하는 거야. 램지 부인은 주었어. 주고, 주고, 주다가 그녀는 죽어 버렸어"(*Lighthouse*, 149). 남성에게, 가족에게, 이웃에게 끝없이 공감을 주고 난 후 램지 부인 자신에게는 남는 것이 없어지고 나아가 자아가 소멸된다.

릴리의 비판은 제국주의가 요구하는 여성적 정체성에 대한 비판이기도 하다. 릴리 자신은 램지 부인이 강요하는 여성적 정체성에 대해 저항하는 주체이다(Winston, 57). 그녀는 저항의 수단으로 팔레트를, 즉 예술을 택한다. 릴리에게 결혼은 "희석"이고 또 "타락"(*Lighthouse*, 204)이다. 램지 부인은 열정적인 선교사처럼 결혼을 강요하지만 릴리는 "개종"하지 않는다. 오히려 그녀는 폴의 결혼이 실패했다는 것을 알면서 램지 부인의 선교의 천박함을 폭로한다. 램지 부인 자신은 결혼을 운명처럼 여기고 이야기하지만 이것은 제국의 모성 이데올로기를 반복하는 것이다. 20세기 초에 등장한 강력한 모성 이데올로기에서 모성에 새로운 위엄이 주어졌으며 종족의 어머니가 되는 것은 여성의 운명이자 의무가 되었다. 램지 부인은 모성 이데올로기의 수호를 통해 제국을 지지할 뿐 아니라, 스스로 제국을 통치하는 여왕의 면모를 보인다. 이에 대해 릴리는 "램지 부인이 자신이 전혀 이해하지 못하는 사람들의 운명을 전혀 흔들림 없이 다스린다는 생각에 거의 히스테리컬하게 웃었다"(*Lighthouse*, 50). 램지 부인이 사람들을 끌어 모으듯이 대영제국은 다양한 사람들과 복합적인 문화를 결합하고 통제한다. 릴리의 비판은 제국이 요구하는 모성 양자에 대한 비판, 나아가 제국에 대한 비판이다.

그러나 램지 부인에 대한 비판의 관점을 제공하는 릴리 역시 내면화한 관습적 가치에서 완전히 자유롭지는 않다. 램지 부인은 릴리의 그림에 대해서는 전혀 개의치 않고 "그녀는 결혼해야 해!"라고 확고하게 생각한다. 식탁에서 릴리가 탄즐리를 챙겨 주어야 한다고 램지 부인은 생각한다. "여자는 으레 맞은편에 앉은 남자에게 주의를 기울이고"(*Lighthouse*, 91) 남자의 허영심을 만족시켜야 한다는 것이 램지 부인의 생각이다. 반면 릴리는 그러한 일을 하는 것이 자신이 구축하고자 하는 여성적 정체성을 훼손시키는 것이 아닐까 하고 의심한다.[13] 신세대의 릴리에게는 남성의 욕구를 거부하고 남성에게 종속되는 것을 거부하는 것이 자랑스러운 일이다. 그러나 그녀는 결국 램지 부인의 요구대로 탄즐리에게 사교적인

---

13) Allie Glenny, *Ravenous Identity: Eating and Eating Distress in the Life and Work of Virginia Woolf* (New York: St Martin's, 2000), 136. 이하 이 책의 인용은 본문에서 "Glenny"로 밝히기로 한다.

친절을 베푸는 가운데 램지 부인의 엄청난 영향력에 다시 한 번 굴복하고 만다. 그보다 더 중요한 것은 릴리가 스스로를 "여성이 아니고 까다롭고 성질 못된 메마른 노처녀"(*Lighthouse,* 151)로 인식하는 것이다. 그녀 스스로 아직 대안적인 여성성을 찾지 못하고 있다.

3부의 릴리의 그림은 램지 부인을 어떻게 해석하느냐, 결국 자신의 정체성을 어떻게 규정하느냐에 대한 릴리의 궁극적인 비전을 보여 준다. 릴리는 램지 부인을 거부하는 데서 나아가 램지 부인을 자신의 비전의 일부로 통합하고자 한다.

> 갑자기 그녀가 바라보고 있던 창문이 뒤에서 비치는 빛 같은 것 때문에 하얗게 되었다. 마침내 그리고 누군가가 거실로 들어왔다. 누군가가 의자에 앉았다. 제발 그들이 그냥 그대로 앉아 있고 수선스럽게 그녀에게 다가와 말을 걸지 말기를 그녀는 기도했다. 다행히도 그 누군가는 여전히 집 안에 있었다. 그리고 운 좋게도 이상한 모양의 삼각형의 그림자가 계단 위에 생겼다. 그로 인해 그림의 구도가 약간 바뀌었다.
> (*Lighthouse,* 201)

그녀는 "가운데 선"을 그음으로써 자신의 비전을 성취한다. 이 선은 그녀와 램지 부인 사이의 간격을 메우는 것이 된다(Glenny, 137). 그러나 릴리의 그림은 "초록색과 파란색" "위로 엇갈려 가는 선들"로 되어 있을 뿐 그녀가 포착한 비전이 무엇인지 구체적으로 알 수가 없다. 그러나 릴리의 비전이 그녀가 고민하던 여성적 정체성 문제에 대한 해답으로 제시된 것은 사실이다. 그러나 토릴 모이가 말하듯이 그녀의 비전이 고정된 남성과 여성이라는 정체성의 파괴성을 지적하고(Moi, 13) 그것을 넘어서는 대안적 여성성을 제시하는 것은 아니다. 릴리는 램지 부인이 대표하는 고정된 여성적 정체성을 거부하는 것이 아니라 램지 부인을 수용하면서도 새로운 정체성을 획득하고자 한다. 바울비는 램지의 등대로 여행이 완결되는 순간에 릴리의 그림이 완성되기는 하지만, 형식적인 절정이라는 느낌을 준다[14]고 지적한다. 그러나 이 비전이 형식적인 이유는 단지 너무 늦어져서라기보다는 이 비전이 제2부 '시간은 흐른다'가 제시하는 램지 부인의 여성적 정체성에 대한 근본적인 비판의 수준에 이르지 못한 채 형식적인 수준에서 램지 부인의 여성성을 부정하면서 동시에 긍정하는 데 있다.

4. 나오는 말

《댈러웨이 부인》과 《등대로》에서 제국주의에 대한 비판은 두 가지 방향에서 이루어지고 있다. 첫째, 울프의 여주인공들은 순응적으로 보이지만 위태로운 정체성 속에서 가부장적인 제국주의적 질서에 대한 간접적인 비판을 담고 있다. 이것은 제국주의가 요구하는 여성적 정체성만으로는 여주인공의 자아가 모두 설명되지 않음을 의미하며 제국주의적 질서의 억압성을 드러낸다. 둘째, 제국주의 비판은 다른 인물을 통해서 이루어진다. 《댈러웨이 부인》의 경우 남성성을 극도로 밀고 가다 광인이 된 셉티머스의 예를 통해 남성성이 관철되는 장인 제국주의 질서에 대한 비판을 담고 있으며, 《등대로》에 이르러서는 더욱 직접적으로 제국주의 질

14) Rachel Bowlby, *Feminist Destinations and Further Essays on Virginia Woolf* (Edinburgh: Edinburgh UP, 1997), 68.

서를 유지하는 관습적인 여성적 정체성에 대한 비판적인 시각이 함께 제시된다.

이러한 비판적인 시각에도 불구하고 여성적 정체성이 전면적으로 제국주의 질서에 저항하는 것은 아니다. 클라리사는 사회가 요구하는 여성적 정체성과 그것으로 설명되지 않는 고립된 자아의 경계에서 아슬아슬하게 균형을 취하고 있다. 그녀는 셉티머스에게 공감하지만 그것이 제국주의 질서 전반에 대한 총체적인 인식으로 확대되지는 않는다. 《등대로》에서 릴리의 관점은 램지 부인에 대한 비판으로 유효하기는 하지만, 모이가 말하는 고정된 남성/여성 정체성을 넘어서는 대안으로 보기에는 설득력이 떨어진다. 릴리가 보이는 비전은 제국주의적 질서에 대한 비판으로까지 나가지 못하고 있다. 오히려 1부와 2부의 대비 속에서 제국과 연관해서 볼 때 램지 부인의 여성적 정체성이 어떤 함의를 갖는지 근본적으로 재고된다.

《댈러웨이 부인》과 《등대로》의 여주인공은 정확하게 제국주의적 질서에 순응하는 것은 아니지만 그렇다고 그러한 질서를 적극적으로 거부하지도 않는다. 이들이 보여 주는 여성적 정체성은 저항의 잠재적 가능성은 가지고 있으나 현실의 장에서 구체적인 행동이나 대안적인 관점으로 나타나지 않는다. 여주인공의 문제는 항상 다른 인물에게 투사되지만, 그 인물들에게서조차 여성적 정체성의 문제는 해결되지 않는다. 셉티머스는 제국주의의 희생자이기는 하지만 그의 비극적 결말은 클라리사의 문제에 대한 답이 아닐뿐더러, 어떤 면에서는 제국주의 질서를 거부해서는 안 된다는 경고로 남는다. 릴리의 비전은 램지 부인에 대한 비판과 수용의 변증법적인 합으로 제시되지만 형식적인 화해로 끝나며 따라서 제국주의 질서가 요구하는 여성적 정체성에 대한 관점이 명확하게 제시되지 않는다. 이 작품들 속에서 제국주의에 대한 비판이 여성적 정체성이라는 핵을 둘러싸고 있지만, 이 비판은 릴리의 그림이 보여 주는 비전만큼 추상적인 수준에 머물고 있다.

'바나나 껍질'과 '흘겨보기'

바흐친식 로렌스 읽기에 대한 재고

유두선

1. 문제 제기

영국 소설가 D. H. 로렌스(D. H. Lawrence, 1885~1930)와 러시아의 철학자이자 비평가 바흐친(M. M. Bakhtin, 1895~1970)은 동시대인이었지만 생전에는 교류는커녕 면식의 증거조차 없음에도 최근 들어 꽤 가까운 사이가 되어, 이제 이 둘이 동행하는 일이 그다지 낯설지 않다. 1995년 출간된 《소설사전》은 바흐친의 핵심 개념 가운데 하나인 '다성성(polyphony)'을 설명하면서 다성적 산문을 구사하는 대표적인 작가로 조이스(James Joyce)와 함께 로렌스를 꼽으면서, 그 실제 예로 로렌스의 《연애하는 여인들》(*Women in Love,* 1920)의 한 장면을 들고 있다.[1)]사실 이 사전은 바흐친의 도움을 받아 로렌스를 이해하려는 최근 로렌스

1) 이것은 결혼식 장면으로, 여기서 버킨(Birkin), 제럴드(Gerald), 허마이오니(Hermione)가 결혼식의 신랑 등과 함께 대화를 나누는데, 사전의 저자에 따르면 이때 인물들은 각자의 견해를 동등한 자격으로 펼치도록 허용되기 때문에 어떤 단일한 주장도 주도권을 쥐지 않게 되고 화자 역시 가타부타 평가를 하지 않고 중립을 지킨다는 것이다. Laurie Henry, *The Fiction Dictionary* (Cincinnati: Story, 1995), 226-27.

비평의 한 조류를 반영한다. 1980년대 말 부스(Wayne C. Booth)를 필두로 해서 롯지(David Lodge), 플레이쉬먼(Avrom Fleishman) 등, 굴지의 비평가들이 바흐친의 도움을 받아 로렌스를 새롭게 평가하려는 비평의 장을 연 이래, 지금까지도 로렌스와 바흐친을 연결지으려는 시도가 계속 이어지고 있어 10여 년간 지속되어 온 이 둘의 가까운 관계는 한동안 유지될 전망이다.

이들 비평가들이 언어 분석에 특히 유용한 바흐친의 이론에 힘입어 로렌스의 텍스트를 꼼꼼히 읽게 됨으로써 지금까지 '내용' 위주였던 로렌스 비평에 문체 분석이라는 새로운 차원을 제공한 것은 큰 성과이다. 그 결과 로렌스의 소설이 우리가 지금까지 생각해 온 것보다 훨씬 더 복잡하다는 사실이 밝혀지는 과정에서, 로렌스의 텍스트에는 다양한 입장과 견해가 공존하고 있고 화자 역시 중립을 지킨다는 주장이 일정한 설득력을 갖게 된 것이다. 지금까지 다수의 독자들은 인생의 제반 문제에 대해 장광설을 늘어놓는 예언가의 모습으로 로렌스를 기억하는데, 바야흐로 작가의 새로운 초상화가 그려지고 있다.

그럼에도 불구하고 필자가 진단하기에 바흐친의 관점에서 로렌스를 이해하려는 노력에 대한 재검토가 필요하다. 지금까지 대부분의 논의가 로렌스의 작품에서 바흐친의 중심 개념들—즉, '다성성'이나 '카니발(carnival)' 등—의 예를 확인하는 정도여서, 로렌스의 소설이 바흐친의 주장을 뒷받침하기 위한 도구로 전락한 느낌이 들기 때문이다. 이런 식으로 바흐친의 이론을 로렌스의 작품에 일방적으로 적용할 경우 로렌스의 작품을 제대로 이해하는 데 오히려 장애가 될 수도 있다. 바흐친이 어느 누구보다도 '대화'라는 개념을 중시하는 점을 고려할 때, 작금의 바흐친의 영향을 받은 로렌스 비평은 근본적인 의미에 있어서 대화적이지 않고,

따라서 그만큼 바흐친적이지도 않다.

바흐친의 영향을 받은 비평가들이 한결같이 즐겨 찾는 《연애하는 여인들》을 중심으로 이들의 실제 비평을 살펴보면 이 점이 분명해진다. 과거 《소설의 수사학》(*The Rhetoric of Fiction*)이라는 영향력 있는 저서에서 작가가 지나치게 나선다는 이유로 로렌스를 탐탁지 않게 여겼던 부스는 이제 태도를 바꾸어 로렌스를 '윤리적인(ethical)' 작가라고 추켜세우는데, 그 이유는 로렌스가 《연애하는 여인들》에서 타자의 목소리에 귀를 기울이는 가운데 개별 등장인물의 삶에 동등한 가치를 부여하기 때문이라는 것이다.[2] 부스의 뒤를 이은 롯지는 《연애하는 여인들》의 주제는 하나가 아니라 여럿이며, 작가 로렌스는 이 주제들을 공정하게 다루고 있다고 주장한다.[3] 롯지의 이러한 다분히 '다원주의적' 로렌스 이해에 불만을 품은 플레이쉬먼은 〈로렌스와 바흐친: 다원주의의 종말과 대화주의의 시작〉("Lawrence and Bakhtin: Where Pluralism Ends and Dialogism Begins")이라는 논문에서 동일한 소설의 분석을 통해 진정한 대화주의로서 '카니발리즘'을 내세우며 다원주의의 극복을 선언하지만, 그 역시 궁극적으로는 로렌스 텍스트의 '미완결성(unfinalizability)'을 강조하게 되어, 롯지나 부스와 크게 다르지 않아 보인다.[4]

그런데 《연애하는 여인들》의 독자들은 위의 비평들을 읽으면서 '이 소

---

2) Wayne C. Booth, *The Company We Keep: An Ethics of Fiction* (Berkeley: U of California P, 1988), 456-57.

3) David Lodge, "Lawrence, Dostoevsky, Bakhtin: Lawrence and Dialogic Fiction." *Rethinking Lawrence,* ed. Keith Brown (Milton Keynes: Open UP, 1990), 98.

4) Avrom Fleishman, "Lawrence and Bakhtin: Where Pluralism Ends and Dialogism Begins," *Rethinking Lawrence,* ed. Keith Brown (Milton Keynes: Open UP, 1990) 참조.

설이 과연 그런가'라는 의문을 떨칠 수 없다. 앞서도 언급했지만, 이들 비평가들은 과거에 독단적인 작가로 인식되던 로렌스의 모습을 바꾸는 데 기여하였다. 그러나 대신 들어선 새로운 로렌스의 모습도 완전히 만족스럽지는 않다. 바흐친의 이론에 힘입어 가능해진 새로운 로렌스 읽기를 통해서도 로렌스의 텍스트가 제대로 설명된 것 같지 않기 때문이다. 이들이 밝힌 로렌스 텍스트의 복잡성에 대해서는 어느 정도 동의할 수 있다. 하지만 로렌스가 자신의 견해를 모호하게 만드는 데 열심이었다는 주장은 동의하기 힘들다. 로렌스의 소설은, 바흐친의 영향을 받은 비평가들이 생각하는 것과는 달리, '다원주의'나 '상대주의'를 쉽사리 찬성하지 않는 것으로 보인다.[5)]

본 논문에서는 로렌스와 바흐친의 진정한 대화를 통하여 둘 사이의 공통점은 물론 차이점까지 밝혀 보고자 한다. 논의의 편의를 위해 본 연구에서는 소설 장르에 대해서만 논의할 것이다. 여기서 '로렌스'는 소설가일 뿐 아니라 산문 작가이기도 하다. 사실 로렌스는 소설 장르에 대해 바

5) 이 모습은 로렌스보다는 바흐친과, 더 정확히 말하면 이들이 이해하는 바흐친과 흡사하다. 사실 이 문제는 포스트모더니즘이라는 맥락 속에서 이해할 필요가 있을 것이다. 《연애하는 여인들》은 문학 작품의 의미의 존재에 대해 근본적인 회의를 하는 포스트모더니즘의 논의에서도 단골로 꼽히는 작품이다. 예를 들어, 작품의 끝 부분에서 어슐러(Ursula)가 버킨의 주장에 강력히 반발하는데, 이를 두고 비평가 위도우슨(Peter Widdowson)은 이 작품이야말로 의미의 존재가 불가능할 뿐만 아니라 바람직하지도 않음을 역설하는 작품이라고 주장하면서 포스트모더니스트로서의 로렌스를 강조한다. 엄밀하게 말하면 바흐친주의자들은 포스트모더니스트들은 아니다. 그렇다고는 해도 앞서 언급한 일부 바흐친주의자들이 이해하는 로렌스는 포스트모더니스트들의 로렌스 이해와 통하는 점이 없지 않다. 바흐친주의자들이 보는 로렌스가 다분히 상대주의자 내지는 다원주의자의 모습을 띠기 때문이다. 실제로 바흐친 스스로는 "다성적 접근은 상대주의와 무관하다"고 주장한다. M. M. Bakhtin, *Problems of Dostoevsky's Poetics,* ed. & tr. Caryl Emerson (Minneapolis: U of Minnesota P, 1984), 69. 이하 이 책의 인용은 본문에서 *"Problems"*로 밝히기로 한다.

흐친 못지않게 깊은 관심을 갖고 있었던 바, 이러한 관심은 선배작가 토머스 하디에 대해 쓴 비교적 긴 글인 〈토머스 하디 연구〉("Study of Thomas Hardy") 이외에도 소설에 관한 여러 에세이들을 통해 확인된다. 로렌스의 소설관이 바흐친의 그것과 상당히 유사함에도 불구하고 둘 사이에는 무시할 수 없는 차이점이 존재하는데, 본 논문에서는 특히 이 점에 유의할 것이다. 그리고 나서 로렌스의 대표작이라 할 수 있는《무지개》(*The Rainbow,* 1915)와 《연애하는 여인들》의 몇 장면을 분석하면서, 앞서 언급한 몇몇 이론을 점검하고, 로렌스의 소설은 바흐친의 '이론'으로 완전히 설명되지 않음을 보일 것이다. 이런 일련의 과정을 통해 궁극적으로는 바흐친이 말한 '상호 조명(interillumination)' —즉, 로렌스와 바흐친이 상대를 서로 밝혀 주는 것—을 꾀하고자 한다.

2. 로렌스와 바흐친의 소설론 비교

1925년 로렌스는 소설 장르에 관한 몇 편의 에세이를 쓰는데, 이 가운데 특히 소설가의 '도덕(morality)'[6]과 관련된 중요한 발언을 담은 것으로 〈도덕과 소설〉("Morality and the Novel"), 〈소설〉("The Novel") 등이 있다. 이 가운데 로렌스가 특히 관심을 가진 것은 후자로서, 이 글은 다소 진지하지 않은 듯한 어조에도 불구하고 소설 장르 전반에 관한 핵심적 내용을 담고 있다.[7] 이 가운데 본 논문과 밀접히 관련된 다음 구절을

6) 작가의 사상이나 철학 등을 일컫는 말로 흔히 작가가 의도적으로 전달하고자 하는 메시지로 이해할 수 있는데, 로렌스는 다른 글에서는 '형이상학'(metaphysic)이라고도 쓰고 있다.

보자.

> 소설에는 말씀의 흰 비둘기가 주의하지 않으면 덤벼드는 시커먼 수코양이가 언제든지 있다. 그리고 밟고 미끄러질 바나나 껍질이 있다. 그리고 집안에는 화장실이 있는 법이다.[8)]

사실 위에서 언급되는 "말씀의 흰 비둘기(the white dove of the Word)"를 비롯한 "시커먼 수코양이, 바나나 껍질, 화장실(a black tom-cat, a banana-skin, a water-closet)" 등이 뜻하는 바가 무엇인지 그다지 분명하지는 않다. 하지만 문맥으로 보아 "말씀의 흰 비둘기"는 위에서 정의한 소설가의 '도덕'을 뜻하고 "시커먼 수코양이, 바나나 껍질, 화장실" 등은 이에 어긋나고 거스르는 무엇인가로 이해하는 데에 큰 무리가 따를 것 같지는 않다. 위의 구절에 암시된 로렌스의 주장에 따르면, 소설에는 작가의 의도적인 주장과 이에 상반되는 무엇인가가 공존한다는 것이다(필자는 "시커먼 수코양이, 바나나 껍질, 화장실" 가운데 '바나나 껍질'을 선택하여 제목의 일부로 사용하였는데, 그 이유는 앞으로 밝힐 것이다).

---

7) 로렌스가 위의 에세이를 집필할 무렵에 쓴 편지를 보면 로렌스가 이 에세이에 대해 가졌던 진지한 태도를 짐작할 수 있다: "It's what I genuinely feel, and how I feel." *The Letters of D. H. Lawrence,* vol. 5, eds. James T. Boulton & Lindeth Vasey (Cambridge: Cambridge UP, 1981), 272.

8) 원문은 다음과 같다: "Now in a novel there's always a tom-cat, a black tom-cat that pounces on the white dove of the Word, if the dove doesn't watch it; and there is a banana-skin to trip on; and you know there is a water-closet on the premises"("The Novel," *Study of Thomas Hardy and Other Essays,* ed. Bruce Steele [Cambridge: Cambridge UP, 1985], 181). 이하 이 책의 인용은 본문에서 *"Hardy"*로 밝히기로 한다.

이 주장이 다수 일반에게는 생소하게 들릴지 모르지만 사실 로렌스는 이미 10여 년 전 이와 유사한 생각을 펼친 바 있다. 1차 대전 발발 직후 토머스 하디를 본격적으로 다시 읽고 쓴 〈토머스 하디 연구〉에서 로렌스는 진정한 예술을 위해 어떠한 도덕 체계의 존재와 함께 이 도덕 체계에 대한 '근본적 비판(essential criticism)'의 필요성을 역설한다(*Hardy,* 89). '도덕'과 '근본적 비판'의 관계는 《도덕과 소설》에서의 '말씀의 흰 비둘기'와 '바나나 껍질'의 관계와 같다고 할 수 있다. 왜냐하면 '바나나 껍질'은 작가의 의도적 '도덕'(말씀의 흰 비둘기)을 반대한다는 점에서 '근본적 비판'과 같은 역할을 하기 때문이다.

여기서 문제는 '도덕'과 '근본적 비판'이 동일 작품 안에 공존할 경우 발생할 사태에 대한 것이다. 사실 이러한 일이 벌어질 경우 작가의 일관된 메시지를 원하는 독자는 혼동스러울 것이다. 그러나 로렌스는 이 상황이야말로 소설을 소설답게 하는 바람직한 상황이라고 이야기한다. 잘 알려져 있다시피 로렌스는 소설 장르에 대하여 찬사를 아끼지 않는데 그 가장 큰 이유는 소설 장르가 어떠한 절대적 진리도 허용하지 않아 결국 모든 것이 상대적이 되도록 하기 때문이다.[9)]

그런데 이러한 예찬에 소설이 값하는 것은 바로 어떠한 절대적 진리도 가능하지 않도록 여기에 반대하고, 제한하고, 전복하는 '바나나 껍질'이 있기 때문이다. 이렇게 볼 때 '바나나 껍질'은 소설을 소설답게 하는 중요한 개념이라고 할 수 있다.

이제 바흐친의 '흘겨보기(sideward glance)'에 대해 살펴보자. 바흐

---

9) 원문은 다음과 같다: "The novel is a great discovery: far greater than Galileo's telescope or somebody else's wireless. The novel is the highest form of human expression so far attained. Why? Because it is so incapable of the absolute". (*Hardy,* 179)

친의 소설관은 우리의 관심을 끌기에 부족함이 없을 정도로 로렌스와 유사하다. 바흐친이 1929년에 출판했다가 1963년에 개정한《도스토예프스키 시학의 문제들》(*The Problems of Dostoevsky's Poetics*)이라는 저서에서 소개되는 도스토예프스키의 다성적 소설—하나 이상의 언어(혹은 견해)가 병치되어 갈등하고, 혹은 서로를 상쇄하는—이 갖는 구조는 로렌스가 말하는 소설의 구조, 즉 작가의 '도덕'과 이에 대한 '근본적 비판'으로 이루어진 구조와 크게 다르지 않다. 이 같은 유사점은 소설 장르에 대한 생각의 유사점으로 이어지는데, 로렌스와 마찬가지로 바흐친도 소설 장르를 예찬하면서 소설 장르가 "어떤 단일하고 통일된 언어의 절대성(the absolutism of a single and unitary language)"을 거부하기 때문에 위대하다는 주장을 펼친다.[10)]

바흐친의 소설론에서 로렌스의 '바나나 껍질'에 해당하는 것이 바로 본 논문의 제목에 선보이는 '흘겨보기'이다. '바나나 껍질'과 마찬가지로, 앞서 언급한《도스토예프스키 시학의 문제들》에 등장하는 이 말에 대해 명쾌한 설명이 나와 있지는 않다. 드문 예로는, "말을 저지하는 어떤 성질, 그리고 유보를 통해 말을 가로막는 일(a certain halting quality to the speech, and its interruption by reservations)" (*Problems,* 205) 정도가 있는데, 본 논문에서는 이를 다소 광범위하게 사용하여 다성적 소설을 가능하게 하는 장치로 이해하고자 한다. 다시 말해, 로렌스의 '바나나 껍질'이 '말씀의 흰 비둘기'의 군림을 반대하듯이, 바흐친의 '흘겨보기'가 떠맡는 역할은 소설 장르에서 어떤 단일한 언어를 유보시키고 중단시킴으로

10) M. M. Bakhtin, *The Dialogic Imagination: Four Essays by M. M. Bakhtin,* tr. Caryl Emerson & Michael Holquist, ed. Michael Holquist (Austin: U of Texas P, 1981), 366. 이하 이 책의 인용은 본문에서 *"Dialogic"*으로 밝히기로 한다. 이 책의 번역은 전승희 외 역,《장편소설과 민중언어》(창작과 비평사, 1988)를 참조했다.

써 그것의 절대성을 거부하는 일이다. 결국 '흘겨보기'의 존재로 인해 다성적 소설에 다양한 언어(혹은 견해)가 공존할 수 있는 것이다.

소설에서 떠맡는 역할이라는 측면에서 볼 때 로렌스의 '바나나 껍질'과 바흐친의 '흘겨보기'는 유사하다. 하지만 두 '개념' 사이에는 간과할 수 없는 차이점도 존재한다. 이러한 차이점은 이론가 바흐친과 '소설가' 로렌스를 비교할 때 비로소 드러나는 것으로, 바흐친은 '다성적 소설'에 드러난 '대화'의 존재 여부에 주된 관심을 기울이는 데 반해, 로렌스는 대화 이후에 벌어지는 상황, 즉 대화의 결과까지도 염두에 둔다. 바흐친의 경우, "대화가 끝나면 모든 것이 끝난다(When dialogue ends, everything ends)"(*Problems,* 252)는 인식이 기본적이다. 하지만 '소설가' 로렌스는 작가의 주장과 이에 대한 '근본적 비판' 사이의 갈등이 종국에 어떠한 상황을 가져올 수 있는지의 문제까지도 인식하고 있다. 다시 말해, 로렌스는 '말씀의 흰 비둘기'와 '바나나 껍질'의 상호 작용에 의해 초래될 수 있는 여러 관계에 관심을 갖는다. 물론 바흐친의 경우에도, 예를 들어 'heteroglossia'라는 개념이 다양한 관계에 대한 관심의 가능성을 내포할 수 있다. 하지만 '이론가' 바흐친으로서는 갈등하는 두 음성(혹은 견해)의 '공존(coexistence)' 혹은 '병치(juxtaposition)'를, 그리고 이들 사이의 '대화' 이상의 것을 드러내기는 힘들었을 것이다. 소설가로서 인생을 다양하고 종합적으로 다룰 수 있기 때문에 스스로가 과학자, 철학자, 시인보다도 위대하다고 믿었던[11] 로렌스는 대화의 여러 복잡한 양태—전복, 보완, 초월, 상호작용 없는 공존, 상호 작용하는 공존 등—에 대해 관심을 갖는다. 여기에서 전체를 총괄하는 어떤 한 가지 원리를

11) 로렌스는 인생의 전체를 다루는 소설이 부분만을 다루는 다른 분야에 비해 우월함을 주장한다. "Morality and the Novel," *Hardy,* 195 참조.

찾고자 할 필요는 없다. 소설가 로렌스에게는 오히려 이렇듯 다양한 관계에 대해 고려하는 것이 문제가 되기 때문이다.

3. 《무지개》

이제 로렌스의 대표작인 《무지개》와 《연애하는 여인들》을 통해 앞에서 정리한 이론을 점검할 차례인데, 제한된 지면에 작품에 대한 전반적 논의를 담기가 불가능하기에 두 작품에서 몇 장면을 골라 세밀히 분석하고자 한다. 소설 《무지개》는 근본적으로 '이중적인(equivocal)', 혹은 '이중음성적인(double-voiced)' 작품이다. 하나 이상의 견해가 병치된 채 공존하되 어느 한 견해가 주도권을 갖지는 않는다. 여기저기에 '바나나 껍질'이 널려 있고 흘겨보는 시선이 가득하기 때문이다. 흔히 '서곡'이라 일컬어지는 도입부만 하더라도 전통적 브랭귄 집안 남녀의 가치관이 대조적으로 제시되고 있고, 이어지는 각 세대의 남녀 사이 역시 대조라는 방식을 통해서 묘사되고 있다. 그런데 여러 독자들이 공감하듯, 각 세대를 평가하는 작가의 태도가 그다지 분명치 않다. 예를 들어, 과거 브랭귄 집안 사람들이 보유하던 "피의 의식(blood-consciousness)"은 전통적인 미덕인 동시에 극복되어야 할 유산으로 제시된다. 따라서 이 작품은 다분히 '바흐친적'이라고 할 수 있다. 바흐친의 주장처럼 두 개 이상의 가치관이 서로 상충하면서도 공존할 수 있는 가능성을 보여 주기 때문이다.

여기까지만 보면 '바나나 껍질'과 '흘겨보기'의 역할은 다르지 않다. 그러나 이 작품에는 '바나나 껍질'과 '흘겨보기'가 그 차이점을 드러내는 장면이 존재한다. 즉 바흐친의 '이론'만으로는 해결할 수 없는 장면이 존재한다는 것이다. 로렌스의 소설은 바흐친의 에세이보다 밀도 있고 섬세하게 인간 관계를 다루기 때문이다. 윌(Will)과 애너(Anna)가 링컨 성당을 함께 방문하는 일을 둘러싸고 벌어지는 에피소드를 분석함으로써, 로렌스와 바흐친 사이의 차이점을 살피기로 하자. 그리고 논의의 초점은 '바나나 껍질'이나 '훔쳐보기'의 역할을 대신할 '괴물 형상들(gargoyles)'에 맞추고자 한다.

《무지개》에서 논쟁의 여지가 많은 부분이기도 한 이 장면은, 윌과 애너가 성당을 방문하는 과정에서 윌이 애너로부터 자신의 종교관에 심각한 타격을 입게 되는 과정을 담고 있다. 윌과 애너를 가장 잘 설명해 주는 단어는 '대조'로서, 성당에 처음 도착했을 때부터 이 둘의 모습은 철저히 대조적이다. 즉, 모든 것이 교회 안에서 가능하다고 믿는 윌과 이를 믿지 않는 애너는 성당에 들어서면서부터 근본적으로 상반된 태도를 드러낸다. 윌이 종교를 통해 시간의 제약에서 벗어난 영원성을 경험하는 반면, 종교가 원래 지녔던 힘을 이미 상실했다고 믿는 애너는 오히려 교회의 폐쇄성을 느낀다.

> 애너는 성당 안에서 기절한 듯 멍한 상태에 빠졌음에도 불구하고 또 다른 권리를 주장했다. 제단은 황량했고 불이란 불은 꺼져 있었다. 하나님은 그 숲에서 불타고 있지 않았다. 거기에 있는 것은 죽은 물질이었다. 그녀는 자신 위, 성당 지붕보다 더 높은 곳에 대한 자유를 요구했다. 이전까지는 항상 지붕 안에 갇힌 느낌을 가졌던 것이다.[12)]

12) D. H. Lawrence, *The Rainbow,* ed. Mark Kinkead-Weekes (Cambridge: Cambridge UP, 1989), 188-89. 이하 이 작품의 인용은 본문에서 *"Rainbow"*로 밝히기로 한다. 이 작품의 번역은 김정매 교수의 것(민족문화문고간행회, 1986)을 참조했다.

이때 애너의 눈길을 끄는 것은 바로 다름 아닌 "돌 위에 새겨진 험악스럽고, 이상야릇하게 생긴 작은 얼굴들(the wicked, odd little faces carved in stone)" (*Rainbow,* 189)인 괴물 형상들인데, 사실 이 괴물 형상들은 교회의 절대성을 의심하는 애너 자신의 속마음을 드러내는 것이다. 다음 인용을 보자.

> 이 장난스럽게 생긴 작은 얼굴들이 무언가를 더 잘 아는 존재인 듯이 거대한 밀물 같은 성당 밖으로 내다보았다. 인간의 환상에 앙갚음하는 이 작은 요정 같은 모습을 한 얼굴들은, 대성당이 절대적이 아님을 잘 알고 있었다. 요정들은 **윙크하고 곁눈질하면서** 교회라는 엄청난 개념에 많은 것들이 빠져 있다고 암시하고 있었다. 이 작은 얼굴들은 교회 안에 제아무리 많은 것이 있다 해도 여전히 많은 것을 놓치고 있다고 **빈정대는** 것 같았다. (*Rainbow,* 189. 강조는 필자)

애너의 역할을 역사적으로 파악하는 F. R. 리비스(Leavis)에 따르면, 애너는 윌이 대표하는 종교성을 파괴하는 합리주의를 대변한다.[13] 이렇게 볼 때, 애너가 괴물 형상들에 이끌리는 것은 그녀가 윌을 지탱해 온 절대자에 대해 도전하고 있음을 상징적으로 표현하는 것이다. 소설사의 관점에서 볼 때, 위의 에피소드는 바흐친이 말하는 이른바 '소설 정신(novelistic spirit)'의 탄생을 의미한다. 어떠한 절대성도 인정하지 않는 이 '소설 정신'이야말로 소설 장르의 발생에 결정적 역할을 하는 중요한 요소이다.[14] 구체적으로 말하면, 이 괴물 형상들의 주요 기능은 웃음(혹

---

13) F. R. Leavis, *D. H. Lawrence: Novelist* (Harmondsworth: Penguin, 1964), 147.

은 조롱)으로서 이 웃음이 소설 정신을 가능하게 하는 것이다. 잘 알려져 있다시피 바흐친은 소설 장르의 발생에 있어서 웃음의 역할을 강조하는데, 이는 웃음이 갖고 있는 해방적 역할 때문이다.

> 웃음은 대상을 가깝게 끌어당기는 탁월한 힘을 지닌다. 대상을 거친 접촉영역으로 이끌어서 대상의 모든 측면을 친숙하게 만져 보고 돌려 보고 뒤집어 보고 아래위에서 뜯어볼 수 있고, 분해하고 분리할 수 있고, 발가벗겨 폭로할 수 있고, 자유롭게 조사하고 실험해 볼 수 있도록 하는 힘을. 웃음은 대상 및 세계를 친숙하게 접촉하는 것을 통해 그것을 완전히 자유롭게 검토할 수 있게 하는 공간을 마련해 줌으로써 그것에 대한 공포심이나 충성심을 파괴한다. (*Dialogic,* 23)

여기까지만 보면 로렌스의 텍스트는 그야말로 바흐친적이라고 할 수 있다. 윌이 교회에 대해 가지고 있는 "두려움과 경건함"이 괴물 형상으로 상징되는 애너의 '흘겨보기'—앞의 작품 인용에서 강조된 "윙크(winking)", "곁눈질(leering)", "빈정댐(mocking)" 등이 여기에 해당한다—에 의해 파괴되기 때문이다. 그 결과 윌은 애너의 도전을 통해 자신의 종교관에 어떤 문제가 있음을 인식하게 된다. 그리고 여기에는 분명 긍정적인 측면이 있다. 앞서도 언급했지만 사실 괴물 형상은 교회 안의

---

14) 로렌스는 〈토머스 하디 연구〉("Study of Thomas Hardy")에서 성당 안에 존재하는 이러한 괴물 형상들은 일원론(Monism)에 대한 부정을 상징한다고 적고 있다: "All the little figures, the gargoyles, the imps, the human faces, whilst subordinated within the Great Conclusion of the Whole, still, from the obscurity, jeered their mockery of the Absolute, and declared for **multiplicity**, polygeny." (*Hardy,* 66. 강조는 필자).

것, 즉 공식적인 것 못지않게 많은 무엇인가가 교회 밖에 존재한다는 사실을 깨닫게 해 주는 역할을 하기 때문이다. 따라서 윌은 애너의 의도성 여부와는 관계없이 애너의 '웃음'을 통해 지금까지 경험하지 못한 현실을 이해하게 되는 것이다. 다시 바흐친을 인용하자면, "웃음은 인간으로 하여금 웃음 없이는 포착이 불가능했을 상이하고 모순적인 현실을 경험하도록 해 준다(Laughter force[s] men to experience …… a different and contradictory reality that is otherwise not captured)" (*Dialogic,* 59).

그러나 얘기가 여기서 끝나는 것은 아니다. 괴물 형상으로 대변되는 애너의 웃음은 바흐친이 말하는 해방적 요소뿐만 아니라 이와는 다른 파괴적 속성을 동시에 지니고 있다. 그리고 이렇게 해서 생긴 파괴는 대개 지속적이다. 다시 말해, 바흐친의 경우 웃음을 통해 기존의 공식적인 위계질서가 잠시 파괴되었다가 다시 원래 상태로 돌아오지만,[15] 로렌스의 경우 웃음과 조롱은 때로는 돌이킬 수 없는 결과를 초래하기도 한다는 것이다. 필자가 아까 '바나나 껍질'이라는 표현을 선택한 이유가 이와 관련되는데, 일시적으로 위계 질서가 무너졌다가 다시 원상태를 회복하는 '훔쳐보기'와는 달리, '바나나 껍질'에 미끄러져 심하게 다칠 경우에는 팔다리가 부러지거나 삘 수 있고 많은 경우 원상 회복이 어렵다. 실제로 윌은 이 에피소드를 통해 치유될 수 없는 상처를 입고, 이후 이 둘의 관계는 상당한 변화를 겪는다. 물론 여기에 윌 자신의 한계가 어느 정도 역할을 하고 있고 애너의 도전이 가져오는 긍정적인 효과가 없지 않지만, 결국 윌은 다음의 인용에서 보이듯 자신의 한계 속에 침몰하게 된다.

15) M. M. Bakhtin, *Rabelais and His World*. tr. Helene Iswolsky (Bloomington: Indiana UP, 1984), 89.

> 이따금 윌이 밝지만 멍한 얼굴로 아주 조용히 앉아 있을 때, 애너는 그 밝은 얼굴에서 고통의 흔적을 찾을 수 있었다. 윌은 자신의 어떤 한계를 알았다. 바로 자신의 존재에 제대로 형성되지 않은 무엇이 있음을, 자신의 내부에서 성숙하지 않은 몇 개의 싹을, 그가 육체적으로 살아 있는 한 결코 성장하여 펼쳐지지 않을, 아직 접힌 상태로 남아 있는 몇몇 어둠의 중심에 대해 알았다. 그는 완성을 위한 준비가 되어 있지 않았다. 그의 안에서 채 성숙하지 않은 무엇인가가 그를 제한하고 있었다. 그의 안에 있는 어둠은 그가 펼칠 능력이 없는 것이었고 그의 안에서 펼쳐지지도 않을 것이었다. (*Rainbow,* 195)

윌의 변화 못지않은 중요한 변화는 애너의 변화이다. 윌이 스스로의 한계를 인식하고 더 풍부한 삶에 대한 추구를 포기한 것처럼 애너 역시 브랭귄 여성들이 일찍이 시작했던 "채 알려지지 않은 현실로의 모든 모험(all adventures into unknown realities)"(*Rainbow,* 191)을 포기하게 되는데, 이것으로 제2세대의 이야기는 막을 내리는 것이다.

이렇듯 위의 에피소드는 괴물 형상으로 대변되는 웃음이 가진 적극적인 기능, 즉 전복적인 기능뿐만 아니라 그것의 소극적 기능, 즉 파괴적인 기능을 동시에 보임으로써 바흐친의 '흘겨보기'와 로렌스의 '바나나 껍질' 사이에 분명한 경계선을 긋는다.

4. 《연애하는 여인들》

작가가 작품 속에 어떻게 자신의 '도덕'을 개진하는지의 문제와 관련하여 볼 때, 《연애하는 여인들》은 자매편인 《무지개》와 꽤 다르다. 이 작품에서 우리는 로렌스 작품에서는 최초로 작가의 생각을 대변하는 듯한 인물인 버킨을 만나게 된다. 버킨의 등장은 작가 로렌스의 창작 과정을 파악하는 데 중요한 이정표 역할을 하는데, 버킨은 이후 로렌스 소설에 등장하는 주인공이자 작가의 견해를 대변하는 인물군—예를 들어 《아론의 지팡이》(*Aaron's Rod*)의 릴리(Lilly), 《캥거루》(*Kangaroo*)의 소머즈(Somers), 《날개 돋친 뱀》(*The Plumed Serpent*)의 라몬(Ramón)—의 원형이라 볼 수 있다. 버킨은 작품의 '도덕'을 제공하는 인물로 그가 설파하는 바는 로렌스의 다른 산문에서와 흡사한 경우가 많다.

그러나 이 작품이 일반 산문과 다른 이유는 소설에서는 버킨을 그대로 내버려두지 않기 때문이다. 실제로 버킨의 주장은 다른 인물들에 의해 반박당하기가 일쑤이다. 소설 도처에 '바나나 껍질'이 깔려 있고 또한 그만큼의 흘기는 시선이 난무하고 있기 때문이다.[16] 사실 버킨을 비롯한 이 작품의 등장인물들은 바흐친이 말하는 '이데올로그'들, 즉 이데올로기로 무장된 인간들로서 이들의 성격은 바로 이들이 갖고 있는 견해이다(*Problems,* 87). 이러한 성격을 지닌 인물들이 나름의 생각을 펼치고 있는 가운데 이들의 대화는 대체로 '논의'가 아닌 '논쟁'의 성격을 띤다. 그러나 이때 바흐친이 이해하는 도스토예프스키의 소설에서와 마찬가지로 어느 한 목소리가 절대적 힘을 갖고 논쟁에서 승리하지 않는다(*Problems,* 252). 많은 경우—특히 어슐러(Ursula)가 반박할 때— 버킨도 예외는 아니다.

---

16) 다른 관점에서 보면 이 작품은 작가가 어느 특정 인물을 통해 자신의 견해를 어떻게 독자에게 전달하느냐의 문제에 대한 의식을 담고 있다는 점에서 메타픽션적인 요소를 포함하고 있다. 이 소설이 최근 로렌스 비평에서 크게 주목을 받는 이유도 여기에 있다.

그러나 이 작품에는 이와는 성격이 다른 장면들이 등장한다. 《연애하는 여인들》의 작가는 버킨의 견해가 아무 때나 누구한테나 반박당하도록 내버려두지는 않는다. 여기서 두 에피소드를 통해 이 문제를 살펴보자. 두 에피소드는 팜파도르 카페에서 핼리데이와 그 일파가 인류의 미래 운명이라는 다소 무거운 주제를 다루는 버킨의 편지를 공개적으로 읽으며 희롱하는 장면과, 이와는 성격이 조금 다르지만 허마이오니의 집 브레돌비에서 버킨과 허마이오니가 격돌하는 장면이다.[17)]

우선 팜파도르 카페에서 벌어지는 일을 살펴보자. 이 장면에서 제럴드와 구드런은 우연히 카페에 들렀다가 런던의 보헤미안인 핼리데이가 버킨이 자신에게 보낸 편지를 그의 친구들에게 빈정대며 읽어 주는 장면을 목격한다. 우선 로렌스의 전기적 사실에 토대를 두고 있으나 실제와는 달리 각색되었다고 전해지는 장면의 일부를 살펴보자.

> "**딸꾹!** 아, 좋아요. 정말 나무랄 데 없이 훌륭하지요. 이 부분이 압권이지요." 그는 **성경을 읽는 목사처럼 노래하듯이, 천천히, 또렷한 목소리로 읽었다.** "모든 종족에겐 파괴욕망이 다른 모든 욕망을 앞설 때가 있소. 개인에게 이 욕망은 궁극적으로 자아의 파괴 욕망일 것이오." "**딸꾹!**" 그는 잠시 멈추고 올려보았다.
>
> ……
>
> "계속해요, 계속해." 맥심이 말했다. "다음 부분이 어떤지. 정말 홍

17) 필자는 이 두 장면이 이 소설에서 가장 중요한 장면이라고 생각하지는 않는다. 이따금 버킨의 견해에 반박하는 여자주인공 어슐러의 역할을 소홀히 대할 수는 없다. 그러나 여기서는 로렌스와 바흐친의 차이를 두드러지게 하자는 의도에서 다소 지엽적으로 보이는 장면을 선택한 것이다. 사실 어슐러의 역할에 대해서는 많은 논의가 있어 왔기 때문에 반복을 피해야겠다는 생각도 들었다.

미롭군요." 푸썸이 말했다.

"그런 식으로 글을 쓰다니, 내 생각으론 대단히 잘난 체하는 사람이 군요."

러시아인이 말했다. "맞아요, 맞아. 나도 같은 생각이에요. 이 사람은 물론 과대망상증 환자지요. 일종의 광신이라고나 할까. 버킨은 자신이 인류의 구세주라고 생각하고 있어요. 계속 읽어요."

헬리데이가 목사처럼 목소리를 꾸며서 읽었다. "확실히 선과 자비가 평생 나를 쫓아다녔소." **그는 잠시 멈추고 킬킬대고 웃었다. 그리고는 다시 목사처럼 읽기 시작했다.**[18)]

위의 인용에서 다소 무겁게 들리는 버킨의 '도덕'은 제시되자마자, 아니 채 제시되기도 전에, '바나나 껍질'에 미끄러져 넘어지고 무수한 흘기는 시선을 받는다. 그리고 그 결과 버킨의 견해는 헬리데이와 그의 동료들에 의해 조롱받는다. 따라서 일견 위의 장면은 로렌스와 바흐친의 소설론을 구현하는 것으로 이해될 수 있다. 왜냐하면 이 장면에서 버킨의 '도덕'이 헬리데이와 그 일행이 제공하는 '바나나 껍질'과 '흘겨보기'에 의해 전복된다고 생각할 수 있기 때문이다.

그렇다면 작가는 왜 이러한 장면을 삽입하였을까. 작가 스스로 버킨의 입을 빌려 펼친 자신의 생각이 비현실적이라는 점을 인식하고 일종의 자기 비판을 하고 있는 것일까. 물론 이러한 생각에 전혀 일리가 없는 것은

---

18) D. H. Lawrence, *Women in Love,* eds. David Farmer, Linden Vasey & John Worthen (Cambridge: Cambridge UP, 1987), 383-84. 헬리데이의 딸꾹질을 제외한 모든 강조는 필자. 고딕체는 버킨의 편지 내용이다. 이하 이 작품의 인용은 본문에서 *"Women"*으로 밝히기로 한다.

아니다. 과장이긴 하지만, 버킨은 작중인물들에게 "과대망상증 환자", 또는 "인류의 구원자"로 불릴 정도로 현실성 없는 인물로 여겨지기 때문이다. 그런데 여기서 주목할 사실은, 핼리데이가 마치 목사가 성경을 읽듯이 버킨의 편지를 읽는다는 것이다. 그리고 주변인들은 이러한 'intoning'에 의한 핼리데이의 연기에 환호하면서 나름대로 빈정대고 있다. 핼리데이의 연기는 일견 바흐친이 말하는 '재강세화(re-accentuation)'나 '패러디적 강세화(parodic accentuation)'의 예일 수 있다. 다시 말해, 이 장면은 지나치게 엄숙한 내용의 버킨의 편지를—"버킨의 편지는 거의 성경보다 한 술 더 뜬다(Birkin's letter *almost* supercedes the Bible)" (*Women*, 383)는 부분을 참조할 것— 희롱하기 위해 핼리데이로 하여금 일부러 과장된 톤으로 읽게 함으로써 편지 내용을 패러디하고 있다. 이렇듯 이 장면은 다분히 바흐친적으로 읽힐 수 있다.

앞의 장면에서 궁극적으로 벌어지는 조롱은 과연 바흐친이 주장하는 대로 해방적인 역할을 하는 것인가. 또한 롯지의 말대로 작가는 여러 등장인물이 제시하는 견해에 대해 공정하게 대하고 있는 것인가. 이러한 물음들에 대한 답은 부정일 수밖에 없다. 사실 앞의 장면은 바흐친이 말하는 웃음이 초래할 수 있는 위험성을 보여 주고 있다고 해도 과언이 아니다.[19] 앞에 언급한 재강세화(reaccentuation)만 하더라도 해방적 측면보다는 그것에 의한 왜곡의 가능성에 근접하고 있는 것이다. 따라서 앞의 장면은 '패러디적 강세화'를 통해 해방적 기능을 주도하는 '흘겨보기'의

---

19) 바흐친은 〈소설 속의 담론〉("Discourse in the Novel")이라는 글에서 스스로 웃음 가운데 기분 나쁜 웃음 "smirk"를 지목하면서 이와 유사한 얘기를 하고 있고, 또한 지나친 '재강세화'의 위험성을 지적하고 있다. 하지만 바흐친의 주요 관심은 적극적 측면이다. *Dialogic*, 341 참조.

예라기보다는, 왜곡이라는 '패러디적 강세화'의 위험성을 내포하는 '바나나 껍질'의 예라고 할 수 있다. 결국 독자들은 버킨의 견해가 놀림의 대상이 되는 것을 목격하고 이를 환영하기보다는, 핼리데이 일당이 버킨의 견해를 부당하게 희롱하고 있음을 느끼게 된다(그리고 작가는 작품의 앞부분에서 이들 일당이 버킨의 견해를 반박할 만한 인물이 되지 못함을 밝히고 있다. 예를 들어, 앞의 인용에서 버킨을 "광신"과 연결짓는 핼리데이에 관해 말하자면, 이미 앞부분에서 버킨은 핼리데이야말로 "광신도" [*Women*, 95]라고 규정한 바 있다). 결국 이 장면은 어찌 보면 로렌스가 자신의 견해가 사회에서 어떠한 대접을 받고 있는지에 대해 적고 있는 가슴 아픈 장면으로, 참다못한 구드런이 편지를 빼앗아 카페를 빠져나갈 때 독자들은 일종의 안도감마저 갖게 된다.

이보다 더 고통스러운 장면은 허마이오니의 집에서 버킨이 허마이오니와 격돌한 후 허마이오니에게 폭행당할 때이다. 버킨과 허마이오니 이외에도 제럴드, 조슈어 경 등, 몇이 모여 '평등'이란 문제에 대해 논쟁을 벌이던 중, 인간이 평등하다는 허마이오니의 주장에 대해 버킨이 정면으로 반박하고 나서게 된다. 다음 인용은 버킨의 반박과 이에 대한 허마이오니의 태도를 보여 준다.

> 허마이오니가 마침내 입을 열었다. "정말로 만약에 우리 인간이 영적인 측면에서는 모두 하나이고 동일하다는 사실과 그 점에서는 우리 모두가 형제라는 사실을 우리가 깨달을 수만 있다면 나머지는 문제가 되지 않을 거예요. 이 파괴적인, 그저 파괴만 하는 이 같은 흠잡기, 시기, 권력 투쟁은 없을 거예요."
>
> 아무도 이 말에 대꾸하지 않았고, 거의 즉시 사람들이 식탁에서 일

어났다. 하지만 다른 사람들이 간 후 버킨은 돌아서서 가차 없는 열변을 토했다.

"정반대지요, 정반대. 허마이오니. 우리의 영혼은 모두 다르고 같지 않아요. 여러 우연한 물질적 여건의 토대가 되는 것은 사회적 차이뿐이지요. 당신 말마따나 우리 모두는 추상적이고 수학적인 면에서는 같아요. 모든 사람이 배고파하고 목말라하죠. 그리고 눈이 두 개, 코는 하나, 다리가 두 개죠. 우리는 숫자상으로는 같아요. 하지만 영혼에 있어서는 진정한 차이가 있고, 여기서는 동일한지 동일하지 않은지 자체가 문제되지 않아요. 우리가 국가의 토대로 삼아야 할 것은 이 두 가지 지식이지요. 수학적 추상을 넘어 적용될 경우, 당신의 민주주의란 완전한 거짓말이고 당신이 말하는 인간의 형제애란 말은 순전한 오류지요."

허마이오니는 자신의 **두 뺨을 따라 흘기는 시선으로** 버킨을 쳐다보았다. 버킨은 자신이 말한 모든 것에 대한 증오와 혐오가 격렬한 파도처럼 허마이오니로부터 발산되는 것을 느낄 수 있었다. 그것은 무의식에서 비롯한, 강력하고 시꺼멓게 발산하는 거센 증오와 혐오였다. (*Women*, 103-104. 강조는 필자)

위의 장면은 언뜻 보기에 버킨이 강력하게 개진하는 주장에 대해 허마이오니가 흘기는 시선—위의 인용에서 "흘기는 시선으로(with leering eyes)"라는 부분을 주목할 것—을 보내는 것으로 이해될 수 있다. 물론 버킨의 주장은 로렌스 스스로가 〈민주주의〉("Democracy")라는 산문에서 제시한 생각과 크게 다르지 않은 것으로, 받아들이기에 따라 '반민주적'으로 들릴 여지가 있다. 따라서 이 장면을 작가가 단순히 허마이오니의 반박을 통해 자신의 다소 괴팍한 견해를 점검하는 것이라고 이해할 수도 있다. 그러나 실제로 독자들은 앞선 팜파도르 카페에서와 마찬가지로 도그마로부터의 해방감을 맛보는 것이 아니라 오히려 버킨이 부당하게 대접받는다는 생각을 갖게 되는 것이다. 왜냐하면 작품의 앞부분부터 허식으로 가득 차 인간의 본모습을 제대로 이해하지 못하는 허마이오니의 한계가 누누이 지적되어 왔기 때문이다.

그러나 문제는 여기서 끝나지 않는다. 사실 허마이오니가 사회에서 차지하고 있는 비중은 상당하다. 따라서 버킨이 허마이오니에게 정면으로 대드는 것은 상당히 부담이 따르는 행위이다. 이어지는 장면에서 허마이오니는 버킨에게 앙갚음을 하기 위해 버킨을 문진으로 사정없이 내리치는데, 이 장면은 그저 허마이오니에 의한 '흘겨보기'의 예로 이해하기는 힘들 정도로 위협적인 것이다. 지금까지 살펴본 《연애하는 여인들》의 두 에피소드는 버킨 주변 사람들이 다소 독특한 버킨의 생각에 대해 비웃고, 눈으로 흘겨댐으로써 버킨의 생각과 동등한 가치를 지닌 생각을 제시하기보다는, 오히려 이들에 의한 비웃음과 흘겨댐이 어떠한 부정적인 결과를 가져올 수 있는지를 보이는 것이라 할 수 있다. 이는 《무지개》 분석에서 보았듯이 이 장면들은 그저 바흐친의 이론으로 덮고 넘어갈 수 없음을 보여 주는 예이다.

5. 결어

지금까지의 논의를 통해 볼 때, 로렌스와 바흐친의 소설론은 공통점 못지않게 차이점이 있고, 더구나 로렌스의 실제 작품에는 바흐친의 이론으로는 완전히 설명되지 않는 부분이 있음을 알 수 있었다. 특히 로렌스는 자신의 생각을 개진할 때 바흐친주의자들이 이해한 것처럼 상호 충돌하는 견해를 그저 공존하도록 한 것만은 아니고, 그러한 공존의 결과까지도 고려하고 있음을 확인할 수 있었다. 이와 함께 알 수 있는 것은, 로렌스가 적어도 바흐친이 이해하는 도스토예프스키와는 달리 자신의 의견 개진면에서 좀 더 적극적이라는 사실이다.

바로 이러한 차이점 때문에 로렌스와 바흐친의 밀월 관계는 앞으로도 지속될 것이다. 그리고 둘 사이의 관계가 지금보다 더 건강한 관계로 발전할 것이다. 로렌스나 바흐친만큼 차이를 간직하는 '타자'의 중요성을 잘 이해하고 있는 이도 드물기 때문이다.

윌리엄 포크너: 언어의 모험

신문수

포크너(William Faulkner, 1897~1962) 문학의 경이는 무엇보다 그 언어 세계의 경이이다. 그의 동시대는 물론, 언어 패러다임이 지배하는 시대를 살아온 오늘의 독자들에게도 포크너가 보여 주는 언어의 모험은 여전히 놀랍고 불가사의한 것이다. 일상적 어법과 문학적 관행을 거스르기 일쑤인 그의 소설 언어는 의미와 무의미, 통일성과 다양성, 조화와 일탈의 긴장 속에서 낯설고 불가해한 세계를 현전(現前)시키며 독자의 해석 욕망을 자극한다. 바르트(Roland Barthes)는 작가란 자기의 생각, 정열, 혹은 상상의 세계를 표현하는 사람이라기보다는 "문장을 사고하는 사람"[1)]이라고 정의한 바 있는데, 특히 《소리와 분노》(*The Sound and the Fury*, 1929)에서 《압살롬, 압살롬!》(*Absalom, Absalom!*, 1936)에 이르는 포크너 전성기의 소설들은 이러한 작가상을 상기시키기에 족하다. 난해함에도 불구하고 그의 소설이 독자를 지속적으로 끌어당기는 것은 언어의 세계를 천착하며 그 가능성과 동시에 불가능성을 다양한 방식으

1) Roland Barthes, *The Pleasure of the Text* (New York: Hill and Wang, 1975), 81.

로 드러낸 데 있다고 할 것이다. 포크너의 재능을 알아본 초창기의 얼마 안 되는 독자 가운데 한 사람이었던 에이컨(Conrad Aiken)이 먼저 주목한 것도 작가의 독특한 언어 미학이었다. 그는 긴 수식어, 많은 동격 어구와 부가절, 괄호문 등으로 끝이 없는 듯 이어지면서 의미를 계속 지연시키는 포크너의 독특한 소설 문체를 '바로크적'인 것으로 명명하면서 그의 문학 세계를 언어의 열대림으로 비유한 바 있다.[2] 그러나 이 비유는 그의 문체의 특징뿐만 아니라 그의 문학 세계 전반을 계시하는 것으로 확대시킬 필요가 있다. 포크너가 창조한 요크나파토퍼 왕국은 문체의 차원을 넘어서서 보다 근원적인 의미에서 언어의 세계이기 때문이다.

포크너의 소설은 우리 삶이 근본적으로 서사 속에서 영위되는 것임을 환기시킨다는 점에서 우선 언어의 세계이다. 그의 소설은 근본적으로 요크나파토퍼를 떠도는 소문, 일화, 한담, 전설, 야담 혹은 전래적인 이야기로 구축되어 있다. 전 시대의 리얼리스트들에게 문제가 되었던 일상적 삶의 탐구나 사회적 현실의 묘사는 그의 일차적 관심사가 아니다. 그의 소설 속의 인물들을 사로잡고 있는 것은 그들을 둘러싼 나날의 현실이라기보다는 거의 언제나 이야기에 의해 매개된 간접화된 현실이다. 프렌치맨스 벤드의 가난한 백인 농부들이 일상적으로 주고받는 수많은 에피소드와 이야기의 모음이라고 할 수 있는 《촌락》(*The Hamlet*, 1940)은 가장 두드러진 예이다. 포크너의 세계에서 이야기의 교환은 돈이나 섹스의 교환 못지않게 일상적 삶을 이루는 중요 요소이다. 포크너의 인물들도 조이스(James Joyce)나 울프(Virginia Woolf)와 같은 모더니스트 소설의 주인

2) Conrad Aiken, "William Faulkner: The Novel as Form," *William Faulkner: Three Decades of Criticism*, eds. Frederick J. Hoffman & Olga W. Vickery (East Lansing: Michigan State UP, 1960), 135-142.

공들처럼 종종 내면 세계로 시선을 돌리지만, 그들은 거기에서 개인적인 기억을 반추한다기보다는 《압살롬, 압살롬!》의 표현대로, "조용히 잠들기를 거부하고" 끊임없이 이야기를 늘어놓는 과거의 "망령들"과 대면하는 것을 볼 수 있다[3]. 그렇기 때문에 그의 소설의 화자들은 대부분 이야기꾼들이다. 그들은 과거의 망령들에 사로잡혀 그들을 되불러내 이야기를 꾸미면서 스스로를 그 이야기의 주인공으로 만들어 나간다. 포크너의 인물들이 이야기의 허구성과 진실의 문제에 예민한 것도 이런 까닭에서이다.

포크너 소설의 지리적 공간 또한 사실적이라기보다는 다분히 전설과 신화로 채색된 그것이다. 요크나파토퍼의 산과 강과 계곡, 집과 교회와 길은 한결같이 지나간 역사의 자취와 추억의 숨결이 배어 있는 것으로 나타난다. 브룩스(Cleanth Brooks)가 재치 있게 표현한 대로, 힘든 삶을 강요하는 척박한 미시시피 땅의 으뜸가는 소출은 곡물이라기보다 추억과 역사라고 해도 과언이 아닌 것이다[4]. 포크너 소설 세계에서는 실로 그 어원적인 의미 그대로 이야기가 곧 역사요 역사가 곧 이야기이다. 구남부의 플랜테이션 노예제를 근간으로 한 귀족주의적 전통, 남북 전쟁, 그 패배로 인한 심리적 상흔, 그리고 뒤이어 밀려온 산업화와 물질주의의 와중에서 더욱 첨예해지는 계급적 · 인종적 갈등과 그 소외의 역사가 마을 사람들의 이야기를 통해서 입에서 입으로 전달되고 있는 것이다. 그렇기 때문에 포크너의 주인공들에게 역사는 과거에 대한 반성이나 그것의 현재적 의미를 묻는 지적 관심의 대상이 아니다. 그것은 그들의 의식에 내면화되

---

3) *Absalom, Absalom!* (New York: Vintage, 1986), 5. 이하 이 작품의 인용은 본문에서 "*AA*"로 밝히기로 한다.

4) Cleanth Brooks, "Faulkner and the Fugitive-Agrarians," *Faulkner and the Southern Renaissance: Faulkner and Yoknapatawpha, 1981,* eds. Doreen Fowler & Ann J. Abadie (Jackson: UP of Mississippi, 1982), 35.

어 그들의 삶을 짓누르는 운명과도 같은 것이다. 《팔월의 빛》(*Light in August*, 1932)의 인상적인 표현대로, 그것은 "인식으로 더듬어 보기에 앞서서 이미 기억되어 믿음으로 굳어 있는 것이다."[5]

소설 형식과 기교에 대한 부단한 관심 또한 그의 소설이 근본적으로 언어의 공간임을 시사한다. 주지하듯, 포크너의 전성기의 소설들은 소설 기법의 교과서라고 불릴 정도로 시점과 목소리, 화자, 의식의 흐름, 시간 전도 등 서술 형식에 대한 부단한 탐구와 실험 정신을 과시한다. 포크너는 소설의 소재가 되는 인간의 삶이란 신기한 것이라기보다는 어디에서든 비슷하게 마련이고, 따라서 소설가의 임무는 이 일상적 삶의 이야기를 새로운 방식으로 말하는 데 있다고 말한 바 있다. 사실 그의 소설은 내용(fabula)만으로만 본다면, 이야기를 통해 수없이 들어 와서 한 문장에 담을 수 있을 만큼 간단한 것이거나, 아니면 하나의 선명한 이미지로 압축될 수 있는 것이다. 다시 말해 그의 소설적 상상력에서 주제나 플롯은 그다지 큰 비중을 차지하지 않는다. 《소리와 분노》의 첫 장이 예시하듯이, 그의 소설은 리얼리즘을 지향하면서도 현실의 단순한 재현은 아니다. 입체파의 그림이 그렇듯이, 그의 소설은 있는 그대로의 세계가 아니라 언어라는 질료를 통해 재구성된 세계임을 끊임없이 환기시킨다. 포크너가 요크나파토퍼를 "자기 자신만의 우주"라고 거듭 강조하는 까닭도 이 점과 무관하지 않다. 언어를 통한 이 재창조의 의지가 리얼리즘의 근본 원리로서 강조되기 때문에 그의 소설 미학은 그만큼 더 파격적이다. 친숙한 일상사를 새로운 언어적 현실로 변용시키고자 하는 작가의 욕망은 매너리즘을 용납하지 않는 극단성을 드러낸다. 다시 말해 포크너의 문체에의 의

---

5) *Light in August* (New York: Vintage, 1990), 119.

지에는 늘 자기 파괴적 혁신의 열망이 배어 있다. 《소리와 분노》로부터 《모세여, 내려오라》(*Go Down, Moses,* 1942)에 이르는 그의 소설은 특히 이러한 혁신적 글 쓰기로 특징지을 수 있다. 언어를 통해 삶의 경험을 어떻게 구조화할 것인가에 대한 끊임없는 실험과 모색—이것이야말로 그의 소설적 상상력의 원동력인 것이다.

요컨대 포크너의 문학은 언어에 이르는 길이다. 일상 언어의 폐허 위에 열리는 그 길은, 하이데거 식으로 표현한다면, "언어가 하나의 경험"이 되는 세계로 독자를 이끈다. 언어를 경험한다는 무슨 뜻인가? 그것은 무엇보다 언어를 단순한 의사 소통의 도구로서가 아니라 하나의 자족적인 실체로서 그 자체의 결과 리듬, 그 내적 어우러짐과 상호 울림을 체험하는 것을 의미한다. 이 체험을 통하여 우리는 자명한 것으로 여겨 왔던 언어의 본질과 기능은 물론 언어와 의식 혹은 언어와 사물의 관계를 새롭게 생각하는 기회를 가짐으로써, 인간과 사물을 이제까지와는 다른 관점에서 보게 되고, 그 결과 우리 자신의 변모를 경험하게 된다. 시 쓰기로 문학 활동을 시작한 포크너는 일찍부터 존재론적 경험의 대상으로서 언어에 대한 자의식을 키웠다. 그는 문학 수업기에 특히 세기말 프랑스 상징주의 시인과 엘리엇(T. S. Eliot), 파운드(Ezra Pound)와 같은 당대의 모더니스트들의 시를 즐겨 읽고 이들을 모방한 시들을 썼다. 포크너는 이들을 통해 언어는 리듬과 색깔을 지니고 서로 반향하는 자족적인 실체라는 생각을 자연스럽게 받아들였다. 사이먼즈는 상징주의 시를 논하면서, "언어는 서로 반향하고 울리도록 극단적인 주의를 기울여서 선택·조정하고 배열하지 않으면 안 된다"고 쓴 바 있다.[6] 이와 같은 생각은 소설가

6) Arthur Symonds, *The Symbolist Movement in Literature* (New York: Dutton, 1958), 70.

로 변신한 이후에도 포크너 언어관의 변함 없는 바탕의 하나였다.

1. 포크너 언어 미학의 특징

비평가 휴 케너(Hugh Kenner)는 플로베르(Gustav Flaubert), 프루스트(Marcel Proust), 조이스, 베케트(Samuel Beckett), 포크너로 이어지는 모더니스트들에게 문학의 단위는 사건이 아니라 문장이라는 말을 한 바 있다.[7] 포크너 언어의 모험도 문장에서 먼저 노정된다. 그의 문장은 어법은 물론 구문과 수사적 스타일에서 포크너적인 독특성을 보여 준다. 토속어와 남부 방언이 뒤섞인 구어체의 능숙한 구사, 수많은 부정 어사, 이중 혹은 삼중 부정, 모순 어법, 추상어와 구체어의 빈번한 결합, 대담한 신조어의 사용 등은 그중 두드러진 특색이다. 구문상의 특징으로는 'neither …… nor' 식의 빈번한 이중 부정 구문, 비교 구문, 무수한 동격 구문, 이중, 삼중, 경우에 따라서는 오중에 이르는 겹수식 어구, 병렬(parataxis), 빈번한 도치와 생략 구문, 파격 구문(anacoluthon) 등을 들 수 있다. 내면 독백이나 의식의 흐름 대목을 제외하면, 포크너의 문장은 스타카토의 짧고 급격한 템포라기보다는 《팔월의 빛》의 서두에서 리나 그로우브가 타고 가는 마차의 움직임처럼 유장한 리듬을 타는 경우가 대부분이다. 워렌 벡(Warren Beck)의 지적처럼, 유장한 그의 문장은 점층적으로 고조되어 거역할 수 없는 긴장감으로 독자에게 다가온다. 그리

7) Hugh Kenner, *Flaubert, Joyce, and Beckett: The Stoic Comedians* (Boston: Beacon, 1962), xix.

8) Warren Beck, *Faulkner* (Madison: U of Wisconsin P, 1976), 48.

하여 그것은 충격적인 놀람보다는 심원한 이해와 마음속 깊은 곳에서의 깨달음을 유도한다.[8] 남부의 독특한 구어체의 리듬을 기조로 하면서도 포크너의 문장은 종종 성경을 비롯한 고전으로부터의 인유(引喩)와 설교조의 웅변이 뒤섞인 수사를 보인다. 병치(parallelism), 대구(antithesis), 대담한 비유의 간단없는 사용 또한 포크너 산문의 빼놓을 수 없는 수사적 특색이다. 그의 소설 문장은 라르고 조로 복잡하게 이어지는 경우가 허다하지만, 그렇다고 그의 언어가 자족성이나 공연한 허세에 빠지는 경우는 드물다. 특히 의식 내면이 아닌 풍경이나 사물 묘사의 경우 그의 언어는 명료하고 경험의 직접성을 상기시키는 선명한 이미지로 채워지고 있음을 잊어서는 안 된다.

포크너는 자신의 문체가 "한 문장으로 모든 것을 말하려는 충동 …… 혹은 한 문단 안에 온갖 것, 모든 경험을 집어넣으려는 시도"의 소산이라고 밝힌 적이 있다.[9] 이 백과 사전적 욕망으로 인해 포크너의 문장은 주어와 동사 사이를 가르며 기억하기 어려울 정도로 많은 정보가 한꺼번에 제공된다. 문장만으로 본다면 그는 플로베르보다는 프루스트에 가깝다. 프루스트처럼 포크너 역시 말을 덧붙이고 끼워 넣고 반복하여 문장을 한없이 확장해 나간다. 포크너는 상징주의자들을 통해서 문학의 세계에 입문하였으나, 그의 소설은 상징주의자들이 애용한 '압축(condensation)'의 기법을 변용하여 그 자신의 독특한 '확장'의 서술 미학을 정립하면서 개화할 수 있었다.[10] 독자들의 외면을 산 주요 원인이 된 복잡하고 난해

---

9) *Faulkner in the University: Class Conference at the University of Virginia, 1957~58,* eds. Frederick L. Gwynn & Joseph L. Blotner (Charlottesville: UP of Virginia, 1959), 84. 이하 이 작품의 인용은 본문에서 *"FU"*로 밝히기로 한다.

10) Hugh Kenner, *A Homemade World: The American Modernist Writers* (Baltimore: Johns Hopkins UP, 1975), 205-10.

한 이 같은 초기의 문장 스타일에 대해 슬레이토프(Walter J. Slatoff)는 총체적 비전에의 유혹을 차단하여 대상을 유동적인 상태로 두려는 의도를 반영한다고 지적한 바 있다.[11] 이에 반해 리버(Florence Leaver)는 암시성의 극대화를 통해 언어 자체를 초월하고자 하는 시도라고 해석하였다.[12] 이 두 지적은 방향은 다르지만 다 같이 포크너의 독특한 스타일의 배후에 자리한 언어관을 자세히 검토할 필요성을 제기한다.

포크너의 소설은 언어에 대한 집요한 탐색의 소산이다. 그의 대담집과 에세이는 물론 원숙기에 이르는 거의 모든 소설에서 발견되는 언어의 본질, 언어와 의식의 관계, 언어의 의미 효과 등에 관한 메타언어적 사유가 이를 증거한다. 《흙 속의 깃발》에 나오는 시인이자 변호사인 호러스 벤보우가 자신의 삶을 "말에 의해 질서화된"[13] 것으로 여기는 것, 누이 캐디의 순결 상실을 받아들일 수 없었던 《소리와 분노》의 퀜틴이 언어는 "비현실적인 것을 가능한 것으로, 다음에는 있음직한 것으로, 이윽고는 불변의 것으로 바꾸는"[14] 주술적인 힘을 발휘한다고 생각하는 것, 말을 "결핍을 메꾸는 형상"[15]으로 간주하는 《내가 누워 죽어 갈 때》(*As I Lay Dying*, 1930)의 애디 번드런의 언어관, "인간의 마음은 상황에 딱 맞는 말을 생각할 만큼 시간 여유를 갖고 있지 못하다"[16]고 생각하는 《모세여

---

11) Walter J. Slatoff, "The Edge of Order: The Pattern of Faulkner's Rhetoric," *William Faulkner: Three Decades of Criticism,* 174.

12) Florence Leaver, "Faulkner: The Word as Principle and Power," *William Faulkner: Three Decades of Criticism*. 201.

13) *Flags in the Dust* (New York: Vintage, 1974), 398.

14) *The Sound and the Fury* (New York: Vintage, 1984), 145. 이하 이 작품의 인용은 본문에서 *"SF"*로 밝히기로 한다.

15) *As I Lay Dying* (New York: Vintage, 1987), 164. 이하 이 작품의 인용은 본문에서 *"AILD"*으로 밝히기로 한다.

16) *Go Down, Moses* (New York: Vintage, 1990), 348.

내려오라》의 주인공 아이작 맥카슬린(Issac McCaslin)의 회의주의는 두드러진 예이다. 특히 아직 소설의 길을 암중모색해 나가는 습작기에 쓴 《모기》(*Mosquitoes,* 1927)의 핵심적인 주제가 예술에서 재현의 문제, 언어와 행동의 불일치, 언어의 사회적 기능과 같은 언어와 연관된 것이라는 사실은 포크너가 작가로서 표현 매체인 언어에 대해 얼마나 자의식적이었는가를 단적으로 말해 주는 것이다.

소설적 관심의 출발점이자 중심부를 차지하고 있는 언어에 관한 포크너의 사유는 언어의 한계에 대한 날카로운 자의식과 이의 극복으로 요약될 수 있다. 한편에는 일상 언어의 질서를 무너뜨리는 파격적이고 현란한 바로크적 과잉의 언어가 다른 한편에는 표현 수단으로서 그것의 한계 혹은 무용성을 말하는 회의가 공존하고 있는 역설 위에 포크너의 소설은 구축되어 있다. 예컨대 포크너 언어 운용의 가장 두드러진 특징으로 간주되는 겹수식 어구의 경우를 보자.

his pale empty sad composed and questioning face. (*AILD,* 115)

포크너 전성기의 소설 어디에서나 쉽게 찾아볼 수 있는 이런 류의 문장이 예시하듯이, 포크너의 문장은, 계열축(paradigm)을 구성하는 요소들이 의미를 지탱할 수 있는 한, 계속 계합축(syntagm)에 합류하려는 경향을 보인다. 우리는 'face'를 수식하는 다섯 개의 형용사의 나열에서 'his face'의 전체상을 포착하려는 의지를 읽을 수 있다. 그러나 의도와는 달리 문장은 정보의 과다로 엔트로피 상태에 빠지고 만다. 하나가 아니라 다섯이나 되는 형용어는 his face의 모든 것을 말해 주고 있다는 느낌보다는 언어를 비껴 선 빈자리가 더 있을 것이라는 느낌을 강화시킨다. 다시 말해 포크너의 문장은 대상의 전체상에 다가가려는 의지와 더불어 그 가능성에 대한 회의를 동시에 노정한다. 그의 문체의 또 다른 특징으로 지적되는 무수한 동격의 표현들에 대해서도 같은 말을 할 수 있을 것이다. 얼핏 모순처럼 보이는 이 이중성은 사실 표리 관계에 있다. 언어의 표현력에 대해 회의하기 시작하면서 작가는 언어의 활력을 되살릴 것을 자신의 책무로 삼을 수밖에 없기 때문이다. 포크너가 보이는 부단한 언어의 모험과 형식의 실험은 종족의 언어를 순화시켜야 한다는 말라르메(Stéphane Malarmé)적 소명 의식의 발로이기도 한 것이다.

노래가 참된 존재를 드러낸다고 말한 것은 릴케(Rainer Maria Rilke)였다. 순수하고 본질적인 언어로 쓰여진, 말라르메가 꿈꾼 지상의 유일무이한 단 한 권의 '책', 조이스의 '에피퍼니(ephipany)', 엘리엇의 '신성한 고요함(divine stillness)'은 모두 모더니즘의 언어가 희구한 참된 존재태의 또 다른 이름이다. 포크너 또한 이 존재론적 충일을 갈망하였으나, 우리가 앞에서 본대로 그 특징적인 과잉의 언어는 그 불가능성을 역설적으로 암시하였다. 효용성을 넘어선 순수 언어의 창조는 젊은 포크너를 내내 사로잡았던 주제이다. 그가 처음으로 발표한 시는 〈목신의 오후(L'Apres-Midi d'un Faune)〉였다. 말라르메가 그의 모델이었던 것이다. 그는 뒷날 시를 "절대적인 에센스로 정련된, 인간 조건의 감동적이고 열정적인 어떤 순간"이라고 정의하였다(*FU,* 202). 따라서 시는 쓸데없는 군말이 들어설 여지가 없는, "절대적으로 결함이 없고, 절대적으로 완벽한" 언어이지 않으면 안 된다(*FU,* 207). 《모기》에 등장하는 시인 와이즈만 부인 또한 "오직 바보들만이 시에서 사상을 구한다. …… 주제나 본질은 시에서 그렇게 중요한 것이 아니다. 훌륭한 시는 오직 언어에 지나지 않는다"고 말한다.[17] 독자 일반의 취향을 고려하지 않고 오직 자신의 문학적 이념만을 생각하며 쓴 첫 작품인 《소리와 분노》는 기실 "오직 언어에 지나지 않는" 소설을 쓰고자 한 야심의 소산인 것이다. 그 야심은 무엇보다 말 못 하는 백치를 화자로, 그것도 1인칭 화자로 내세운 벤지의 장을 소설의 첫머리에 배치한 데서 드러난다. 사건과 배경을 설명하고 인물을 묘사할 임무가 주어지는 내레이터를 말을 하지 못하는 백치로 설정한 이 기상천외한 발상은 일상 언어를 넘어선 언어, 시류에 오염되지 않은 새로운 언어를 찾겠다는 선언인 것이다. 《소리와 분노》에서 언어는 의식을 드러내는 수단이라기보다는 실로 의식 그 자체인 것이다. 그는 온갖 문법 범주와 구두점과 철자를 동원하여 기존의 언어로는 표현되지 않는 의미를 전달하고자 노력한다. 화자의 의식의 흐름을 좇는 언어의 이 모든 형태소들이야말로 실상 화자의 진정한 의식 내면을 말하는 객관적 상관물인 것이다.

2. 언어의 한계에 대한 자의식

언어가 본래적 의미를 상실하고 공허한 소리로 타락했다는 생각을 포크너는 작가 생활의 초창기부터 만년에 이르기까지 줄곧 표명하였다. 가령 습작기에 쓰여진 두 번째 소설인 《모기》에서 화자는 이렇게 말한다.

> 지껄여대고, 지껄여대고, 또 지껄여대고. 전적으로 답답한 말의 어리석음. 그것은 끝없는 것처럼 보인다. 마치 영원히 지속될 것처럼 말이

17) *Mosquitoes* (New York: Liveright, 1951), 247-48. 이하 이 작품의 인용은 본문에서 *"M"* 으로 밝히기로 한다.

다. 관념과 생각은 서로 주고받게 되면서 결국 단순한 소리로 전락하여 사라져 버린다. (*M*, 186)

《소리와 분노》의 주인공 퀜틴이 성장하여 대면한 현실이나 《내가 누워 죽어 갈 때》의 부재하는 주인공 애디가 결혼하여 부딪친 현실은 근본적으로 이처럼 본래적 의미를 상실하고 떠도는 무의미한 말들이 지배하는 세계이다. 애디에게 세상 사람들의 말이란 거미의 입에서 나온 거미줄처럼 그 근원으로부터 유리되어 허공에 매달려 있는 빈 소리나 다름없다. 실체와 유리된 빈말들은 마음과 마음을 연결해 주는 진정한 의사 소통의 기능을 상실하고 다만 서로가 서로를 기만하며 관습화된 일상의 쳇바퀴에 붙들어 매는 데 봉사할 뿐이다. 일상적인 차원에서 그 병리적 징후는 무엇보다도 언행의 불일치로 나타난다. 사람들은 마땅히 행하여야 할 행동과 의무를 다하지 않고 말로 그것을 대신하려는 경향을 보이고, 다른 한편으로는 그 부재를 은폐하기 위하여 무의미한 말을 더욱 양산해 낸다. 《모기》에 등장하는 소설가 도슨 페어차일드의 다음과 같은 말은 그런 세태에 대한 우려의 표현이다.

사람들은 사물과 행위 대신에 말을 사용하기 시작하네. 마치 부정한 아내를 둔 늙은 남편이 밤마다 《데카메론》을 들고 잠자리에 드는 것처럼. 그렇게 되면 곧 사물이나 행위란 오로지 입을 어떤 방식으로 움직임으로써 만들어 내는 어떤 소리의 그림자에 지나지 않게 되지. (*M*, 210)

작가는 이런 허장성세의 말의 범람이 세대적 체험이었음을 만년의 한 인터뷰에서 지적한 바 있다: "지껄여대는 말소리들: 자유, 민주주의, 애국심과 같이 그 의미가 모두 거세되어 버린 요란하고 공허한 말들."[18] 왓킨스(Floyd Watkins)는 《소리와 분노》에서 《압살롬, 압살롬!》에 이르는 포크너 소설은 언어의 무용성을 핵심적인 주제로 다루고 있는데, 그것은 또한 동시대의 헤밍웨이나 엘리엇의 관심사였음을 지적하고 있다.[19] 말과 사물의 괴리는 비단 문학적 관심사만은 아니었다. 니체(Friedrich Nietzsche)는 일찍이 언어는 삶의 다양성을 일정한 단위로 범주화하여 고착 · 왜곡시키는 관념의 틀임을 환기시키고, 이런 점에서 언어 활동은 근본적으로 은유적인 것임을 지적하였다. 포크너에게 깊은 영향을 끼친 것으로 알려진 세기 초의 철학자 베르그송(Henri Bergson) 또한 언어의 왜곡 가능성을 강조하였다. 베르그송에게 삶은 근본적으로 흐름이요 지속이다. 삶을 이해하고 파악하고자 하는 인간의 노력은 필연적으로 삶의 흐름을 유동적 전체로 붙잡지 못하고 관념의 틀 속에 가둬 고착시키고 만다. 인간의 지성을 작동시키는 가장 중요한 도구인 언어는 체험의 일면만을 그 총체상으로부터 유리시켜 범주화한다. 따라서 언어 표현이란 근본적으로 연속을 불연속으로, 움직임을 안정된 것으로, 변화의 과정을 고착된 점으로 대체하는 것에 다름 아니다.[20]

언어에 대한 불신은 또한 산업 혁명 이후 부르주아 사회의 여러 가지 사회적 정치적 이슈와 맞물려 있는 문제이기도 하다. 가령 플로베르의 몰

18) *Essays, Speeches, and Public Letters by William Faulkner,* ed. James B. Meriwether (New York: Random House, 1965), 65-66.

19) Floyd C. Watkins, *The Flesh and the Word: Eliot, Hemingway, Faulkner* (Nashville: Vanderbilt UP, 1971), 233.

20) 이에 대한 보다 자세한 논의는 Donald M. Kartiganer, *The Fragile Thread: The Meaning of Form in Faulkner's Novels* (Amherst: U of Massachusetts P, 1979), 161-63 참조.

개성적인 언어에 대한 집착은 부르주아 사회의 일상성에 대한 비판이고, 콘라드의 관념어에 대한 불신은 폭력과 수탈로 얼룩진 식민 지배를 고상한 명분으로 정당화한 제국주의 이데올로기의 기만적 수사학에 대한 거부라는 함의를 지닌다. 포크너에게 그것은 남북 전쟁의 패배에서 연원된 남부 사회의 상실의 심리학과 결부되어 있다. 포크너의 인물들은 구남부의 신화로 채색된 프리즘으로 현실을 인식하고 과거에 대한 향수로 체험을 포장한다. 그들을 이야기꾼으로 만드는 궁극적 동력도 과거를 신화화하고자 하는 이 퇴행적 욕망이다. 여기에 물론 산업화의 물결 앞에서 점점 왜소해지고 단자화되어 가는 현실에 대한 비판 의식이 스며 있음을 부정할 수는 없다. 그러나 그 비판은 정확한 현실 인식으로 이어진다기보다는 한탄의 제스처로 끝나기 일쑤이다. 이처럼 현재의 불모적 체험을 영광에 찬 과거에의 집착으로 보상하고자 하기 때문에 포크너 인물들의 언어는 현실에서 비껴 선 채, 구남부 시대의 귀족주의적 전통을 지배하던 상투적 수사로 부풀려진다. 포크너의 소설은 남부인의 이러한 언어 관행에 대한 패러디라고 말할 수 있다.

3. "화려한 실패"의 미학

언어와 현실의 엇나감이 영광에 찬 과거에 대한 퇴행적 향수로 불모적인 현재의 삶을 보상하고자 하는 남부 사회의 병리적 징후의 하나임을 예리하게 포착해 내면서, 포크너는 또한 그것을 글 쓰기의 숙명적인 조건에 비추어 천착하기도 한다. 되풀이하지만, 포크너와 동시대의 모더니스트들은 삶의 실체를 생생하게 전달해 줄 수 있는 '충만된 언어(la parole pleine)'의 창조에 큰 관심을 기울였다. 예컨대, 파운드의 이미지즘이나 엘리엇의 객관적 상관물의 시학은 그런 관심의 소산이다. 그러나 대상과 완전히 일치되는 언어, 표현과 의도가 합치되는 완벽한 언어의 극단적 추구는 작가를 자기 부정의 곤경으로 몰아넣는다. 무용과 무용수가 혼연 일치를 이루는 언어, 그리하여 그 자체가 곧 자기충족적인 세계가 되는 언어의 창조는, 지시 대상의 부재 혹은 후기 구조주의자들의 표현대로 대상의 '지연된 현전'에서 그 존재 의의를 찾는 언어 기호에 의탁하는 한 애초부터 불가능한 꿈이기 때문이다. 그렇기 때문에 표상 대상을 대신할 언어의 창조를 문자 그대로 추구하고자 한다면 작가는 근본적으로 좌절할 수밖에 없다. 진 스타인(Jean Stein)과의 인터뷰에서 포크너는 "현대 작가들은 모두 완성이라는 꿈을 실현시키지 못했습니다. 나는 불가능한 것을 시도하는 장엄한 실패를 기준으로 하여 우리들을 평가합니다"라고 말한 바 있다.[21] 우리는 물론 여기서 언어화의 지향점이 구체적으로 무엇인지 먼저 물을 필요가 있다. 그것은 국지적으로는 과거의 사실일 수도 있고, 지각이나 기억일 수도 있고, 보다 넓게 인간 의식이나 삶 자체일 수도 있다. 어쨌든 이 구절은 그의 글 쓰기가 버지니아 울프의 《등대로》의 등대 여정처럼 일종의 추구요, 현현이며, 충만된 현존의 드러냄이고, 따라서 그의 소설 언어의 이상이 도상(icon)으로서의 기능을 수행하는 데 있음을 시사하고 있다. 이처럼 언어의 표현력에 대한 포크너의 회의는 남용과 오용으로 인한 언어의 타락이나 상투어화를 넘어서서 보다 근원적인 원인, 곧 글 쓰기의 존재론적 조건에 대한 성찰에서 비롯되는 것이기도 하다. 《소리와 분노》가 "화려한 실패"였다는 그 유명한 언명은 무엇보다 글

21) Jean Stein, "William Faulkner: An Interview," *William Faulkner: Three Decades of Criticism*, 67-68.

쓰기의 숙명적인 실패와 그럼에도 불구하고 그 숙명에 도전하는 작가 정신의 치열함을 말해 준다.

포크너 소설 형식의 파격의 한 사례로 핵심인물의 부재 현상은 자주 거론되어 왔다. 소설의 중심적인 인물임에도 불구하고 《소리와 분노》의 캐디, 《내가 누워 죽어 갈 때》의 애디 번드런, 《압살롬, 압살롬!》의 토머스 섯펜은 스토리상에 실재하는 인물로 등장하지 않는다. 그들은 다만 다른 인물들의 기억과 상상, 그리고 이야기 속에서만 존재할 뿐이다. 그들은 다른 인물들의 사랑과 증오, 욕망과 두려움이 투사되는 빈 영사막이요, 그들의 삶의 이야기가 새겨지는 백판과 같은 존재이다. 그들은 이 과정에서 끊임없이 재해석되며 그때마다 다른 모습으로 나타난다. 이런 의미에서 그들은 해석학적 모험을 자극하는 기호요 동시에 허구적 텍스트라고 말할 수 있다. 중심인물의 초상이 이야기를 통해서 비로소 그려진다는 점에서 포크너의 소설은 모든 기원(origin)은 재현의 사후 효과로 구성된다는 데리다(Jacques Derrida)의 주장을 시연하는 듯하다. 데리다는 또한 지시 대상의 부재나 결핍이 '보충/대리의 논리(logic of supplement)'에 의해 의미화를 연쇄적으로 촉발함을 말한 바 있다.[22] 포크너 소설 또한 결핍의 인식과 충만된 현전에의 욕망이 교차되면서 언어화가 반복되는 보충/대리의 드라마를 보여 준다. 같은 이야기를 다섯 번이나 고쳐 썼다고 작가 스스로 술회한 《소리와 분노》나 토머스 섯펜의 인생사를 화제로 삼은 세 편의 대화로 이루어진 《압살롬, 압살롬!》은 이 점에서 특히 두드러진다. 《소리와 분노》에서 포크너는 캄슨 가 형제들의 의식을 사로잡고 있는 캐디의 삶을 먼저 형제 중의 막내인 백치 벤지의 눈을 통해서 제

22) Jacques Derrida, *Of Grammatology,* tr. Gayatri Spivak (Baltimore: Johns Hopkins UP, 1976), 141-64.

시하고, 이어서 하버드 대학 재학 중 자살한 퀜틴의 회상을 통해서, 그리고 냉혹하고 타산적인 제이슨의 시각을 통해서 제시하였으나 모두 미흡함을 느끼고, 끝으로 작가 자신이 직접 나서서 틈과 결락을 메워 그녀의 초상을 완성하였다. 그러나 작가는 책이 출판된 뒤에도 그것이 여전히 만족스럽지 않아서 17년 뒤에 다시 인물들의 후일담을 담은 부록을 내놓아 이야기를 마무리짓는다. 《압살롬, 압살롬!》은 어느 날 뜨내기로 제퍼슨에 나타나 단시간 내에 커다란 플랜테이션 농장을 일구었으나 이내 몰락하고 만 토머스 섯펜의 일생사를 그와 연고가 깊은 세 명의 화자, 곧 그의 처제인 로자, 이웃인 퀜틴의 아버지 캄슨, 그리고 마지막으로 퀜틴의 이야기를 통해 재구성하는 것을 주 내용으로 한다. 두 작품에서 작가 자신은 물론 등장인물들은 같은 이야기를 되풀이하고 다시 시작하는 것을 한결같이 앞선 서사의 실패 탓으로 돌리고 있다. 포크너 소설의 중요한 형식적 특징의 하나인 반복도 결국 이 서사의 실패에 직접적 원인이 있다. 실패에도 불구하고 서사가 다시 끈질기게 반복된다는 점에서 우리는 그것을 포크너 소설 미학의 원동력이라고까지 말해 볼 수 있다. 우리가 앞에서 포크너의 실패의 미학을 지시 대상의 부재와 결핍을 기호 작용의 근간으로 파악한 데리다와 연관시키고자 한 것도 이 때문이다.

다시 정리한다면, 포크너의 언어는 대상의 충만된 현전을 지향한다. 그러나 그 현전은 동시에 언표화의 대상을 그 순간의 논리와 필요 혹은 욕망으로 채색된 언어의 질서 속에 가두는 일이기도 하다. 다시 말해 언표화는 대상의 일면만을 언어의 질서에 담아 낼 뿐이다. 이런 점에서 포크너에게 언어화란 두 가지 상반된 의미를 갖는다고 말할 수 있다. 한편으로 그것은 우리의 삶이 언어 질서에 몸담으면서 비로소 의미 있는 것으로 구체화되는 것을 뜻하기도 하고, 다른 한편으로는 언어의 질서 속에 갇혀 고착되는 것을 뜻하기도 한다. 일본을 방문하였을 때의 한 대담에서 이상적인 여인상을 말해 달라는 주문에 대해 포크너는 "나는 그녀를 머리 색깔로도 눈의 색깔로도 묘사할 수 없습니다. 왜냐하면 일단 언어로 묘사되면, 그녀는 아무튼 사라지기 때문입니다"라고 대답하였다.[23] 포크너적 중심의 부재 현상도 필경 모든 언표화는 근본적으로 불완전한 현전이요 고착화라는 이 같은 언어관과 무관하지 않을 것이다. 포크너 소설에서 앞서 말한 중심인물의 부재는 물론 이야기의 핵심적인 사건도 그 현장이 드러나는 경우는 거의 없다. 퀜틴의 자살도, 템플 드레이크의 강간도, 찰스 본과 조애너 버든의 살해도 모두 플롯에서 빠져 있다. 포크너는 인간의 삶이란 움직임, 유동성, 흐름이라고 종종 말했다. 앞에서 언급한 진 스타인과의 대담에서 그는 예술가의 목표는 이 움직임인 삶을 포착하여 고정시켜 놓았다가 "한 백 년 뒤 낯선 사람이 그것을 보았을 때, 그것이 바로 삶 자체이므로 다시 움직일 수 있도록 만드는" 데 있다고 말하였다(*LG*, 80). 그의 소설 미학은 '움직임'과 '표현'이라는 이 지난한 모순어법 위에 구축되어 있다. 언어의 모험은 이 난경의 타개를 위해 필연적으로 요청되는 것이기도 하다.

4. 충만된 언어에의 희원

언어는 불충분한 도구이지만 그렇다고 그것을 떠난 인간의 삶은 생각

23) *Lion in the Garden: Interviews with William Faulkner 1926~1962,* eds. James B. Meriwether & Michael Millgate (New York: Random House, 1968), 127. 이하 인용은 본문에서 *"LG"*로 밝히기로 한다.

할 수 없다. 언어는 어쨌든 유일한 표현 수단이요 의사 소통의 통로이기 때문이다. 작가와 그의 주인공들은 따라서 부단히 의미를 찾아 나선다. 포크너는 1952년에 로익 부바드(Loïc Bouvard)와 가진 인터뷰에서 이렇게 말했다.

> 나는 외부 세계와 의사소통을 하는 것이 어렵다는 것을 발견합니다. 내 자신이 더 이상 이해받을 수 없다는 확실성에 직면하면, 어쩌면 나는 일종의 자기와의 의사 소통—침묵—에 빠지고 말지도 모릅니다. 예술가는, 자신의 언어를 창조해야 합니다. 그것은 권리일 뿐만 아니라 의무이지요. 때때로 나도 랭보처럼 해야겠다는 생각을 해 보기도 합니다. 그러나 살아 있는 한 나는 글을 계속 쓸 것입니다. (*LG*, 71)

순수한 절대 언어에 대한 절망적인 희원에서 랭보는 차라리 '침묵의 언어'를 택하였다. 그러나 그것은 예술을 포기하는 것이다. 의사 소통의 어려움에도 불구하고 작가는 자신의 언어를 창조할 것을 다짐한다. 이는 사람들의 몰이해에도 불구하고 보편적이고 영원한 아름다움의 창조를 위해 노력하는 것이 예술가의 책무라는 그의 예술관의 또 다른 표현이다. 포크너의 이런 생각은 초기작인 《모기》에서부터 발견된다. 소설가로 등장하는 도슨 페어차일드는 소설의 시작 부분에서는 예술은 "자의적인 행동 규칙과 개연성"(*M*, 181)에 바탕을 두고 있는 만큼 결코 인생을 대신할 수 없는 것이라는 의견을 피력한다. 그는 예술이 삶의 전체상을 포착할 수 없으니 아무리 뛰어난 예술가가 남긴 글이라도 예술가 자신보다 더 관심의 대상일 수는 없다고 말한다. 포크너는 이처럼 페어차일드로 하여금 예술의 한계를 말하게 하다가 소설의 끝 부분에 이르러서는 이를 뒤집어 예술은 현실에 뿌리박고 있으면서도 현세 초월적인 것이라는 것을 깨닫는다: "참된 예술은 지금의 삶이나, 지금 세상의 것이 아닌 어떤 것으로 형성된다. 그것은 일종의 불꽃이다"(*M*, 249). 그는 나중에 이 불꽃이 천재성이라고 밝히면서, 그것은 정신의 활동이라기보다는 오히려 "마음의 수난 주일(that Passion Week of the heart)"과 같은 고통스러운 마음의 상태에서 순간적으로 느끼는 "영원한 지복"이라고 정의한다. 다시 말해 예술은, 고통 속에서 일상적인 사건들—사랑, 삶, 죽음, 섹스, 슬픔—이 완벽한 조화를 이루면서 문득 생기는 "장려하고 영원한 아름다움"이다(*M*, 339). 이 고통의 미학은 말하자면 활력을 상실한 일상 언어에서 순금의 언어를 캐고자 하는 포크너적 언어 연금술의 미학화라고 부를 수 있을 것이다.

반복하거니와 포크너 소설에서 언어는 "거짓과 불화"의 도구인 것만은 아니다. 《압살롬, 압살롬!》에서 퀜틴의 할아버지 캄슨 장군이 표현하는 대로, 언어는 "부실하고 연약한 끈"이지만, "사람들의 은밀하고 쓸쓸한 삶이 저 어둠의 세계로 다시 내려앉기 전에, 그 겉면의 한쪽 귀퉁이나 가장자리들을 이따금씩 순간적으로 연결시킬"(*AA*, 251) 수도 있는 것이다. 《압살롬, 압살롬!》은 기실 이 부실하고 연약한 언어의 끈으로 기억 저편의 진실을 꿰어 보려는 노력이다. 토머스 섯펜과 그의 가족을 둘러싼 미스터리를 파헤치고자 대화를 나누면서 캄슨 씨는 인간의 삶이란 언어를 통해 질서화되기 이전에는 불가해한 혼돈 덩어리임을 이렇게 토로한다.

> 그래 주디스, 본, 헨리 섯펜, 모두 거기에 있어. 하지만 무엇인가가 빠져 있어. 그들은 잊혀진 상자 안에서 발견된 편지와 함께 뛰쳐나온 낡고 변색되어서 금방 거덜나 버릴 것 같은 종이 위의 필적이 퇴색하여 거의 해독할 수 없는 무슨 화학 공식 같아. …… 그들을 필요한 비

율대로 여러 가지로 조합해 보지만 아무런 성과가 없어. 그래서 지겹게 열심히 다시 읽고 숙고하면서 빠뜨린 것이 없나, 잘못 계산한 것이 없나 확인하고서 그들을 다시 이리저리 결합시켜 보지만 마찬가지로 아무런 성과가 없어. 다만 그 혼란스런 배경, 그 무시무시하고 끔찍한 인간사의 악연 너머로, 낱말과 부호와 불가해하고 고요한 그들의 어렴풋한 모습만이 떠오를 뿐이야. (*AA*, 124-25)

이 구절은 삶의 진실에 이르지 못하는 언어의 무력함을 말하면서 동시에 그럼에도 불구하고 삶의 이해는 결국 그 무력한 언어에 의존해 삶의 편편상을 꿰맞춰 보려는 노력을 통해서만 가능한 것임을 또한 암시하고 있다. 포크너의 소설에는 언어의 이 같은 힘을 보다 적극적으로 활용하여 고통스런 삶의 현실로부터 벗어나고자 하는 인물이 종종 등장한다. 《소리와 분노》의 퀜틴은 그 전형적인 경우이다. 누이 캐디의 순결 상실을 가문의 명예를 더럽히는 것으로 생각하고 이에 사로잡혀 있는 퀜틴은 캐디를 "말많은 세상으로부터 격리시켜" 그런 일이 없었던 것처럼 만드는 방편으로 근친상간의 드라마를 생각해 낸다. 누이의 순결 상실을 지켜보느니 근친상간이라는 차단막으로라도 이를 막아 보자는 발상이다. 그것은 물론 퀜틴의 아버지 캄슨 씨가 시사하듯이 삶의 자연스런 흐름을 붙잡아 고정시키고자 하는 병적 집착이다. 자살하기 직전 보스턴을 배회하며 아버지와 나누는 가상 대화를 통해서 드러나는 이 집착에서 특히 주목되는 것은 존재하지 않는 일이라도 일단 언어로 표명되면 현실화될 수 있다는 믿음이다. "나는 누이가 그럴까 봐 겁이 났어요. 일단 그래 버리면 아무 소용이 없지 않아요. 그러나 우리가 그랬다고 아버지께 말씀드릴 수 있다면, 그것은 그런 것처럼 되어 다른 사람들은 그렇게 할 수 없게 될 터이고, 세상의 요란함도 가라앉을 것입니다"(*SF*, 177). 호러스 벤보우와 마찬가지로 퀜틴은 언어로서 누이가 영원히 안주할 순결의 세계를 창조하고 보존할 수 있으리라고 생각한 것이다. 이런 생각을 상기하면서 퀜틴은 강물 속의 큰 송어를 잡아서 돈을 벌면 그것으로 할 일을 꿈꾸는 소년들의 대화를 들으면서, 언어는 "비현실적인 것을 가능한 것으로 그리고는 있음직한 것으로 이윽고 불변의 것으로 바꾸는"(*SF*, 117) 힘이 있을 수 있다고 생각한다. 그러나 퀜틴은 실제로 아버지에게 이렇게 말했더라면, 자신이 언어로 축조한 환상의 성은 그 허위성을 지적하는 아버지에 의해 여지없이 무너지고 말았을 것이라고 상상한다. 주디스 로카이어(Judith Lockyer)가 적절히 지적하듯이, 퀜틴은 한편으로는 언어가 진실이나 실재를 창조할 수 있다고 믿으면서도, 다른 한편으로는 말은 결코 지시체와 동일한 것은 아니라는 것을 잘 알고 있는 것이다.[24] 퀜틴은 삶이 말이 되고 말이 곧 삶이 될 수 있는 현실을 갈구하지만, 현실은 그것이 환상임을 늘 일깨운다. 그의 비극은 언어와 현실의 간극을 메울 수 있는 길을 찾을 수 없는 자의 비극이다.

퀜틴이 소망한 삶과 언어의 행복한 합치의 가능성을 포크너는《소리와 분노》의 끝장을 장식하고 있는 쉬곡 목사의 부활절 설교를 통해 보여 준다. 부활절 예배에 모인 회중은 세인트루이스의 유명한 설교자로 알려진 이 흑인 목사의 초라하고 왜소한 모습에 처음에는 실망한다. 게다가 그의 말은 마치 백인의 말처럼 "평탄하고 차가운 것"이었다(*SF*, 293). 그러나 돌연 "어떤 목소리"가 그를 통해 말하기 시작하면서, 회중은 그들 자신은 물론 설교자의 존재를 망각한 무아지경의 상태에서, "언어의 필요성을

24) Judith Lockyer, *Ordered by Words: Language and Narration in the Novels of William Faulkner* (Carbondale: Southern Illinois UP, 1991), 33.

느끼지 않고 마음과 마음이 노래의 음률을 통해 서로에게 말을 건네는" (*SF*, 294) 놀라운 체험을 하게 된다. 전 회중을 한 마음으로 묶어 예수의 죽음과 부활을 추체험하게 만든 쉬곡 목사의 언어는 인간의 언어라기보다는 성령 강림절에 들리는 신의 언어이다. 언어를 초월한 언어, 곧 스스로 무화되는 언어를 언어의 한 이상으로 보여 줌으로써 포크너는 그의 글쓰기가 언어와 사물의 완벽한 합치, 존재와 의미가 일치하는 카이츠적 황홀경의 구현에 있음을 강조하고 있는 듯하다.

5. 다원 시점과 그 의미

포크너가 문학 수업 시절 탐독한 것으로 알려진 《창조적 의지》(*The Creative Will: Studies in the Philosophy and the Syntax of Aesthetics,* 1916)에서 저자 라이트(Willard Huntington Wright)는 "참된 문체란 표현과 표현 대상이 조화를 이루도록 필요에 따라 글 쓰기의 방식을 마음대로 바꿀 수 있는 능력을 일컫는다"고 썼다.[25] 문체가 필경 작가가 사물을 어떻게 보고 느끼는가를 반영하는 것이라면 작품의 행간에 작가 특유의 표현 방식이 배는 것은 당연하다. 라이트는 여기에서 다만 상황에 상관없이 늘 한결같은 스타일을 고집하는 매너리즘을 경고하고 있을 뿐이다. 일반 독자나 편집자의 취향을 별반 고려하지 않고 소설의 가능성을 다각적으로 실험해 본 전성기의 포크너는 라이트의 이 충고를 충실히 따르고 있다고 말할 수 있다. 다른 무엇보다 서술 시점에 대

25) Kreisworth Martin, "Centers, Openings, and Endings: Some Constants," *American Literature 56* (March 1984), 24에서 재인용.

한 그의 부단한 실험이 그 증거이다. 이미 초기 습작품인 《병사의 보수》와 《모기》에서부터 서술 방식의 혁신을 꾀했던 포크너는 《소리와 분노》로 시작되는 전성기의 소설에서는 실로 기법의 만화경을 이룰 정도로 다양하고 혁신적인 서술 기법을 선보이고 있다. 루퍼스버그(Hugh M. Ruppersburg)도 지적하듯이, 그중에서 가장 중요하고 특징적인 기법의 혁신은 그의 시점 사용에서 발견된다.[26)]

서로 다른 1인칭 화자들이 번갈아 등장하다가 마지막 4장에서 3인칭 화자로 바뀌는 《소리와 분노》는 이미 앞에서 말한 대로 말 못 하는 백치를 화자의 하나로 내세웠다는 점에서 우선 소설의 관행을 파괴하는 충격적인 작품이다. 뿐만 아니라 이 소설은 이후 포크너 소설의 가장 특징적인 형식으로 자리 잡는, 특정한 사건이나 인물을 서로 다른 시각에서 반복하여 조명하는, 다원 시점의 전범을 보여 준다. 소설의 첫 장은 지력과 기억이 극히 제한적이고, 자아 의식도 없고, 언어 능력도 없는 벤지가 '말하는' 장이다. 그의 서술은 그의 의식 속에 남아 있는 과거의 몇몇 사건들—예컨대, 모리에서 벤자민으로 이름이 바뀐 사건, 목장이 팔린 것, 자신의 거세, 캐디의 결혼 등—을 맴돈다. 더 구체적으로 말하면, 사건들은 아무런 시간 순서도, 인과 관계도 없이 병치 · 나열되어 있다. 그런 점에서 그것은 무시간적이고, 일관성 있는 시점이 부재하는 세계이다. 엄밀히 말해 벤지의 서술은 서술이라기보다는 그의 의식의 객관적 상관물이다. 달리 말하면, 포크가 지적하듯이, 벤지의 장은 현재로서는 그 기의가 불분명한 기표들의 연쇄라고 말할 수 있다.[27)] 추후 다른 화자들로부터 정보를 더 얻어야 비로소 그것은 의미를 띠게 될 것이다. 자살 직전의 하버드

---

26) Hugh M. Ruppersburg, *Voice and Eye in Faulkner's Fiction* (Athens: U of Georgia P, 1983), 8.

대학생 퀜틴이 화자로 등장하는 2장은 강박관념에 사로잡힌 의식 과잉의 세계를 보여 준다. 고통스런 과거의 기억들과 그 연상 혹은 환상이 주마등처럼 폐쇄된 의식의 회로를 타고 흐른다. 격정적인 기억들이 휘몰아칠 때마다 그 흐름은 파고가 높아지는데, 그때마다 그의 언어는 논리적 연관성과 구문 질서를 상실한다. 벤지의 장에서 어렴풋하게 드러난 캄슨 가의 과거는 퀜틴의 내면 독백의 조명을 받으면서 보다 구체적인 윤곽을 보이기 시작한다. 냉혹한 이기주의자인 제이슨이 화자인 3장에 이르러 서술은 폐쇄된 의식 내면으로부터 벗어나 캄슨 가의 형편과 흑인을 포함한 가족 관계 및 사회적 배경을 보여 준다. 벤지를 울부짖게 만들고 퀜틴을 자살로 내몬 캄슨 가의 비극의 실상은 제이슨의 서술을 통해 남부 사회를 배경으로 한결 뚜렷이 떠오르고, 이어 3인칭 시점으로 전개되는 4장에 이르러 더욱 구체적인 모습을 띠게 된다. 1인칭 화자의 주관성에 갇혀 느슨하게 연결되어 있는 인상을 주는 소설은 3인칭 시점의 4장에 이르러 비로소 어떤 응집력을 얻는 느낌을 준다. 그렇다고 소설의 끝에서 화자의 의식을 사로잡고 있던 제반 사항의 실체가 의심의 여지없이 뚜렷해지고 분명해졌다는 뜻은 아니다. 많은 것이 여전히 불확실하고 모호한 상태로 남아 있다. 예컨대, 벤지, 퀜틴, 제이슨 세 형제 화자들의 관심의 초점이었던 누이 캐디는 소설의 결말에 이르러서도 여전히 의문투성이의 존재로 남아 있다. 책이 출판된 15년 뒤 포크너가 덧붙인 부록에 의하면 그녀는 나치군 장군의 정부가 되어 있는데, 그녀의 다소 뜻밖인 이 같은 인생 유전은 소설의 결말에서 독자들이 저마다 가졌을 법한 그녀에 대한 인상

---

27) Noel Polk, "Trying Not to Say: A Primer on the Language of *The Sound and the Fury*," *New Essays on The Sound and the Fury*, ed. Noel Polk (Cambridge: Cambridge UP, 1993), 142.

이 얼마나 부분적일 수 있는가를 다시금 환기시킨다.

《소리와 분노》에서 실험했던 다원 시점을 포크너는 다음 작품인 《내가 누워 죽어 갈 때》에서 더욱 극단으로 밀고 나간다. 이 작품에서는 무려 15명의 1인칭 화자가 등장한다. 미시시피의 시골 산간 마을에 사는 번드런 가의 안주인 애디의 죽음과 그녀의 유지를 받든 식구들의 운구 행렬을 다루고 있는 이 소설에서 포크너는 화자들이 보고 느낀 것을 자유롭게 말하도록 허용함으로써 사건의 진실이 다시금 화자들의 시선의 교차 혹은 목소리의 공명 속에서 서서히 드러나게 하는 방식을 취한다. 소설이 진행되면서 이들 화자 중 어느 누구도 사건과 타인의 행동에 대해 확고한 진실을 배타적으로 소유하고 있지 않는 것으로 판명된다. 한 화자가 사실이라고 주장하는 것은 다음 화자의 언술에서 사실이 아닌 것으로 드러나기 일쑤이다. 《내가 누워 죽어 갈 때》를 고비로 포크너의 소설은 개체적인 삶의 현실을 넘어서서 공동체 전체로 그 비전이 확대되는데, 소설 구성은 여전히 작가의 개입을 배제하고 인물과 사건의 상호 교차와 조응 속에서 그 의미가 수렴되는 방식을 고수한다. 가령 남북 전쟁 이후의 남부 사회 전반으로 시야가 확대되는 《팔월의 빛》에서는 그 스케일에 걸맞게 얼핏 보기에 서로 다른 네 편의 이야기를 교차시키는 다원적 플롯을 도입하고 있다. 그럼으로써 포크너는 우리의 삶은 개별적인 삶의 이야기들이 얽히고설키는 유장한 흐름이며 연속이라는 것을 환기시킨다. 흐름으로서의 인간의 삶이 단순한 시간적 연속이 아니라 역사적 과정 속의 그것이라는 것을 특별히 강조하고 있는 듯한 《압살롬, 압살롬!》 또한 토머스 섯펜의 일대기를 세 가지 서로 다른 시각에서 대화의 형식으로 조명하고 있다. 섯펜이 사망한 지 40여 년이 흐른 어느 날, 로자 콜드필드의 침침하고 답답한 방에서 이루어지는 그녀와 퀜틴의 대화, 같은 날 저녁 무렵, 등꽃 향기 짙은 퀜틴의 집 현관에서 이루어지는 그의 아버지 캄슨과 퀜틴의 대화, 그리고 이들로부터 들은 이야기를 되새기며 그로부터 약 5개월 뒤에 뉴잉글랜드 하버드 대학의 기숙사에서 퀜틴과 그의 방친구 캐나다인 슈리브가 주거니받거니 나누는 대화가 그것이다. 《압살롬, 압살롬!》은 말하자면 이 세 편의 대화의 화자인 로자, 캄슨, 퀜틴 그리고 슈리브가 토머스 섯펜과 그 가족 그리고 그들의 삶에 얽힌 여러 사건들을 자신의 시각에서 재구성하고 그 의미를 발견하고자 하는 세 편의 이야기의 모음인 것이다.

포크너 문학의 가장 두드러진 형식적 특징을 이루는 다원 시점은 우리의 삶이란 결국 체험한 바를 수미일관된 이야기로 꾸며 나가는 과정의 연속이라고 보는 사고방식의 자연스런 귀결이다. 사람들은 저마다 자기 입장에서 때로는 이야기꾼으로 때로는 이야기의 주인공이 되어 자신이 보고 듣고 느낀 바를 한 편의 이야기로 만들었다가 허물고 또다시 다른 이야기로 만들어 간다. 그의 소설 세계를 불투명하고 중층적이고 심지어 미완적인 것으로까지 보이게 만드는 데 기여하고 있는 다원 시점은 다른 한편으로는 인간의 삶이란 근본적으로 수수께끼(enigma)요 인간의 운명은 불가해한 것이라는 성찰의 반영이기도 하다. 사회의 변방에서 빈농으로 혹은 소작농으로 근근이 삶을 연명해 가는 가난하고 무지한 사람들일지라도 격정적 사랑과 명예의식, 거기에 얽혀 있는 이해 타산이나 허위의식은 도시적 감수성으로 무장한 여느 인물 못지않게 복잡하고 기묘하다. 이는 달리 말하면, 개개인의 경험이 곧 삶의 근본적 조건을 이룬다는 뜻이기도 하다.[28] 이런 점에서 포크너의 소설 형식은 민주주의 사회의 근본 원리를 반영하고 있다고 말할 수 있다. 그러나 그 개개인이 반드시 고

28) Ruppersburg, 전기서 9.

립된 단독자인 것은 아니다. 포크너 소설에서 우리가 대면하는 인간은 결국 실존적 고독감에 몸부림치는 경우에조차도 사회와 완전히 단절된 단독자로서의 모습도 아니고 추상적 이념의 권화(權化)도 아니다. 그들은 불안정한 현실의 어쩔 수 없는 한계 속에서 자신의 동료 인간과의 관계와 자신의 사회 속에서의 위치를 통하여 일상의 삶을 꾸려 나가는 불완전한 사회적 존재들이다. 다시 말해 그들은 거의 예외 없이 그들이 속한 사회의 일상적 관습의 포로들이다. 《내가 누워 죽어 갈 때》를 논하면서 포크너는 이 소설에서 악한이 있다면 사람들이 살아가면서 따르지 않을 수 없는 "사회적 관습"일 것이라고 말한 바 있다(*FU*, 112). 그렇기 때문에 그의 소설이 보여 주는 삶의 다원성은 개인차뿐만 아니라 세대차, 계급적 · 인종적 · 문화적 차이에서도 비롯된다. 《팔월의 빛》과 《압살롬, 압살롬!》은 그 뚜렷한 실례이다. 그의 인물들은 내면적 자아의 성채를 구축하고 자신의 삶의 세계의 온전한 주인이 되고자 몸부림치지만, 그 성채는 통제할 수 없는 혹은 변화시킬 수 없는 사회적 압력에 허망하게 무너져 버리는 경우가 빈번하다. 젤렌(Myra Jehlen)의 인상적인 표현대로, 포크너의 인물들에게는 개인적인 파국도 어느 사이에 사회적 파국의 무게로 그들의 의식을 짓누르고, 내밀한 주관적 체험도 역사의 압력으로 변모되는 것이 상례이다.[29] 사적 체험과 공적 영역이 뒤엉킨 이와 같은 삶의 만화경 앞에서 언어는 투명하게 빛나는 순백의 순수성을 용납할 수 없는 것이다.

포크너 소설의 다원 시점은 인식 일반의 시각에서 본다면 절대적 진리를 회의한 시대 의식을 반영하고 있다고 말할 수 있다. 아우얼바흐(Erich

29) Myra Jehlen, *Class and Character in Faulkner's South* (New York: Columbia UP, 1976), 28.

Auerbach)는 모더니스트들이 애용한 다원 시점을 "여러 사람이 각각 다른 시점에서 받은, 각각 다른 여러 개의 주관적 인상의 힘을 빌려 객관적 진실에 이르고자 하는 방법"이라고 정의한 바 있다.[30] 포크너가 객관적 진실에 이를 수 있는 가능성을 포기했다고 말할 수는 없다. 그러나 그의 소설에서 객관적 진실은 한없이 유예된다. 버지니아 대학에서 가진 대화에서 포크너는 스티븐스(Wallace Stevens)를 상기시키는 어법으로, 인간은 진실의 일부만을 볼 수 있기 때문에 가령 찌르레기를 보는 13가지 시각이 있을 수 있는 것이며, 이를 모두 종합한 14번째의 시각이 있다면 그것이 바로 진실일 것이라고 말한 바 있다. 포크너의 소설은 이 열네 번째의 시각을 찾아가는 과정이다. 그러나 그것은 텍스트 내에 존재하지 않는다. 포크너가 덧붙이고 있듯이 그것은 텍스트 밖에서 텍스트의 구성에 참여하고 있는 독자의 몫으로 남아 있다.

포크너는 만년에 자신의 문학 세계를 되돌아보며 그것을 구축한 자신의 재능에 스스로 대견해한 적이 있다. 교육도 제대로 받지 못하고 문학 친구는 고사하고 변변하게 글을 읽을 줄 아는 친지도 별로 없는 열악한 환경에서 작가 생활을 해 온 것을 생각한다면 자신의 문학적 성취는 놀랄 만하다는 것이다. 그러나 곧이어 그는 자신은 그저 신이 선택한 "그릇(vessel)", 신의 목소리를 전하는 중간자일 뿐이라고 겸손해했다.[31] 그의 소설은 번쇄세사(煩鎖世事)의 이야기이다. 그러나 그 일상의 현실이 언어의 질서 속에 자리 잡고 있는 양태는 정녕 신의 솜씨 그것이라고 해도 과언이 아니다.

---

30) Erich Auerbach, *Mimesis: The Representation of Reality in Western Literature* (Princeton: Princeton UP, 1953), 253.

31) *Selected Letters of William Faulkner,* ed. Joseph Blotner (New York: Random House, 1977), 348.

헤밍웨이와 실존주의

헤밍웨이 소설 속 인물들의 선택의 고뇌

신정현

1. 헤밍웨이 문학과 미국 영웅주의 신화

헤밍웨이(Earnest Hemingway, 1899~1961)의 문학에 대한 이해는 1930년대 에드먼드 윌슨(Edmund Wilson)의 '전쟁에 가위눌린 인물의 불유쾌한 삶으로부터의 도피' 이론에서 출발해 1950년대 필립 영(Philip Young)의 '충격 이론(trauma theory)'과 카를로스 베이커(Carlos Baker)의 전기 비평으로, 1960년대 클리엔스 브룩스(Cleanth Brooks)와 로버트 펜 워렌(Robert Penn Warren), 얼 로빗(Earl Rovit) 등의 '규범 인물(code hero)론'으로 확장된다. 그러나 헤밍웨이 비평이 획기적인 전환점에 이르는 것은 1960년대 후반 레슬리 피들러(Leslie Fiedler)가 《사랑과 죽음》(*Love and Death*)에서 미국 영웅주의 신화론을 펼 때이다. 이 책에서 피들러는 헤밍웨이 문학이 쿠퍼(Cooper)에서 마크 트웨인(Mark Twain)을 거쳐 헤밍웨이에 이르는 미국 문학의 영웅주의 전통을 구현하고 있는 것으로 평가한다. 그리고 피들러의 주장을 물려받은 해롤드 블룸(Harold Bloom)은 자신이 편집한 《근대 평설: 헤밍웨이의 무기여 잘 있거라》의 서문에서 헤밍웨이의 삶과 문학을 다음과 같이 정리하고 있다.

> 네 번의 결혼(세 번은 이혼); 1차 세계대전 때 이탈리아 전선에 앰블런스 운전 장교로 참전(영광스러운 상처를 입었음); 그리이스-터키 전쟁(1922), 스페인 내전(1937~49), 청일 전쟁(1941)과 유럽에서의 히틀러 대항전쟁(1944~45) 등에 종군 기자로 활동. 맹수 사냥꾼, 낚시꾼, 사냥 여행자, 국적 이탈 후 프랑스와 쿠바에 정착, 노벨상 수상, 끝내 아이다호 주에서 자살—그는 정말 납득하기 어려운 부조리한 삶을 살았으며, 그것은 분명 자신의 소설을 모방한 삶이었다. 결과적으로 그의 삶과 문학은, 바이런이나 휘트먼이나 오스카 와일드처럼, 더도 덜도 아닌 신화적인 것이 되었다. 헤밍웨이는 이제 신화이며, 그래서 미국 영웅주의의 하나의 영원한 표상이다.[1)]

간단히 말해, 헤밍웨이의 삶은 문명의 거추장스러움을 싫어하는 미국 남성들의 문명 도피적 영웅주의 전통의 구현이며, 그의 문학은 그 전통에 바탕을 두고 창조된 하나의 미국적 신화라는 것이다. 블룸은 조심스럽게 "헤밍웨이는 이제 신화적 인물이 되었다. 그는 미국 영웅주의의 영원한 표상이다. 그리고 어쩌면, 그리 바람직하지는 않지만, 그의 문학은 영웅주의에 대한 미국적 환상의 표현일지 모른다"라고 덧붙이고 있다.

헤밍웨이 주인공들의 원시 지향의 삶을 향한 20세기 문명 현상으로부

---

1) Harold Bloom, Preface to *Modern Critical Interpretations: Ernest Hemingway's A Farewell to Arms,* ed. by himself (New York: Chelsea House, 1987), 5. 이하 이 책의 인용은 본문에서 "Bloom" 으로 밝히기로 한다.

터의 도피를 존재의 질곡을 넘어서는 예술적 자유 추구의 한 전형으로 해석한다는 점에서 헤밍웨이 비평의 두 흐름은 본질적으로 크게 다르지 않다고 말할 수 있다. 그리고, 유럽 문명 또는 그것을 바탕으로 해서 창조된 미국 문명에 대해 미국인들이 갖고 있는 애증(愛憎)의 문제로 미국 문학의 문명 도피적 영웅주의 전통을 설명할 때, 헤밍웨이 자신과 그의 소설에 등장하는 남자 주인공들의 문명 이탈적 행동 양식을 얼마만큼 설명해낼 수도 있을 것이다. 그들이 문명 사회의 복잡함을 피해 산으로 들로, 전쟁터로 투우장으로, 사냥터로 낚시터로 내달리는 것은 사실이며, 미국 남성들의 문명 도피적 기질과 미국 영웅주의 전통의 한 패턴을 드러내 보이는 것도 사실이기 때문이다. 또한, "미국의 모든 현대 문학은 마크 트웨인의 《허클베리 핀의 모험》에서 나온다"[2]라는 헤밍웨이 자신의 천명에 비추어 볼 때, 그의 문학이 문명 도피적 영웅주의 정신의 구현이라고 보는 데에 큰 무리는 없을 것이다. 그러나, 헤밍웨이 문학에서 미국 문학의 도피주의 전통을 지나치게 강조하는 것은 그의 문학에 대한 편협한 해석을 낳을 뿐 아니라, 그의 문학에 담긴 범서구적 역사성을 무시하는 결과를 가져올 수도 있다.

블룸은, 피들러의 해석을 업고, 《무기여 잘 있거라》의 결말을 미국 남성들의 문명 도피적 전통에 대입해서 다음과 같이 이해한다.

> 이 작품 역시 헤밍웨이 신화의 분위기를 풍기는데, 그 자신의 구세계와의 로맨스를 보여 주는 것만은 아니다. 캐서린의 죽음은 미국인들의 구대륙과의 로맨스가 끝났음을 의미하는 것이 아니라 되풀이해서

2) Ernest Hemingway, *The Green Hills of Africa*, ch. 1.

> 일어나고 있음을 의미한다. 캐서린의 죽음에 대한 레슬리 피들러의 해석은 그가 신화의 한계에 대해서 정확하게 알고 있었다는 점에서 가히 고전적이라고 할 수 있다. "여자는 죽어야 성가시게 바가지를 긁거나 잔소리를 하는 엄마나 아내의 역할을 그만둔다. 그래서 캐서린은 둘 중 어느 역할도 하기 전에 죽을 수밖에 없다. 물론 헤밍웨이가 죽이는 것은 아니고, 아이를 낳다가 죽게 되지만!" (Bloom, 5)

정말 《무기여 잘 있거라》(*A Farewell to Arms,* 1929)의 여주인공 캐서린(Catherine)의 죽음이 구대륙의 문화와 그것에 바탕을 둔 기성 사회의 가치 체계로부터 독립을 얻는 허구적 수단이 되는가? 그녀는 참고 살기 어려운 "애물덩어리," 혹은 성가신 "엄마"가 되지 않기 위해 죽어야 하는가? 1981년 케네스 린(Kenneth S. Lynn)은 《주해서》(*Commentator*)에 실린 그의 논평에서 "미국 사회에 신물이 난 것은 〔헤밍웨이가 아니라〕 어쩌면 비평가들일 수도 있다"고 주장하고 있다.[3] 《무기여 잘 있거라》에서 캐서린의 죽음에 대해 문명화를 요구하는 "어머니" 혹은 "아내"의 허구적 죽음으로 이해하는 것은, 따라서 피들러나 블룸 같은 비평가들이 만들어 낸 헤밍웨이의 도피주의 신화는 적어도 얼마만큼은 지나친 견강부회임에 틀림없다.

헤밍웨이 문학에서 문명 도피 신화로서의 성격을 제거하고 나면 그가 창조한 인물들의 성격이 지나치게 단순해 보일 수 있고, 그들의 생각의 폭이 너무 좁고 천박하다고 비판받을 수도 있다. 표피적으로만 보면, 헤밍웨이 소설에 나오는 등장인물들의 성격과 행위는, 그리고 그의 소설들

---

3) Kenneth S. Lynn, "Hemingway's Private War," *Commentator,* Vol. 72. No. 1 (July, 1981), 24.

의 구조는 그의 문학을 대표하는 단편집과 소설들—예를 들어, 《우리들의 시대》(*In Our Time,* 1924), 《태양은 또다시 떠오른다》(*The Sun Also Rises,* 1926), 《무기여 잘 있거라》, 《누구를 위하여 종은 울리나》(*For Whom the Bell Tolls,* 1940), 《노인과 바다》(*The Old Man and the Sea,* 1952) 등—에서조차 지나치리만큼 단순해 보인다. 헤밍웨이 소설의 등장인물들은 사춘기를 지나는 소년이거나, 철부지 낚시꾼, 낭만적인 생각으로 큰 전쟁에 참전한 군인, 대의(大義)를 좇는 내전 게릴라, 투우를 즐기는 탕아, 일부러 위험한 사냥감을 찾아 나서는 사냥꾼, 또는 망망대해에 홀로 고기잡이를 나서는 어부로서 복잡한 삶에 대하여 형이상학적으로 생각하기를 싫어하거나 기피하는 사람들이다. 헤밍웨이의 인물들은 삶에 상존하는 폭력과 죽음의 문제에 직면하면서, 그것들을 소위 말하는 "고상한 철학"으로 연결시키지 않는다. 그들은 차라리 삶의 복잡한 문제들에 대하여 일차원적 사고로 돌아감으로써 생경한 삶의 저차원적 의미에 도달하려고 노력한다. 그렇다면, 문명 도피 신화의 차원을 넘어 헤밍웨이 문학을 위대하게 만드는 것은 도대체 무엇일까?

아주 적은 말로 아주 많은 것을, 아주 간단한 것으로 아주 복잡한 것을 말할 수는 없을까? 로빗이 "말하지 않은 말의 아이러니(the irony of the unsaid)"라고 불렀던[4] 이 심미적 문제는 헤밍웨이 문학의 성격을 규명하는 요체이다. 헤밍웨이 문학을 이해하기 위해서는 《오후의 죽음》(*Death in the Afternoon,* 1932)에서 그가 말한 "빙산의 움직임이 위엄 있어 보이는 것은 오직 그것의 1/8만이 물 위에 떠 있기 때문이다"라는 말에 주목할 필요가 있다. 헤밍웨이의 소설에서는 굴곡과 파란이 적은 플

---

4) Earl Rovit, *Ernest Hemingway* (New York: Twayne Publishers, Inc., 1963), 82. 이하 이 책의 인용은 본문에서 "Rovit"으로 밝히기로 한다.

롯, 간단 명료한 잡지(雜誌)식 문체, 사건의 압축된 전개, 단순하지만 원형적인(archetypal) 인물의 창조, 의식(儀式)화된 상징의 사용 등의 절제된 삼가어법(understatement) 들이 서로 어우러져 지나치리만큼 단순하고 천박해 보이는 인물들의 행위와 사고를 예기치 못한 존재론적 상징의 얼개로 만든다. 헤밍웨이가 그리는 친숙한 삶의 지극히 단순한 편린들의 집합은, 물(物)들의 단순한 병렬 연결이 존재의 심연을 떠받치는 얼개이듯이, 인간 존재의 이면에 내포된 비극에 대한 포괄적인 알레고리로서의 신화적 구조를 형성한다. 헤밍웨이가 의도한 상징 장치를 해체하고 인물들이 띤 상징성을 해부하면 겉과 속은 확연히 다르게 보이고, 헤밍웨이의 인물들은 서서히 사회적으로나 심리적으로, 또는 실존적으로 어떤 형태의 원형적 인물들임이 판명되고 그들의 이야기는 인간의 보편적 경험에 대한 원형적 구조를 갖게 된다.

헤밍웨이 문학의 배경은 피로 얼룩진 20세기의 유럽 대륙이거나 전쟁이 없어도 그보다 조금도 낫지 않은 미국 혹은 아프리카 대륙이다. 그리고 그의 주인공들은 현대 문명에 숨겨진 존재의 폭력을 깨달아 가는 20세기 미국의 현대인이다. 헤밍웨이 비평의 대부(代父) 격인 에드먼드 윌슨과 그를 뒤따른 필립 영, 카를로스 베이커, 얼 로빗, 조셉 드팔코(Joseph DeFalco) 등의 헤밍웨이 비평가들은 거의 예외 없이 헤밍웨이 주인공들이 치르는 단출한 삶의 의식(ritual)에서 20세기 전반 보편적 미국인들이 삶 속에서 존재론적 폭력과 악(惡)의 인식에 이르는 원형적 패턴과, 존재에 편재하는 악과 폭력을 설명할 수 없는 기성의 도덕률에 대한 저항 정신을 찾아낸다. 인간 보편의 삶의 여정에 투사해 볼 때, 헤밍웨이의 인물들은 "순수(innocence)"의 허물을 벗고 "경험(experience)"의 문턱을 넘어서며, 존재 속에 선험적으로 깊숙이 내재하는 악의 존재를 인지하고, 그것과 마주치고 싸우며, 그것과 더불어 살아가는 방법을 모색한다. 그리고 그들이 인물화된 시대의 역사에 투사해 볼 때, 그들은 자신이 속해 있는 시대의 전형성을 띤 인물들이자 20세기 전반의 현대사를 행위 속에 구현하는 문화 인물(culture hero)들이다. 그들은 사회적 규칙과 관습에 순응하며 살아가는 평균적 생활인들과는 달리 약육강식의 잔인한 자연 법칙을 인간적 차원에서 재현하는 기성 사회와 그 사회의 편협한 도덕률에 대한 비판 기능을 가진 인물들로서 20세기의 역사 현실을 비추는 거울이다.

헤밍웨이 문학의 주인공들이 20세기 문명에서 원형적 악을 경험하고 문명으로부터의 도피를 꾀하는 문명 저항아임에는 틀림이 없다. 그러나 헤밍웨이의 인물들이 20세기 문명의 성격을 드러내 보여 주는 문화 인물이라면 그것은 단순히 그들이 20세기 문명을 비판하기 때문이 아니라 20세기 문명에서 실존주의적 딜레마를 경험하기 때문이다. 다시 말해, 사르트르나 카뮈와 같은 실존주의자들의 방식으로 서구의 현대 문명을 비판하기 때문이다. 유럽의 실존주의자들은 20세기 서구 문명에 현시된 원형적 악에서 삶의 비극적 부조리성을 경험하고, 본질주의(essencialism)의 관점에서 존재 속의 악을 설명해 온 계몽주의적 합리주의 문명을 비판한다. 뿐만 아니라 그들은 신(神)의 신성함과 인간의 존엄성과 국가의 절대성을 합리와 정의의 원칙으로 설명하는 본질주의의 당위적 가치들에서 엄청난 부자유를 경험하고 이 부자유로부터의 해방을 갈구한다. 그들도 물론 20세기 문학의 다른 많은 문화 인물들처럼 체제 순응적이고, 속화된, 그리고 물질 중심적인 20세기 대중 사회에 절망하고 반기를 든다. 그러나 그들의 궁극적 목적은 20세기 대중 사회의 표피적 가치관의 전복이라기보다 계몽주의적 본질주의에 바탕을 두고 형성된 가치관의 전복이며, 우주의 원형적 악으로부터의 인간의 진정한 자유의 추구이다. 헤밍웨이 문학은 계몽주의적 본질주의의 당위적 가치들을 부정하고 자신의 경험에서 우러난 "실존적" 존재 방식을 추구한다는 점에서 실존주의적이다. 헤밍웨이 소설의 주인공들은 거의 예외 없이 목적론에 근거한 선험적, 당위적 진리들을 부정하며 본질주의가 20세기 역사에 남긴 유산들에 대해 저항한다.

헤밍웨이는 그의 소설들에서, 《시지푸스의 신화》(*The Myth of Sisyphus*)에서 카뮈가 그랬던 것처럼, "한 발짝 내려선 곳에 편재하는 존재의 부조리"를 맞는 비극적 인간의 처절함과 절망을 펼쳐 보인다. "신성하다"든가 "명예롭다"든가 "진실하다"든가 "아름답다"든가 "정의롭다"든가 하는 당위적 전제들을 삶에서 벗겨 내면, 존재는 어떤 모습일까? 그리고 그곳에서 망망대해처럼 펼쳐지는 시원적 악과 부조리를 만난다면 우리는 어떻게 할 것인가? 본질주의적 가치들에 기대지 않고도 이 거역할 수 없는 악과 부조리 앞에서 인간은 자유로울 수 있는가? 카뮈가 제기한 이 실존적 문제들은 바로 헤밍웨이의 문제이기도 한 것이다. 그러나 이 문제들에 대한 헤밍웨이의 해답은 카뮈와는 조금 다르다. 《시지푸스의 신화》에서 카뮈는 영원히 되굴러 내려오는 바위를 산꼭대기로 되밀어 올리도록 벌을 받는 시지푸스의 운명이 인간의 비극적 운명이라고 말한다. 그리고 이 슬픈 운명 속에서도 바위를 굴러 올리는 방법에 있어서의 자유의지를 통해 인간은 무한한 "행복"과 삶의 의미를 찾을 수 있다고 갈파한다. 헤밍웨이도 인간의 슬픈 운명에 대해서는 카뮈에게 동의한다. 철저하게 무의미한 무한한 노동—이것이 헤밍웨이나 카뮈에게 비친 존재의 조건이다. 그러나 헤밍웨이에게는 인간에게 자유 의지란 없다. 단지 비극적 운명을 감내하는 각고의 인내가 있을 뿐이다. 카뮈에게 세상의 부조리를 맞아 자살을 하든가 신에 귀의하는 것이 슬픈 운명에 대한 패배를 의미한다면, 헤밍웨이에게는 삶에는 애초에 패배만이 있을 뿐이다. 다만, 어떤 패배는 "우아하고" 어떤 패배는 추악할 뿐이다. 헤밍웨이 문학은 삶 속에서의 슬픈 숙명을 인내할 때 모습을 드러내는 "압박에서 피어나는 우아함(grace under pressure)"[5], 다시 말해 "패배 속의 승리"를 지향한다.

《우리들의 시대》로부터 그의 마지막 대작 《노인과 바다》에 이르기까지 헤밍웨이 소설들 전체는 하나의 실존주의 신화라고 볼 수 있다. 그의 초기작들은 대부분 실존 깊숙한 곳에 내재해 있는 시원적 악과 절망에 이르는 통과 의례이다. 그리고 일단 시원적 악과 절망에로의 통과 의례를 거치면, 헤밍웨이 주인공들은 그것을 정직하고 용기 있게 맞이하는 법을 배운다. 얼 로빗은 절망의 삶 속에서 삶의 "규범"을 찾아가는 헤밍웨이의 작중인물들에게 실존의 규범을 가르치는 "스승"들을 "규범 인물(code hero)"이라고 불렀다(Rovit, 55). 《우리들의 시대》의 소년 주인공에게는 "규범"을 가르치는 선생은 그의 아버지이지만 여기에서 닉 애덤스(Nick Adams)는 아직은 존재의 심연을 들여다볼 만큼 성숙하지 못하다. 로메로(Romero)의 가르침을 받는 《태양은 또다시 떠오른다》의 제이크 반즈(Jake Barnes)나 애슐리 브렛(Ashley Brett)보다 캐서린 바클리(Catherine Barkeley)의 "문하생"인 《무기여 잘 있거라》의 프레드릭 헨리(Frederic Henry)가 분명히 존재의 시원적 악에 한 발 가까이 다가서 있다. 그러나 헤밍웨이의 주인공들이 존재의 악과 허무에 도전하는 규범을 찾게 되는 것은 〈프란시스 매콤버의 짧은 행복〉("The Short Happy Life of Francis Macomber", 1936)에 와서이다. 여기에서 매콤버는 드

5) Philip Young, *Ernest Hemingway* (U of Minnesota P, 1964), 11. 이하 이 책의 인용은 본문에서 "Young"으로 밝히기로 한다.

디어 꾸밈없이 존재의 절망을 맞는 윌슨(Wilson)의 정직과 용기를 배운다. 그리고 《누구를 위하여 종은 울리나》와 《노인과 바다》의 주인공들은 스스로 정직과 용기를 발휘하여 존재의 절망과 허무를 맞는 규범 인물이 된다. 《누구를 위하여 종은 울리나》 43장에서 죽음을 맞는 로버트 조던(Robert Jordan)은 마침내 이 세상의 부조리에도 불구하고 "세상은 참 좋은 곳이고 그것을 위해 싸워 줄 가치가 있는 곳"이라고 말한다.[6] 그리고 그는 "죽지 않고 사라짐으로써," 다시 말해 죽음을 수동적으로 기다리지 않고 창조함으로써 그곳을 위해 어떻게 싸울 것인가를 보여 준다. 한편, 《노인과 바다》의 주인공 산티아고(Santiago) 노인은 로버트 조던이 발견한 실존의 규범을 전쟁이 아닌 일상의 삶 속에서 실천한다.

2. 실존에의 눈뜸

세기말의 혼돈과 양차 세계대전의 참혹함을 맛본 20세기의 서구인들에게 "경험"이란 곧 존재의 악성에 대한 앎과 어떤 당위적 가정으로도 설명할 수 없는 부조리와의 만남을 의미했다. 그들에게 삶 속의 폭력과 죽음은 존재 본연의 어찌할 수 없는 일부였으며, 그 슬픈 현실을 마조히즘적으로 받아들이는 것이 그들이 할 수 있는 전부였다. 20세기의 실존주의자들은 깊은 절망으로 인류가 만들어 온 모든 문명의 기념비들을 저주했고, 그들의 조상들이 구축한 모든 본질주의(essentialism)와 모든 계몽

---

6) Ernest Hemingway, *For Whom the Bell Tolls* Collected in *Hemingway* (London: William Heinemann, Ltd., 1977), 340. 이하 *A Farewell to Arms*를 제외한 Hemingway 작품의 인용은 본문에서 "Heinemann"으로 밝히기로 한다.

사상과, 모든 합리주의와, 모든 체제 순응적인 가치들에 반역했다. 그들에게 한 가지 확실했던 것은 그들이 "지금, 여기에" 던져져 있다는 "사실"이었으며, 인간은 "태어나고, 선택하고, 죽어야 한다"는 것뿐이었다. "의미 없는" 세계에 "던져졌다"는 생각으로 절망과 소외감과 불안의 도가니에 빠진 그들은 실존에 대한 이해를 앞세워 본질주의의 근본을 해체하려 했고, "주체적 선택(authentic choice)"으로 "진정한 자유"를 얻으려 했다. 그들에게 부조리가 편재하는 세계에서의 인간의 존재 가치는 "위험한 선택"으로 모험을 함으로써 자신의 존재를 확인하는 것이었으며, 그러므로 실존주의는 존재에 대한 마조히즘적 인식 바로 그것이었다.

악을 재생하는 기계 장치로서의 우주 속에서 절망하기를 거부할 권리가 인간에게 있을까? 실존주의자들은 부조리 신의 덫에 걸린 인간에게도 절망을 거부할 권리가 있음을 보여 주었다. 시지푸스의 신화에서 카뮈가 말한 것처럼, 실존주의자들에게 소크라테스의 도덕률과 기독교적 계율을 해체하고 만난 생경한 세계는 "온통 낯설고 알 수 없는 모습"으로 다가왔다. 이 세계에서의 삶은 원시의 생경하고 조야한 혼돈의 상태로 환원되었고, 악은 존재 속에 편재하는 거부할 수 없는 도덕적 실체로 느껴지게 되었다. 절망은 인력의 법칙처럼 피할 수 없는 존재의 조건이었다. 악을 도덕적 실체로 받아들일 때, 그것을 넘어설 수 있는 삶의 새로운 규범은 무엇일까? 이 문제에 대한 해답을 얻는 것은 이 시대 실존주의자들의 철학적 책무였다. 키에르케고르(Kierkegaard)가 《인문주의적 발문(跋文)을 맺으며》(*Concluding Unscientific Postscript*)에서 이미 오래 전에 주장한 것처럼, 이제 "실존과 불가분의 관계를 지닌 지식만이 삶에 필요한 지식"이 된 것이다. 실존주의자들은 자신의 선택에 확신을 가지고, 본질주의적 도덕률을 버리며, "선택의 고뇌(the agony of choosing)"를 마다하지 않는 "살아 있는" 인간으로서 "행동하는" 인간을 요구했다.

그러나 실존주의자의 "위험한" 선택은 종종 사회나 우주의 욕구와 배치될 수 있다. 그러므로 그는 "실존적"으로 엄청난 위험에 직면할 수 있고, 그때 사회나 우주에 대한 개인의 패배는 어쩌면 필연적인 것일지 모른다. 보부아르(Beauvoir) 소설의 한 주인공이 말했듯이 어떤 선택을 하더라도 "원호 위에 곧은 선을 긋는 것은 불가능한 일"이기[7] 때문이다. 그러나 그는 이 "위험한 선택"의 아이러니에서 존재의 의미를 찾는다. 헤밍웨이 역시 한 사람의 실존주의 작가로서, 사르트르나 카뮈가 그들의 문학에서 그랬듯이, 존재에 대한 마조히즘적 인식에서, 그리고 악이 편재하는 세계에서 위험한 선택을 함으로써 실존의 규범과 삶의 의미를 찾는다. 그는 20세기적 삶의 비극적 현장에 자발적으로 참여함으로써 존재의 비극성을 증명해 보이며 그의 소설들에서 수천 년간 본질주의에 젖어 살아온 인물들이 고통스럽게 그 중독에서 풀려나는 과정을 그린다. 그가 그린 세계는 1959년 브룩스와 워렌이 그들의 《소설의 이해》(*Understanding Fiction*) '헤밍웨이 편'에서 밝혔듯이, "피로 물든 포식(捕食)의 세계"이다.[8] 그리고 그가 그의 소설을 통하여 보여 주려 했던 것은 포식이 존재원리인 세계에서 찾을 수 있는 삶의 형식은 무엇인가라는 절박한 물음에 대한 대답이다.

에즈라 파운드는 그의 시 〈휴 셀윈 모벌리〉(Hugh Selwyn Mauberley)에서 부조리 신의 덫에 걸린 현대인들의 모습을 "카파네이우스, 거짓 미

---

7) Philip P. Wiener, ed., "Existentialism," *Dictionary of the History of Ideas* (Scribner's, 1978), 191.

8) Cleanth Brooks & Robert Penn Warren, eds., *Understanding Fiction* (New York: Appleton-Century Crofts, 1959), 321. 이하 이 책의 인용은 본문에서 "Brooks & Warren"으로 밝히기로 한다.

끼에 걸려든 송어"라고 표현했고 그들이 창조한 현대 문명을 "늙어 이가 빠진 흉측한 암캐"라고 불렀다. 헤밍웨이는 1차 세계대전의 이탈리아 전선에 의무 장교로 자원하여 참전하면서 본질주의가 더럽혀 온 충성과 명예와 사랑과 정의의 "거짓 미끼"를 물고 "늙은 암캐"를 위해 죽어 가고 있는 현대인들의 모습을 보았고, 그것은 그에게 엄청난 충격이었다. 그 충격으로 그는 현대 문명이라는 "로맨스" 뒤에 숨겨진 진실에 눈뜨게 되고, 절망을 이길 진실한 사랑의 필요를 느끼며, 진실한 사랑의 우주적 패배에 절망한다. 헤밍웨이에게 존재는, 테니슨의 표현대로, "이빨과 발톱이 붉은 피로 물든 독수리"였고, 그가 마침내 도달한 것은 인간의 비극적 운명에 대해 아무것도 알지 못한다는 깨달음이었다.

1924년에 출판된 《우리들의 시대》는 비극적 운명의 불가해성에 대한 헤밍웨이의 깨달음을 표현한 첫 작품집이다. 이 단편집에서 닉 애덤스의 이름으로 성장을 시작하는 헤밍웨이의 인물은 20세기가 막 시작될 무렵 미국의 시카고(Chicago)에서 태어나 중서부의 전원주(田園州) 미시건(Michigan)에서 자란 한 소년이자 세계대전에 참전하고, 전쟁의 참혹함을 경험하며, 그리하여 존재 속에 나타나는 여러 가지 형태의 "패배"에 대하여 깨닫고, 우리들의 운명을 좌우하는 거대한 힘들과 "단독 강화 조약(separate peace)"을 맺으면서 어른으로 성장해 간다. 에드먼드 윌슨이 헤밍웨이 단편들의 공통된 주인공 닉 애덤스의 정신적 "성장"을 놓고 던진 수사적인 질문은 헤밍웨이 인물들이 갖는 "성장"의 성격을 단적으로 요약한다. "미시건에서 알고 있었던 세계와 똑같은 세계를 끔찍한 대량 살육의 현장 유럽에서도 만나지 않았던가? 미시건 숲 속에서도 삶은 똑같이 파괴적이고 똑같이 참혹하지 않았던가?"[9] 단편집 《우리들의 시대》는 세계대전의 시대 20세기에 평범한 한 미국인이 "존재의 조건은 고통이고 외연의 평화와 기쁨은 존재 속에 침잠해 있는 고통과 어떤 형태로든 맞물려 있음"을 깨달아 가는 과정을 극적으로 표현해 놓은 것이다.

《우리들의 시대》의 첫 단편 〈인디언 캠프〉("Indian Camp")는, 필립 영이 그의 논문 〈어니스트 헤밍웨이〉에서 주장한 대로, 헤밍웨이 문학으로 들어가는 문이다(Young, 6-7). 이 단편에 헤밍웨이는, 주인공 닉 애덤스의 천진한 목소리를 빌려, 실존적 삶에의 첫 경험을 담는다. 여기에서 주인공 닉은 작가 헤밍웨이처럼 미국 중서부 지방에서 자란 평범한 소년으로 세상의 폭력에 대해 첫 경험을 하는 실존적 주인공이다. 의사인 아버지의 왕진에 동행하여 닉은 호수 건너 인디언 여인이 산고를 겪는 "인디언 캠프"로 간다. 자연 분만이 어려워지자 아버지는 마취도 못한 채 잭나이프로 제왕 절개 수술을 하여 인디언 여인을 "구하고" 아기를 출산시킨다. 제왕 절개를 하는 동안 병든 남편은 2층 침상에 누워 자기 아내의 난산을 지켜본다. 닉이 세수 대야를 들고 아버지를 돕는 동안 네 명의 남자들은 산모를 움직이지 못하도록 붙잡고 있다. 마침내 수술은 끝나고 산모도 아기도 무사하다. 그러나 아내의 비명을 이틀 동안이나 견뎌야 했던 남편은 참다못해 면도칼로 자신의 목을 거의 떨어져 나갈 만큼이나 베고 자살을 한다. 집으로 되돌아오는 길에 거룻배 위에서 닉이 아버지에게 묻는다.

> "아빠, 그가 왜 자살을 했을까?"
>
> "잘 모르겠다, 닉. 내 생각인데, 견디기 어려운 일들이 많았던 것 같아."

---

9) Edmund Wilson, "Hemingway: Gauge of Morale," *The Wound and the Bow: Seven Studies in Literature* (New York: Farrar Straus Giroux, 1978), 175.

이 단편에서 인디언 여인의 남편을 견딜 수 없게 만들었던 "어두운" 힘은 무엇이며 그것은 어디에서 나오는 것일까? 또한 그것은 그처럼 견디기 어려운 것이었을까? 여기에서 "의사"는 존재 본유의 속성을 암시하는 중요한 상징이다. 생명을 구하는 일과 생명을 파괴하는 일이 맞물려 있고, 생명을 주는 행위의 궁극적 결과가 어두운 힘으로 생명을 빼앗는 것이라면, "의사"란 도대체 무엇을 하는 사람인가? 그리고 그가 하는 일이 신(神)이 하는 일과 은유적으로 같은 것이라면 신은 도대체 무엇인가? 생명을 낳는 일이 죽음이라는 엄청난 폭력과 맞물려 있다면 삶의 의미를 어떻게 설명할 수 있을까? 소설 속의 이야기로 표현된 헤밍웨이의 첫 경험은 "첫 경험"이라는 말에서 보편적으로 연상할 수 있는 짜릿함과 두려움이 공존하는 삶의 공간이 아니다. 그것은 차라리 존재에 본유하는 어둠에의 눈뜸과 번뇌에의 경험으로서 자지러질 만큼 소름 끼치는 우주적 악과 폭력에의 첫 경험이다.

전쟁의 충격은 헤밍웨이에게 세상의 중심이 빛이 아니라 어둠임을, 크고 작은 의미를 낳던 기성의 도덕과 철학은 모두 "지긋지긋한(obscene)" 거짓말임을, 그리고 존재는 허무와 부조리의 덩어리임을 깨닫게 한다. 단편 〈깨끗하고 환한 곳〉("A Clean, Well-lighted Place")에는 전쟁으로 깊은 정신적 상처를 입은 상이 용사의 본유적 부조리에 대한 깨달음과 절망이 표현되어 있다. 헤밍웨이 특유의 삼가어법으로 쓰여진 이 단편의 줄거리는 지극히 간단하고 단조롭다. 스페인풍의 한 깨끗하고 조명이 밝은 카페에서 늙은 급사 하나와 젊은 급사 하나가 매일같이 이 카페에 와서 문을 닫을 때까지 멀거니 앉아 있곤 하는 한 늙은 노인에 대해 이야기를 주고받는다. 그 늙은 노인이 지난주에 자살 기도를 했다고 젊은 급사가 말한다. 늙은 급사가 왜냐고 묻는다. 세상 물정을 모르는 젊은 급사는 "아무것도 아닌 일(nothing)"로 절망해서 난리를 쳤다고 대답한다. 그 늙은 이가 "아무것도 아닌 일"로 절망했는지 어떻게 아느냐고 늙은 급사가 다시 묻는다. "그 사람 부자예요" 하고 젊은 급사가 말해 준다.

세상에는 현재적 삶의 기준으로 판단할 수 없는 두려움과 공포가 얼마든지 있다. 젊은 급사가 이해할 수 없었던, 물질적 가치관 너머 어디에든 존재할 수 있는 절망과 허무가 무엇인지는 얼마 후 혼자 남게 된 늙은 급사의 사설을 통해 드러난다. "깨끗하고, 불빛이 밝은" 카페에서 한 발짝만 떠나면 세상은 온통 어둠으로 휘둘려 있다. 이곳을 떠나고 싶지 않은 늙은 급사는 자신의 영혼을 향해 다음과 같이 절규한다. 그리고 "허무"의 신(神)에게 다음과 같은 조롱조의 기도를 올린다.

> 그가 두려워했던 것이 무엇이냐고? 그건 말이야, 공포도 두려움도 아니야. 그건 그가 너무나 잘 알고 있는 어떤 허무였지. 그건 어떤 허무인데, 인간도 무용지물이지. 그게 전부이고 그걸 위해 필요한 것은 빛이 전부야. 아니 약간의 깨끗함과 약간의 질서가 있으면 더 좋겠지. 사람들은 그 속에 살면서도 결코 그걸 느끼지 못해. 그러나 그는 그걸 알고 있었어—허무가 지나고 나면 또 허무, 허무가 지나고 나면 또 허무, 허무가 전부라는 걸 알고 있었어. 허무를 안고 사는 허무의 신이여, 허무가 그대 이름이 되게 하소서, 그대의 영토가 되게 하소서, 그리고 그대의 의지가 허무 속에 빠져 있게 하소서. 우리들이 매일같이 이 허무의 신을 섬기게 하시어 허무의 삶이 우리들의 삶이 되게 하시고, 허무가 허무를 이겨 우리들의 삶을 허무에서 구해 주소서. 허무로 충만한 허무를 열렬히 맞아, 허무가 그대와 함께 있게 하소서. (Heinemann, 599)

"허무가 허무를 이겨 우리들의 삶을 허무에서 구해 주소서!" 허무에 정통한 이 늙은 급사의 기도는 곧 전후 세대였던 헤밍웨이 세대들 전체의 기도이기도 하다. 바텐더가 "당신이 맞이하고 싶은 것은 무엇이오?"라고 물었을 때, 늙은 급사는 "허무요"라고 대답한다. 1차 세계대전을 겪은 전후 세대들은 전쟁으로 드러난 문명의 부조리를 경험한 세대들로서 "허무의 신"을 믿으면서 "허무"를 이기고자 했던 세대들이었다. 그들은 이 단편 속의 노인들처럼 빛이 없는 어둠의 공간으로 내몰려 내일의 태양이 뜰 때까지 뜬눈으로 밤을 지새야 했던, 허무를 이길 얼마간의 빛과 얼마간의 질서와 얼마간의 깨끗함에 굶주린 자들이었다.

"그게 바로 너희들이야, 너희들 모두가 그렇단 말이야! …… 너희 모두는 길 잃은 세대들이야."[10) 거트루드 스타인(Gertrude Stein)이 전쟁의 충격으로 피폐해진 영혼을 지닌 헤밍웨이 세대들에게 던진 말이다. 전대미문의 전쟁의 아픈 경험을 가진 전후 세대들에게 "시적 정의"나 "초월"이나 "진보"를 전제로 하는 윤리와 철학과 역사는 잘못된 가정들에 불과했다. 그들의 영혼은 "문명"과 "발전"이라는 이름으로 생겨난 엄청난 재앙 앞에서 결코 자유로울 수 없었다. 《시지푸스의 신화》에서 카뮈가 말한 대로, 이제 세상은 "어떤 나쁜 이유로도 설명할 수 없는 무엇"[11)]이 되어 버렸다. 생로병사의 삶의 모든 영역에서 크고 작은 의미를 낳던 수많은 초월적 가치와 믿음과 이념과 환상들이 더 이상 기능을 수행할 수 없게 된 것이

---

10) Donald Mcquade, et. al., *The Harper American Literature: the Second Compact Edition* (Boston: Harper Collins, 1996), 2074. 이하 인용은 본문에서 *"The Harper"*로 밝히기로 한다.

11) Albert Camus, "Each Person Gives His Own Life Meaning," *Classic Philosophical Questions,* ed. James A. Gould (Columbus: Charles E. Merrill Pub. Co., 1985), 711.

다. 수천년에 걸쳐 본질주의에 대한 맹신으로 만들어지고 다듬어져 온 철학과 윤리와 종교가 이때에 즈음하여 삶을 설명하는 데에 있어서 무용지물이 된 것이다. 참을 수 없이 부조리한 삶에 대한 이 깨달음 앞에서 역사와 문명은 모든 의미를 잃고 벌거숭이가 되었고, 사람들은 삶의 방향을 잃고 방황하게 되었다. 헤밍웨이는 그의 소설에서 끝없이 밀려드는 상실감과 삶에의 환멸을 겪은 세대들의 역사의 비극적 미몽에서 깨어나기 위한 몸부림을 그렸다. 인간의 존엄과 문명의 위대함을 설명하던 수많은 장엄한 말들이 세계적 규모의 폭력이 낳은 이 엄청난 불행을 설명해 낼 수 없을 때, 그 세계 속에서 살아가는 방법은 과연 무엇일까? 헤밍웨이의 초기 소설들에서는 문제만 있을 뿐 그에 대한 해답은 숙제로 남아 있게 된다.

1926년에 출판된 《태양은 또다시 떠오른다》에서 전후 세대들이 맞은 허무는 "거세"의 이미지를 통해 보다 정교하게 표현된다. 여기에서 욕망은 거세되거나 버림받아 진정한 삶과 사랑을 만들지 못한다. 욕망은 저주받고 삶이 고통의 덩어리일 때 진정한 사랑으로 삶의 고통은 완화될 수 있을까? 이것은 이 소설의 주인공들—전쟁으로 욕망이 거세된 사람들이든, 전쟁으로 삶의 규범을 잃어버린 사람들이든—이 끊임없이 되뇌는 질문이다. 이 소설에 나오는 인물들은 모두 이러저러한 이유로 욕망을 숭엄화하여 고결한 문명을 만드는 방법을 잃어버린 정신적 또는 신체적 불구자들로 전쟁에의 염증으로 삶의 의미를 상실한 전후 세대들이다. 그들은 전쟁의 끝에서 삶의 허무를 보고 허무와 더불어 살아야 했던 시대가 만든 예비 실존주의자들이다. 그들은 "금주법"으로 상징되는 숨막히는 규율의 세계 미국을 피해 "선택의 자유"가 있는 실존의 공간 파리(Paris)로 스스로를 추방한다. 이곳에 모인 자기 추방자들은 육체나 정신의 죽음을 부른 문명의 추악한 치부를 들여다보고 반대편 어딘가에 과거의 어두운 기억을 묻고 싶어하는 자들이다. 이유는 다르지만, 그들은 모두 혼탁한 성행위에, 낚시 여행에, 투우 관람에, 혹은 축제에서의 춤과 노래에 몰두한다.

욕망이 사랑을 낳을 수 없고 문명을 창조할 수 없을 때, 그에 대한 깨달음의 아픔은 다른 어떤 아픔보다도 클 것이다. 《태양은 또다시 떠오른다》에서 두 주인공 제이크 반즈와 애슐리 브렛은 전쟁 신의 손아귀에서 겪은 거세의 아픔을 사랑으로 극복하고자 몸부림친다. 그러나 전쟁에서 척추를 다쳐 성기능을 상실한 "국외 추방자" 제이크와, 전쟁에서 연인을 잃고 상실의 아픔을 겪은 미모의 영국 전쟁미망인 애슐리 사이에 진정한 사랑은 가능할까? 그들이 받은 정신적 육체적 상처는 그대로 전후의 실존상황에 대한 효과적인 상징으로서 전후 세대들이 느낀 허무의 실체를 형상화한다. 욕망은 펄펄 살아 있지만 그것을 사랑으로 바꿔 줄 육체가 죽어 있을 때 "선택의 고뇌"를 통한 자아의 실현은 가능한가? 죽은 자에 대한 연민과 추억은 육체가 없는 사랑을 보듬어 안을 수 있을까? 그들은 여느 다른 "길 잃은 세대들"처럼 이루어질 수 없는 성적 만족을 추구하고, 낚시를 통해 현실을 도피하고자 하며, 춤과 노래를 통해 현실의 아픔을 잊고 싶어한다. 그러나 현실은 벽처럼 버티고 서서 물러서지 않는다. 그들의 관계는 만족의 가능성이 전무한 영원한 평행선이다. 전쟁으로 사랑을 잃은 애슐리는 전쟁에서 상실을 경험한 제이크에게서 자신이 잃어버린 과거를 보상해 줄 현재적 사랑을 찾는다. 그러나 제이크는 삶의 피안에 영혼으로 존재할 뿐 그녀에게 영원히 다가올 수 없는 불구자이다.

거세당하거나 버림받은 욕망으로 문명이나 자연의 시원적 폭력에 맞설 새로운 도(道)를 얻기는 어려울 것이다. 애슐리는 속속들이 값싼 낭만주의자 로버트 콘(Robert Cohn)에게 기대어 보기도 하고, 삶의 규율은 있으나 과거의 아픈 기억이 없는 투우사 로메로(Romero)에 빠져 보기도 한다. 그러나 그들은 모두 그녀와는 다른 "종류"의 사람들이다. 그들은 전쟁의 상처를 입지 않은 사람들이었고, 그러므로 실존의 고뇌를 필요로 하지 않는 사람들이었다. 애슐리는 제이크에게로 돌아온다. 그러나 그들의 삶으로 도대체 어떤 의미를 만들 수 있을까? 그곳에도 행복과 만족은 있는 것일까? 오직 긴 세월의 허무를 버티게 하는 얼마간의 인종(忍從)과 연민만이 그들의 관계를 이어 가도록 할 것이다. 그들에게 남은 것은 택시를 타고 마드리드 시내 구경을 하거나, 술집이나 카페에 멀거니 앉아 있는 것뿐이다. 그들의 삶은 전쟁에 피폐해진 세상만큼 의미 없고 목적 없는 삶이다.

"허망하도다, 허망하도다! …… 만물은 허망하도다! …… 태양은 떴다가는 지고 뜬 곳으로 다시 돌아간다." 전도서 1장 5절에 나오는 솔로몬의 설법이다. 여기에서 솔로몬의 설법이 의미하는 바는 이 세상의 권력과 부귀와 영화를 다 가진 자도 삶이 허망하기는 마찬가지이니 하느님을 경외하고 그의 계명을 지키라는 것이다. 그러나, 헤밍웨이는 전도서에서 이 소설의 제목을 가져오면서 성경의 내용을 패러디하고 있다. 왜냐하면 헤밍웨이가 입문한 허무는 솔로몬의 그것과 본질적으로 다르기 때문이다. 《태양은 또다시 떠오른다》의 서술자 제이크에게는 경외하고 계명을 지키며 섬길 하느님이 없다. 그에게는 수만 번의 태양이 떴다가 지면서 허무를 짓더라도 허무를 넘어 귀의할 초월 신이 없다. 오직 허망한 삶만이 끝없이 펼쳐져 있을 뿐이다. 초월 신에 대한 믿음을 탈취당하고 전쟁 신에게서 욕망을 거세당한 전후 세대들이 끝없이 펼쳐지는 허무의 망망대해를 헤쳐 나가는 방법은 무엇일까? 전후 세대들에게 세상은 너무나 많은 거세와 고통과 능욕과 불구로 가득했다.

《태양은 또다시 떠오른다》에서 두 주인공 제이크와 애슐리가 육체적 욕구 충족이 불가능한 상태에서 사랑의 관계를 형성해 가는 과정은 망망한 허무를 놓고 벌이는 실존의 실험이며, 투우사 로메로는 그 선생이다. 권투 선수였던 콘과 투우사 로메로가 애슐리를 놓고 결투를 할 때 콘의 구태의연한 낭만주의적 거짓 가치와 로메로의 실존주의적 참가치가 충돌한다. 이때, 위기 상황에서 "본질에 앞선 실존"을 바탕으로 가치를 창조하는 로메로의 삶은 제이크와 애슐리에게 하나의 삶의 본을 제공하게 된다. 투우사로서 그는 투우장에서 포학한 소와 싸우면서 자신의 명예와 위엄을 지키기 위해 투우의 의식에 따라 의연하고 "우아하게" 위험에 대처했었다. 그리고 권투 선수였던 콘이 결투를 신청해 왔을 때에 권투에 대해 잘 알지 못하지만 자신이 욕구하는 바를 잃지 않기 위해 그는 포기하지 않는다. 이제 어떻게 살 것인가에 대한 대답은 초월 신에 대한 믿음에서 나오는 것이 아니라 숙명을 맞는 사람의 자신에 대한 진지한 삶의 자세에서 찾을 수 있는 것이다. 투우사 로메로는 이상주의자나 허풍쟁이의 가면을 쓴 옛 권투 선수 콘과는 달리 경험으로 체득한 삶의 기술과, 품격 있는 삶의 양식과, 진정한 자아의 진솔한 선택으로 순간순간의 위험을 헤쳐 나가는 실존주의 선생이다. 로메로의 "교육"은 허무가 존재 조건인 전후 세계에서 인간이 존엄을 잃지 않고 생존하는 양식과 비결—즉, 헤밍웨이가 말한 "압중우아(grace under pressure)"—에 관한 것이다. 그러나 그의 "교육"은 제이크와 애슐리에게 슬픈 세계를 완전히 수긍하고 받아들이도록 하지는 못한다. "태양이 다시 떠올라도" 그들에게 허무는 끝까지 허무로 남아 있기 때문이다.

《태양은 또다시 떠오른다》는 단순히 삶에서 어떤 의미도 찾지 못한 전쟁 세대들의 절망과 사회 부적응을 그린 소설이 아니라, 실존의 한 실험으로서 허무를 이기고 살아가는 방법을 모색하는 소설이다. 이 소설에 등장하는 인물들은 겉으로 보기에는 취하고 춤추고 노래하며 난잡한 성적 교제로 바람 부는 대로, 물결치는 대로 살아가는 것처럼 보일지 모른다. 그러나 그들의 방탕과 방황은, 마구잡이로 쾌락을 추구하는 여느 탕아들의 그것과는 달리, 전쟁에서 받은 신체적, 정신적, 도덕적 상처를 치유하고 삶의 새로운 규범을 찾기 위한 것이다. 다시 말해, 가치에 대한 어떤 확신도 없는 세계에서 투우사의 용기와 절제를 배우고 낚시의 규율을 익히는 일은 낡은 종교와 도덕의 의식(依式)을 대체할 새로운 "심미적 의식(aesthetic ceremony)"의 실험인 것이다.

3. 실존의 실험

20세기 초엽 유럽에서 생겨난 수많은 숙명론자들의 경우처럼, 헤밍웨이는 시대가 만들어 낸 허무주의적 실존주의자이다. 그는 미국 일리노이주의 극도로 보수적인 시골 마을에서 유복하고 천진한 감상적 낭만주의자로 태어났다. 그의 아버지는 의사였고, 그의 어머니는 오페라 가수가 되고 싶어 했던 음악 교사였으며, 헤밍웨이 자신은 운동과 글 쓰기를 좋아하는 평범한 작가 지망생이었다. 헤밍웨이의 유년기와 소년기 삶에서 특별한 것이 있다면, 그것은 아마 아버지의 사냥과 낚시 여행에 그가 자주 동행했다는 것일 것이며, 여행을 통해 사냥꾼과 낚시꾼들이 거행하는 삶의 의식과 그들이 지키는 행동 강령들을 체득한 것일 것이다. 그의 아버지는 헤밍웨이가 두 살이 되었을 때 낚싯대를, 열 살이 되었을 때 사냥총을 손에 쥐어 주었다. 그리고, 열여섯 살이 되었을 무렵 사냥과 낚시의 모든 것을 배운 아들에게 다음과 같이 써 보냈다. "네가 벌써 이렇게 사내

답게 자라 주다니, 정말 기쁘고 가슴 뿌듯하다"(*The Harper,* 2073). 청소년기의 삶에서 헤밍웨이가 이처럼 사냥과 낚시에 애정을 쏟게 된 것은 어쩌면 그를 나약한 얼간이로 만들려 했던 어머니의 과보호를 벗어나려는 반발 심리가 크게 작용했을 것이다. "계집아이처럼 예쁜 옷을 입히고 싶어 했던" 어머니의 빗나간 소망은 훗날 그가 실존적 숙명론자가 되는 중요한 단서가 된다. 본질주의적 가치에 대한 심각한 회의가 "실존"을 향해 내달리게 했으며, 문명을 벗어난 원시적 삶의 의식에서 실존적 삶의 규범을 찾게 되기 때문이다.

1차 세계대전 중 고등학교를 졸업한 헤밍웨이는 전쟁의 낭만을 꿈꾸며 군에 자원한다. 눈이 나빠 입대가 거부되자, 그는 1918년 적십자단의 자원 봉사 운전 장교로 이탈리아 전선에 참전하게 되고 그곳에서 폭탄의 파편을 맞아 심한 부상을 입게 된다. 전대 미문의 잔학한 전쟁에서 입은 깊은 상처는 삶을 낭만으로만 알았던 헤밍웨이에게는 영원히 지울 수 없는 정신적 충격을 안겨 주었다. 필립 영이 말했듯이, 전쟁의 상흔은 헤밍웨이에게 육체적으로뿐만 아니라 정신적으로도 치유할 수 없는 깊은 자국을 남긴 것이다(Young, 8). 본유적 폭력에의 경험과 문명에 내재된 반가치의 경험으로 헤밍웨이는 마침내 세상을 뒤집어 볼 수 있는 통찰력을 얻게 되고, 역사와 문명과 세계를 움직이는 본질로서의 악과 폭력에 입문하게 된다. 무어라고 꼬집어 말할 수 없지만 거역할 수 없는 무서운 힘으로 수많은 죽음을 낳는 악의 존재에 대해 알게 된 것이다. 1차 세계대전이라는 큰 전쟁이 없었더라면 일상에서의 수많은 부조리들은 뇌리에 침잠해 표면 위로 떠오르지 않았을지도 모를 일이었다. 전대 미문의 전쟁의 경험은 헤밍웨이로 하여금 문명과 자연에 본유적으로 내재하는 폭력과 죽음에 눈뜨게 하고 그 깨달음에 몰두하게 했다. 그의 소설들은 예외 없이 이 눈뜸과 몰두의 심미적 표현이라고 볼 수 있다.

프로이트의 이론을 차용하여 헤밍웨이 소설에 나타나는 폭력과 죽음에 대한 작가의 편집증적 집착을 설명하는 필립 영에 의하면, 헤밍웨이의 주인공들은 1차 세계대전에서 받은 심한 전상으로 충격을 받고 정신분열증에 걸려 있으며, 분열증을 다스리는 한 방법으로 프로이트의 소위 "반복 충동(repetition-compulsion)"에 따라 죽음과 폭력에 노출되는 행위를 되풀이해서 재연하는 전쟁 증후군 환자들이다.[12] 전쟁 증후군 환자들은 전쟁의 아픈 경험으로 일상의 삶 속에서도 악몽을 꾸며 일상의 하찮은 일들에서도 두려움을 느낀다. 그들은 전쟁의 아픔을 떨치기 위해, 또는 비극적 삶을 맞는 용기를 얻기 위해 되풀이해서 자신들을 죽음과 폭력의 상황에 노출시킨다. 작가로서의 헤밍웨이는 자신을 포함한 전후 세대들이 전후의 삶 속에서 꾼 악몽과 그 속에서 느낀 두려움증을, 또는 악몽과 두려움증에서 벗어나려는 몸부림을 그의 소설에 옮겨 놓았다. 헤밍웨이 주인공들의 폭력과 죽음에 대한 집착은, 따지고 보면 폭력이 생경한 상태로 난무하는 시대, 악몽과 두려움증으로 시달리는 전후 세대 미국인들의 혼돈과 절망의 결과 무늬를 반영한다. 또한 폭력을 수용하며 존재의 성취를 구하는 그들의 마조히스틱한 삶의 방식을 추적한다.

전쟁에서 깊은 상처를 입은 지 얼마 되지 않았을 때 부모에게 보낸 편지에서 헤밍웨이는 다음과 같이 쓰고 있다. "상처는 아무것도 아닙니다. 다시 상처를 입더라도 개의치 않을 것입니다. …… 상처를 입는다는 것은 정말이지 형언하기 어려운 어떤 만족감을 주거든요"(*The Harper*, 2074). 헤밍웨이가 전쟁에서 상처를 입고 역설적으로 "형언하기 어려운

12) Joseph DeFalco, *The Hero in Hemingway's Short Stories* (U of Pittsburgh P, 1963), 103

어떤 만족"을 느꼈다면, 그것은 아마 작가로서의 상상력이 일깨워진 데서 오는 것일 터이며, 상처를 통해 알게 된 실존적 세계에 관한 것일 터이다. 헤밍웨이는 전쟁의 상흔으로 알게 된 세계를 좀 더 깊이 이해할 수 있을 때까지 삶의 극한 상황에 스스로, 기꺼이, 죽을 때까지 되풀이해서 뛰어든다. 그는 아프리카로 맹수 사냥을 떠나고, 스페인 내전에 종군 기자로 참전하며, 투우를 즐기고, 홀로 먼바다 낚시를 떠나기도 하며, 끝내는 사냥총으로 머리를 쏘아 자살을 한다. 헤밍웨이의 삶은, 그러므로 삶 속에 잠긴 허무를 욕구하는 것이었으며, 그의 허무주의는 허무를 창조함으로써 허무 속에서의 삶의 가치에 대한 탐험의 성격을 지닌다.

"언제나" 그리고 "여기에서" 악(惡)과 허무에 둘러싸여 있다고 느낄 때, 이에서 비롯되는 악몽과 두려움증을 극복하는 방법은 무엇일까? 만약 사람들의 마음속에 초월 신이 살아 있었더라면 문제는 어렵지 않았을 것이다. 그러나, 20세기에 들어 인간은 신을 버렸고 서구인들은 죽음을 낳는 존재의 조야한 폭력에 맞서 살아갈 규범을 새로이 찾아 내야 했다. 카를로스 베이커는 《우리들의 시대》의 주인공 닉 애덤스에 대한 헤밍웨이의 "교육"을 19세기 헨리 애덤스(Henry Adams)의 자신에 대한 "교육"에 비유했다.[13] 헨리 애덤스는 1900년 세계 박람회에 출품된 강력한 발전기 앞에서 "역사의 목이 부러진" 것을 보았고 과학의 발달로 가능해진 다원주의적 세계에 적응하기 위해 자신을 비인간화하는 교육을 스스로에게 부과해야 했었다. 애덤스처럼, 헤밍웨이는 1차 세계대전의 전장에서 존재의 심연을 지배하는 것이 악임을 깨달은 닉 애덤스에게 악이 편재하는 세계에서 살아 남기 위한 실존의 교육을 시킨다. 얼 로빗이 주장

---

13) Carlos Baker, *Hemingway: the Writer as Artist* (Princeton: Princeton Univ. Press, 1952), 129. 이하 이 책의 인용은 본문에서 "Baker"로 밝히기로 한다.

한 대로, 어쩌면 헤밍웨이의 주인공들은 편재하는 악에 대하여 두려움을 느낀 작가가 자신의 두려움증을 덜기 위하여 자신을 되풀이해서 도살대 위로 집어던지는 제의(祭儀)의 제물들일는지도 모른다(Rovit, 57).

《우리들의 시대》에 들어 있는 단편들 가운데에도 이미 "전쟁 증후군 환자"로서 우주에 편재하는 악을 인식하며 성숙해지고 있는 닉 애덤스의 모습을 드러내는 단편들도 있다. 카를로스 베이커의 지적대로, 〈두 마음의 큰 강〉("Big, Two-Hearted River")에서 주인공 닉은 겉으로만 보면 다행증(多幸症) 환자에 불과할 수도 있다(Baker, 125). 그러나 이 단편에서 닉은 다행증 환자라기보다 전쟁의 아픈 경험으로 일상의 하찮은 일에서 두려움증을 느끼는 전쟁 증후군 환자에 가깝다. 여기에서 주인공 닉은 대략 24시간 동안의 송어 낚시 여행을 하면서 기차에서 내려 낚시터에 이르기까지 도보로 걷고, 강가에서 적당한 장소를 찾아 천막을 치고, 그곳에서 하룻밤을 지낸다. 이 단편에는 특히 주목할 만한 사건은 없으며, 그러므로 눈에 띄는 플롯도 없다. 닉이 하는 일이라고는 고작 기차 정거장에서 샌드위치와 커피를 사고, 북서쪽으로 가는 기차를 타고 가다, 적당한 역에서 내려 무거운 배낭을 짊어지고 불이 나서 황폐화된 들판을 지나, 기분 좋은 소나무 숲에서 낮잠을 자는 것뿐이다. 그리고는 "두 개의 심장을 가진 강"가에 천막을 치고, 밥을 지어먹고 잠을 자며, 이튿날 아침 흐르는 강물을 따라 내려가며 낚시를 하는 것이 고작이다. 그러나 조금만 자세히 들여다보면, 헤밍웨이 특유의 이야기 스타일과 상징으로 장전된 팽팽한 긴장이 이야기 속에서 배어 나온다. 오랫동안 목가적 삶의 무대에서 사라졌다가 다시 나타난 작중 주인공 닉은 황폐화된 들판과 강의 늪지에서 말로 형언하기 어려울 만큼의 큰 두려움증에 시달리고 있으며, 지루한 낚시 여행으로 정신을 통어함으로써 그것을 극복하고자 하기 때문이다.

이 단편에서 닉의 낚시 여행은 복잡한 삶으로부터의 단순한 도피가 아니라 마법을 걸어 "악령을 쫓는 무녀의 어떤 의식 같은 것"[14]이며, 그러므로 실존적 상황을 헤쳐 나가는 헤밍웨이의 자신에 대한 생존 "교육"이다. 맬콤 카울리(Malcolm Cowley)의 지적대로, 이야기는 삶의 의미를 찾는 여러 가지 실존의 의식들로 가득 차 있다. 예를 들어, 닉은 캠핑터까지 멀리 걸음으로써 자신의 인내를 시험하고, 캠핑터에 도착해 저녁을 먹을 자격이 있다고 느낄 때까지는 아무것도 먹지 않음으로써 자신의 절제력을 시험한다. 그 외에도 그곳에는 어둠을 맞는 문명의 의식이 있고 사려 깊은 식사의 의식이 있으며, 잠을 잘 자기 위한 잠자리의 의식이 있다. 낚시 여행을 통해 닉이 거행하는 삶의 의식 가운데에서 가장 중요한 것은 낚시의 의식인데, 그것은 옛날 그의 아버지로부터 배워 익혀 놓은 것이다. 닉은 아침의 태양이 메뚜기들의 날개를 말릴 시간에 맞춰 낚시를 시작하고 낚싯밥으로는 메뚜기를 쓴다. 낚시꾼이 행운을 빌 때 그렇게 하는 것처럼, 메뚜기를 거꾸로 꿰고 두 다리로 낚싯바늘을 잡게 한 다음, 그의 입에서 나오는 갈색 진물로 낚싯바늘을 덮게 한다. 카울리가 말한 것처럼, "메뚜기도 이 낚시의 의식에서 제 몫을 다하고 있는 것이다." 그리고 너무 작은 고기를 잡았을 때에는 점액질의 비늘을 다치지 않도록 손에 물을 적시고 나서야 고기를 잡아 방생한다. 간단히 말해, 여기에서 치러지는 낚시의 의식은 종교적으로, 또는 도덕적으로 삶의 모든 의식이 무너진 지금 닉이 찾을 수 있는 실존의 의식에 대한 상징으로 볼 수 있다. 이 이야기에서 낚시의 전 과정은 위기의 삶에서 마땅한 행동 강령을 찾아가는 삶의 의식에 대한 대유이다.

---

14) Malcolm Cowley, "Nightmare and Ritual in Hemingway," *Hemingway: A Collection of Critical Essays,* ed. Robert P. Weeks (Prentice-Hall, 1962), 48.

〈두 마음의 큰 강〉이라는 제목에 암시되어 있듯이 실존은 "두 개의 심장을 가진 강"과 같다. 강 위쪽은 물결이 고동치며 흐르는 "깨끗하고, 빛이 잘 드는 곳"이다. 닉처럼 절제하고 질서를 만드는 법을 배우기만 하면 낚시꾼은 이곳에서 악령에 쫓기는 영혼을 쉬게 할 수 있다. 불로 황폐화된 도시 근교를 지나면, 길에는 소나무 숲이 있고 캠핑터에는 안전함과 탁 트인 강의 포근함이, 도회에서는 맛볼 수 없는 신비로움과 즐거움이 있다. 그러나 강 저 아래쪽에는 닉이 낚시를 할 때 피하고 싶어 하는, 또 하나의 심장으로 고동치며 모든 것을 삼키는 "늪지"가 있다. 그러므로 닉이 두려움증을 이기고 편안한 삶을 살아가기 위해서는 불로 피폐해진 땅을 지나며 자신의 감정을 절제할 수 있어야 하고, "늪지"의 "유혹"을 뿌리칠 수 있어야 한다. 까맣게 탄 땅에서는 숯에 뒹군 메뚜기조차 까맣다. 그리고 "늪지"에서는 거대한 삼나무들이 뽑혀 넘어져 있고, 태양빛도 땅을 비추지 못한다. 또한, 빛이 적어 깊이를 알 수 없는 깊은 물에서의 낚시는 비극을 낳을 것이다. 닉에게 삶이란 비극을 낳는 사회와 재앙을 불러오는 자연 사이에서의 실존의 실험이며, 절제된 강령과 질서 의식, 그리고 부단한 참을성에도 불구하고 패배를 요구하는 무엇이다. 왜냐하면, 어떠한 경우에도 "늪지"는 "그곳에서" 사라져 주지 않을 것이기 때문이다.

〈두 마음의 큰 강〉에서 볼 수 있듯이, 헤밍웨이의 초기 단편집《우리들의 시대》에서 제시되는 실존적 상황은 그의 후기 소설들과 비교해 볼 때, 보다 추상적이며 암시적일 뿐 아니라 주인공은 그것에 대하여 상당한 심미적 거리를 유지하고 있다. 헤밍웨이 자신이 아직은 아물지 않고 되살아나 아픈 영혼을 쓰레질하는 전쟁의 경험을 보다 직설적으로 다룰 마음의 준비가 되지 않았기 때문일 것이다. 반면에《무기여 잘 있거라》에 이르면 악에 대하여 두려움증을 느낀 작가의 병든 영혼을 쓸어내리는 제의(祭儀)

로 보기에 충분할 만큼 실존적 상황은 급박하고 직접적이다. 이 소설에서는 〈두 마음의 큰 강〉에서와는 달리 문명은 추악하고 황폐한 전쟁의 모습으로 그려지고, 비와 눈으로 상징되는 자연도 어린 시절의 추억 속에 아스라이 존재하던 너그러운 자연으로 남아 있지 않는다. 그것들은 모두 실체를 가지고 행동하는 악으로서 능동적으로 개인의 행복을 파괴하는 폭력으로 등장한다. 스스로를 부식시키고 파괴하는 문명 속에서, 불가항력의 힘으로 인간의 행복을 부정하는 자연 앞에서 행복을 추구하는 "성실한 개인"의 진정한 자아는 실현될 것인가? 《무기여 잘 있거라》에서 헤밍웨이는 실존에 내재된 보다 근본적인 악의 문제를 천착한다.

《무기여 잘 있거라》의 제목에서 "Arms"는 "무기"라는 뜻으로 전쟁에 대한 대유이자 "팔"이라는 뜻으로 사랑에 대한 대유로서, 이 소설은 전쟁과의 고별과 사랑하는 사람과의 사별의 이야기를 담고 있다. 북부 이탈리아와 스위스 쪽 알프스를 배경으로 하는 이 소설은 1차 세계대전에 자원하여 참전한 미국인 프레드릭 헨리 중위의 전쟁에의 환멸과 영국인 간호사 캐서린 바클리와의 슬픈 사랑의 여정을 그린다. 전쟁으로 연인을 잃은 캐서린은 프레드릭에게서 "사랑의 종교"를 실현하고자 하지만, 프레드릭 중위에게 캐서린과의 만남은 처음에는 단지 "카드놀이"와 같이 기분 전환을 위해 필요한 어떤 놀이에 불과하다. 처음 얼마 동안 프레드릭의 캐서린에 대한 사랑은 속절없는 전쟁을 잊기 위한 심심풀이에 지나지 않는다. 프레드릭의 놀이가 사랑으로 변하는 것은 다리에 심한 부상을 입고 후송되어 캐서린으로부터 따뜻한 간호를 받고 난 후이다. 전쟁이 잔혹해질수록, 사랑이 깊어 갈수록 전쟁에의 환멸은 커 가고 그들의 사랑은 진실해진다. 전쟁에의 환멸은 이탈리아군의 대규모 퇴각이 있을 때 극에 달한다. 대열은 지리멸렬해지고 사방은 온통 혼돈이다. 프레드릭은 대열에서 이탈한 죄로 잡혀 어처구니없이 처형을 기다리는 신세가 된다. 어둠을 틈타 강물로 뛰어든 프레드릭은 부목 조각을 잡고 헤엄쳐 안전한 곳에 이른다. 수소문 끝에 캐서린이 전송된 곳을 알아내고 그곳에서 그녀를 만나 그녀가 자신의 아이를 가졌음을 알게 된다. 신변에 위험이 있음을 감지한 그들은 보트를 타고 중립국인 스위스로 간다. 삶을 놀이로만 여겼던 프레드릭 중위에게 전쟁도 사랑도 놀이가 아니라 잔혹한 현실이 되었다. 운이 좋아 전쟁과는 "단독 강화"를 할 수 있었지만, 사랑을 슬프게 만드는 우주의 원초적 폭력과는 그리할 수 없었다.

프레드릭에게 전쟁은 인간의 장난기를 마음껏 발동할 수 있는 놀이로 보였었다. 그러나 사실은 지긋지긋한 추상 명사들로 미화된 문명의 추악한 한 단면이었다. 반역의 누명을 쓸 막다른 골목에서 프레드릭은 마침내 전쟁이란 거짓 명분의 탈을 쓴 추한 "추상 명사"들의 집적체임을 깨닫는다.

> 신성하다느니, 영광스럽다느니, 희생이니 하는 따위의 허무한 말들을 들을 때면 나는 언제나 정신이 혼미하다. 비를 맞으며 서 있을 때 때때로 누군가가 외치는 이런 말들이 귓전에 들려 오지 않았던가. 또는 …… 삐라 붙이는 사람들이 집어던진 선언문들에서 읽지 않았던가. …… 나는 신성한 것이라곤 아무것도 본 적이 없다. 영광스럽다는 일들은 모두가 영광이 빠진 것들이었고, 희생은 묻어 버릴 수밖에 없을 정도로 썩어 나자빠져 쓰레기장에 던져진 고깃덩이처럼 시카고 쓰레기장의 쓰레기 더미 같은 것이다. 참아 넘기기 어려운 말들이 무수히 많다. 결국 위엄을 지닌 말들은 모두 지명들뿐이다. 장소의 이름들이 그렇듯이 숫자나 날짜들도 어떤 의미를 지니고 있다. 마을의 이름들, 거리의

> 숫자들, 강의 이름들, 부대 번호들, 날짜들에 비하면 영광이니 명예니, 용기니, 신성하다느니 하는 말들은 이제 지긋지긋한 말들이다.[15)]

프레드릭은 추상어들로 가득한 "지긋지긋한" 말들의 현장에서 캐서린과 함께 목숨을 걸고 탈출한다. "운이 좋아" 탈출에 성공하고 그들은 마침내 스위스의 어느 한가로운 산 속에서 스키를 타며 즐겁고 행복한 시간을 보낼 수 있게 된다. 그러나 〈프란시스 매콤버의 짧은 행복〉에서처럼 행복은 짧고 삶은 비극으로 끝난다. 자연은 산 속에서 오래 인간을 품어주지 않았다. 부조리 신이 인간을 "위해" 쳐 놓은 "생리적 덫(biological trap)"을 피할 수 없었기 때문이다. 혹시 "운"이 좋아 하나 둘 "덫"을 빠져 나올 수 있다 해도, 덫은 언제나 어디에나 있었기 때문이다.

알프스에서의 목가적 삶은 그들에게 기쁨과 행복을 주는 듯했다. 그러나, 운명의 신은 그들을 그냥 그곳에 놓아두지 않았다. 엘리엇의 4월처럼, 그들에게 봄은 잔인했다. 빗물 속에서 죽음의 그림자가 다가옴을 느끼며, 그들은 행복과 편안함이 있는 산을 내려와 출산의 죽음이 있는 도시로 간다. "골반이 좁아" 아기를 자연 분만할 수 없었던 캐서린에게 산통이 심해지자 의사는 마취를 하고 제왕 절개 수술을 하지만, 아기는 죽은 채로 태어나고, 의사의 확신에도 불구하고 그녀도 죽는다. 삶에 대하여 가장 진지해졌을 때 그 대가로 얻은 소중한 사랑을 "어떤 나쁜 이유도 없이" 잃어야 한다는 것은 우주적 아이러니로서 프레드릭이 깨달은 존재의 속성이다. 그는 빗속을 터벅터벅 걸어 검은 구름 덮인 하늘을 원망하며 호텔로 돌아온다. 이것이 프레드릭의 부조리 신과의 만남이며, 연인과의 사별이다.

---

15) Earnest Hemingway, *A Farewell to Arms* (New York: Charles Scribner's Sons, 1957), 144-145. 이하 이 작품의 인용은 본문에서 *"Farewell"*로 밝히기로 한다.

전쟁도 사랑도 놀이가 아니라 삶의 피할 수 없는 일부임을 깨달은 프레드릭에게 캐서린의 죽음은 도대체 무엇인가? 프레드릭은 캐서린의 죽음을 "생리적 덫에 걸린 것"이라고 표현한다. 캐서린의 임종이 가까워졌을 때, 프레드릭은 명상 속에서 존재의 깊은 심연 속으로 빠져 든다. 그리고 존재란 어쩌면 영원히 빠져나올 수 없는 "생리적 덫"에 걸려 있는 것인지도 모른다고 생각한다. 그렇다면 존재를 지배하는 힘은 빛인가 어두움인가? 프레드릭의 생각은 불이 붙은 장작 등걸에서 불을 피해 도망쳐 보지만 곧 지글거리는 불꽃에 타 죽고 마는 개미들의 이미지로 환원된다.

> 언젠가 캠핑을 할 때, 개미들이 빼곡하게 기어 다니는 장작 하나를 불 속에 던져 넣은 적이 있다. 불이 붙자, 개미들은 어쩔 줄 몰라 떼지어 몰려 다녔다. 처음에는 불꽃이 지글거리는 가운데로 갔다. 그리곤 장작 끄트머리로 몰려갔다. 거기서도 버티지 못하자 그들은 불 속으로 떨어졌다. 몇 마리는 기어 나왔지만, 몸뚱어리는 불에 그을어 형체가 말이 아니었고, 어디로 갈지도 모르고 기어 나오는 데에만 여념이 없었다. 그러나, 대부분은 불로 기어가다가는 장작 끄트머리로 왔다 갔다 했다. 그러다 결국은 모두 장작 끄트머리로 오글오글 모여들었다. 나는 이게 세상의 끝이구나 생각하고 구세주가 될 양으로 장작을 집어 불이 닿지 않은 땅바닥에 내려놓았다. 그러나 내가 한 일이라곤 그저 장작에 주석 컵으로 물 한 잔을 부은 것뿐이다. 컵에 위스키를 붓고 물을 더 담기 위해서였다. 이제야 생각인데, 타는 장작에 내가 부은 물에서 증기가 나와 개미들은 모두 쪄 죽었을 수밖에 없었을 것이다. (*Farewell*, 327-8)

사람들은 때로는 무심히, 때로는 장난 삼아, 개미들이 빼곡하게 기어다니는 등걸을 불 속에 집어넣지만, 개미들의 어려움에 아랑곳하지 않는 인간들의 장난은 개미들의 입장에서 보면 실존의 "덫"과 같은 것일 수 있다. 그것이 곧 죽음이라 해도 개미는 나무 등걸에 기어오르는 것을 그만둘 수 없을 것이기 때문이다.

인간들이 사랑을 그만둘 수 없다면, 사랑이 인간들의 행복에 절대의 가치를 지닌 것이라면, 인간으로서 가장 진지한 순간에 맞은 캐서린의 죽음은, 적어도 인간의 관점에서는 어떤 설명으로도 부조리한 것이며 어떤 이유로도 공평하지 못한 것이다. 그러므로 헤밍웨이에게 인간은 어떤 수를 쓰더라도 액운을 막을 수는 없는 슬픈 존재이다. 인간에게 자유 의지가 있다 해도 그것은 운이 아주 좋을 때 전쟁을 피해 도망칠 수 있을 정도의 것이며, "생리적 덫"에 걸리면 자유 의지란 무용지물이다. 가장 가치 있고 가장 아름답고, 가장 인간적인 것으로도 죽음의 슬픔밖에 얻을 것이 없다면 삶은 얼마나 덧없고 부조리한 것인가? 《무기여 잘 있거라》는 여러모로 보아 반전 소설에 가깝다. 전쟁의 잔인함과 참상, 파괴성과 몰지각성에 대한 항변이 곳곳에 점철되어 있다. 그러나 헤밍웨이의 보다 주된 관심은 우주의 본유적 폭력에 대한 것이다.

《무기여 잘 있거라》는 범우주적 폭력으로 조건 지어진 세계에서 인간 존재가 얼마나 무의미하고 무력한가에 대한 발견의 소설이다. 따지고 보면, 이 세상에 큰 전쟁이 존재한다는 사실도 바로 이 우주적 폭력의 일부이며, 그러므로 프레드릭과 캐서린이 맞은 전쟁도 인간의 "행복"에 무관심하거나 적대적인 우주적 폭력의 한 현상으로서 그것에 대한 대유에 불과하다. 인간은 다른 인간을 향해 크고 작은 폭력을 행사하며 쾌감이나 경제적 이익을 얻도록 조건 지어졌기 때문이다. 그리고 "비"로 상징되는 자연의 어두운 힘 앞에서 "탯줄이 목에 감겨" 죽은 아이를 낳는 캐서린의 운명은 우주 속에 "외롭게" "던져진" 인간의 운명이 어떤 것인지를 잘 보여 준다. 캐서린은 무자비한 전쟁에서 연인을 잃음으로써 그것을 이미 깨닫고 있었다. 그리고 소설의 끝에서 자신의 죽음으로 이것을 확인한다. 자연의 무자비한 질서 속에서 자신의 죽음을 예감한 캐서린은 다음과 같이 절규한다.

> 조금도 두렵지 않아요. 다만, 더러운 속임수에 걸렸을 뿐. (*Farewell*, 331)

이 소설의 마지막에 프레드릭은 이 까닭 없는 폭력을, 캐서린의 죽음을 어렴풋하게 예감하며 결코 안녕을 누릴 수 없는 이 세상에서의 존재를 놓고 애태운다. 그것은 마치 "아웃(out)"의 규칙만 익히고 야구 경기를 하다 영문도 모르고 죽어 나간 야구 선수 같았다.

> 이제 캐서린은 죽을 것이다. 너도 이렇게 죽었지. 그때 너는 영문도 몰랐어. 배울 시간이 없었던 거야. 그들은 너를 게임 속으로 던져 넣고 규칙을 말해 주고는 베이스에서 벗어나자마자 죽여 버렸어. 아이모(Aymo)를 죽이듯이, 그들은 아무 까닭도 없이 너를 죽여 버렸어. (*Farewell*, 327)

이제 프레드릭이 당면한 문제는 이 "까닭 없이" 적대적인 세계에서 인간이 의미 없는 죽음의 운명을 어떻게 맞아야 하는가이다.

자신의 《로미오와 줄리엣》이라고 불렀던 이 소설에서 헤밍웨이는 우리들에게 가장 고결한 가치인 진실한 사랑마저도 부조리 신의 "더러운 속임수(dirty trick)"에 속해 있음을 한탄한다. 이 소설에는 〈두 마음의 큰 강〉에서 엿볼 수 있는 자연의 성스러움에 대한 일말의 향수도 없다. 전쟁도 사랑도 자연도 모두가 "실존의 덫"일 뿐이다. 죽음에 임한 캐서린은 프레드릭에게 "덫에 걸린 자"가 세상을 살아가는 방법에 대해 "교육"을 한다. 그녀는 프레드릭에게 자신의 죽음은 부조리 신의 "더러운 계략"이므로 비통해하지 말고 위엄을 갖춰 슬픈 운명에 대항하는 것만이 살아남은 자가 할 수 있는 오직 하나의 길임을 말해 준다. 이러저러한 이유로 부조리 신의 손아귀에서 비극적 죽음을 맞을 수밖에 없다면, 이제 문제는 죽음이 아니라 죽음에 맞서는 용기와 위엄이라는 것이다. 그러나 프레드릭에게 이러한 교육은 아직은 너무나 벅찬 것이다. 그가 "실존 교육"을 완성하기에는 더 많은 비극과 죽음이 필요하다.

4. 실존의 규범들

〈깨끗하고 환한 곳〉에서 헤밍웨이는 허무의 신을 섬기며 사는 것이 허무의 시대를 살아가는 사람들의 책무라고 생각했다 그러나 그는 그곳에서 어떻게 허무의 신을 섬기고 사는가에 대해서는 말하지 않았다. 그가 20세기 허무의 신을 맞이하여 살아가는 방식에 대하여 어떤 깨달음을 보이는 것은 〈프란시스 매콤버의 짧은 행복〉, 《누구를 위하여 종은 울리나》, 《노인과 바다》과 같은 후기 소설들에 와서이며, 이때에야 비로소 카뮈와 같은 다른 실존주의 사상가들과는 약간 다른 방법으로 인간의 선택 행위에 대해 얼마간의 의미를 부여하게 된다. 다시 말해, 이 소설들에 이르러 헤밍웨이는 허무의 신을 섬기고 사는 그 나름의 "실존"의 규범들을 찾게 되는 것이다.

자유 의지를 긍정하는 다른 많은 실존주의자들처럼 헤밍웨이도 존재의 위기 상황에서 갖는 "선택의 고뇌(agony of choosing)"에서 존재의 궁극이 고통인 삶의 의미를 찾는다. 인간이 맞이하는 부조리한 세계는 닫힌 세계로서 변화시킬 수 없는 세계이지만, 또한 메아리 없는 세계가 약속하고 그 속에서의 삶이 비극적일 수밖에 없지만, 삶이 무의미한 것만은 결코 아니라는 것이다. 자신의 존재를 비웃는 세상의 부조리에 대항하여 "혁명"을 일으킬 생각을 하지 않는다면, 부조리 신은 인간에게 그 안에서 얼마간의 기쁨을 창조하도록 허락하고 있다는 것이다. 헤밍웨이는 부조리 신의 세계를 있는 그대로 받아들이는 "정직(honesty)"과 그것에도 불구하고 의미 있는 삶을 창조하는 "용기(courage)"와 부조리를 야비하게 피하지 않고 맞서는 "의연함(virility)"을 기쁨을 창조하는 삶의 기제로 보았다. 다른 실존주의자들의 "선택"이 신의 부조리에 맞서는 공격적인 것이라면, 헤밍웨이의 그것은 방어적인 것이라고 할 수 있다.

헤밍웨이의 후기 소설들에서 주인공들은 대체로 불굴의 정신력을 가진 강인한 사람들로서 "정직"과 "용기"와 "의연함"의 삶의 강령들을 터득한 사람들이다. 그들은 모두 부조리한 세계 속에서 허무와 절망을 갈무리할 사사로운 형식과 계율을 만들고 실천한다. 그의 초기 소설들에서도 투우사는 기교와 절제로, 낚시꾼은 낚시의 의식(儀式)으로, 연인들은 죽음 앞에서의 위엄으로 실존적 위기 상황을 헤쳐 나가는 삶의 강령들을 만들었었다. 그러나 이러한 강령들은 주인공들의 것이라기보다 그들에게 규범을 가르치는 스승들의 것이었다. 후기 소설들에 오면, 헤밍웨이의 주인공들은 이러한 강령들을 몸소 터득하고 실천함으로써 인간의 행복에 무관심하거나 적대적인 세계에서의 패배에 대한 보상을 찾는다. 클리엔스 브룩스와 로버트 펜 워렌은 부조리한 세상에서의 그들의 영웅적 패배를 "실리적 패배(practical defeat)"(Brooks & Warren, 319), 즉 비극적 삶에 의미를 주는 패배라고 불렀다.

헤밍웨이의 소설에서 미완의 부조리 시제를 자유 의지에 의한 선택을 통하여 의미 있는 현재 시제로 바꿈으로써 주인공이 "실리적 패배"를 하게 되는 소설은, 부족하긴 해도 〈프란시스 매콤버의 짧은 행복〉이 처음이다. 여기에서 어찌할 수 없는 세계의 시원적 악과 마주함으로써 생겨나는 주인공의 허무와 절망은 마지막 순간에 비극적 현실에 맞서 당당하게 싸울 능력을 가진 자신에 대한 자긍심으로 바뀐다. 미모의 아내 마곳(Margot)과 함께 아프리카에서 맹수 사냥 여행을 하고 있는 매콤버—그는 온통 부조리투성이의 세계에 던져져 있다. "맹수"로 활유화되어 나타나는 세상의 주인은 모순 덩어리로서 괴팍하기 짝이 없고, 겉으로 보기에는 더없이 아름다운 아내 마곳은 《오디세이》(*Odyssey*)에 나오는 키르케(Circe)처럼 남자를 거세하여 남성성을 파괴하고 "돼지"로 바꾸는 인물이다. 또한 윌슨은 매콤버에게 한편으로는 절망의 세계를 맞이할 때 "용기"와 "정직"과 "의연함"을 가르치면서 다른 한편으로는 마곳과의 간통으로 그를 죽음으로 몰고 간다. 매콤버가 자신의 존재를 확인하기 위해 맞아야 할 현실은 "사면(四面)"이 온통 "초가(楚歌)"이고, 그러므로 그는 고독하다.

매콤버는 사면초가의 고독을 이길 행동 준칙(code)을 찾는다. 그는 윌슨과 마곳의 "겁쟁이"라는 비아냥거림에 맞서 용감하게 사자 사냥에 나서 자아를 굳게 세우고 "짧은" 행복감에 빠진다. 그러나 그 "행복"은 덧없는 것이다. 매콤버가 찾은 삶의 준칙은 아주 잠깐 동안만 부조리의 준동을 멈추게 할 뿐, 그가 맞아야 하는 현실은 여전히 불가항력적으로 버티고 있는 것이다. 용기를 거두지 않고 "상처 입은 물소"와의 싸움에 나서지만, 싸움이 끝나려는 순간 아내 마곳이 쏜 총탄에 매콤버는 죽는다. 그리고 그의 "짧은 행복"도 끝난다. 고대의 오디세우스는 충절한 아내와 효심이 지극한 아들이 있는 집으로 돌아와 평화를 회복할 수 있었다. 그러나 헤밍웨이의 세계에는 "시적 정의(poetic justice)"란 없다. 세상과 맞서는 "용기"도 부조리 신의 세상을 잠깐 멈추게 할 수 있을 뿐이다. 그러나 이 용기마저도 없다면 세상은 온통 어두움뿐이지 않을까? 허무와 절망을 대하는 매콤버의 용기가 있으므로, "짧고" 작지만 그래서 의심스럽기는 하지만 행복이라는 것이 이 세상에 존재할 수 있는 것이다.

《누구를 위하여 종은 울리나》와 《노인과 바다》에서 "용기(courage)"와 "정직(honesty)"과 "의연함"에 대한 헤밍웨이의 찬미는 보다 분명해지면서 사회적 차원으로 확대된다. 《누구를 위하여 종은 울리나》 이전의 소설에서 헤밍웨이의 주인공들이 비극적 현실에 대한 보상을 생각했던 것은 주로 개인적 차원의 것이었다. 《태양은 또다시 떠오른다》에서 제이크와 애슐리가 육체 없는 영혼의 사랑의 가능성을 모색할 때, 〈두 마음의 큰 강〉에서 닉이 빛이 잘 드는 숲 속의 공간을 찾아 아픈 상처를 아물게 할 삶의 의식을 거행할 때, 그리고 《무기여 잘 있거라》에서 캐서린이 "사랑의 종교"로 허무를 이기려 할 때, 그들의 생존 규범은 사회와의 관계를 깊이 고려하지 않은 사사로운 것들이었다. 그러나 헤밍웨이는 그의 후기 소설 《누구를 위하여 종은 울리나》와 《노인과 바다》에서 사회와의 관계 속에서 허무를 이길 삶의 규범들을 찾는다.

1937년 스페인 내전이 터졌을 때, 헤밍웨이는 종군기자로서 스페인 내전에 참전했었다. 그때 그는 전쟁의 상황을 보도하는 단순한 기자라기보다 국왕파의 이념을 전파하는 열렬한 전도사였다. 1937년 스페인에서 국왕파들에게 일어난 일들은 헤밍웨이에게는 바로 현대사의 실존적 위기 상황을 상징하는 대유였던 셈이다. 스페인 내전을 배경으로 한 소설《누구를 위하여 종은 울리나》에서 여주인공 마리아(Maria)의 아버지와 마을 사람들은 그들의 동포들에게 무참히 학살된다. 그리고 마리아 자신은 파시스트들에게 무자비하게 윤간당하고 가까스로 도망친다. 대체로 유복한 환경에서 자생한 스페인의 파시스트들은 동족 상잔의 잔학한 폭력으로 동포들을 괴롭혔던 것이다. 헤밍웨이는 그들의 이 엄청난 잔학함을 증오했다. 그리고 여기에서 그는 "어느 누구도 외로운 섬이 아니다"로 시작하는 존 던(John Donne)의 명상 시를 생각한 듯하다. "나도 인간이니 죽은 자가 누구라도 내 마음은 여려진다. 그러니 누구의 죽음을 알리려 종을 치는가를 물으려 보내지 말라. 그 종은 바로 그대를 위해 울리니." 이 소설에서 헤밍웨이는 헤아릴 수 없이 많은 헛된 죽음 앞에서 그러할 수밖에 없는 세계에 대하여 절망하고 있다.

《누구를 위하여 종은 울리나》에서 로버트 조던은, 헤밍웨이 자신이 그랬듯이 국왕파의 이념을 지지하며 스페인 내전에 참전한 미국인이다. 폭파 전문가로서 그는 파시스트들의 공격을 차단하기 위해 다리를 폭파하라는 지령을 받고 파블로(Pablo)와 그의 아내 필라(Pilar)가 이끄는 게릴라 그룹에 합류한다. 정신적으로 강인한 여성 필라는 로버트의 작업을 적극적으로 도울 뿐 아니라 그를 마리아와 맺어 줌으로써 그가 무시간(無時間)의 5차원적 세계에 도달할 수 있도록 해 준다. 파시스트들의 만행으로 심한 신체적, 정신적 충격을 받았던 마리아는 상처의 치유를 위해 로버트에게서 사랑을 구하고, 가장 아끼던 동료 카쉬킨(Kashkin)의 죽음으로 의미 없는 죽음의 세계에서 고독해진 로버트는 마리아의 사랑으로 위안을 찾는다. 그들의 사랑은 시간이 존재하는 4차원의 세계를 멈추게 하고 카펜터(F. I. Carpenter)가 〈헤밍웨이의 5차원적 세계〉("Hemingway's Fifth Dimension")에서 말한 "5차원의 무시간적 세계"를 만들어 낸다.[16)]

> 삶의 모든 것을 넘어, 위로, 위로, 위로, 무의 세계로—시간이 완전히 정지된 세계로 들어갔다. 그들은 둘 다 그곳에 있었다. 시간은 멈추어 있었다. 그[로버트]는 지구가 그들의 밑에서 꺼져 버린 듯한 느낌을 가졌다. (Heinemann, 68)

"세상의 축을 흔들었던" 마리아와의 사랑의 경험은 부조리의 4차원 세계를 초극하는 "영원한 현재"의 5차원 세계가 있음을 가르쳐 주었다. 로버트는 자신을 잊을 수 있는 어떤 세계, 시간이 정지되고 땅이 꺼져 버린 어떤 세계를 마리아와의 사랑을 통해 발견한 것이다. 그는 70년을 팔아 70시간의 삶을 산다 하더라도 마리아와 함께 하는 삶이라면 후회할 것이 없다고 생각하면서, "긴 시간"이니 "나머지 여생"이니 "지금부터"니 하는 것은 없고 "오직 지금"만이 있으며, 이 "현재"야말로 찬양되어야 할 것이며, 그것을 가진 자의 삶은 행복한 삶이라고 다음과 같이 말한다.

> 지금이라는 것 외에는 아무것도 없다. …… 잘 살았다는 것을 어찌 성서적 시간으로 잴 수 있을까. (Heinemann, 137)

---

16) Quoted in Bernard Oldsey's "The Sense of an Ending in A *Farewell to Arms," Modern Critical Interpretations,* 85.

마리아와의 70시간 동안의 강렬한 사랑으로 70년의 의미 없는 삶을 보상하고도 남을 "영원한 현재(eternal now)"를 경험한 로버트는 인류를 위해 "영원한 현재"를 가능하게 할 무엇을 하기로 결심한다. 그는 파블로가 훔쳐 달아났기 때문에 부족해진 폭약으로 최선을 다해 다리를 폭파한다. 그리고 왕당파 게릴라들이 무사히 파시스트 구역에서 퇴각하는 것을 돕다 총 맞은 말에 깔려 다리에 심한 부상을 입는다. 더 이상 움직일 수 없게 되었을 때, 그는 "어디를 가나 당신과 함께 할 것"이라고 마리아를 달래 그의 곁에서 떠나게 한다. 혼자 남게 되었을 때 그는 기관총을 힘주어 잡고 적을 기다리며 자신의 최후를 준비한다. 자살보다 "멋있는 일"을 하기로 결심한 그는 자신에 대하여 도덕적 승리를 거두며 적군의 장교를 향해 한 방의 완전한 저격을 준비하는 것이다.

로버트는 국왕파의 인본주의적 이념과 인간의 존엄을 지키는 일에 목숨을 바칠 가치가 있다고 생각하며 그것을 위해 목숨을 버림으로써 또 하나의 "영원한 현재"를 창조한다. 마리아와의 사랑의 경험이 있기 전에도 로버트는 그 자신이 부조리 신의 세계에서 의미를 창조하는 수단일 수 있음을 생각했다.

> 너도 그 노인〔Anselmo〕도 아무것도 아니다. 그대들은 의무를 수행하는 도구들이다. 네가 아무런 잘못을 저지르지 않았다 해도 어떤 질서는 있게 마련이고, 다리는 있게 마련이고, 그 다리는 인류의 미래를 바꾸어 놓는 전환점이 될 수 있다. 지금 전쟁에서 일어나고 있는 모든 것을 바꾸어 놓을 수 있다. 네가 할 수 있는 것은 하나뿐이고, 너는 그것을 해야만 한다. "빌어먹을, 하나뿐이야" 하고 그는 생각했다. 할 일이 하나뿐이라면 일은 쉽다. 이 멍텅구리야, 걱정일랑 그만둬, 혼잣말로

중얼거렸다. (Heinemann, 48)

시공을 초월하는 사랑의 경험으로 로버트는 자유 의지에 의한 선택의 행위가 세상을 바꿀 수는 없어도 세상을 잠깐 동안만은 의미 있게 할 수 있음을 확인한다. 그리고, 선택 행위를 통한 인간적인 것의 완성으로 텅 빈 십자가처럼 이유 없는 죽음을 강요하고 있는 전쟁 속에서도 삶을 의미 있게 할 수 있는 어떤 일이 있음을 깨닫게 된다. 인간의 존엄을 시험하는 시험장, 스페인 전장에서 역경을 기꺼움과 의지와 신념으로 맞음으로써 비운의 삶이 의미 있는 것일 수 있게 된 것이다. 로버트는 그 땅의 사람들을 믿으며 기꺼움으로 죽음을 맞는다. 이제 로버트에게 죽음은 삶의 부정이 아니라 삶의 긍정이며, 존재의 폭력 앞에서 존재를 의미 있게 하는 무엇이 된다. 이 소설의 마지막에 말을 탄 적군 장교가 그를 향해 다가올 때, "그는 갈비 위에 얹힌 그의 심장이 마구 뛰는 것을 느낀다." 그의 마음을 가득 채우고 있는 것은 오직 "다리"뿐이고, 소설 속의 시간은 오직 다리가 폭파될 시간을 향해서만 흘러간다. 일상의 삶 전부—먹는 것, 자는 것, 심지어 사랑과 죽음까지—가 다리의 폭파를 향한 일흔 시간으로 압축되고, 그러고 나서 죽음이다.

부조리 신의 세계에서 삶은 어차피 패배하게 마련이다. 그러나, 삶이 패배를 통해 의미 있는 것일 수 있다면 그것은 엄청난 아이러니일까? 삶의 이러한 실존적 아이러니는 《노인과 바다》에서 하나의 정교한 실존 신화로 마무리된다. 이 소설은 쿠바 연안의 먼바다에서 일어나는 일로서 산티아고라는 늙은 노인이 84일 동안이나 고기다운 고기를 잡지 못하다가 85일째 되는 날 자신의 생애에서 가장 큰 고기를 낚는다는 이야기이다. 옛날에는 마놀린(Manolin)이라는 소년이 이 노인을 도와주곤 했다. 그러나 지금은 그 소년의 아버지가 이 노인의 운이 다했다고 생각하고 도와주는 것을 막았기 때문에 지금 이 노인은 혼자서 고기잡이를 해야 한다. 그러나 소년은 노인을 잊지 못한다. 소년은 음식이나 신문을 들고 노인의 오두막을 찾아가 야구와 같은 일상의 일들에 대해 이야기하곤 한다. 산티아고 노인은 아직도 자신의 운을 믿으며 노를 저어 바다 멀리까지 고기잡이를 나간다. 고기잡이 배 위에서 노인은 때로는 상상 속에서, 때로는 행동으로, 그가 얼마나 삶을 소중하게 여기고 바다 고기들과 그 소중한 삶을 나누는가를 보여 준다. 고기를 못 잡은 지 여든닷새째 되던 날, 그가 다른 어느 배들보다 더 멀리 있을 때 큰 고기 한 마리가 노인의 낚시에 걸린다. 노인은 보지 않고도 그것이 그가 평생 낚은 어느 고기보다 큰 고기라는 걸 안다. 고기와의 사흘 동안의 사투가 시작되고 노인은 자신의 작은 배 위로 그 고기를 끌어올리려고 애쓴다. 믿을 수 없는 힘과 의지로 노인은 고기를 배 한쪽 옆에 끌어매는 데에 성공하지만, 상어 떼가 몰려들면서 노인의 제2의 시련이 시작된다. 노인이 기진맥진해 뭍에 이르렀을 때에는 고기의 살은 모두 상어 떼에 뜯기고 뼈만 남은 상태이다. 노인은 탈진해 깊은 잠에 빠지고, 가끔 그랬듯이 그가 젊었을 때 가 본 아프리카 해안에서 만난 사자들의 꿈을 꾼다. 노인이 잠든 모습을 지켜보던 마놀린이 눈물을 흘리며 스스로에게 다짐한다. 지금부터 그는 결코 노인의 곁을 떠나지 않을 것이다.

이 소설은 무엇보다 인간의 자연 상태의 실존이 얼마나 우연과 운에 지배되는가와 얼마나 불확실하고 위험한가, 그리고 얼마나 엄청난 우주적 악의에 둘러싸여 있는가를 보여 준다. 고기잡이에 관한 한 한때는 내로라했던 산티아고 노인도 운이 쇠하면 여든나흘 동안이나 고기를 잡을 수 없게 되는 것이다. 그리고 운이 다시 찾아와 자신의 생애에서 가장 큰 고기를 낚았을 때에도 고기는 소유되어 주지 않는다. 고기는 거센 힘으로 반항한다. 힘을 다해 고기를 붙들어매어 보지만, 그 다음엔 상어 떼가 달려든다. 결국 인간이 얻는 것이라곤 "의미"의 껍데기뿐인 것이다. 그러나, 이 소설에서 헤밍웨이가 보여 주려 했던 것은 인간의 자연에의 패배가 필연이라는 것이 아니라, 그 패배가 언제 가치 있고 의미 있을 수 있는가이다. 이 소설에서 헤밍웨이는 인간의 의지력과, 자연과 인간의 교감과, 인간과 인간의 사랑을 찬미한다. 그것들이 없다면, 적대적 세계에 둘러싸인 인간의 실존은 어떤 의미도 찾을 수 없기 때문이다. 기운이 쇠한 노인의 자신에 대한 믿음과, 낚시에 걸린 큰 청새치가 노인과 주고받는 교감의 대화와, 마놀린과 노인의 인간적 사랑은 가히 전설적이라고 할 수 있다. 헤밍웨이는 그들의 이야기를 통해 삶의 의미의 문제는 패배냐 승리냐의 문제가 아니라, 의지와 용기로 삶의 의미를 찾아가는 과정에서 무엇을 얻느냐 하는 것임을 말한다. 이 소설에서 노인은 그가 잡은 커다란 청새치를 상어 떼들에게 모두 뜯기고 뼈만 가지고 돌아온다. 그러나 그의 패배에도 불구하고 그는 삶에서 실패했다고 볼 수는 없다. 산티아고 노인은 인간의 위엄을 잃지 않고 뜻 있는 용기로 숙명적 패배를 맞았으며, 그 과정에서 자연과의 교감과 인간과의 친교를 얻었기 때문이다. 그의 숙명 속의 패배는 곧 패배 속의 승리이며, 이것이 바로 실존적 승리이다.

"인간은 결딴날 수는 있지만 패배하지는 않는다(A man can be destroyed but not defeated)"(Heinemann, 854)라는 헤밍웨이의 실존주의적 주제는 아주 정교하고 힘 있는 상징 장치를 통해《노인과 바다》에 표현되어 있다. 이 소설에서 헤밍웨이는 에밀리 디킨슨이나 로버트 프로스트처럼 일상사의 지극히 평범한 편린을 인간 존재에 대한 보편적 상징으로 삼는다. 어부 산티아고는 비극적 삶의 소명을 받은 필부로서 일상적 삶의 십자가를 지고 살아가는 예수와 같다. 그는 야구 선수 "위대한 디마지오"를 좋아하고 아프리카 해변의 사자들을 꿈꾸며, 삶에 수반하는 엄청난 고통에도 불구하고 그 모든 고통을 상쇄하고 남을 해탈의 짧은 순간을 추구한다. 한편, 노인이 낚은 커다란 청새치 한 마리는 인간들이 이 세상에서 추구하는 높은 이상을 상징하고 그 청새치를 뜯어먹는 상어 떼는 존재를 의미화하고 싶어 하는 인간들의 의미 행위를 무화시키는 우주적 폭력을 상징한다. 그렇다면, 상어 떼로 상징되는 우주적 폭력에 임한 인간의 존재 의미는 도대체 어디에 있는가?

삶에 본유적으로 내재하는 고통을 지고 살아가는 인물 산티아고 노인에게 삶의 양식이 되는 고기는 바다에 있다. 그리고 보다 "의미 있는" 양식은 아주 먼 바다 깊은 곳에 있다. 그러나 삶의 터전으로서의 양식이 있는 바다는 망망하고 위험하다. 그러므로 생존에 필수적인 큰 물고기를 잡기 위해서는 먼저 고기 잡는 법을 익히고, 한편으로는 바다의 모진 풍파와 싸워야 하고 다른 한편으로는 취한 것을 상어 떼에 잃어야 하며, 그리하여 존재의 속성을 깨달아야 한다. 그러나 이 엄청난 인내와 고통에도 불구하고, 고기는 인간에게 그냥 의미로 다가와 주지 않는다. 세상의 큰 주인이 인간들이 의미를 지향하는 곳 어디에서나 "상어 떼"를 동원해 인간들의 행복을 방해하기 때문이다. 그러므로 망망한 바다는 인간 실존의 조건에 대한 은유이며, 바다에서의 "파멸"당하되 "패배"하지 않는 삶, 그것이 곧 삶의 의미이다. 어부인 노인에게 상어들이 들끓는 바다는 부조리하고 불유쾌한 실존의 조건으로서 오직 그 속에서만 존재의 의미를 성취할 수 있다는 것이 존재의 크나큰 아이러니이다.

《누구를 위하여 종은 울리나》에서 로버트는 영웅적 인물로서 선택과 용기와 인간적 교감으로 의미를 무화하는 우주적 폭력에 맞서는 법을 터득했다. 《노인과 바다》에서 산티아고 노인은 로버트의 실존의 규범을 평범한 필부로서 실천하면서 자연과의 영교를 통한 실존적 의미의 모색이라는 중요한 하나의 규범을 보탠다. 의미는 어차피 껍질만 남게 되겠지만, 그 과정에서 용기와 인간과의 교감과 자연과의 통교를 통해 얻게 되는 삶에의 몰두가 더할 수도 뺄 수도 없는 존재의 의미라는 것이다. 모든 것을 무로 돌리는 "상어 떼"가 있어 삶은 비극적임에 틀림없다. 그러나 《노인과 바다》에서 산티아고 노인은 이 비극적 상황에서 같은 운명에 처한 다른 존재들을 연민하고 그들에게 사랑을 나누어준다.

> "내가 잡은 고기도 내 친구임에는 틀림이 없지," 그가 큰 소리로 말했다. "그러나 나는 그것을 죽일 수밖에 없어. 하나 기쁜 것은 내가 하늘의 별들을 죽이려고 애쓰지 않아도 된다는 것이야." (Heinemann, 843)

그는 또한 자신이 도달할 수 없는 "별을 파괴하려고 노력하지 않아도 된다"고 말함으로써 인간으로서의 분수를 알며, 자신의 힘이 모자라는 줄 알면서도 상어의 공격에 최선을 다함으로써 인간으로서의 자긍심을 버리지 않는다. 또한, "나는 참 이상한 늙은이야"라고 말함으로써, 그는 자신의 생존 방식과 생존 능력에 무한한 신뢰를 보낸다. 그리고 그렇게 함으로써 "결딴날" 수밖에 없는 숙명의 멍에를 쓴 인간의 승리의 신화를 만들어 간다. 그에게 인간이란 변덕스럽고 파괴적인 세계, 궁극적으로 의미 없는 세계에서 부조리로 의미를 만들어 가며 살도록 운명지워진 존재이며, 그렇게 하면서 "패배 속의 승리"를 구현하는 슬픈 존재인 것이다.

5. 결론

"신은 죽었고, …… 그를 죽인 것은 우리이며 …… 그것은 역사상 가장 위대한 행동이다. 우리들의 다음 세대들은 이 위대한 행동으로 해서 여태까지의 어떤 역사보다 고결한 역사를 누리며 살 것이다."[17] 《바람난 과학》에서 니체(Nietzsche)가 예언한 대로, 20세기에 즈음하여 바람기 동한 과학은 신을 죽였고, 서구인들은 더 이상 기독교 신을 통해 세계를 이해할 수 없게 되었으며, 그에 대한 이해를 바탕으로 삶의 의미나 가치를 창출할 수 없게 되었다. 그들은 이제 "바람난 과학"으로 세계를 이해해야 했으며, 그것을 바탕으로 새로운 의미와 가치를 창출해야 했다. 그러나 니체의 예언은 반세기가 지나기 전에 아이러니가 되어 역사 속에 구현되었으며, "과학"의 "바람기"를 바탕으로 창조된 역사는 어떤 의미에서도 "보다 고결한 역사"라고 할 수 없었다. 20세기에 들어 산업 자본주의의 발전은 엄청난 부를 낳았지만, 그와 함께 전대 미문의 악을 낳았다. 서구인들의 마음속에 새로 태어난 신은 니체가 요구한 "인간적인, 너무나 인간적인" 신이 결코 아닌, 거친 욕망의 신이었다. 강대국들의 통제 불능의 제국주의적 욕망은 급기야 수천만 명의 의미 없는 죽음을 요구했고, 양차 세계대전에 현현된 설명도 통제도 불가능한 절대의 부조리 앞에서 사람들은 절망해야 했다. 그들에게 희망이 있었다 해도 그것은 보잘것없이 작은 것이었고 절망은 엄청나게 무거운 것이었다.

실존주의는 서구인들이 자신들의 손으로 기독교 신을 죽이고 맞은 절망의 시대의 철학이며, 헤밍웨이 문학은 이 시대의 절망을 표현한 문학이

---

17) Friedrich Nietzsche, *The Gay Science* (tr. Kaufmann), 125.

다. 기독교 신의 죽음으로 수세기 동안 절대적 참조 체계에 갇혀 있던 악과 부조리가 전라(全裸)의 상태로 삶 속으로 던져졌을 때, 세상사 많은 일들이 우발적이고 일시적이며, 경험적이고 목적성이 없게 되었으며, 무엇이 가치로우며 무엇이 의미 있는 일인가에 대한 판단이 어려워지게 되었다. 세상에 일어나는 일들은 당위성이나 필연적 규칙이 없이 단지 일어나기 때문에 일어났고, 모든 것들은 그저 존재하기 때문에 존재했으며, 존재는 오직 맹목적이고 전체주의적인 과학과 자본의 권력에 휘둘리게 되었다.

거트루드 스타인은 20세기 산업 자본주의 시대 의미와 가치의 부재 속에 방황하던 헤밍웨이 세대들에게 "길 잃은 세대(the lost generation)"라는 이름을 붙여 주었다. 헤밍웨이는 "길 잃은 세대"의 한 작가로서 이 시대 사람들의 방황과 절망과 작은 희망을 자신의 문학에 담았다. 그의 초기 작품은 온통 절망투성이이다. 《우리들의 시대》에 실린 단편들이나 《태양은 또다시 떠오른다》, 《무기여 잘 있거라》와 같은 소설들에서 희망의 빛을 한 가닥이라도 찾는 것은 어려운 일이다. 그러나 그의 후기작에 속하는 《누구를 위하여 종은 울리나》와 《노인과 바다》에는 절망의 어둠이 얼마간 걷히고 실낱같은 희망의 빛이 보인다. 삶이라는 거대한 부조리 속에서 절망을 감내할 수 있게 하는 어떤 "규범(code)"을 찾아냈기 때문일 것이다. 〈프란시스 매콤버의 짧은 행복〉은 헤밍웨이의 작중인물들이 이 시대 의미 없는 삶을 감내할 "규범"을 찾아가는 과정을 잘 보여 주고 있다.

카를로스 베이커, 레슬리 피들러, 해롤드 블룸 등을 포함하는 대표적 헤밍웨이 비평가들은 헤밍웨이의 작중 주인공들이 절망의 과거를 거부하고 새로운 문화를 지향하면서 삶의 새로운 규범을 찾아가는 방식이 "미국적"이라고 주장한다. 헤밍웨이의 작중인물들이 미국 문학의 전통에 바탕을 둔 미국적 "문화 인물"이라는 것이다. 그들의 주장대로, 헤밍웨이의 소설들을 미국 문학의 영웅주의 전통에 비추어 이해하는 데에 큰 무리는 없다. 그러나, 헤밍웨이 문학은 단순히 미국적 문명 도피 신화라기보다 이 시대의 문화적 절망을 문학으로 구현한 실존주의 신화에 가깝다. 헤밍웨이의 주인공들은 삶과 문명에 선험적으로 내재된 우주적 폭력을 지켜보며, 위선의 가면을 짓고 지탱해 온 "고결한 철학"과 "지고의 지성"과 "부질없는 종교"를 버린다. 그리고, 존재 속에 생경하게 내재해 있는 시원적 폭력에 도달한다. 헤밍웨이 소설의 배경은 예외 없이 존재의 시원적 폭력이 노정되는 유럽 대륙이거나 미국 혹은 아프리카의 오지, 또는 육지에서 멀리 떨어진 바다와 같은 삶의 아주 먼 변방이다. 그의 주인공들은 의미 없는 죽음에의 강박감에 쫓기며 존재의 근원적 악에 이르는 통과 의례를 치르고, 악이 편재하는 세계에서 생존의 규범들을 찾아내는 실존적 인물들이다. 그러므로 헤밍웨이 문학은 한편으로는 고결을 가장한 추상어들로 폭력을 감추고 있는 20세기 현대 문명으로부터의 도피의 의식(ritual)이며, 다른 한편으로는 보편적 인간이 삶을 경험하며 존재의 시원적 악에 이르고 그것에 맞서 살아가는 방법을 찾는 "실존"의 의식이다.

헤밍웨이 문학은 부조리와 절망의 20세기 문명을 제어할 수 없었던 기성의 당위적 도덕률에 대한 실존주의적 저항의 표현이다. 헤밍웨이의 인물들은 절망의 문명과 "단독 강화"를 선언하고 존재의 원시적 폭력을 경험하며 "순수"의 허물을 벗는다. 그들은 "경험"의 문턱에서 존재 속에 선험적으로 깊숙이 내재하는 악과 마주치며, 그것과 싸우며 더불어 살아가는 방법을 모색한다. 그들은 단순히 구대륙의 문명에서 비껴 서서 그것을 비꼬고 풍자하는 마크 트웨인의 인물들과는 달리 자신이 속한 작은 세계만의 문화 인물로 남아 있지 않는다. 그들은 차라리 20세기의 범서구적 문화 인물로서 카뮈의 시지푸스와 같은 실존적 인물들이다. 〈인디언 캠프〉에 나오는 인디언 여인이나 《무기여 잘 있거라》에서의 캐서린 바클리에게 있어 생명을 낳는 것은 곧 생명의 죽음이다. 〈프란시스 매콤버의 짧은 행복〉과 《누구를 위하여 종은 울리나》에서 개인이나 사회와의 관계 속에서 자신의 존재를 확인하는 것도 곧 죽음에 이르는 길이다. 그리고 《노인과 바다》에 나오는 어부는 생애 가장 큰 고기를 낚지만 그에게 남은 것이라고는 살 한 점 없는 뼈다귀뿐이다. 카뮈나 사르트르 같은 실존주의자들과 마찬가지로 헤밍웨이에게도 삶을 대하는 과정이 없다면 존재는 철저하게 "허무"를 지향한다. 존재의 의미란 오직 "허무" 지향의 삶의 과정에서 용기와 사내다움과 다른 인간이나 자연과의 교감으로 인간으로서의 존엄을 잃지 않는 것뿐이다. 실존주의자 헤밍웨이에게는 이 보잘것없는 선택 행위로 누릴 수 있는 작은 행복과 희열이 곧 존재의 의미인 것이다. 헤밍웨이에게 의미 있는 삶이란 문명이라는 껍데기를 벗기고, 시원의 절망을 "정직하게" 받아들이며, 그것을 초극하는 "용기"를 보여 주는 것이다.

메타픽션 속의 메타픽션을 찾아서

존 파울즈의 소설 《만티사》 읽기

장경렬

1. 《만티사》, 또는 하나의 메타픽션

존 로버트 파울즈(John Robert Fowles, 1926~)가 자신의 소설 《만티사》(*Mantissa,* 1982)에서 옥스퍼드 사전을 인용하여 직접 밝히고 있듯이, '만티사'란 "별로 중요하지 않은 부가물, 특히 문학적 기도나 담론에 덧붙여진 것"[1)]이란 뜻을 갖는 단어이다. 그는 왜 자신의 소설 제목을 '만티사'로 한 것일까. 이는 필경 자신의 소설 쓰기 작업에 대한 작가의 태도를 반영하는 것이리라. 즉, 자신의 창작 작업 자체가 '별로 중요하지 않은 부가물'에 지나지 않는다는 암시를 통해 작가는 자신의 작업에 일정한 거리를 두고자 한 것인지도 모른다. 거리를 두다니? 어떤 의미에서 보면, 작가 측에서 소재상으로든 주제상으로든 대상에 대해 일정한 거리를

---

1) John Fowles, *Mantissa* (New York: New American Library, 1982), 188. 이하 이 작품의 인용은 본문에서 쪽수만 밝히기로 한다. 이 작품의 국내 번역본으로는 작가이자 번역가인 김석희 씨의 옮김으로 2001년에 도서출판 프레스21에서 출간한 것이 있다. 이 작품에 대한 인용문의 번역은 김석희 씨의 것이다. 다만 문맥의 요구에 따라 서너 군데 가필을 하였음을 밝힌다.

상정한 채 창작된 것이 바로 문학 작품이 아닌가. 그럼에도 불구하고 굳이 거리를 의식하겠다는 이와 같은 태도가 의미하는 바는 무엇인가. 이 물음에 대한 답을 찾는 가운데 우리는 파울즈의 《만티사》가 갖는 소설사적 의미를 확인할 수 있다. 아니, 한 걸음 더 나아가서, 그가 이제까지 창작 활동을 해 왔던 시간적 공간인 20세기 후반을 풍미하던 소설 문학의 두드러진 특징 가운데 하나를 이해하기 위한 단서까지 찾을 수 있을 것이다.

거리 두기와 관련하여, 대상에 대한 인식은 크게 두 가지 측면에서 논의될 수 있음에 유의해야 할 것이다. 먼저 인식 대상이 자아 바깥의 세계일 경우, 인식 행위란 곧 프리드리히 셸링(Friedrich Schelling)이나 새뮤얼 테일러 코울리지(Samuel Taylor Coleridge)의 말처럼 주체가 객체가 되고 객체가 주체가 되는 과정일 수 있다.[2] 따라서 대상과의 거리를 좁히고 대상에 보다 가까이 다가가려는 주체의 의지는 대상을 이해하는 데 필수 요건일 수 있다. 한편 인식 대상이 자아인 경우는 어떠한가. 이 경우 자아는 사유하고 존재하는 나의 일부인 이상 나와 자아 사이에는 거리 자체가 존재하지 않을 수 있다. 따라서 일정한 거리를 우선 확보하지 않으면 자아에 대한 이해 작업 자체가 불가능할 수도 있다. 바로 이 때문에 거리 확보를 위한 의식적인 노력이 선행되어야 할 수도 있다. '만티사'라는 소설의 제목이 암시하는 바는 바로 그런 것이 아닐까.

요컨대, 《만티사》는 일종의 '자기 응시(introspection)'의 결과물이다. 이때의 '자기 응시'의 대상은 물론 '소설가로서의 자아' 또는 '소설가의 소설 쓰기'이다. 《만티사》의 주인공 마일즈 그린(Miles Green)이 픽션은

---

2) Samuel Taylor Coleridge, *Biographia Literaria, Or Biographical Sketches of My Literary Life and Opinions,* vol. 1, eds. James Engell & W. Jackson Bate (Princeton: Princeton UP, 1983), 260 참조.

"픽션일 뿐이고, 픽션일 수밖에 없으며, 픽션 이외의 어떤 것도 될 수 없" 다는 사실을 널리 인정하게 된 결과 자연스럽게 "픽션에 '관해서' 쓰는 일이 픽션을 쓰는 일 자체보다 훨씬 중요해졌어. 이건 오늘날 진정한 소설가를 변별할 수 있는 가장 좋은 방법 중의 하나이지. 진정한 소설가라면, 종이 위에 스토리와 인물들을—자동차 수리공처럼— 조립하는 따위의 지저분하고 지겨운 일에 시간을 허비하지 않을 거야"(118-119)라고 했을 때, 우리는 바로 이러한 '자기 응시'의 시선을 확인하게 된다. 문제는 "픽션에 '관해서' 쓰는 것이 픽션을 쓰는 일 자체보다 훨씬 중요해졌"다는 작가의 의식일 것이다. 무엇이 이와 같은 의식으로 작가를 몰아간 것일까. 여기에는 무엇보다도 그린의 입을 통해 확인되는 바의 생각—"현실을 반영하는 소설은 60년 전에 죽었"으며 소설은 "반영의 매체가 아니라 '반성'의 매체"라는 생각(118)—이 어떻게 해서 20세기 중엽 문학계를 지배하게 되었는가에 대한 이해가 요구된다.

《만티사》에서 파울즈가 에라토의 입을 빌려 말하듯이, "지금은 모든 장르가 곤경에 빠져 있"다는 점을 감안한다면, "소설의 죽음"이라는 말은 "웃기는" 것(66)일 수도 있다. 또한 "제발 죽어 버렸으면 좋겠다"라든가 "그러면 얼마나 홀가분할까"(66)라는 에라토의 말이 대변하듯이 소설은 실제로 죽은 것이 아니다. 이런 의미에서 이른바 '소설의 죽음' 또는 '소설의 종말'이라는 표현은 일종의 수사(修辭)일 수 있다. 사실 이 같은 수사가 소설가나 비평가의 입에 오르내리기 시작한 것은 1960년대의 일이다. 레슬리 피들러(Leslie A. Fieldler)나 루이스 루빈(Louis D. Rubin, Jr.), 수잔 손탁(Susan Sontag) 등의 비평가들이 당시에 이루어진 논의의 중심부에 놓이는데, 이들은 한결같이 사실주의적인 소설 양식이나 또는 그들 이전 시대의 모더니즘적인 소설 양식의 현대적 효율성에 회의를 표시하고 있다. 즉, 어떤 형태이건 이전 세대로부터 물려받은 소설 양식은 급변하는 현대 사회의 문제나 의식을 담기 어렵다는 인식을 이들은 공유하였던 것이다.

소설에 대한 비평계의 이와 같은 인식이 작가의 입을 통해 표명된 가장 대표적인 예는 1967년 존 바스(John Barth)가 발표한 〈고갈의 문학〉("The Literature of Exhaustion")이라는 에세이이다. 이 글을 통해 바스는 오늘날의 소설을 "고갈의 문학" 좀 더 엄밀하게 말해, "가능성이 고갈된 문학"으로 규정[3)]하고 있다. 물론, 바스가 말하는 "고갈"은 사람들이 "현대"의 특징을 논할 때 종종 거론하는 "물리적, 도덕적, 또는 지적 타락"과 관계되는 것이 아니라, "어떤 형식의 소진이나 가능성의 고갈"을 의미(Barth, 29)한다. 그가 말하는 "형식의 소진"과 "가능성의 고갈"이라는 개념은, 어떤 의미에서 볼 때, 60년대와 그 이후의 소설의 흐름을 일별하는 데 중요한 단서가 되고 있다.

먼저 바스는, "사용하는 언어는 다소간 20세기 중엽의 것이고 현대인과 현대적인 주제를 다루고 있긴 하지만, 기교적인 면에서 19세기 또는 20세기 초엽의 작품을 쓰는 작가"(Barth, 32)에 대한 비판을 통해, 형식상의 새로운 시도가 갖는 의미에 주목한다. 결국 그가 제기하는 문제는, "마치 고전적 비극이나 그랜드 오페라, 소네트 양식의 '시대'가 지나가고 말았듯이, 중요한 예술 형식으로서의 소설의 시대가 끝나고 있음"(Barth, 32)이 확실한 이때, 조이스나 카프카의 형식상 실험에 대응하는 새로운 형식상의 실험이 오늘날에는 어떤 형태로 가능한가이다. 이 물음과 관련하여 우리가 주목해야 할 점은, 바스가 현대의 소설 작가들을 미로 속을

3) John Barth, "The Literature of Exhaustion," *The Atlantic Monthly* 220 (August 1967), 29. 이하 이 책의 인용은 본문에서 "Barth"로 밝히기로 한다.

헤매고 있는 메넬라우스의 모습으로 파악하고 있다는 사실이다. 즉 그에 의하면, 작가란 "세계라는 보다 거대한 미로 속에서 길을 잃은" 메넬라우스이며, 변신(變身)에 능한 "프로테우스"가 "자신의 '진정한' 모습으로 돌아가는 그 순간 그 프로메테우스한테서 길을 알아내기 위해" 그를 놓치지 말고 "꽉 붙들고 있어야"만 한다는 것(Barth, 34)이다. 여기에서 미로는 소설 기법상의 가능성이 이미 고갈된 상태를 암시하며, 변신에 능한 프로테우스는 위장된 현실을 암시한다고 볼 수 있다.

요컨대, 작가가 미로 속에서 길을 잃음은 소설 기법상의 새로운 가능성이 보이지 않는다는 의미로 이해될 수 있다. 그렇다고 해서, 작가가 "19세기 말 또는 20세기 초의 기법"으로 돌아갈 수는 없다. 이제 작가는 현실이 진정한 본연의 모습을 드러내고 출구를 일러 줄 때까지 그 현실을 꽉 붙들고 놓치지 않는 이외에는 별다른 방법이 없다는 것이 바스의 진단이다.

현실과의 힘 겨루기를 통해 미로에서 빠져나오려는 노력은 작가마다 다른 양상을 띠고 있고, 미로 속을 헤매던 작가들이 찾아낸, 또는 찾아냈다고 확신하는 출구도 작가마다 다르다. 그러나 그들은 대체로 전통적인 '모방 문학'의 논리를 거부하고 소설의 형식이나 창작 과정 그 자체를 소설의 주제나 소재로 삼았다는 점에서 공통점을 갖는다. 그들의 작품 경향을 1970년 미국의 소설가 윌리엄 개스(William Gass)는 '메타픽션(metafiction)'으로 규정한 바 있는데, 그 외에도 '반소설(antifiction)', '초(超)소설(surfiction)'로 규정되기도 한다. '메타(meta-)', '반(anti-)', '초(sur-)' 등의 명칭이 암시하듯이 '픽션(fiction)' 자체를 대상화하고 대상화된 픽션을 사유, 비판, 반성의 소재로 삼고 있음에 유의해야 할 것이다. 소설가가 자신의 소설 쓰기 행위를 대상화하고 나아가서 이를 사유,

비판, 반성의 소재로 삼고 있다는 점에서 메타픽션은 무엇보다도 자기 반성의 매체라고 할 수 있다.

이와 같은 자기 반성적 소설로서의 메타픽션을 패트리샤 워(Patricia Waugh) 같은 이는 크게 세 종류로 분류한 바 있다.[4] 워는 먼저 특정한 창작 관습을 문제 삼아 전통적으로 소설이 어떤 방식으로 구성되어 왔는가를 뒤집어 보여 주는 메타픽션이 있음에 주목하면서, 그 대표적인 예로 파울즈의 《프랑스 중위의 여인》(*The French Lieutenant's Woman*, 1969)을 들고 있다. 이 소설의 경우, 화자가 이야기의 진행 중간에 끼어들어 소설 쓰기의 어려움을 이야기하기도 하고, 작중인물들이 화자의 뜻대로 움직여 주지 않음에 불평을 늘어놓기도 한다. 그러나 이제 시대가 변했음을, 그리하여 전지적 작가가 명령하는 대로 작중인물들이 움직이는 이른바 전통적인 소설 전개 방식의 시대가 지났음을 화자는 인정하기도 한다. 나아가 진행 중인 이야기의 전개 가능성을 여러 각도에서 가늠해 보기도 한다. 물론 미겔 세르반테스(Miguel Cervantes)의 《돈키호테》(*Don Quixote*, 1605), 로렌스 스턴(Laurence Sterne)의 《트리스트람 샌디》(*Tristram Shandy*, 1759~67)와 같이 작가가 작품 안에 직접 개입하는 예가 없던 것은 아니지만, 여기에서 확인되는 소설 작법은 명백히 이전 시대의 작품에서는 찾아보기 힘들다. 이어서 워는 특정 작품이나 소설 양식 자체에 대한 패러디 형태의 메타픽션이 있음에 주목하면서, 그 예로 존 가드너(John Gardner)의 《그렌들》(*Grendel*, 1971) 등을 들고 있다. 《그렌들》은 괴물의 입장에서 《베오울프》의 이야기를 다시 써 놓은 것이라는 점에서 워가 말하는 유형의 메타픽션이 어떤 것인지를 짐작게 한다. 마

4) Patricia Waugh, *Metafiction: The Theory and Practice of Self-Conscious Fiction* (New York and London: Methuen, 1984), 4.

지막으로 겉으로 보기엔 메타픽션이라고 할 수 없으나 여전히 메타픽션적 요소를 지니고 있는 예로 워는 리처드 부로티건(Richard Brautigan)의 《미국에서의 송어 낚시》(*Trout Fishing in America,* 1967)를 들면서, 이 같은 유형의 소설은 전통적인 소설 언어 구조를 벗어난 일종의 새로운 대체 언어 구조를 창조하려는 노력의 결과임을 지적한다.

《만티사》는 앞에서 논의한 세 유형 가운데 어디에 해당하는 것일까. 물론 이 소설을 한번 훑어본 사람에게는 자명한 사실처럼 보이겠지만, 《만티사》는 바로 두 번째 유형의 메타픽션이다. 이 작품은 특히 메타픽션이라는 소설 양식에 대한 패러디로 규정될 수 있다. 다시 말해, 《만티사》라는 메타픽션의 소재가 바로 메타픽션인 것이다. 메타픽션을 소재로 한 메타픽션이라니? 이 소설이 어떤 특정한 줄거리도 갖고 있지 않고, 거의 대부분의 지면이 그린과 그의 상대역 사이의 대화로 이루어져 있을 뿐 우리 주변의 현실 세계든 작중인물 주변의 현실 세계든 현실 세계와는 직접적인 관련이 없어 보이는 이유는 여기에 있다. 자기 반성적 소설 쓰기에 대한 자기 반성적 소설이라는 점에서, 당연히 소설에 대한 상식적인 이해의 시선으로 《만티사》를 읽고자 하는 많은 독자들은 당혹감을 느끼지 않을 수 없을 것이며, 소설 읽기의 즐거움을 기대하고 이 소설을 집어 든 독자들은 자신의 기대를 무참히 저버리는 이 낯선 소설에 배신감까지 느낄지도 모른다.

그러한 당혹감과 배신감을 미리 계산하기라도 한 듯이 파울즈는 자신의 소설에 '만티사'라는 제목을 부여하고 있는 것이다. 말하자면, 《만티사》는 모종의 문학적 기도 또는 담론에 대한 '부가물'일 뿐이니 그 이상의 기대를 하지 말라는 작가의 의도를 담기 위한 것인지도 모른다. 사실 《만티사》는 파울즈 자신의 소설적 기도나 담론에 대한 일종의 부가적 담론일 수도 있고, 넓게 보아 20세기 후반을 주도해 왔던 자기 반성적 소설 쓰기에 대한 부가적 담론일 수 있다. 문제는 이 부가적 담론이 단순히 주변적이고 이차적인 '부가물'로 취급받기에는 너무도 진지하고 의미심장한 사유(思惟)와 사변(思辨)의 세계로 이루어져 있다는 점이다. 어떤 의미에서 보면, 메타픽션에 대한 모든 논의를 메타픽션의 방식으로 집약해 놓은 메타픽션이 다름 아닌 《만티사》인지도 모른다. 바로 이 때문에 《만티사》는 일종의 중심 또는 핵심으로도 이해될 수 있다. 말하자면, 메타픽션에 대한 모든 논의 또는 모든 메타픽션의 중심 또는 핵심의 자리에 놓이는 것이 《만티사》일 수도 있다. 이처럼 '부가물'이기도 하지만 그와 동시에 중심 또는 핵심일 수도 있다는 점에서 지난 20세기의 중요한 철학적 명제를 구현하고 있는 것이 바로 《만티사》가 아닐까. "별로 중요하지 않은 부가물"이라는 작가 자신의 주석[5]에도 불구하고 《만티사》가 '중요한' 까닭은 바로 여기에 있다.

2. 《만티사》, 또는 하나의 열린 텍스트

일찍이 롤랑 바르트(Roland Barthes)는 텍스트를 "읽기용 텍스트(le texte lisible, the readerly text)"와 "쓰기용 텍스트(le texte scriptible, the writerly text)"로 나눈 적이 있는데,[6] 전자는 단순히 읽는 과정에 그 의미를 소진하는 텍스트를 말한다면 후자는 독자 측의 능동적 참여가 없

5) 앞서 인용한 바 있는 "Mantissa"에 대한 정의는 파울즈가 자신의 소설을 전개해 나가면서 이야기의 본문에 대한 주석의 형식으로 밝힌 것이다. *Mantissa*의 188 참조.

6) Roland Barthes, *S/Z*, tr. Richard Miller (New York: Hill & Wang, 1975), 4-6 참조.

이는 순순히 그 의미를 드러내지 않는 텍스트를 말한다. 어떤 관점에서 보면 전자를 닫힌 텍스트라고 한다면 후자는 열린 텍스트라고 할 수 있거니와, 전자와 달리 무수한 해석의 가능성에 문을 열고 있다는 점에서 그러하다. 파울즈의 《만티사》는 바로 이와 같은 열린 텍스트라는 점에서도 독자에게 당혹감과 배신감을 주기도 한다. 문제는 어떤 점에서 《만티사》가 열린 텍스트인가에 있다.

《만티사》의 제1장은 그린이 의식을 회복하는 과정으로 시작된다. 의식을 회복하지만 그는 자신의 아내조차 몰라보는 기억 상실증 환자가 된 상태이다. 기억 상실증 환자가 된 그린은 곧 여의사인 델피 박사의 손에 맡겨지게 되는데, 델피 박사의 치료법은 놀랍게도 섹스 요법이다. 델피 박사는 "두뇌의 기억 신경 중추는 생식 활동을 제어하는 신경 중추와 밀접하게 연결되어 있"기 때문에 "생식 활동을 제어하는 신경 중추가 정상적으로 기능을 발휘하고 있는지 확인해 봐야" 한다(17)는 논리 아래 그린의 성기를 자극한다. 이에 저항하는 그린에게 델피 박사는, "기억 상실이 물에 빠진 것과 비슷한 것"이듯이, "이 치료법은 구강 대 구강 인공 호흡법과 비슷한" 것(27)이라는 식의 설명을 하며 그를 달랜다. 결국에는 그린을 설득시켜 발기 상태에 이르게 한 다음 델피 박사는 그와 격렬한 섹스에 몰입한다.

이 황당한 치료법에 관한 이야기가 있을 수 있는 이야기인 것처럼 느껴지는 이유는 아마도 이야기를 이끌어 나가는 작가의 필력 때문일 것이다. 그러나 이야기를 읽어 나가는 동안 우리는 이 이야기가 단순히 현실 모방적인 것이 아니라는 사실을 간간이 깨닫게 되는데, 무엇보다도 "내가 여기 얼마나 오래 있었소?"라는 그린의 물음에 대한 "단 몇 페이지 동안"이라는 델피 박사의 답변(14)에 주목하기 바란다. "단 몇 페이지 동안"이라니? '페이지'가 시간의 개념을 대신할 수 있을까? 이런 의문과 함께 우리는 섹스의 거의 마지막 순간에 주목하지 않을 수 없다.

"아주 좋아요. 늦추고, 넣고 …… 그것만 반복하면 돼요, 그린 씨. 늦추고, 넣고. 한 번 더. 안정된 리듬, 그게 비결이에요. 좋아요. 다시 한 번. 좀 더 빠르게. 최대한 깊숙이. 훌륭해요. 온몸으로 밀어요. 리듬을 유지하세요. 그래야 당신도 좋고, 당신 아기한테도 좋아요."

"내 아기?"

그러나 의사는 지금 치료에 너무 열중해서 대꾸할 수 없는 모양이었다. 그는 침대머리 옆에 서 있는 코리 간호사를 돌아보았다.

"아기라니? 그게 무슨 소리요?"

간호사는 손가락을 입술에 댔다.

"딴 데 정신 팔지 마세요, 그린 씨. 오래 걸리지 않을 거예요."

"하지만 나는 남자요."

간호사가 눈을 찡긋해 보였다.

"그러니까 즐기세요."

"하지만……"

델피 박사의 목소리가 끼어들었다.

"제발 입 좀 다무세요, 그린 씨." 그녀는 이제 호흡이 거칠어져 있어서, 한마디 뱉을 때마다 한숨 돌려야 했다. "자, 마지막으로 한 번만 더. 때가 다가오고 있는 걸 느낄 수 있어요. 좋아요, 좋아. 훌륭해요. 엉덩이를 움직이세요. 최대한 격렬하게." 그녀는 여전히 고개를 숙인 채였다. 점점 힘차고 빠르게 요동치는 허리의 움직임에 열중해 있는 듯했다.

"그래요…… 그렇게…… 최고예요. 완벽해요. 계속해요. 멈추지 말고.

마지막 음절까지. 간호사—!" (41)

"온몸으로 밀"고 "리듬을 유지"해야, "당신도 좋고, 당신 아기한테도 좋"다니? 또한 "멈추지" 않은 채 "마지막 음절까지" 계속하라니? "당신 아기"란 무엇인가? 또 "마지막 음절"이란 무엇인가? 이 모든 의문에 대한 답은 제1장이 끝나갈 무렵에 암시된다.

> 코리 간호사가 탁자 앞에서 일어나 탁탁 소리를 내며 서류를 정리하고 있었다. 그녀가 돌아섰다. 좀 전에 꾸지람을 들은 것도 잊은 듯, 명랑하고 활기찬 모습이었다. 그녀는 침대 쪽으로 돌아와, 정리한 서류를 품에 안고 어르면서 그를 바라보았다.
>
> "이보세요, 그린 씨. 참 똑똑하게도 생긴 아기네요. 이게 웬 복덩이죠?"
>
> "복덩이라니?"
>
> 그녀는 침대로 한두 걸음 더 가까이 다가와, 오른팔에 걸쳐 놓은 서류 묶음을 내려다보았다. 그러고는 다시 고개를 들고 그에게 짐짓 짓궂은 미소를 지어 보였다.
>
> "정말 멋진 이야기예요. 이걸 다 당신 혼자 만드셨어요?" (44)

간호사가 "품에 안고 어르"는 동작은 곧 아기가 출산한 이후의 정경을 연상시키거니와, 결국 여기에서 "똑똑하게도 생긴 아기"란 바로 그린이 창작해 낸 "이야기"를 뜻하는 것이 아닐까. 이런 맥락에서 보면, 그린이 어쩔 수 없이 빠져 드는 섹스가 무엇을 의미하는지도 명백해진다. 그것은 바로 이야기를 만들어 내는 과정 또는 소설 창작의 과정이 아니겠는가.

다시 말해, 이 이야기에서 소설 쓰기는 섹스 행위에 비유되고 있는 것이다. 한 걸음 더 나아가, 소설 쓰기란 현실 세계에 대한 기억 상실의 상태에서 진행해 나가는 작업과도 같은 것이라는 암시를 읽을 수도 있지 않을까. 이쯤 되면 우리는 왜 작가가 시간의 개념을 "페이지"나 "음절"로 표현하고 있는가를 이해할 수 있을 것이다. 즉, 현실적 시간 개념이 망각된 채 텍스트 쓰기나 언어 사용의 진행이 시간의 흐름으로 인식되는 언어 세계, 현실과 다른 차원에서 존재하는 또 하나의 세계가 소설의 세계인 것이다.

요컨대, 그린과 델피 박사의 섹스 행위는 소설 또는 이야기라는 "아기"의 탄생을 위한 것이다. 그렇다면 이 "아기"란 구체적으로 무엇을 가리키는가. 다음의 인용이 암시하고 있듯이, "아기"는 이제까지 이야기된 기억 상실증 환자 그린과 그를 치료하는 여의사 델피 박사 사이의 관계 맺음에 대한 이야기를 가리킨다. 말하자면, 이제까지 우리가 읽은 이야기의 결과가 곧 이제까지 우리가 읽은 이야기가 되는 셈이다. 또는 이제까지 서술된 소설 쓰기의 결과물 또는 "아기"는 곧 이제까지 서술된 이야기 자체인 것이다.

> "저, 그린 씨. 들어보세요." 그녀는 캡을 쓴 머리를 숙이고, 갓난아기의 코나 주름진 작은 입술을 어루만지듯 손가락 하나로 글자를 하나하나 짚어 가면서 맨 위에 있는 페이지의 글을 읽기 시작했다. "그것은 밝게 빛나는, 한없이 펼쳐진 안개를 의식했다. 그것은 마치 구름바다 위를 알파요 오메가인……" 그녀는 환한 미소를 던졌다. "발음이 맞나요, 그린 씨? 이건 그리스어죠, 그렇죠?" 그녀는 대답을 기다리지 않고 다시 낭독을 계속했다. "알파요 오메가인 신처럼 떠돌며 아래를 굽어보는……" (44-45)

이와 관련하여, 이 소설의 제1장이 "그것은 밝게 빛나는, 한없이 펼쳐진 안개를 의식했다. 그것은 마치 구름의 바다 위를 알파요 오메가인 신처럼 떠돌며 아래를 굽어보는 듯했다"(3)로 시작됨에 유의하기 바란다. 파울즈가 《만티사》에 앞서 발표했던 《다니엘 마틴》(*Daniel Martin*, 1977)에서도 확인되듯이, 이는 파울즈 특유의 기법이기도 하다. 즉, 《다니엘 마틴》에서도 이 소설의 첫 문장이 마지막에 가서 되풀이되는데, 이로써 소설 속의 작중인물 다니엘 마틴이 쓰고자 하는 소설이 바로 《다니엘 마틴》 그 자체임을 암시한다. 이런 기법은 우선 작중인물과 작가 사이의 구분을 무화(無化)함으로써 작가가 소설적 응시의 대상으로 삼고 있는 것이 바로 자기 자신임을 암시하는 효과도 갖지만, 그와 동시에 작품 속의 세계가 우리들이 몸담고 있는 현실 세계를 지시하는 것이 아니라 '자기 지시적(self-referential)'인 것임을 암시하는 효과도 갖는다. 이는 두 개의 거울을 마주 세워 놓은 상황에도 비유될 수 있는데, 두 거울이 서로의 거울 면을 반사하는 것과 같은 상태가 바로 《만티사》의 제1장인 것이다. 이는 명백히 현실이라는 대상 앞에 세워 놓은 거울과 같은 것일 수 없다. 바로 이 점에서 우리는 메타픽션의 세계에서 전통적인 '모방 문학'의 논리가 어떻게 거부되고 있는가의 한 단면을 확인하게 된다.

파울즈가 이처럼 전통적인 '모방 문학'의 논리를 거부하는 일차적인 이유는 물론 "픽션에 '관해서' 쓰는 일이 픽션을 쓰는 일 자체보다 훨씬 중요해졌"다고 믿기 때문이라 할 수 있다. 그렇다면 어떤 동기에서 파울즈는 "픽션에 '관해서' 쓰는 일이 픽션을 쓰는 일 그 자체보다 훨씬 중요한 것"이라는 믿음을 갖게 된 것일까. 이와 관련하여 우리는 파울즈가 어느 자리에서 "작가가 소설을 쓸 때 그의 마음 안에서 어떤 일이 일어나고 있는가에 항상 흥미를 느껴 왔"음을 고백하면서 다음과 말한 적이 있음에 유의할 수 있을 것이다.

> 그리고 내가 보기에 소설을 쓰려는 충동은 주로 프로이트적인 것이라고 생각합니다. 아무튼 모든 남성 소설가들은 사실 무언가 잃어버린 형상을 뒤쫓는다고 할 수 있지요. 말하자면, 그들은 획득할 수 없는 여성에 대한 생각에 사로잡혀 있는 셈이지요. 물론 획득할 수 없는 여성 가운데 가장 으뜸이 되는 것은 언제나 어머니입니다. 대부분의 남성 소설가들이 자신들의 여주인공에 대해 갖는 태도는, 내가 생각하기엔, 무언가 어머니에 대한 태도를 항상 실질적으로 반영한다고 봐요.[7)]

위의 인용은 리비도에 대한 프로이트의 설명을 충실하게 반영하고 있다. 프로이트에 의하면, 성적 욕망을 충족시키기 위한 리비도적 욕망은 바로 삶의 근원이자 예술 창작의 원동력이다. 한편 리비도는 이드의 에너지 또는 무의식의 주요 부분으로서, 프로이트에 의하면 예술적 창조란 바로 이 이드의 에너지를 다른 방향으로 표출한 것이다.

바로 이 프로이트적 설명을 파울즈는 《만티사》에서 델피 박사의 입을 빌려 다음과 같이 표현하고 있거니와, 무엇보다도 문제가 되는 것은 바로 앞서 말한 '이드'이다.

> "마지막으로 설명할 테니까 잘 들으세요, 그린 씨. 기억은 자아와 강하게 연결되어 있답니다. 그런데 당신의 자아는 초자아와의 싸움에서 패했어요. 그래서 당신의 초자아는 당신의 자아를 억압하기로, 다시 말

---

7) Michiko Kakutani, "Where John Fowles Ends and Characters of His Novels Begin," *New York Times*, 1982년 10월 5일자에서 재인용.

해서 검열하기로 결정했어요. 간호사와 내가 바라는 건 당신의 정신을 이루는 세 번째 요소, 즉 이드의 도움을 얻는 거예요. 당신의 이드는 쉽게 말해서 지금 내 엉덩이에 닿아 있는 그 무기력한 물건에 비교할 수 있지요. 그건 잠재적으로 당신의 가장 좋은 친구예요. 당신의 주치의인 나한테도 그렇고요. 무슨 말인지 아시겠어요?" (26)

여기에서 잠깐 프로이트의 심리학에서 말하는 이드, 자아, 초자아에 대해 알아보기로 하자. 프로이트에 의하면, 이드는 유아 시절 인간이 성적 만족을 향해 갖는 원초적인 충동이나 욕구와 관계되는 것으로, 그 어떤 논리적 법칙의 지배를 받거나 외적 현실에 속박을 받지 않는다. 이는 말하자면 육체적 본능을 직접적으로 표출하려는 정신의 원초적 측면을 가리킨다. 바로 이 이드는 인간의 성장 과정에 필연적으로 제어될 수밖에 없는데, 제어의 기능을 담당하는 것이 자아이다. 자아는 외부 세계의 사람이나 사물과 접촉을 하는 순간 형성되기 시작하며, 사회적으로 받아들일 수 없는 충동(말하자면, 이드)을 통제함으로써 인간의 행동을 교정한다. 이 과정에 기능을 발휘하는 것이 이드를 지배하는 쾌락 원리에 대비되는 현실 원리이다. 즉, 현실과 타협하는 가운데 자아는 쾌락 추구를 유보해야 할 필요성을 자각하게 되며, 이 과정에서 자아는 성장을 거듭한다. 한편 초자아란 성장 과정에 부모의 명령이나 지시와 자신을 동일화하는 과정 및 사회의 도덕적 명령을 내면화하는 과정과 관련된 정신의 측면이다. 즉 가족적 · 사회적 규범과 이상을 내면화하는 과정에 초자아가 형성된다. 이런 의미에서 볼 때, 초자아란 한 개인의 윤리적 요소라고 할 수 있는데, 이 초자아는 자아가 작동하기 위한 기본적 도덕 원리를 제공하는 일종의 검열 장치이다.

모방 문학에 대한 거부의 논리 뒤에 놓여 있는 프로이트의 심리학과 예술론에 주목하는 경우, 우리는 왜 파울즈가 소설 쓰기의 상황을 기억의 세계로부터의 일탈되어 있는 상태—즉, 기억 상실증에 걸린 상태—로 묘사하고 있는지를 이해할 수 있다. 기억이란 어떤 의미에서 보면 자아가 초자아의 검열 아래 현실에 적응하는 과정에서 얻어지는 것이다. 결혼을 하거나 직업을 갖는다든가 등등의 사회 적응 과정이 곧 기억을 쌓아 나가는 과정이 아니겠는가. 말하자면, 소설 쓰기란 기억의 굴레로부터 해방된 상태에서 이드의 도움을 받아 억압되고 왜곡된 한 인간의 정신 세계를 원래의 모습으로 되돌리는 과정일 수 있다. 이처럼 기억의 세계 또는 현실의 세계 자체를 깡그리 부정한 상태에서 이루어지는 것이 파울즈에게는 소설 쓰기 작업인 것이다. 바로 여기에서 우리는 다시 한 번 메타픽션의 논리를 확인할 수 있다.

또한 그린이 받는 섹스 요법이 기억을 되찾기 위한 것이라는 점도 논의되어야 할 사항인데, 망각 상태에서 이루어지는 작업이 기억을 되찾기 위한 것이라면 굳이 망각의 상태로 빠져 드는 이유는 무엇인가. 사실 파울즈의 《만티사》가 하나의 예가 되고 있듯이 현실을 망각한 상태에서 되찾는 기억의 세계는 현실 세계가 아니라 기억의 여신 므네모시네의 딸인 에라토가 상주하는 세계이다. 즉, 문학의 세계인 것이다. 그런 의미에서 볼 때, '망각'의 상태로 빠져 듦은 파울즈 또는 그린이 상정하는 문학 행위의 선행 조건인지도 모른다.

문제는 그린의 섹스 상대가 되어 소설 또는 이야기라는 "아기"를 만드는 작업에 참여하는 델피 박사가 암시하는 바는 무엇인가이다. 무엇보다도 델피 박사의 델피(Delfie)라는 이름이 아폴론의 신전이 있는 고대 그리스의 도시인 델파이(Delphi)를 연상시킨다는 점에서 델피 박사는 신을 부르기 위해 의식을 거행하는 여사제로 이해될 수 있다는 점에 유의하기 바란다. 말하자면, 망각의 세계에서 여신 에라토를 불러내는 여사제가 델피 박사인 것이다. 그러나 델피 박사는 에라토로 변신하거니와, 바로 이 점에서 그녀는 여사제이자 시의 여신 또는 문학의 여신일 수도 있다. (이러한 해석과 관련하여, 에라토가 자신과 자신의 자매들이 "델파이의 춤추는 소녀들"〔74〕이었다고 말하는 대목을 참조할 수도 있을 것이다.) 또한 이때의 델피 박사는 "무언가 잃어버린 형상" 또는 "획득할 수 없는 여성"을 상징하는 것일 수도 있다. 이런 의미에서 델피 박사는 오이디푸스 콤플렉스의 대상으로서의 "어머니"일 수 있는 것이다. 달리 말해, 여성적인 모든 것을 동시에 응축하고 있는 동시에 그린이 본능적으로 갈망하는 모성상 또는 모든 창조의 근원이 될 수 있는 여성상이 델피 박사일 수 있는 것이다. 그러나 델피 박사는 소설의 진행에 따라 에라토뿐만 아니라 록 스타, 요부, 창녀 등으로 변신한다. 이처럼 변신에 변신을 거듭하는 프로테우스와 같은 델피 박사가 과연 "획득할 수 없는 여성"의 상징일 수 있을까. 물론 그렇다. 요부이자 어머니로서의 여성상, 이것이 바로 이드가 갈망하는 욕망 충족의 대상이 아니겠는가.

이러한 해석을 뛰어넘어 보다 더 포괄적인 해석이 가능할 수도 있다. 파울즈의 《만티사》가 갖는 메타픽션적 성격을 감안한다면, 델피 박사는 곧 소설가 그린 또는 파울즈가 추구하는 문학—또는 소설 쓰기—작업을 직접 지칭하는 것일 수도 있지 않을까. 이와 관련하여 소설 곳곳에서 델피 박사의 변신에 해당하는 에라토는 작가가 '만들어 낸 것'일 뿐 '존재하지 않는 존재'라는 암시가 계속되고 있음에 유의할 수 있을 것이다. 그것은 말하자면 허구적인 그 무엇, 넓게 보아 문학을 암시하는 것일 수 있다. 그와 같은 문학을 만들어 내고 만들어 낸 문학에 대해 리비도적 열정을 쏟은 결과가 바로 문학 작품(파울즈의 경우, 소설 작품)인지도 모른다. 이런 의미에서 보면, 소설 쓰기 그 자체가 그린 또는 파울즈가 추구하는 "잃어버린 형상"인지도 모르고, 그의 소설 쓰기는 바로 이 "잃어버린 형상"에 대한 탐색의 과정인지도 모른다.

이와 같은 설명으로 파울즈의 이야기는 의미를 소진하는 것일까. 물론 그렇지 않다. 이 소설을 읽어 나가며 우리는 델피 박사 이외에 무수한 기호와 만나게 되는데, 무엇보다도 소설 전편에 등장하면서 때때로 이야기를 이끌어 나가는 결정적인 동인이 되고 있는 간호사 코리와 "우스꽝스러울 정도로 장식이 요란한 스위스제 뻐꾸기 시계"(11)를 어떻게 이해할 것인가의 문제에 접하게 된다. 그밖에 어떤 방향으로도 해석이 가능한 기호들—대상과 행위를 나타내는 기호들—을 어찌해야 하는가의 과제가 이 소설을 읽어 나가면서 우리가 부딪치는 문제들이다. 그럼에도 불구하고, 이 소설의 제1부는 비교적 명료한 해석이 가능하고 이제까지 우리의 해설은 바로 이런 가정 아래 이루어진 것이다. 그러나 이 소설의 제2부, 제3부, 제4부는 제1부에 대한 이해의 시각으로는 도저히 일목 요연한 해설을 불가능하게 한다는 점에서 열린 텍스트로서의 잠재력을 더욱더 증폭시킬 뿐이다.

소설의 제2장에서 델피 박사의 변신인 록 스타는 험한 말로 그린을 반페미니스트요, 부르주아적 엘리트주의자라고 비난한다. 폭발 일보 직전의 록 스타는 곧이어 머리가 텅 빈 것 같은, 전통적인 의미에서의 뮤즈 가운데 하나인 에라토로 변신하고 이어서 독립심과 진지함을 갖춘 우리 시대의 여성상으로 바뀌는데, 그들은 줄곧 소설 쓰기의 문제와 관련하여 논의를 계속한다. 제2부가 진행되는 동안 그린은 병실 바깥으로 나가려 하나 출입구가 사라진 상태이다. 이에 에라토는 "당신 자신의 두뇌 밖으로 걸어 나갈 수 없"(125)음을 환기시킨다. 결국 출입구는 다시 모습을 드러내지만 출입구를 열고 내다본 세상은 어이없게도 자신이 빠져나오려 한 병실 그대로이다. 파울즈는 출입구에 관한 이야기를 통해 문학의 세계와 현실의 세계 사이에 존재하는 단절과 불연속선을 암시하고자 한 것이 아닐까. 어쨌든, 제2부의 마지막 부분에 가서 그린은 에라토의 주먹질에 기절을 하게 되고 제3부에 가서 의식을 되찾은 그린은 다시금 델피 박사로 변신한 에라토와 만난다. 여기에서 그린은 수간호사의 모습으로 등장한 클리오(뮤즈 가운데 하나로 역사를 관장하는 여신)와 만나게 되고, 클리오가 떠난 다음 문학에 대한 논쟁이 이어진다. 이어서 제3부의 마지막 부분에서 델피 박사와 그린은 다시 격렬한 섹스를 나누는데, 그 과정에 벽은 투명해지고 모든 사람들이 그들의 섹스 행위를 응시하게 된다. 제4부에 이르러 그들은 앞서 한 이야기를 계속하는데, 그린이 고분고분한 일본 여자를 상상하는 동안 에라토는 그를 사티로스로 변신시켜 버린다. 사티로스로 변한 그린이 에라토에게 덤벼드는 순간 에라토는 사라지고 그린은 다시 원래의 모습을 되찾는다. 이윽고 간호사 코리와 델피 박사의 손이 나타나 그린의 몸을 시트와 담요로 덮어 준다. 그린이 병상에 누워 있는 동안 뻐꾸기 시계의 뻐꾸기 울음소리가 들린다.

이 현란한 이야기의 줄기에 해당하는 부분—즉, 등장인물의 변신과 변신 과정에 일어나는 사건들—에 대한 설명과 이해는 결코 쉽지 않다. 물론 소설의 내용에 해당하는 부분—즉, 문학에 대한 그린과 델피 박사/록스타/에라토가 주고받는 대화—만을 문제 삼는 경우 물론 구절 하나하나에 대한 독립적 이해와 설명이 얼마든지 가능하다. 그러나 그렇게 하는 경우 파울즈 자신의 주장대로 "재기 넘치는 일종의 문학적 정신의 유희(a kind of literary jeu d'esprit)"[8]라고 할 수 있는 이 소설은 생기와 힘을 상실하고 말 것이다. 문학에 대한 단편적이고 잡다한 견해와 주장만이 남을 것이기 때문이다. 따라서 그린과 델피 박사/록 스타/에라토의 대화와 그들 사이의 만남과 갈등을 축어적 이해와 해설 안에 가두지 않은 채 있는 그대로, 말하자면 뼈와 살을 갖고 있는 유기적인 열린 텍스트로 남겨두어야 하지 않을까.

3. 사유와 언어, 그리고 《만티사》

아마도 《만티사》에서 가장 빈번하게 등장하는 표현 가운데 하나가 '존재하는/존재하지 않는'일 것이다. 이 소설은 르네 데카르트(René Descartes)의 《방법 서설》(*Discours de la Méthode*)과 마리보(Marivaux)의 《사랑과 운명의 장난》(*Le jeu de l'Amour et du Hasard*)에서 각각 한 대목을 뽑아 에피그라프로 삼고 있는데, 이 두 에피그라프의 핵심을 이루는 것도 바로 "존재하는/존재하지 않는"이라는 표현이다. 우선 데카르트의 《방법 서설》에서 인용한 부분을 살펴보기로 하자.

> 그리하여 나는 내가 무엇인지를 주의 깊게 검토해 보고 깨달았다. 즉, 내가 육신이 없는 척, 세상이 존재하지 않는 척, 내가 있는 장소도 숫제 존재하지 않는 척할 수는 있어도, 나 자신이 전혀 존재하지 않는 척할 수는 없음을. 그와는 반대로, 내가 다른 사물들의 실체성을 의심할

8) 앞서 인용한 Michiko Kakutani의 글에서 재인용.

> 수 있다는 바로 그 사실로부터 내가 존재한다는 것이 아주 명백하고 확실하게 귀결된다는 것을. 오히려, 내가 생각하는 일만 그만두면, 설령 내가 그동안 생각해 온 것들이 모두 참이었다 해도, 내가 존재했을지도 모른다고 믿을 이유는 전혀 없다는 것을. 여기서 나는 알았다. 나는 하나의 실체요, 그 본질 또는 본성은 오직 생각하는 것임을. 또한 존재하기 위해서 어떤 장소가 필요한 것이 아니며, 어떤 물질적인 것에 의존해야 하는 것도 아님을. 따라서 이 '나', 즉 나를 나게끔 하는 영혼은 육신과 전혀 별개의 것이고, 육신보다 훨씬 인식하기 쉬우며, 게다가 육신이 존재하지 않더라도 '나'는 여전히 '나'임을 멈출 수 없을 것이다. (vii)

널리 알려져 있듯이, 데카르트의 논리에 의하면 '생각하는 나' 또는 '사유하는 나'는 곧 '존재하는 나'의 선결 조건이 된다. 말하자면, 자아의 존재에 대한 확인을 가능케 하는 확실성의 기반이 다름 아닌 '사유하는 나'인 것이다. 바로 그 확실성의 기반 때문에 "내가 육신이 없는 척, 세상이 존재하지 않는 척, 내가 있는 장소도 숫제 존재하지 않는 척할 수는 있어도, 나 자신이 전혀 존재하지 않는 척할 수는 없"다. 말하자면, '사유하는 나'의 입장에서 보면, "존재하기 위해서 어떤 장소가 필요한 것이 아니며, 어떤 물질적인 것에 의존해야 하는 것도 아"니다. 이처럼 물리적이고 시/공간적인 맥락과 관계없이 어느 한 존재의 "실체"를 확인케 하는 것이 '사유하는 나'라면, 나는 물리적 공간이나 시/공간적 맥락을 통해 존재하는 것이 아니라 사유를 통해 존재하는 것이다.

문제는 사유한다는 것의 본질이 무엇인가에 있다. 이는 그린이 시간의 개념을 '페이지'나 '어절'로 표현하고 있는 데에서도 확인되듯이 넓게 보아 언어 행위로 규정될 수 있다. 즉, 사유를 통해 존재하는 것은 곧 언어를 통해 존재하는 것이다. 마치 소설가 파울즈가 자신이 소유하고 있는 소설의 언어를 통해 존재하듯이. 또는 소설가 그린이 자신이 소유하고 있는 소설의 언어를 통해 존재하듯이. 문제는 소설가 그린은 또한 파울즈가 소유하고 있는 소설의 언어를 통해서도 존재한다는 데 있다. 마치 에라토가 그린이 소유하고 있는 소설의 언어를 통해 존재하듯이. 바로 이런 이유 때문에 우리는 또 하나의 에피그라프에 눈을 돌리지 않을 수 없다.

마리보의 작품에서 끌어 온 또 하나의 에피그라프는 "더 이상 나를 사랑하지 마세요!"라는 실비아의 말에 대한 "당신이 더 이상 존재하지 않는다면"이라는 도랑트의 답변으로 끝난다(vii). 물론 '당신이 더 이상 존재하지 않는다면 더 이상 당신을 사랑하지 않겠다'는 말은 너무도 쉽고 당연한 말처럼 보인다. 문제는 이때의 '존재'가 과연 물리적 의미에서의 존재이냐에 있다. 만일 나라는 존재가 물리적으로 존재하지 않더라도 사유하는 일을 멈추지 않는 이상 나는 여전히 '존재하는 나'일 수 있다면, 상대가 물리적으로 존재하지 않더라도 나의 생각 또는 사유 행위 안에 존재한다면 상대는 여전히 존재하는 것일 수 있다. 말하자면, 도랑트의 '마음'이 존재하고 실비아가 "〔그의〕 마음에 사랑을 불러일으키는"(vii) 계기로서 그의 '마음'에 존재하는 한, 도랑트에게 실비아는 더 이상 존재를 부정할 수 없는 실체이다. 물론 실비아의 물리적 존재가 도랑트에게 실비아를 생각하도록 하는 원인이었는지도 모른다. 마치 언어 텍스트로 존재하는 문학 작품이 문학에 대해 생각하도록 하는 원인이 되듯이. 또는 에라토에 대한 언어 기록이 그린에게 에라토를 생각하도록 하는 원인이 되었듯이. 그러나, 데카르트가 '사유하는 나'의 존재를 확인하는 순간 물리적 의미에서의 나의 존재가 아무런 의미를 갖지 않듯이, 실비아와 에라토는 도랑트와 그린의 마음속에 들어와 있는 한 물리적 의미에서의 실비아와 에라토의 존재 여부는 아무런 의미가 없는 것일 수도 있다. 요컨대, 실비아든 에라토든 생각의 세계 또는 사유의 세계에서 언어로 충분히 존재할 수 있다면, 그들의 실존 여부와 관계없이 여전히 존재하는 그 무엇일 수 있다. 말하자면, 존재하는 동시에 존재하지 않는 것일 수도 있는 것이다. 소설 중간에 에라토는 그린에게 이렇게 항의한다.

> "그게 바로 당신의 논리가 얼마나 엉터리인가에 대한 완벽한 증거라니까! 처음에는 존재하지도 않는다고 했다가, 다음에는 온갖 잡놈들과 끝없이 놀아났다고 하다니." (89)

바로 이 모순을 가능케 하는 것이 다름 아닌 사유이고 곧 언어인 것이다.

이 언어적 실체로서의 실비아의 존재 또는 에라토의 존재는 파울즈 쪽에서 생각하는 문학(또는 소설)의 존재와 다름없는 것이다. 이와 관련하여 우리는 그린과 에라토의 다음과 같은 대화에 주목할 수 있을 것이다.

> "당신 같은 타입의 사람들은 오토만 제국과 함께 사라진 줄 알았는데요."
>
> "그보다 훨씬 오래 전일지도 모르지. 당신이 존재하지 않는 것처럼."
>
> 그녀는 다시 성난 눈으로 그를 노려본다.
>
> "내가 존재하는 것처럼 보이는 것은 다만 내가 역할을 맡도록 되어 있는 인물이 실제로는 존재하지 않는데도 그 인물이 존재해야만 한다고 여기는 당신의 터무니없는 생각 때문이에요. 사실 이런 상황에서

실제의 나라면 물리적 세계와는 아무런 관련도 맺으려 하지 않을 거예요. 무엇보다도 나라는 존재는 애당초 이런 상황에 말려들지도 않았을 테지만. 나한테 선택권이 있었다면 말이에요. 하지만 나한테는 선택권이 없어요. 존재하지 않기 때문이죠." 그녀는 목을 길게 빼어 그에게 고개를 흔든다. "당신은 당신이 평소에 하는 일을 하고 있어요. 스스로 지어낸 이야기를 추적하는 일." (85-86)

이처럼 에라토는 그린—아니, 소설가 또는 작가—의 "터무니없는 생각 때문"에, 또는 언어 때문에 존재하지 않으면서도 존재하게 된 그 무엇이다. 마치 실비아가 존재의 "선택권"이 없이 도랑트에게 존재하는 존재이듯이. 문제는 앞서 말한 바와 같이 사유는 곧 언어라는 데 있다. 그 이유는 언어란 본질적으로 '허구적인 것'이기 때문이다. 고틀렙 프레게(Gottleb Frege)의 표현대로 마치 저 하늘 위의 달이 언어로 표현된 달과 같은 것일 수 없듯이,[9] 언어는 대상을 지칭하지만 대상 자체는 아닌 것이다. 이는 '한 개의 사과'라는 언어 표현이 '실재로 존재하는 사과'와 결코 같은 것일 수 없는 것과 같은 이치이다. 이와 관련하여, 실재로 존재하는 사과를 우리는 깨물어 먹을 수 있지만 언어 표현으로서의 사과는 그렇게 할 수 없다는 점에 유의해야 할 것이다. 말하자면, 언어 행위는 나름의 질서와 체계를 지니고 있지만, 이때의 질서와 체계는 실제 세계의 질서나 체계와 결코 같은 것일 수 없다. 이런 이유 때문에 언어 행위를 통해 세계를 제시하는 경우, 이때 제시된 세계는 실제 세계가 아니라 '허구적'

9) Dagfinn Føllesdal, "Brentano and Husserl on Intentional Objects and Perception," *Husserl, Intentionality, and Cognitive Science,* ed. Hubert L. Dreyfus (Cambridge, MA: MIT P, 1982), 32 참조.

진술의 세계일 뿐이다. 요컨대, 언어를 통한 세계의 제시는 결코 세계와 같은 것일 수 없는 그 무엇, 나름의 질서와 체계를 지니는 것, 따라서 세계와 일대일의 대응 관계를 이루는 것이 아니다. 그럼에도 불구하고 언어는 마치 언어적 진술과 진술의 대상인 세계 사이에 일대일 대응 관계에 있는 것과 같은 착각을 갖도록 유도한다. 바꿔 말해, 언어는 절대적인 영향력을 갖고 우리의 인식 과정을 지배하고, 나아가서 우리의 세계 이해를 통제한다. 그리하여 언어를 통한 세계 이해가 '허구적'이라는 사실까지도 은폐하게 된다.

언어 예술인 문학은 언어를 통해 스스로가 허구임을 끊임없이 숨기고 또한 이를 통해 자신을 신비화하는 그 무엇일 수 있다. 문제는 《만티사》가 하나의 예가 되듯이 문학은 또한 스스로를 탈신비화하기도 한다. 즉, 자신이 만들어 내는 허구가 허구일 뿐 실재하는 그 무엇이 아님을 독자에게 끊임없이 의식하게 하기도 한다. 바로 그런 예를 《만티사》는 너무도 생생하게 우리에게 보여 주는데, 여기에서 하나의 예를 들기로 하자. 소설 중간 부분에서 "혹시 담배 같은 건 상상해 줄 수 없나요? 라이터와 재떨이도"라는 에라토의 요청에 그린은 "얼마든지"라고 말하고는 그녀가 원하는 바를 존재하게 한다.

> 그는 손가락을 재빨리 세 번 튀긴다. 그러자 순식간에 마노 재떨이와 금제 라이터, 은제 담뱃갑이 침대 위 그녀 곁에 나타난다. 너무나도 순간적인 일이라, 그녀는 흠칫 놀라 약간 머뭇거린다. 그리고는 담뱃갑에서 담배 한 개비를 꺼낸다. 그는 허리를 숙여 라이터를 집어 들고 불을 켜서 그녀에게 내민다. 그녀는 연기를 내뿜은 다음, 손목을 젖혀 담배를 얼굴에서 떼어 놓는다. (99)

바로 이것이 생각 또는 상상, 언어, 소설 쓰기의 세계인 것이다. 소설 속의 재떨이와 라이터와 담뱃갑은 상상과 언어(여기에서는 손가락을 재빨리 세 번 튀기는 행위로 묘사되어 있는 소설 쓰기)에 의해 다만 소설 속에서나 존재하는 것임을 이 소설은 끊임없이 환기시키고 있다. 바로 이처럼 소설 쓰기에 대해 끊임없이 생각하게 한다는 점에서 《만티사》는 메타픽션인 것이다. 어떤 의미에서 보면, 이처럼 언어의 은폐 작용에 주목하도록 하는 것이 바로 메타픽션일 수 있다. 《만티사》가 공공연히 현실 세계와 거리를 둔 채 "재기 넘치는 일종의 문학적 정신의 유희"에 탐닉하고 있는 까닭은 바로 이 메타픽션이라는 주제를 있는 그대로 탐구하고 보여주기 위함이 아닐까. 이 물음에 대한 답이 무엇이든, 언어를 신비화—즉 전통적 의미에서의 소설화—하는 동시에 탈신비화—즉, 메타픽션화—하고 있는 소설이 바로 《만티사》이다.

필자 약력

이상옥

서울대학교 문리과대학 영어영문학과를 졸업한 후 동대학 대학원에서 석사 학위를 받았다. 미국 뉴욕 주립 대학교(스토니 브룩 소재)에서 박사 학위를 받았으며, 현재 서울대학교 인문대학 영어영문학과 명예교수이다. 주요 저서로는 《조셉 콘라드 연구》, 《문학 · 인문학 · 대학》, 《문학과 자기성찰》, 《이효석—문학과 생애》, 《두견이와 소쩍새—눈뜸과 귀뜸의 글들》 등이 있다.

김성곤

전남대학교와 컬럼비아 대학교에서 수학했고, 뉴욕 주립 대학교에서 영문학으로 박사 학위를 취득했으며, 현재 서울대학교 언어교육원장 겸 영문과 교수로 재직중이다. 한국 현대 영미 소설 학회 회장이며, 대표 저서로 《탈모더니즘 시대의 미국 문학》, 《포스트모더니즘과 현대 미국 소설》, 《미국 문학과 작가들의 초상》, 《미국 현대 문학》, 《문화 연구와 인문학의 미래》 등이 있다.

유명숙

서울대학교에서 석사 학위를 받고 미국의 노스캐롤라이나 대학교(채플힐 소재)에서 박사 학위를 받았다. 1750년에서 1850년 사이의 영국 문학과 문화가 주된 관심 분야이고, 버크와 블레이크, 테니슨과 브라우닝 등에 대해 글을 썼다. 현재 문화 연구를 역사적으로 개관하는 저서를 집필중이다.

이미애

서울대학교에서 영문학으로 박사 학위를 취득하였으며, 현재 서울대학교 언어교육원 연구원으로 재직중이다. 논문으로는 〈《기연》에 나타난 해체적 서술 전략〉, 〈메타 픽션과 역사적 상상력: 《프랑스 중위의 여자》를 중심으로〉, 〈What Makes Us Read Jane Austen: The Narrative Development in Austen's Works〉가 있고, 역서로는 버지니아 울프의 《자기만의 방》, J. R. R. 톨킨의 《반지의 제왕》(공역)과 《호빗》이 있다.

이인규

서울대학교 영어영문학과를 졸업하고 같은 학교 대학원에서 영문학 석사 및 박사 학위를 취득했다. 미국 인디애너 대학교와 버지니아 대학교에서 연구 활동을 했으며, 현재 국민대학교 영어영문학과 부교수로 재직중이다. 논문으로는 〈깨어진 위계질서 — 디킨즈 소설에서의 지배 · 종속 관계〉, 역서로는 《채털리 부인의 연인》이 있다.

김길중

서울대학교와 미국 털사 대학교에서 영문학을 공부하고, 울산대학교를 거쳐 현재 서울대학교 사범대학에서 영소설, 영문학개관 등을 가르치고 있다. 영미 문학의 여러 분야에 관한 논문 외에 《프루스트, 만, 조이스》(공저), 《베이컨 수상록》(번역), 《표현주의》(번역), 《하디 시 선집》(번역) 등의 저술이 있다.

조애리

서울대학교 영어영문학과에서 학사 · 석사 · 박사 학위를 받았으며, 현재 한국과학기술원(KAIST) 인문사회학부 교수로 재직중이다. 저서로는 《성 · 역사 · 소설》, 《페미니즘과 소설 읽기》(공저)가 있고, 역서로 《빌레프》, 《설득》이 있다.

유두선

서울대학교 인문대학 영어영문학과를 졸업했으며, 뉴욕 대학교(New York University)에서 박사 학위를 취득했다. 현재 서울대학교 인문대학 영어영문학과 부교수로 재직중이다. 현재 논저 *D. H. Lawence's The Rainbow and Women in Love*를 준비중이다.

신문수

서울대학교와 캘리포니아 대학교(버클리)에서 수학한 뒤, 하와이 대학교에서 영문학박사 학위를 받았고, 현재 서울대학교 사범대학 영어교육과 교수로 재직중이다. 저서에 《허만 멜빌—탈색된 진실의 추구자》가 있고, 논문으로 〈이야기로서의 삶—포크너의 《압살롬, 압살롬!》〉, 〈미국독립혁명의 문학적 수용 — 나다니엘 호손을 중심으로〉, 〈역사 속의 구조, 구조 속의 역사〉 등이 있다.

신정현

미국 오클라호마 주 털사 대학교에서 영미 문학으로 박사 학위를 취득한 후 현재 서울대학교 인문대학 영문학과에 재직중이다. 주요 저서로는 버클리 대학 출판부에서 출판된 *The Trap of History: Understanding Korean Short Stories*(1998)가 있으며, 주요 논문으로는 〈월트 휫트먼의 초월주의 시학〉 등 다수가 있다.

장경렬

미국 텍사스 대학교(오스틴 소재)에서 영미문학으로 박사 학위를 취득한 후 현재 서울대학교 인문대학 영문학과에 재직 중이다. 주요 저서로는 문학평론집 《미로에서 길찾기》(문학과지성사, 1997)가 있으며, 주요 논문으로는 "The Imagination Beyond and Within Language: An Understanding of Coleridge's Idea of Imagination" *Studies in Romanticism* XXV (Winter 1986)와 "Beyond Essentialism" *Studies in the Humanities,* Volume 29, Number 1 (June 2002) 등이 있다.

아침이슬의 책

• 인문·사회 •

아랍인의 눈으로 본 십자군 전쟁
공쿠르 상 수상자 아민 말루프가 아랍의 사료를 바탕으로 쓴 십자군 전쟁사
아민 말루프 지음 | 김미선 옮김
간행물 윤리위원회 이달의 책 선정.

마르크스의 복수
마르크스-레닌주의 역사에 대한 열정적 도발!
메그나드 데사이 지음 | 김종원 옮김

프로파간다와 여론
촘스키가 해부하는 미국의 권력과 여론 조작의 메커니즘
노암 촘스키 · 데이비드 바사이먼 지음 | 이성복 옮김

키신저 재판
20세기 전쟁과 테러 뒤에 숨은 얼굴, '미국의 책사' 키신저의 죄상을 공개한다
크리스토퍼 히친스 지음 | 안철흥 옮김

디즈니 순수함과 거짓말
'공공의 추억'을 조장하고 아이들을 소비자로 대상화하는 디즈니 문화에 대한 비판적 연구서
헨리 지루 지음 | 성기완 옮김

자라파 여행기
이집트가 프랑스에 선물한 기린 자라파를 통해 본 19세기 정치 · 문화사
마이클 앨린 지음 | 박영준 옮김

예수는 십자가에서 죽지 않았다
십자가에서 살아난 '인간 예수'의 모습을 좇은 추리소설 같은 교양서
엘마 그루버 · 홀거 케르스텐 지음 | 홍은진 옮김

• 문학 •

옛 시 읽기의 즐거움
옛 시를 통해 선인들의 삶과 정신세계를 엿본다
김풍기 지음

시마, 저주받은 시인들의 벗
시를 쓰지 않고는 못 배기게 만드는 시적 영감 '시마'
김풍기 지음

옛날 옛날에 오늘 오늘에
오염되기 전의 순수 우리말과 노래를 통해 살펴본 우리네 삶의 풍경
유안진 지음

폭풍의 한가운데 — 윈스턴 처칠 수상록
'준비된 영웅' 윈스턴 처칠의 '젊은 날의 기록'
윈스턴 처칠 지음 | 조원영 옮김

길을 찾는 책 읽기
책 만드는 사람 김학민이 먼저 읽고 청소년에게 권하는 100권의 책 이야기
김학민 지음

• 여성 •

돈 잘 버는 여자 밥 잘하는 남자
가사분담 전쟁의 해법을 찾는다!
알리 러셀 혹실드 지음 | 백영미 옮김

굿바이 굿걸
착한 여자가 되라는 규범에 반기를 든 여성들의 생생한 이야기
수잔 슈바르츠 · 에일린 클렉 지음 | 김미선 옮김

자궁의 역사
성차별의 역사, 자궁에 대한 오해의 역사를 밝힌다
라나 톰슨 지음 | 백영미 옮김

• 예술 •

무대 뒤의 오페라
오페라의 무대 뒤에서 펼쳐진 현실의 드라마
밀턴 브레너 지음 | 김대웅 옮김

뉴에이지 영혼의 음악
영혼을 울리는 뉴에이지 음악의 감성 따라잡기
양한수 지음

색깔 이야기
색깔에 대한 우리의 관념과 편견, 그 편견이 몸담고 있는 문화 이야기
데이비드 바츨러 지음 | 김융희 옮김

• 교육 •

프레이리의 교사론
교사를 꿈꾸는 이들에게 보내는 프레이리의 편지
파울로 프레이리 지음 | 교육문화연구회 옮김

희망의 교육학
신자유주의 시대에 새로 쓰는 페다고지
파울로 프레이리 지음 | 교육문화연구회 옮김

망고나무 그늘 아래서
인간과 교육과 진보에 대한 프레이리의 사색
파울로 프레이리 지음 | 교육문화연구회 옮김

교사는 지성인이다
유명한 비판교육자 헨리 지루가 말하는 '희망의 교육'
헨리 지루 지음 | 이경숙 옮김
2003 학술원 선정 우수학술도서.

실패한 교육과 거짓말
이 시대 가장 소중한 지식인 촘스키 최초의 교육론
노암 촘스키 지음 | 강주헌 옮김

이 교육
한준상 교수가 제시하는 열린 교육, 미래 교육
한준상 지음

새로운 학교 풍경
생생한 대안학교 보고서, 부모도 아이도 궁금해하는 대안학교 이야기
이기문 지음

• 경제·경영 •

붐 앤 버블 — 호황 그 이후, 세계 경제의 그늘과 미래
거품 호황과 신경제의 마법이 끝난 세계 경제의 미래 진단
로버트 브레너 지음 | 정성진 옮김

헤지펀드
국내 최초로 소개되는 헤지펀드 입문서
다니엘 스트래치맨 지음 | 박광수 옮김

50년이면 충분하다
세계은행·IMF의 신자유주의와 맞서 싸운 사례와 그 대안
케빈 대나허 외 지음 | 최봉실 옮김

래디컬 이노베이션
대기업의 반격—래디컬 이노베이션으로 승부하라
렌셀러 경영대학원 근본적 혁신 프로젝트팀 지음 | 정규재 옮김

로열티 마케팅
기업 성공의 열쇠, 고객 로열티를 잡아라
캐슬린 신델 지음 | 안재근 옮김

문제는 협상가다
협상력 부재의 한국 사회 패러다임을 바꾸자!
시어도어 W. 킬 지음 | 강주헌 옮김

엔터테인먼트 마케팅 혁명
21세기의 황금알을 낳는 산업, 엔터테인먼트 마케팅의 ABC
앨 리버만·패트리샤 에스게이트 지음 | 조윤장 옮김

• 삶 이야기 •

한대수, 사는 것도 제기랄 죽는 것도 제기랄
한국 최초의 싱어송라이터, 포크 록의 선구자 한대수의 자서전
한대수 지음

새는 앉는 곳마다 깃을 남긴다
33년의 감옥생활과 1년 반 동안의 사회생활. 한 비전향 장기수의 기록
김동기 지음

남한 사람 차재성 북한에 가다
남한의 한 토목기사가 관찰한 북한 사람들의 일상
차재성 지음